Hinter dem Pseudonym Serena David verbirgt sich eine sehr erfolgreiche Autorin historischer Romane.

SERENA DAVID

Meerestochter

ROMAN

Rowohlt Taschenbuch Verlag

Originalausgabe
Veröffentlicht im Rowohlt Taschenbuch Verlag,
Reinbek bei Hamburg, Oktober 2011

Redaktion Anne Fröhlich
Umschlaggestaltung any.way, Hannah Krause
(Foto: Maile Roseland)
Satz aus der DTL Haarlemmer SD, InDesign,
bei hanseatenSatz-bremen, Bremen
Druck und Bindung CPI – Clausen & Bosse, Leck
Printed in Germany
ISBN 978 3 499 25632 5

Für Christian, wie alles andere auch

1. Kapitel

Ondra legte den Kopf zurück, streckte die Arme und räkelte sich. Der Nachthimmel war übersät mit Sternen, deren Licht auf den Wellen zersprang. Schäumend brach sich eine Woge über dem Felsen, auf dem sie lag. Sie leckte an ihren Füßen und überspülte warm ihren Bauch. Sie hob ihr langes Haar an, das sich im Wasser ausbreitete wie Tang. Schwer zog die Woge an den hüftlangen Strähnen, als sie sich wieder zurückzog und dabei Fels, Muscheln, Haar und Ondras nackten weißen Körper freigab.

Ondra genoss den Augenblick. Ihr Brustkorb hob und senkte sich wie das Meer. Nur das Wasser und sie – das waren die schönsten Momente. In diesem Augenblick ging ein Schauer von Spritzern auf sie nieder.

Kichernd zog ihre Freundin Aura sich neben ihr hoch und schüttelte Wassertropfen von sich.

Ondra hob die Hände vors Gesicht. «Aura, lass das!»

«Aufwachen, Schlafmütze. Weißt du nicht, dass heute Vollmond ist?» Aura ließ sich neben ihr auf den Felsen sinken.

Ondra gab keine Antwort. Der Mond stand unübersehbar am Himmel, groß, rund und gelb. Sein Widerschein auf dem Wasser war eine breite, verlockende Straße, die bis zum Strand führte. Ondra hätte blind sein müssen, um ihn nicht zu bemerken. Sie wandte den Kopf und ließ ihren Blick über das nachtdunkle Meer gleiten. Ihren Augen entging auch in der Dunkelheit nichts, kein Wirbel, kein Strom, keine Bewegung unter der Wasseroberfläche. Die Regung eines jeden Fisches in der Tiefe besaß ein pulsierendes Echo in ihrem Blut. Schließlich zuckte sie mit den Schultern.

Aura legte ihre Hand auf Ondras kühle Haut. «Hast du die Feuer nicht bemerkt?», flüsterte sie ihr ins Ohr. «Sie feiern wieder.»

«Das tun sie doch jedes Wochenende.» Ondra versuchte, desinteressiert zu klingen.

«Komm schon.» Aura gab ihr einen Schubs. «All die süßen Jungs.» Sie hob die Arme und streckte sich. «Lauter gutgebaute Schwimmer und Surfer.»

«Das klingt *so* albern, wie du das sagst.» Ondra war nicht bereit, sich von Auras Begeisterung anstecken zu lassen.

«Ach, tu doch nicht so.» Aura legte sich wieder neben sie. «Sag bloß, sie gefallen dir nicht. Ich hab doch gemerkt, wie oft du dich in letzter Zeit am Strand herumgetrieben hast.»

Statt einer Antwort zog Ondra eine Grimasse.

«Tanzen, lachen, sich drehen. Küssen», fügte Aura nach einer vielsagenden Pause hinzu. Ihre Augen glänzten silbrig. «Und du weißt, sie sind warm.»

«Warm ist jede Robbe», gab Ondra zurück. «Deine Worte.»

Aura lachte hell auf. Verärgert wandte Ondra sich ab. Sie konnte sich nur zu gut vorstellen, wie Aura zum Strand schwimmen, an Land steigen und sofort alle Blicke auf sich ziehen würde. So war das immer mit ihrer Freundin. Sie brauchte sich nur das Wasser aus ihren roten Locken zu schütteln, ihr strahlendes Lächeln aufzusetzen und sich in jenem wiegenden Raubtiergang zu bewegen, den der Vollmond ihr schenkte.

Alle Jungen würden sie anstarren, dass ihnen fast die Bierdosen aus den Händen fielen. Immer war es Aura, nur sie, die man beachtete, alle anderen waren glatt vergessen, wenn sie in der Nähe war. Und Aura würde sich den schnappen, der ihr gefiel. Da war Ondra sich sicher. Sie hatte es oft genug erlebt.

«Komm mit», fuhr Aura flüsternd fort. «Vollmond, Liebesmond. Wir können sein, was wir wollen. Heute bekommen wir alles, was wir uns wünschen.» Sie machte eine Pause. «Nox kommt auch mit.»

Nox, ausgerechnet der! Ondra verzog das Gesicht «Geh du nur.» Sie versuchte, nicht allzu spröde zu klingen, als sie hinzufügte: «Ich habe keine Lust.»

«Spielverderberin!» Aura richtete sich auf. Selbstgefällig strich sie sich über die weißen Arme. Dann hob sie die Hände über den Kopf und glitt mit einer anmutigen Bewegung ins Wasser. Es spritzte kaum, als sie eintauchte. Wenig später sah Ondra ihren Kopf über der Meeresoberfläche, ein schwarzer Umriss inmitten der glitzernden Mondbahn. «Dann bleib eben hier und versauere», hörte sie ihre Freundin noch rufen. «Ich gehe mich jedenfalls amüsieren.»

Ondra schaute ihr nach, wie sie davonschwamm, dann glitt ihr Blick weiter zum Strand, von dem Musik und Gelächter bis zu ihr herüberklangen. Alles, was wir uns wünschen, dachte sie. Ach, verdammt. Sie setzte sich auf. Die Freude an der Brandung war ihr vergangen. Aura hatte ja keine Ahnung, dachte sie. Und vermutlich war das auch besser so. Auras Wünsche waren einfach. Vermutlich machte sie jetzt schon einem der Typen schöne Augen.

Was ich mir wünsche, ist viel komplizierter, dachte Ondra. Das glaube ich jedenfalls. Ich weiß es ja nicht einmal selber genau. Ach, verdammt, verdammt. Ein letzter Blick zum Ufer, wo rote, blaue und gelbe Glühbirnen leuchteten. Es schien eine Menge los zu sein in dieser warmen Augustnacht. Alle wollten sich noch einmal amüsieren, ehe der Sommer zu Ende ging. Aura hatte sich inzwischen bestimmt schon verwandelt.

Verbittert betrachtete Ondra ihre Schenkel, die dicht unter der Hüfte zu einem perlmuttern glänzenden, türkisfarben geschuppten Fischschwanz zusammenwuchsen, von dessen fächerförmiger Flosse das Meerwasser tropfte. Ein lautes Tuten schreckte sie auf. Seewärts wurden die roten und grünen Positionslichter eines Fischerkahns sichtbar.

Mit einer geschmeidigen Bewegung, schneller als eine Schlange, glitt Ondra ins Wasser und tauchte davon. Zurück blieb ein einsamer Felsen, der im Mondlicht verlassen dalag, als wäre nichts gewesen.

2. Kapitel

*Wie ein Delphin, angetrieben von kaum merklichen Körperbewe-*gungen, glitt Ondra durch das dunkle Wasser. Erst als sie das leise Knirschen des Kieses hörte, der in den Wellen der Brandung sanft geknetet wurde, tauchte sie auf. Vor ihr im Mondschein lag die versteckte Bucht, die sie manchmal aufsuchte. Ein kleiner Halbmond aus Sand leuchtete ihr entgegen, am Fuß einer Felswand gelegen. Ein Pfad schlängelte sich an den Felsen bis zu einem der seltsam glatten schwarzen Wege hinauf, die die Menschen für ihre Krachmaschinen anlegten.

Hier unten war alles still. Nur das Schlagen der Wellen und die verschlafenen Rufe einiger Seevögel waren zu hören. Ondra nahm den Duft der niedrigen Kiefern wahr, die oben auf einem Absatz wuchsen. Gierig sog sie den Geruch ein, der so anders war. Diesen Duft nach Harz und Rosen, nach nassem Stein, nach Quarz und ein wenig auch nach fernem Rauch.

Ondra ließ sich treiben. Eine flache Welle ergriff sie, trug sie über die Kiesel und auf den Sand. Mit einer geschickten Drehung entzog Ondra sich der letzten Berührung des nassen Elements. Mit einem Mal kam sie sich plump vor und schwer. Sie schnappte nach Luft, als der letzte Rest Wasser aus ihren Lungen floss; die Kiemen hinter ihren Ohrläppchen schlossen sich wie ängstliche Blumen.

Schwere, dachte Ondra und geriet in Panik – wie jedes Mal, wenn sie sich verwandelte. Stillhalten, ermahnte sie sich, es wird bald vorbei sein. Zuerst kam immer dieses Gefühl. Vorher war sie Ondra gewesen, eine Meerjungfrau, eins siebzig groß mit Schwanz, hüftlanges schwarzes Haar, zwei Arme, eine gerade Nase, annehmbarer Busen, zu viele krause Gedanken im Kopf. Aber jetzt zerfloss sie wie eine Qualle auf dem Felsen. Sie verlor jede Kontur und jede Grenze. Mit einem Mal, für einen kurzen Moment, war sie alles. Sie fühlte, wie sie sich auflöste, wie alles in sie eindrang und sich mit dem vermischte, was einmal sie gewesen war: die geschwätzigen Sandkörner, die sich vor Jahrmillionen von einem Berg gelöst hatten, die Holzstückchen, uralt auch sie, aus längst gestorbenen Wäldern, die Muschelschalen und Seeigelkadaver, die hilflos treibenden, losgerissenen Seesterne mit ihren tastenden Tentakeln. Strandflöhe hüpften durch ihre Gedanken, Federn bohrten sich schmerzhaft in ihre Haut und wollten sie hochheben. Sie spürte pelzige Tierchen, die schnellfüßig durch ihre Synapsen huschten, schmeckte Blut, fühlte Panik, Jagd und Flucht, Pulsschläge, Tausende von schnellen Pulsschlägen, die ohrenbetäubend in ihrem Kopf dröhnten. Aufhören! Es sollte einfach aufhören! Ondra hob die Arme – hatte sie Arme? –, um sich das zuzuhalten, was sie für ihre Ohren hielt. Sie schrie.

Und dann kam der Schmerz. Wie ein Messer fuhr er durch ihren Unterleib, von der Flosse bis in ihren Schoß. Er riss sie herum, spaltete sie. Es fühlte sich an, als wühle eine Messerklinge in ihrem Fleisch, unerträglich. Ondra rollte sich auf den Bauch und zog schutzsuchend die Knie an den Leib. Aber. Auch das. Würde. Enden.

Sie sagte es sich wieder und wieder, schrie es sich in Gedanken selbst zu, wie gegen einen Sturm. Unter Aufbietung aller Kräfte kam sie auf die Knie. So stand sie da, auf allen vieren, mit vor Schmerz und Angst bebenden Flanken. Aber es war besser, viel besser schon. Ondra knurrte wie ein Tier. Alles floss aus ihr heraus, die fremden Stimmen verließen sie, all die Gedanken, Gefühle, die Unruhe, alles floss zurück wie eine riesige Woge, die das Leben mit zurück ins Meer nahm. Zurück blieb nur sie selbst. Nackt, feucht. Und das Wasser tropfte ihr aus den Haaren, die wirr vor ihrem Gesicht hingen.

Ondra strich die Strähnen beiseite. Der Strand vor ihr war leer. Und friedlich. Der Flutsaum mit seinen Muscheln, dem Treibholz und kleinen Kadavern lag still da. Nur ein paar Nagetiere flüchteten raschelnd über den Sand. Über einem Busch tanzte eine Wolke von Eintagsfliegen, die ihr Leben im Mondlicht zu verlängern suchten. Ondra lächelte. Sie hatte einmal versucht, sie zu essen, weil sie sie an einen Fischschwarm erinnert hatten. Sie schmeckten nicht.

Ondra hob den Kopf. «Ich hasse dich», rief sie dem Mond zu, der ungerührt weiter alles in sein Licht tauchte. «Verdammter Vollmond. Wieso lasse ich mich nur immer wieder darauf ein.»

Versuchsweise richtete Ondra sich auf. Es klappte; schwankend, aber sicher stand sie auf ihren beiden – Dingern. Sie wusste, dass Menschen sie Beine nannten, sie hatte es auf einer der Strandfeiern gehört. Männer machten Frauen Komplimente darüber, wenn sie lang und schlank waren. Frauen zeigten sie dann gerne vor. Ondra wusste, dass ihre Beine den Anforderungen mehr als entsprachen, wenn sie selbst sich auch nicht dazu durchringen konnte, sie hübsch zu nennen. Sicher, sie waren braun und lang und glatt und schimmerten im Mondlicht. Aber was war das schon gegen die irisierende Schönheit ihrer üblichen Schuppen? Immerhin fühlte es sich ganz gut an. Und es roch nicht schlecht, das, was sie Haut nannten.

Da stand sie also, aufrecht und steif, beinahe wie diese komischen Seepferdchen, die immer senkrecht im Wasser standen und auch nicht ordentlich vorankamen. Eine lächerliche

Fortbewegungsart. Unwillkürlich musste Ondra kichern. Die ersten Schritte waren schwierig, dauernd hatte man das Gefühl, irgendwie herunterzufallen, aber dann ging es rasch besser. Ihr Körper erinnerte sich, und schon lief sie wie ein Reh über den Strand und kletterte in der Felswand herum. Sie tat das nicht zum ersten Mal.

Genau wie Aura war auch sie schon bei den Strandpartys der örtlichen Jugend gewesen. Im Sommer kamen die Touristen dazu, Jungen und Mädchen aus London, die mit ihren Familien hier waren oder alleine hertrampten, um ein bisschen Strandleben zu schnuppern. Sand, Sonne, Drinks und sorglose Zeiten. An der Strandpromenade wuchsen, dank der warmen Strömung draußen, zwei schüchterne Zwergpalmen – ein Hauch von Riviera an der sonst eher kühlen englischen Küste.

Ondra verstand nichts von Tourismus. Sie kannte die Unterschiede nicht zwischen Einheimischen und Urlaubern, zwischen denen, die vorbeikamen, und denen, die blieben, denen, die nur feierten, und denen, die tagsüber arbeiteten. Unterschiede, die wichtig waren in der kleinen Gemeinde. Aber sie hatte ein Gespür für Jäger und Beute und wusste, welche Art Mann hinter welcher Art von Frau her war. Und sie wusste, dass die blöden Menschen im Gegenzug nicht den geringsten Instinkt besaßen. Sonst hätten sie bemerkt, dass Aura eine Jägerin war, und keine Beute.

Ondra kicherte wieder, als sie daran dachte, obwohl sie Auras Zeitvertreib nicht mochte. Sie selbst hatte das laute Treiben an Land bald abgestoßen. Was die Menschen tranken, roch irgendwie verdorben für ihre Nase. Auch diese Angewohnheit, sich mit rhythmischen Geräuschen zu beschallen, so laut, dass man sich schon in einer eigenen Welt bewegte, weil man die andere gar nicht mehr hören konnte. Davon wurde ihr schwindelig, es brachte ihr Sonar durcheinander. Nein danke. Sie schüttelte sich. Da war sie lieber hier und alleine.

Das heißt, ganz alleine war sie nicht immer gewesen. Einmal jedenfalls, es war schon eine ganze Weile her, da hatte hier ein Junge gesessen, oben, auf der Mauer. Ondra schien es, als wäre auch er lieber alleine gewesen, fernab von all dem Trubel. Er hatte lange Haare gehabt – für einen Menschenmann jedenfalls, braun und ein wenig gelockt. Ondra hatte gesehen, wie sie ihm in die Stirn fielen. Seine Augen waren dunkel gewesen, wie das Meer bei Nacht, aber Ondra wusste einfach, dass sie bei Tage genauso blau waren wie der Ozean. Sie war ganz nahe an ihn herangekrochen, hatte sich aber verborgen gehalten. Obwohl sie Beine besaß, hatte sie ihr Versteck damals nicht verlassen. Blöd eigentlich. Jetzt bereute sie es bitter. Sie erinnerte sich noch genau an die Art, wie er dagesessen hatte mit übereinandergeschlagenen Beinen, die Arme locker herabhängend. Mit einer Hand hatte er seine gekreuzten Fußgelenke umschlossen. Wie er hinausgeschaut hatte ins Weite. Wie gut er gerochen hatte.

Und die Oberfläche seines Wesens – Ondra konnte es nicht anders beschreiben, das war etwas, das Meerwesen wahrnahmen, so wie andere sahen und hörten – war nicht grob oder simpel gewesen, wie sie es bei vielen Menschen spürte, deren Seelenhaut einfach langweilig war. Nein, seine Oberfläche war komplex und lebendig, tief und beweglich. So viele Gedanken und Gefühle kamen und gingen da. Die Seelenhaut dieses Jungen war ein wenig wie die wechselhafte Oberfläche der See. Wie ihre eigene. Ondra hatte sie vom ersten Moment an geliebt.

Ob er von seinen Leuten auch für ein wenig wirr und sonderlich gehalten wurde, so wie sie? Ob man ihm auch schon gesagt hatte, er solle nicht so viel nachdenken? Und ob es ihm auch so schwerfiel, jemanden zu finden, der ihn genau verstand?

Natürlich war es absurd zu glauben, ausgerechnet in einem Menschen einen Seelenverwandten gefunden zu haben. Es war geradezu lächerlich. Ondra konnte die anderen schon lachen hören. Unwillkürlich wurde sie rot. «Die kleine Ondra mit ihrer komischen Sammlung», würden sie sagen. «Jetzt hat sie sich noch ein Männchen dazugesammelt.» Ihrem Vater würde das wieder so peinlich sein!

Dann dachte Ondra an den sehnsüchtigen Blick des Jungen und musste seufzen. Das Gelächter in ihrer Vorstellung verklang. Sie sah seine großen Hände vor sich, seine Schultern. Aber das, sagte sie sich und errötete noch ein wenig mehr, das hatte jetzt gar nichts, also rein gar nichts mit den süßen Surfern zu tun, von denen Aura träumte. Sie konnte doch nichts dafür, dass er auch noch gut aussah. Energisch hob Ondra das Kinn. Da sah sie plötzlich die leuchtenden Augen einer Krachmaschine über sich um die Kurve rasen.

Jetzt hörte sie auch das Motorengeräusch. Die Dinger mochten laut und hässlich sein, aber sie besaßen einen individuellen Klang. Und diesen hier kannte sie. Sofort schlug ihr Herz höher. Fahr nicht vorbei, flehte sie lautlos, fahr nicht einfach weiter. Halt an.

Als hätte das Ding ihren Befehl vernommen, wurde es langsamer, tuckerte einen Moment im Leerlauf und hielt an. Ondra war so aufgeregt, dass sie einen Moment den Halt verlor, auf den Steinen ausrutschte und sich ein wenig das Knie aufschürfte. Mehr stolpernd als laufend schaffte sie es gerade noch, sich in ihr Versteck zurückzuziehen, in einen Rhododendron-Busch am Fuß der Steinmauer.

Schon schlug eine Tür. Oh wunderbarer Ton. Ondra

konnte kaum atmen. Sie würde ihn hören, sie würde ihn spüren. Er würde ihr nah sein. Vor lauter Glück wurde ihr schwindelig, und sie presste sich eng gegen die Mauer.

Da, das waren seine knirschenden Schritte auf dem Kies. Der Stoff seiner Hose, die über den Stein scheuerte, als er sich setzte. Er schüttelte seine Locken zurück – Ondras Ohren hörten auch das. Sie wusste, jetzt schaute er aufs Meer hinaus. Er sah, was sie sah. Und sie ahnte, was er empfand, angesichts der Weite, der Einsamkeit vor ihnen.

Ein reibendes Geräusch, ein stechender Geruch, dann Rauch. Was war das? Ondra unterdrückte ein Husten.

Mit einem tiefen Atemzug strömte es aus seinen Lungen. «Warum tut sie mir das an?», murmelte er. «Warum lasse ich mir das antun?»

Ondra riss die Augen auf. Es war das erste Mal, dass sie seine Stimme hörte. Sie war tief, weich und zärtlich, fand sie, und sie brachte ihren Beckenboden zum Schwingen wie einen Gong. Jetzt seufzte er.

Unwillkürlich seufzte Ondra mit. Über ihr raschelte es, als er aufsprang. Ein glühender Punkt flog über die Mauer, Steinchen prasselten auf sie herunter. Als sie sich das Zeug noch aus dem Haar fischte, hörte sie seine Stimme: «Hallo? Ist da jemand?»

3. Kapitel

*Ondra biss sich auf die Lippe. Das war ihre Chance. Sie sollte auf*stehen, sich zeigen und – ja, was sollte sie sagen? ‹Ja, ich›? Wie unoriginell! Und überhaupt. Wer war ‹ich›? Hier auf dem trockenen Land?

‹Hallo, ich bin eine gestrandete Meerjungfrau, wo geht's denn hier zum Wasser›? Das verbot sich wohl von selbst. Aber wer sie sonst sein sollte, davon hatte Ondra keinen Schimmer.

Auf einer der Partys hatte sie einmal einen Mann zu einer Frau sagen hören: «Hey, ich bin Max und mach in Immobilien.» Irgendwie ahnte sie aber, dass das in diesem Fall nicht ganz das Richtige wäre. Ob sie ihm ein Kompliment über seine Beine machen sollte?

Als ein Rascheln ihr verriet, dass er drauf und dran war, zu ihr herunterzuklettern, holte sie tief Luft und krabbelte aus dem Rhododendron. Es dauerte einen Moment, bis sie sich aus dem Gestrüpp und ihrer eigenen Haarflut so weit befreit hatte, dass sie aufrecht vor ihm stand.

Dann allerdings bot sie einen Anblick, der es vollkommen rechtfertigte, dass Adrian stehen blieb und kein weiteres Wort herausbrachte.

In ihrem schwarzen Haar, das schwer und glänzend um sie floss, hingen noch einige Blüten und Blätter. Darunter schimmerte ihr nackter Körper wie Elfenbein. Sie erinnerte den Jungen an alte Gemälde, die er einmal gesehen hatte, an Abbildungen aus Märchenbüchern, an nichts, von dem er jemals geglaubt hatte, dass es wirklich sein könnte. Konnte man so schmal sein wie sie? Und dabei wirkte sie sportlich und beweglich auf ihn. Und der Busen … Adrian räusperte sich. Er schaute zur Seite. Gerade noch nahm er einen Schmutzfleck auf ihrer linken Wange wahr, der ihr einen Hauch von Realität verlieh, genug, um den Mut zu finden, sie erneut anzusprechen. «Hi», sagte Adrian und trat einen Schritt näher. Da bemerkte er ihr aufgeschlagenes Knie.

Er war so ein Idiot. Fantasierte hier etwas von Erscheinungen, und dabei hatte sie vermutlich einen Unfall gehabt. Sie war verletzt! Sie brauchte seine Hilfe! Es war Zeit, dass er zu sich kam. «Brauchst du vielleicht Hilfe?»

Irritiert stellte er fest, dass sie nicht antwortete. Aus ihren Haaren tropfte es hörbar, so still war es zwischen ihnen.

«Du bist ja ganz nass! Kommst du aus dem Wasser?» Er überlegte. «Warst du auf der Strandparty? Hat dir jemand was getan?»

Noch immer rührte sich das Mädchen nicht. Stand einfach da und tat nichts, um sich irgendwie zu verhüllen. Sie musste unter Schock stehen. Ob sie Drogen genommen hatte? Ihre Augen, solche Augen hatte er noch nie gesehen, sie schimmerten silbrig im Mondlicht. Wenn es nicht albern gewesen wäre, hätte er gesagt, sie glommen wie die eines Wolfes. Oder einer Katze.

«Alles okay?», versuchte er es noch einmal und trat einen Schritt näher. «Du solltest dir wirklich etwas überziehen», fuhr er dann fort und zog sich die Jacke aus. «Da.» Er hielt sie ihr hin und kam sich vor, als locke er ein wildes Tier an. «Ich heiße Adrian. Adrian Ames. Ich wohne oben, im Klippenhaus.» Er machte noch einen Schritt auf sie zu. Sie war einen ganzen Kopf kleiner als er und zitterte verhalten. Nein, sie war kein wildes Tier, sondern ein verängstigtes Mädchen, das ihn anschaute, als hätte sie noch nie einen fremden Menschen gesehen.

«Geht es dir gut?», fragte er leiser. «Ich will dir doch nur helfen.»

So nah, wie er jetzt bei ihr stand, fühlte Ondra seine Körperwärme, diese unglaubliche, prickelnde Hitze, von der Aura und die anderen so schwärmten. Warm war jede Robbe, schon wahr, aber Robben waren etwas ganz anderes. «Sie küssen nicht», hörte Ondra ihre Freundin lachend sagen. Begehren schoss in ihr hoch. Unwillkürlich hob sie die Arme, eine Bewegung ging durch ihre Hüften. Gleich begann ihr Tanz.

In manchen Gegenden nannte man Meerfrauen Sirenen, man glaubte, ihr Gesang risse die Menschen hin, sodass sie alles vergäßen und in den Tod gingen. So hieß es immerhin seit einigen tausend Jahren. Die deutsche Flussfrau Loreley hatte es mit diesem Vamp-Image zu Weltruf gebracht. Nun, ganz falsch war das nicht.

Manche Sirenen sangen, gerne und mit Leidenschaft und manchmal mit einer gewissen Schadenfreude, die nicht jeder überlebte. Das kam schon vor. Das wirkliche Naturereignis aber war ihr Tanz. Man könnte ihn ein unvergessliches Erlebnis nennen, magisch, sinnverwirrend, unrettbar anziehend. Aber leider war es genau umgekehrt. Wer ihn einmal gesehen hatte – und danach unweigerlich in die Arme der Tänzerin gesunken war, so wirkte die Sache nun einmal –, der hatte nach dem Erwachen jede Erinnerung daran verloren. Meerfrau, Rausch, Umarmung – alles war weg. Also ein ultravergessliches Erlebnis, alles in allem. Wirklich befriedigend war das nicht, auch wenn die alten Griechen ein paar hübsche Geschichten daraus gemacht hatten.

Laszív ließ Ondra ihren Kopf kreisen. Sie sah, wie sein Mund sich öffnete, seine Lippen feucht wurden. Sie spürte, wie er näher kam, noch näher, bis sich ihre Körper fast berührten. Sein Atem flog, schneller und schneller, sie konnte ihn auf ihren Wangen fühlen und bog ihm den Hals entgegen. Dann hielt sie inne.

Vergessen. Er würde sie vergessen haben, noch ehe die Sonne aufging. Das hier war nicht, was sie wollte. Würde sie ihn heute noch verführen, wäre er nicht anders als die anderen. Er würde sie vergessen, und sie würde ihn vergessen. Ondra ließ ihre Arme sinken, ließ zu, dass er einen Schritt zurücktrat und sich mit der flachen Hand über das Gesicht fuhr. Verdammt. Verdammter Vollmond.

Ondra zog sich zurück in den Schatten eines Baumes.

«Wer … wer bist du?» Adrian war immer noch außer Atem. *Was war da gerade mit ihm geschehen?* Ganz verschwommen sah er Augen, Brüste, geöffnete Lippen und schimpfte sich innerlich einen Psychopathen. Da stand ein nacktes Mädchen im Wald, und schon drehte er durch. Ganz verängstigt sah sie aus, so hilflos und verloren. Und er hatte ihr noch nicht einmal seine Jacke gegeben.

«Wie heißt du?»

Ondra schluckte. Richtig, Menschen hatten Namen, solche, deren Schallwellen nicht wie ein Geräusch des Meeres klangen. Und sie tauschten sie miteinander aus, verschenkten sie wie Muscheln. Sie versuchte fieberhaft, sich an die Wörter zu erinnern, die die Menschen auf den Festen einander zugeworfen hatten. Aber nur Max mit seinen Immobilien wollte ihr einfallen in der Eile. Ihr Blick irrte umher.

«Alles in Ordnung?», hörte sie ihn wieder fragen und hätte sich am liebsten geohrfeigt.

Schiffe!, fiel es ihr dann ein. Schiffe trugen fast immer die Namen von Frauen. Das hatte Papa ihr oft genug erklärt. Jetzt brauchte sie sich nur an das letzte Schiff zu erinnern, das ihr begegnet war. Sie öffnete den Mund.

«Ich …», begann sie.

«Ja?», sagte er und kam sich wie ein Idiot vor.

«Ich heiße …», sie zögerte. Doch dann holte sie tief Luft und sagte in einem schnellen Atemzug: «Fischereigenossenschaft Süd.»

«Was?», entfuhr es ihm.

Er sah so verdattert aus, dass Ondra die Tränen in die Augen schossen. Fehler, ganz offensichtlich! Ach, verdammt! Verdammter Vollmond! Verdammtes Meerjungfrausein! Zu nichts war es gut, zu rein gar nichts. Für alles war man damit zu blöde. Es war ja beinahe lächerlich!

Sie wirbelte herum und rannte in Richtung Strand, ignorierte seine Rufe und warf sich, sobald sie das Wasser um ihre Fesseln spürte, mit einem Schrei in die Brandung.

Sie verwandelte sich, kaum dass sie tauchte. Kein Durcheinander, kein Schmerz diesmal. Nur die Verwirrung in ihrem Kopf und das Gefühl tiefer Scham, das blieb, egal wie schnell sie den heilenden, kühlenden Tiefen zustrebte, in denen sie am liebsten für immer verschwunden wäre.

Adrian stand mit hängenden Armen da. Eben war sie noch hier gewesen, und im nächsten Augenblick so weit fort. Von einer Sekunde auf die andere. Er hätte sich ohrfeigen können dafür. Das schönste Mädchen, das er je gesehen hatte! Wenn sie auch einen Knall zu haben schien. Andererseits, wer hatte das nicht?

‹Adrian›, ermahnte er sich selbst. ‹Wenn dir je wieder eine atemberaubende Schönheit gegenübersteht und behauptet, ihr Name sei Fischereigenossenschaft, dann antwortest du gefälligst: Oh, toll. So wollte ich meine Katze nennen.›

Eine Weile starrte er noch in die Dunkelheit. Dann gab er es auf. Schweren Schrittes schlurfte er zurück zu seinem Auto. Die zweite Niederlage für heute. Irgendwie schien er für den Umgang mit Frauen kein Talent zu besitzen.

4. Kapitel

«Na?», fragte seine Tante, als er in die Küche kam. Sie musste nur einen Blick auf sein Gesicht werfen, um zu wissen, dass etwas nicht stimmte. Nein, sie hatte es schon an seinem Gang erkannt. So gut kannte sie ihn. Seit dem Tod seiner Eltern hatte sie sich um ihn gekümmert. Während der Zeit auf dem Internat hatte er jede Ferien bei ihr in dem kleinen Cottage verbracht. Sie wusste, wann es ihm gut- und wann es ihm schlechtging. Und wann er litt wie ein Hund. Ohne ein Wort nahm sie den Wasserkessel von dem altmodischen gusseisernen Herd und goss ihm in einer ihrer Rosentassen Tee auf.

Er dankte ihr geistesabwesend, nahm einen Schluck und verbrannte sich die Zunge.

«Wieder Ärger mit Maud?», wagte sie zu fragen.

Er schnappte nach Luft. «Hast du einen Eiswürfel da?»

Sie schüttelte den Kopf, ging aber zum Kühlschrank, dem einzig modernen Gerät in der kleinen Küche, und kam mit einer Dose Cola zurück, die verheißungsvoll beschlagen war. «Du weißt, was dein Onkel sagen würde, wenn er noch am Leben wäre?», meinte sie. «Es wäre etwas sehr Drastisches gewesen, seemännisch-schlicht, wie er selber.»

Adrian verdrehte die Augen und zog an der Aluminium-Lasche, dass es zischte.

«Ich formuliere solche Dinge natürlich ein wenig anders», fuhr sie fort. «Ich bin kein Mann. Ich würde sagen: Ein Mädchen, das sich nicht küssen lässt ...»

«Also geküsst habe ich sie!»

«Adrian, du weißt genau, was ich meine.» Seine Tante wand sich ein wenig. «Die Direktheit der modernen Jugend in diesen Dingen …»

«… ist dir zu seemännisch-schlicht.»

«Mach dich bitte nicht über mich lustig, Adrian. Ich kann auch dieses Wort mit den Vögeln sagen, ich will nur nicht.»

Er hob die Brauen und leerte die Dose mit einem Zug.

«Jedenfalls, wenn sie dich erst ihre Wohnung streichen lässt, ehe sie bereit ist, sich» – sie betonte das Wort – «‹küssen› zu lassen, will sie dich in Wirklichkeit gar nicht ‹küssen›, sondern nur …»

«… ihre Wohnung gestrichen bekommen», vollendete Adrian gemeinsam mit ihr den Satz. Alleine fuhr er fort: «Von jemandem, der blöd genug ist, sich Hoffnungen zu machen. Ich weiß.»

Seine Tante lächelte. «So weise? Du scheinst ja kuriert.»

Er wandte den Kopf ab, damit sie die aufsteigende Röte nicht sah.

«Wieder einmal.» Sie ging zurück zu dem blaugestrichenen Holztisch in der Mitte des Zimmers, wo ein angefangenes Aquarell lag. Sie betrachtete es eine Weile, dann beschloss sie, für heute Schluss zu machen, und trug die Pinsel zur Spüle hinüber.

Adrian, der wieder zu seiner Tasse gegriffen hatte und jetzt brav auf den Tee blies, stand auf und schaute ihr über die Schulter, als sie zurückkam, um die Farben trocken zu pusten. Es waren überwiegend Grüntöne, die zu einer Ansicht ihres Gartens zusammenflossen. «Gefällt es dir nicht?», fragte er.

«Das Licht ist nicht gut.» Sie ging noch einmal zum Spülbecken.

Adrian schaute ihr zu. «Immerhin hat sie mich auf die Wange geküsst.»

Seine Tante antwortete nicht.

«Und morgen will sie mit mir spazieren gehen.»

«Was braucht sie noch?» Seine Tante drehte sich um und lehnte sich an den Spülstein. Mit geneigtem Kopf betrachtete sie ihn.

«Nichts, wieso?» Adrian tat unschuldig. Aber unter dem Blick seiner Tante brachte er es nicht fertig, weiter zu lügen. «Also, sie sucht ein paar Antiquitäten, sagt sie, als Kontrast. Weil doch alles jetzt renoviert ist und so sauber aussieht. Ist ein guter Gedanke, finde ich», verteidigte er Maud. «Und ich dachte, da wir hier doch eh alles auflösen …»

Seine Tante drehte ihm den Rücken zu und drehte den Wasserhahn auf. Hörbar rumorte sie im Spülbecken herum.

«Ist doch gut, wenn wir die Sachen loswerden.» Adrian sprach mit ihrem Rücken. «Oder?»

Als sie nicht antwortete, ging er zurück zu seinem Stuhl. Das war heute wirklich nicht sein Tag. Aus London kein Anruf, Maud beschimpfte ihn als Lüstling, seine Tante nannte ihn mehr oder weniger einen Idioten, und dann dieses Mädchen eben … Jetzt, zurück in der vertrauten Küche, kam ihm die Begegnung beinahe wie ein Traum vor. War das alles überhaupt passiert? Fischereigenossenschaft Süd! Und rennt dann wie ein Wiesel davon. Vermutlich war sie auf Drogen gewesen. Wie die meisten dieser Touristinnen unten am Strand. Mit denen wollte er doch im Grunde ohnehin nichts mehr zu tun haben.

«Tante, darf ich dich etwas fragen?», begann er langsam. «Über Frauen?»

Sie seufzte. «Ich würde es vorziehen, über Maud kein Wort mehr zu verlieren, Adrian. Das Thema ärgert mich einfach zu sehr, deinetwegen.»

Er überlegte, ob er den Irrtum aufklären sollte, ließ es dann aber bleiben. Als er aufstand, drehte sie sich um.

«Willst du nochmal weg?»

«Ich gehe in mein Zimmer», erwiderte er. «Arbeiten.»

«Wolltest du nicht in London anrufen?»

Sie war erleichtert, als er noch einmal stehen blieb. Lieber nervte sie ihn, als dass er ohne Abschied die Tür hinter sich zuschmiss. Als kleiner Junge hatte er das öfter getan. Aber da war auch sie jünger gewesen. Jetzt vertrug sie Streit immer weniger. Sie gab es nicht gerne zu, aber es tat ihr weh.

«Nein, *die* wollten *mich* anrufen. Hat jemand angerufen?»

Sie schüttelte den Kopf.

Er zog sein Handy heraus und schaute sicherheitshalber noch einmal nach. Dabei wusste er es schon. «Hier auch nicht. Kein einziger verdammter Anruf.»

«Adrian!», entfuhr es ihr unwillkürlich. Sie bereute es sofort. Seine Enttäuschung war so deutlich. «Du wirst sehen …», begann sie sanft.

Er ließ sie nicht aussprechen. «Ich geh dann mal …»

Kopfschüttelnd schaute sie ihm nach. Immer schon war sie sich ungenügend vorgekommen. Zu unerfahren als Mutter für einen Sechsjährigen, was sie nach dem Tod ihrer Schwester plötzlich sein musste. Wo sie doch selbst nie Kinder gehabt hatte. Zu provinziell für einen Jungen, der nach London ging, um zu studieren. Mein Gott, Adrian wollte die ganze Welt erobern mit seinen Ideen, und sie hatte ihr Leben lang dieses Cottage als Pension betrieben und war nie weiter gekommen als bis Torquay. Und schon das war ihr zu groß gewesen.

Er war so voller Zukunft, und sie lebte nur für eine Vergangenheit, die immer weiter zurücklag. Sie kam sich so alt vor.

Kein Wunder, wenn ihm nichts an ihrem Urteil lag. Maud geisterte immerhin schon seit fast einem Jahr durch sein Leben: Vielleicht irrte sie sich ja? Vielleicht waren ihre Moralvorstellungen überholt? Zu ihrer Zeit wäre es undenkbar gewesen, eine reife Frau und ein Junge wie Adrian, aber galt das heute überhaupt noch? Vielleicht zeugte es am Ende von Reife, dass Maud zögerte? Rose Ames musste sich eingestehen, dass sie es nicht wusste. Sie räumte das schmutzige Geschirr zusammen und machte sich an den Abwasch. Dem fühlte sie sich immerhin gewachsen. Vielleicht sollte sie sich einfach aus allem heraushalten?, überlegte sie und prüfte die Wassertemperatur. Wie es aussah, konnte sie Adrian ohnehin nicht helfen. Sie konnte nur da sein und Tee kochen.

Abwarten und Tee trinken. Sie ging noch einmal zum Tisch, um die letzte Tasse zu holen, betrachtete das unfertige Aquarell und lächelte etwas darauf an, das nur sie sehen konnte.

5. Kapitel

«Ah, Ames, auch mal wieder da!» Patrick Morgan, der Besitzer des kleinen Supermarktes – Krämerladen wäre womöglich der passendere Ausdruck gewesen –, sprach Adrian mit seinem Nachnamen an, wie es unter den Einheimischen üblich war. Manche wurden auch mit dem Namen ihres Hauses gerufen, wenn dieses alt war und seine eigene Geschichte hatte. Viele der Fischerhäuser, die in dichtgedrängten Reihen auf dem Steilhang standen und den Ort Broxton bildeten, stammten aus elisabethanischer Zeit. Fassaden mit Fachwerk, hier ein wenig Stuck, dort ein paar Sandsteinpfeiler, doch alles in allem war es eher idyllisch als großartig. Man hatte nicht das Glück gehabt wie Paignton, wo ein größenwahnsinniger Nähmaschinenfabrikant sich im letzten Jahrhundert eine Villa hingesetzt hatte, die ernsthaft versuchte, das Schloss von Versailles nachzubilden. Man besaß auch keine Parks mit tropischem Blumenschmuck und gestutzten Eiben. Oder exotische Gärten wie Torquay. Und keine berühmte Krimiautorin hatte nachweislich hier geurlaubt, auch wenn manche das gerne behaupteten; überhaupt niemand hatte je hier gelebt, um dessentwillen man ein Schild an eine Fassade hätte schrauben können.

In Broxton roch es immer noch nach Fisch, und die blauen und roten Boote im Hafen liefen jeden Morgen auf Fang aus. Alles, was man vorzuzeigen hatte, waren die Reste einer Geschützstellung aus dem Zweiten Weltkrieg und ein verfallener Kai, von dem aus angeblich einige Boote zu Wasser gelassen worden waren, die sich am D-Day beteiligt hatten, dem Sturm der Alliierten auf die Küste der Normandie. Und man hatte den leicht zurückgebliebenen Pete, der Touristen dorthin führte und ihnen für ein bisschen Taschengeld die Geschichten seines Großvaters aus dem Krieg erzählte.

Pete hing auch in dem kleinen Laden herum, ein Dosenbier in der Hand, genau wie einige der anderen jungen Männer aus dem Ort. Es war Mittag, und man hatte wenig zu tun. Sie alle kannten Adrian von früher und grüßten ihn. Wenn auch vorsichtig. Er mochte ja fast einer von hier sein. Einer der Ihren aber war er nicht.

«Wie geht's denn so?», fragte Patrick Morgan, da er die Neugierde der Trinkkumpane spürte, die sich mit aufgestützten Ellenbogen an einem runden Bartisch lümmelten und unbeteiligt taten. «Bist du nicht studieren gegangen?» Seine Koteletten, die langsam zum zweiten Mal aus der Mode kamen, waren inzwischen grau meliert, und seine hohe Stirn glänzte.

«Mmmh», gab Adrian zurück. «Und noch zwei Pfund Kaffee, bitte.»

Patrick holte das Gewünschte.

Pete, dessen Vater das Angelgeschäft betrieb, zwei Häuser weiter die Promenade hinunter, raffte sich zu einer Frage auf. «Medizin, oder?»

Die anderen lachten, als habe er einen besonders originellen Witz gemacht. Pete grinste selig. Sein Mund stand offen.

«Nein, Architektur.» Adrian kniff die Lippen zusammen. Wieso antwortete er überhaupt? Denen war das doch scheißegal.

«Architektur», wiederholte Tom affektiert. Ihm gehörte der Segelboot- und Surfverleih, seit sein Vater einen Schlaganfall erlitten hatte und im ersten Stock des Hauses vor sich hin vegetierte. Im Moment allerdings war wenig los, Ende der Saison, und seit dem frühen Morgen nieselte es auch noch. Da schaffte seine Frau den Laden alleine. Er kratzte sich die rote Wolle auf seiner Brust. «Klingt irgendwie schwul.»

Die anderen lachten.

«Der Sohn vom alten John ist auch weggegangen, studieren.» Der Sprecher malte mit den Fingern Anführungszeichen in die Luft. «Kam dann wieder und hat oben an der Tankstelle gearbeitet. Hat was mit der Frau vom Besitzer angefangen. Die sollen ihn dann ermordet haben und nach Frankreich gegangen sein.» Er rülpste. Die anderen nickten; sie kannten die Geschichte. Sie war ein gutes Beispiel dafür, dass man besser allen misstraute, die ihre Wurzeln verrieten.

«Ist immer was faul mit Leuten, die zu weit weggehen», erklärte Patrick und zwinkerte Adrian zu. «Nichts für ungut, Ames.»

«London is ja nich sooo weit», fügte Ned hinzu, der in vierter Generation eine der Pensionen am Ende des Hafens betrieb, das «Seaside Home». Genau wie bei seinem Vater und seinem Großvater lichtete sich sein Haar früh, und er hatte dieselbe nervöse, wichtigtuerische Art. Ned war nicht dumm, man konnte sogar ganz gut mit ihm reden, wenn es nicht gerade um Politik ging. Ihn sah Adrian häufiger, das «Seaside Home» lag direkt neben dem Haus von Maud.

Adrian grinste. «Das wär's jetzt, Pat, was macht das?»

Patrick packte alles in eine Plastiktüte mit dem Aufdruck ‹Mermaid-Shop›, verlangte zwölf Pfund fünfundsiebzig und ließ die Kasse klingeln.

«Könntest uns mal so 'n Waterpark bauen, wie sie in Paignton einen haben. Das wär was.»

Zustimmendes Gemurmel begleitete Toms Vorschlag. «Mit 'ner Riesenrutsche.»

«Und 'nem Steg mit Casino», fügte Pete hinzu.

«Kannste vergessen, da macht der Denkmalschutz nich mit.» Das war typisch Ned.

«Ein Zoo wär eh besser.» – «Ein Zoo, spinnst du?» – «Oder ein Aquarium, das haben die in Barcelona, hab ich gehört.» Die Meinungen waren geteilt.

«Jungs», versuchte der alte Patrick für Ruhe zu sorgen. «Ihr wisst doch, das hat der Gemeinderat lange genug durchgekaut. Aber wenn die gute Rose ihren Grund nun mal nicht verkaufen will …» Er lächelte Adrian mit falscher Freundlichkeit an, während er ihm die Tüte über den Tresen reichte. Im Laden war es still geworden.

Adrian fühlte sich beobachtet auf dem Weg zur Tür. Gleichzeitig hatte er keine Ahnung, wovon Pat da faselte. Rose besaß keinen Grund außer dem, auf dem ihr Cottage stand. Und der lag hoch auf den Klippen. Sie wollten die Rutsche doch nicht dort oben beginnen lassen, oder? Er war ehrlich irritiert, hatte aber nicht die geringste Lust nachzufragen. Es war schon komisch, Broxton war seine Heimat. Aber nirgendwo fühlte er sich schneller als Außenseiter als hier. In London hatte er manchmal Heimweh. Kaum jedoch war er hier, wünschte er sich sehnlichst wieder fort. Wenn da nicht Tante Rose wäre … und Maud natürlich. Wieso konnte man sich nicht aussuchen, woher man stammte? Wenn man alt genug war und entscheiden konnte, was wirklich zu einem passte? Auf Broxton jedenfalls wäre er niemals gekommen.

Er hatte die Hand schon nach der Klinke ausgestreckt, als ein Blaulicht draußen seine Aufmerksamkeit erregte. Langsam und ohne Horn glitt ein Polizeiwagen die Promenade entlang und hielt fast exakt zwischen den beiden Palmen, direkt vor dem Siren's Pub, der *Fish and Chips and other seafood* anbot. Der Regen wusch gerade die mit Kreide angeschriebenen Tagesangebote von den Schiefertafeln. Jetzt bemerkte Adrian auch die beiden Feuerwehrwagen. Sie standen am anderen Ende der Bucht, die den Hafen von Broxton bildete. Und er sah das Gewimmel der Menschen, die sich unter Regenschirmen zusammendrängten, um über das Geländer hinunter zu dem schmalen Strandstück zu schauen.

«Was ist denn da los?», fragte er in die Runde.

«Haste noch nich gehört? Gestern Nacht nach der Feier wurde ein Mädchen vermisst. Oder besser, vermisst haben sie es erst heute früh. Ist vielleicht ertrunken, heißt es.»

«Oder ermordet?» Ned holte sich ein neues Bier und runzelte die Stirn. Tote Touristen waren nicht gut fürs Geschäft.

«Ermordet, pah. Du hast zu viele Krimis gelesen. Die hat zu viel gesoffen und ist zu weit hinausgeschwommen, das war alles.» Tom schob die Unterlippe vor, um den letzten Tropfen Ale aufzufangen. «Hättest sie mal sehen sollen gestern Abend; die hat ganz schön über die Stränge geschlagen. Vermutlich hat sie einfach Wasser und Land verwechselt.»

«Tja, man kennt ja diese Londoner Flittchen.» Ned nickte.

«Mit dir hat sie trotzdem nich tanzen wollen.» Pete kicherte.

Adrian wurde schlagartig bewusst, dass sie vermutlich alle gestern auf diesem Fest gewesen waren: Tom, Pete, Ned. Trotz ihrer Bäuche und ihrer Jobs und Familien und langweiligen Hemden waren sie kein Jahr älter als er. Kaum zu glauben, dachte er, als er sie so betrachtete. Er hatte sich ihnen schon nicht sehr nahe gefühlt, als sie noch Kinder gewesen und gemeinsam in den Klippen Möweneier aus den Nestern geholt hatten. Aber jetzt schienen sie ihm wie von einem anderen Stern zu sein. Dann fiel ihm etwas anderes ein. «Ein Mädchen?», fragte er mit trockenem Mund.

«Sie haben uns alle schon befragt», stellte Ned fest. «Jeden einzelnen Mann im Ort, kannste mir glauben. Man kommt sich schon wie ein Verbrecher vor.»

«Also ob man nichts Besseres zu tun hätte.»

«Und so was schimpft sich Polizeiarbeit.»

Patrick nickte ihm zu: «Da haste Glück, Ames, wenn de heute erst angekommen bist.»

«Ich bin schon seit gestern da», sagte Adrian und ging hinaus. Fest zog er die Tür hinter sich zu, ohne auf das panische Gebimmel der Ladentür zu achten. Er schaute sich auch nicht mehr nach den Gesichtern der anderen um, von denen er sicher war, dass sie ihn zwischen den Drehständern mit Postkarten und den Regalen mit Keksen und Nippes hindurch mit ihren Blicken durch die Scheibe verfolgen würden.

Mit wenigen Schritten war er am Rand der Promenade. Sofort spürte er den kühlen Wind im Gesicht und den feinen Sprühregen. Von einem Tag auf den anderen war der Sommer vorbei.

«Irgendwas gefunden?», hörte er eine Gestalt im neonorangefarbenen Regenanzug einer anderen zurufen.

«Nichts bisher.»

Adrian zögerte. Wieder sah er seine Bekanntschaft von gestern Nacht vor sich, wie sie verängstigt ans Meer hinunterlief. Was danach wohl mit ihr geschehen war? War es unverantwortlich gewesen, ihr nicht zu folgen? Wenn sie nun vollgepumpt mit Drogen ins Wasser gegangen und ertrunken war? War er dann nicht schuld an allem, irgendwie?

Verdammt, dachte Adrian und biss sich auf die Lippe, als ein Polizist dicht an ihm vorbeiging, so dicht, dass er das Plastik seines Regenumhangs rascheln hören konnte. Hin- und hergerissen zögerte er und wagte es am Ende doch nicht, ihn anzusprechen. Ich hätte die Arschlöcher im Laden fragen sollen, dachte er. Dann wüsste ich jetzt, ob sie schwarze Haare hatte.

6. Kapitel

Eine Weile noch sah Adrian zu, wie die Männer in einer Reihe über den Strand gingen, der mit dem Rückzug der Flut breiter wurde, und mit langen Stangen im Sand stocherten. Dann zog er die Schultern hoch, klappte den Kragen seiner Jacke auf gegen den Wind, und marschierte davon zum südlichen Ende der Hafenbucht. Dort, zwischen zwei Häusern, gab es einen kleinen Durchgang. Er sah aus, als führe er bloß auf einen Hinterhof. Mülltonnen säumten ihn, und an dem geflickten Draht des Zauns hingen vom Seewind zerfressene Metallbriefkästen. Nach wenigen Schritten aber verwandelte sich das kaputte Pflaster des Bodens in einen festen Graspfad, der zwischen den letzten Häusern von Broxton hindurch und in den Steilhang führte, der hier gras- und blumenbewachsen war. Der Regen endete plötzlich, der bedeckte Himmel riss auf, und ehe Adrian sichs versah, waren die letzten Regenwolken hinaus aufs Meer geblasen, und Sonnenlicht strahlte über die Küste. Das nasse Grün leuchtete, der Horizont sah aus wie frisch gespült, und selbst der Wind wurde wieder wärmer. Adrian knöpfte seine Jacke auf und hängte sich die Plastiktüte vom Mermaid-Shop über die Schulter. Er pfiff vor sich hin.

Weiter unten schoben sich zunehmend Felsen aus dem Meer, das Ufer wurde schroff und steil. Der Pfad hielt sich oberhalb der Steilküste und wand sich, hie und da einen Felsen umrundend, immer höher hinauf. Möwen schrien und flogen hinaus aufs Wasser. Adrian schaute ihnen nach. Nur ungern ließ er seinen Blick in die flacheren Gewässer direkt unter sich gleiten. Teils, weil er nicht ganz schwindelfrei war, teils, weil irgendetwas in ihm befürchtete, dort in der Brandung könnte ein lebloser Körper vor sich hin dümpeln. Doch mit der Zeit vergaß er das; die Brandungslinie rückte weiter in die Ferne, und die Aussicht war einfach zu grandios.

Als er endlich das Hochplateau erreicht hatte, stand er vor einem schmiedeeisernen Tor inmitten einer niedrigen, moosbewachsenen Natursteinmauer. Es quietschte, als er es sanft aufdrückte.

Adrian schlenderte zwischen den altersgrauen Grabsteinen hindurch, die aus demselben Stein waren wie die Mauer und der Fels unter ihm. Schief und krumm staken sie im Boden, wie die Zähne eines vergammelten Gebisses. Vor einer halb von Efeu überwucherten Platte blieb er stehen. «Hi Mom, hi Dad», sagte er und ging in die Knie.

Sacht fuhr er mit der Hand über die Messingtafel, die die Namen seiner Eltern und seines Onkels trug. Eine fischschwänzige Gestalt schmückte sie. Sie war blank poliert, und jemand hatte drei rote Rosen daraufgelegt, die noch nicht verwelkt waren. Adrian lächelte. Der Friedhof war alt, seit bald fünfzehn Jahren war er nun schon geschlossen. Seine Eltern waren die Letzten gewesen, die hier beerdigt worden waren. Der moderne Friedhof von Broxton lag an der Küstenstraße in Richtung Torquay und war für die Maschinen der Gärtner und Steinmetze besser zugänglich. Aber noch waren die Gräber hier oben nicht gänzlich vergessen. Zumindest nicht alle. «Gute Tante Rose», murmelte Adrian und legte ein paar Lilien neben ihre Rosen, die er im Vorbeigehen gepflückt hatte. Lange hockte er so da.

Dann war die stumme Zwiesprache vorüber. Adrian ging, wie es seine Gewohnheit war, einmal die Runde durch den stillen Garten, der so verzaubert dalag, dann setzte er sich auf die Umfassungsmauer und ließ die Beine baumeln. Ja, von hier oben gefiel ihm das Meer. Dieses Meer, das in einer einzigen Nacht seine ganze Familie verschluckt hatte und trotzdem so schön sein konnte.

Er kramte in seiner Einkaufstüte und fand einen Schokoriegel. Kauend genoss er den frischen Wind und die Sonne, die jetzt sogar seine Schultern wärmte. Eine Möwe drehte ihre Kreise über seinem Kopf. Adrian lächelte, als sie sich nicht weit von ihm niederließ und ihre Flügel einfaltete. Wie weiß ihr Gefieder war. Einige Wasserperlen standen darauf, als wären sie aus Glas.

Adrian knüllte das Stanniolpapier des Riegels zusammen und wunderte sich, als das Geräusch den Vogel nicht in die Flucht trieb. «Na du», sagte er zu dem Tier, das den Kopf schief legte und ihn aus schwarzen Knopfaugen musterte. «Schüchtern bist du ja nicht.»

Die Möwe hüpfte ein wenig näher.

«He, he», neckte Adrian sie. Vorsichtig streckte er die Hand mit dem letzten Krümel Schokolade aus. «Du stehst doch wohl nicht auf Süßes, oder? Hast du den ewigen Fisch satt?» Die Möwe ruckte mit dem Kopf, als dächte sie darüber nach.

«Also echt ...», begann Adrian und lachte. Da klingelte sein Handy.

Sofort zitterten seine Finger so sehr, dass er es kaum schaffte, das kleine Ding aus seiner Tasche zu fischen. Ein Blick auf das Display genügte: Es war London, endlich! Die Uni. Der Professor rief an. Entweder *nahm* er Adrian als Assistenten für das Projekt. Oder nicht. Top oder Flop. Die Entscheidungsfrist war gestern abgelaufen. Adrian schluckte und zögerte einen Moment.

Im vierten Semester, und schon an einem der größten architektonischen Unternehmen der Gegenwart beteiligt, das wäre es. Alle waren darauf scharf gewesen, selbst Dozenten mit Doktortitel und allem. Aber Professor Billings hatte ausdrücklich ihn angesprochen und ihn ermuntert, sich zu bewerben, ihn, Adrian. Weil ihm seine Entwürfe in dem Seminar so gut gefallen hatten. Es war der Wahnsinn! Das hier war eine ganz andere Nummer als Anbauten an Reihenhäuser oder Kleinstadtbrunnen, eine richtig große Sache war das. Okay, die Emirate waren weit weg, aber die Scheichs, man konnte über sie denken, was man wollte, hatten Geld. Und sie schätzten Fantasie. Er dürfte eigene Ideen haben. Es würde in den Zeitschriften stehen. Er würde berühmt werden. Da würde Maud aber Augen machen, wenn sie merkte, dass ein Stararchitekt ihr die Zimmer gestrichen hatte. Ganz anders würde er dann dastehen. Wenn er genommen wurde. Wenn. Adrian betete. Wenn doch bloß ... Nun, jedenfalls nicht, wenn er jetzt nicht ranginge.

Adrian schaute noch einmal zum Grab seiner Eltern. Das Handy dudelte wieder. «Bring mich nach Dubai», flüsterte er. Er bewegte den Zeigefinger.

Da breitete die Möwe die Flügel aus. Mit zwei, drei kraftvollen, erstaunlich lauten Flügelschlägen war sie bei ihm, pickte ihm das Handy aus der Hand und erhob sich damit, wie an Fäden gezogen, in die Luft. Ehe Adrian reagieren konnte, war sie außerhalb seiner Reichweite und flog hoch über ihm dahin. Den Umriss seines Handys konnte er unschwer in ihrem Schnabel erkennen.

«Heh!», schrie er und streckte seine Hand aus. Seine leere Hand. Seine brennende Hand, die nach dem Zusammenstoß mit dem scharfen Schnabel schnell rot anlief. «Was glaubst du, was du da machst, Mistvieh!» Er hörte es hoch oben noch einmal klingeln, dann noch einmal. Dann rauschte nur noch der Wind. Verzweifelt schrie Adrian auf. Das gab es doch nicht, das konnte doch nicht wahr sein. Das war vollkommen irre. Er hörte sich schon, wie er seinem Prof erklärte: ‹Sorry, ich konnte ihr Gespräch leider nicht annehmen, ein Vogel hat mein Telefon entführt.› Bescheuert. Bescheuerte stellte man nicht ein, um Luxushotels zu bauen. Die strichen ihr Leben lang Zimmer in Broxton gegen Gotteslohn.

«Scheiße!» Adrian war an den Rand der Klippen gelaufen, um die Flugbahn der Möwe zu verfolgen, die sich in Spiralen nach unten schraubte, bis sie sich nahe der Brandung auf einem Felsen niederließ. Dort saß sie, wie hingemalt. Er konnte sein Handy noch immer deutlich sehen. Klingelte es etwa schon wieder? Adrian war sich fast sicher, den hohen Ton durch das Donnern der Brandung hindurch zu hören. Die Möwe schien es nicht zu stören.

«Scheißvieh! Hast du denn gar keine Instinkte?»

Adrians Ausstattung an Instinkten hingegen sagte ihm, dass die Felsen zu steil waren, um hier hinunterzugelangen. Und ein kräftiges Schwindelgefühl unterstrich diesen Eindruck. Andererseits: Dubai. Und das dort drüben sah aus wie eine Fortsetzung des Pfades, auf dem er hierhergelangt war. Adrian verfolgte den sich windenden Verlauf mit den Augen, so weit es ging. Sein im Panikmodus arbeitendes Gehirn verdrängte erfolgreich Gedanken wie den, dass er ja auch einfach zu Tante Roses Cottage hätte gehen können, um vom Festnetz aus zurückzurufen. Viel zu undramatisch angesichts des Ernstes der Situation. Ohne es ausreichend durchdacht zu haben, machte er sich auf den Weg. Er hastete den schmalen, stark abschüssigen Erdpfad hinunter, so schnell er konnte, immer den verdammten Vogel im Blick, der sich jeden Augenblick wieder aufschwingen und auf Nimmerwiedersehen verschwinden konnte. Er schwitzte fast vor Angst, wenn er ihn wegen eines Felsens einmal kurz aus den Augen verlor.

Als der Pfad am Beginn eines Einschnittes jäh endete, musste Adrian einsehen, dass er in eine Sackgasse geraten war. Da gab es keinen Weg mehr, weit und breit nicht. Entweder endete der Weg hier, oder er war von Anfang an eine Illusion gewesen, nur eine ausgewaschene Rinne, nichts weiter. Unter ihm jedenfalls, umrahmt von zitternden Blüten, klaffte nun ein Felsspalt, der steil hinunterführte bis auf den Strand. Adrian, der sich auf den Bauch legte, um in den engen Kamin hineinspähen zu können, schätzte die Distanz bis zum Boden auf etwa acht Meter, vielleicht mehr. «Geschätzte drei Sekunden bis zum Aufschlag», murmelte er. Trotzdem tat er es.

Früher, sagte er sich, beim Möweneier-Klauen mit Ned und den anderen, war das blanke Routine gewesen. Man stützte sich mit dem Rücken gegen die eine Wand und stemmte sich mit den Beinen an der gegenüberliegenden ab. Und dann ging's stückchenweise. Ruck für Ruck. Da konnte gar nichts passieren. Man saß fast da wie ein Korken in der Flasche. Vorausgesetzt, es wurde nicht zu eng. Oder zu weit. Adrian führte eine letzte Schätzung durch – als Stararchitekt hatte man so etwas im Blick – und machte sich dann an den Einstieg.

Es ging tatsächlich. Sogar besser, als er gedacht hatte. Völlig konzentriert setzte er Hände und Füße und achtete darauf, seinen Rücken gegen den Fels gepresst zu halten. Den Schmerz blendete er aus.

«Geht doch prima», munterte er sich selber auf. Und als die Distanz größer wurde und seine Lage immer grotesker, wiederholte er diese Worte zu seiner Aufmunterung. Schon drückte er sich nicht mehr mit dem Becken, sondern mit der Brustwirbelsäule ab, das Kinn wurde ihm auf die Brust gepresst, und in seinen Beinen begann es zu krampfen. Er mühte sich ab, einen Blick nach unten zu werfen. Erleichtert sah er eine neue Verjüngung. Gleich würde es wieder besser werden, der Krampf würde nachlassen, der Kopf konnte sich aufrichten. Nur noch einmal nachsetzen, dann …

Adrian verlor den Halt, gewann ihn kurz wieder, schrammte mit dem nackten Rücken zwei Meter über raues Gestein und stürzte dann ab. Zum Glück war es nicht mehr allzu tief. Für einen kräftigen Aufschlag genügte es. Adrian spürte, wie seine Rippen sich stauchten. Dann wurde ihm ganz kurz schwarz vor Augen.

Die Möwe schrie auf vor Schreck und setzte zum Abflug an. Sie verlor das Handy, das zwischen die Klippen fiel. Adrian, ausgestreckt auf dem Boden liegend wie eine Flunder, sah, als er wieder zu sich kam, gerade noch, wie es verschwand. Er stöhnte.

7. Kapitel

*Langsam bewegte Adrian ein Bein, dann das andere. Danach be*tastete er seine Rippen. Er sank wieder zurück. Kein Grund mehr zur Eile. Nass war nass. Dubai war Land unter. Ein Witz, dass er dort eine künstliche Insel hätte bauen sollen. Oder sollte es Wunder geben? Nach kurzem Zögern robbte er in Bauchlage an den Flutsaum heran und hängte die Nase übers Wasser. So viel zum Thema Wunder: Von seinem Handy keine Spur, die Wellen hatten es sicher längst in eine der Spalten zwischen den großen Steinen gespült, die hier den Grund bedeckten. Wenigstens war es nicht allzu tief. Adrian robbte rückwärts, als zöge er sich von einem einsturzgefährdeten Abgrund zurück. Er atmete erst wieder, als er in sicherer Entfernung vom Wasser lag. Dann erst überließ er sich dem aufwogenden Selbstmitleid. Nichts, aus, vorbei. Die Brandung gluckste zwischen den Felsen. Für Adrian klang es wie ein äußerst höhnisches Kichern.

Es klang sogar verdammt wie ein Kichern, und zwar ein ziemlich echtes. Mit einem Ruck setzte Adrian sich auf. «Ist da jemand?», rief er. Als er seine eigene Stimme hörte, hier im Niemandsland der kleinen, kaum zugänglichen Bucht, kam er sich albern vor. Ein kurzer Blick nach links, wo Broxton liegen musste, und einer nach rechts verrieten ihm, dass es eine vertrackte Kletterpartie werden würde, hier wieder herauszukommen. Touristen machten sich in der Regel nicht so viel Mühe, und Einheimische schon gar nicht, die hatten zu arbeiten. Trotzdem wurde Adrian das komische Gefühl nicht los, beobachtet zu werden. Ob die Möwe ihren Freunden von ihm erzählt hatte?

Argwöhnisch betrachtete Adrian den Himmel. Aber er konnte schon nicht mehr sagen, welcher Vogel seiner gewesen war.

Dann erklang das Kichern wieder, aber es kam nicht vom Himmel, sondern aus einer kleinen Grotte. Halb überzeugt, dass sich dort jemand versteckte, der seine Kletterpartie beobachtet hatte oder – noch peinlicher – seine kindische Angst vor dem Wasser, machte Adrian sich auf den Weg dorthin. Die Grotte lag halb unter Wasser, was unangenehm war, umso unangenehmer, da es dort drinnen dunkel war und klaustrophobisch eng. Aber es gab einige Trittsteine, auf denen man sich dem Eingang zumindest nähern und einen Blick hineinwerfen konnte. Adrian balancierte von einem zum anderen, so gut es ging. Lächerlich, sagte er sich, das Wasser ist hier höchstens dreißig Zentimeter tief. Wer hier ersäuft, ist ein echter Künstler. Und außerdem musste er ohnehin hier vorbei, wenn er nach Hause wollte. Also alles im Lot. Trotzdem war ihm unbehaglich zumute.

Und als er die wallenden schwarzen Strähnen sah, wurde ihm schlecht.

Haare, dachte er entsetzt, das waren Haare, lange, schwarze Frauenhaare. Und er wusste auch, wem sie gehörten. Ohne die Augen zu schließen, konnte er sie vor sich sehen und die schwarze Flut, die ihre Hüften umspült hatte. Also war es wahr, sie war tot. Und er war an allem schuld. Er hätte sie aufhalten müssen in dieser Nacht.

Adrian wurde mit einem Mal schwarz vor Augen, seine Beine begannen zu zittern. Er schaute nach unten und sah nichts als Wasser, darin Fische, die mit einer zuckenden, widerlich schnellen Bewegung vor dem Beben seines Schattens flüchteten. Was für kalte, hässliche Viecher. Oh Gott. Er fuchtelte haltsuchend mit den Händen. Da war keiner. Es gab keine Alternative zum Stehenbleiben. Adrian wankte. Er verkrampfte sich. Er kämpfte. Und er stand. Nach Luft schnappend kam er zu sich. War ja gar nicht so schwer gewesen, im Grunde musste er nur der Schwerkraft ihren Lauf lassen. Das hatte ja auch vorhin schon so wunderbar geklappt.

Vorsichtig machte er einen großen Schritt zum nächsten Stein, dann noch einen, dann stand er auf trockenem Grund. Aber war sie immer noch da? Verzweifelt blickte er zurück. Er konnte sie doch nicht dort lassen. Bis er Hilfe geholt hätte, hätten die Gezeiten sie sonst wohin getrieben. Adrian fasste einen Entschluss und kehrte um. Wasser hin, Meer her. Es würde auch kein schöner Anblick sein. Sie lag seit gestern Nacht im Nassen, reichlich Zeit für Fische und Krebse. Sie fraßen die Augen zuerst, sagte man. Das hatten sie wohl auch bei seinen Eltern getan. Er wusste es nicht sicher, man hatte ihm die Leichen nicht gezeigt. Aber er hatte alles darüber gelesen, und in vielen Nächten seiner Kindheit hatte er es sich vorgestellt. Wie sie mit ihren weichen Mäulern an dem toten Fleisch rupften, bis sie irgendwann durch die hohlen Schädel schwammen. Mit den Augen begannen sie, den Augen und den Lippen.

Diese wunderschönen silbrigen Augen, die das Mädchen gehabt hatte! Adrian holte tief Luft, beugte sich vor, so weit er konnte, griff ins Wasser und packte das Haar, das noch immer in anmutigen Bewegungen mit den Wellen trieb. Es fühlte sich kalt an, glitschig, und es fiel unter seinem Griff zu nichts zusammen.

«Was …?», rief Adrian und zog. Es gab einen Ruck, ein rupfendes Geräusch. Dann hielt er ein tropfendes Büschel Algen in der Faust. Er schleuderte es auf die Felsen. Es klatschte.

«Himmelherrgott», schrie Adrian. Das Schreien tat ihm gut. «Himmelherrgott, verfluchte Scheiße.» Langsam ließ die Aufregung nach. «Geronimoooooooooo!»

In der Grotte kicherte es wieder. Aber diesmal achtete Adrian nicht darauf. Wind, Wasser, was sollte es. Er hatte Wichtigeres zu tun. Er musste nach Hause.

8. Kapitel

Aura tauchte auf und schwamm mit langen Zügen ans Ufer, wo Ondra an einen Felsen gelehnt saß. In der Linken hielt sie Adrians Handy, das sie im Sturz aufgefangen hatte. Die Rechte streckte sie nach oben und stieß einen kehligen Schrei aus. Eine Möwe antwortete, flog engere Kreise über ihr und landete schließlich auf ihrer Hand. Ondra kraulte ihr mit einem freien Finger das weiße Gefieder.

Aura ließ sich auf einem Stein in der Nähe nieder und wrang sich das Wasser aus den roten Haaren. «Warum hast du das gemacht?», fragte sie und legte den Kopf fast so schräg wie die Möwe, die nun auf die gehauchten Einflüsterungen der Meerjungfrau lauschte, die sie noch einmal abschließend liebkoste und dann mit einer weit ausholenden Bewegung zurück in den Himmel schleuderte.

Ondra wandte ihre Aufmerksamkeit dem Handy zu. Komische kleine Dinger; sie hatte sie schon oft bei den Menschen gesehen. Sie machten Musik, aber nie lange. Trotzdem hielten die Menschen sie sich ständig ans Ohr. Ondra versuchte es, hörte aber nichts. Ziellos drückte sie auf die Tasten. Zeichen tauchten auf dem Ding auf und flirrten vorbei. «Ich wollte ihn aus der Nähe sehen», antwortete sie.

«Du bist verrückt», gab Aura zurück. «Wenn er nun etwas gemerkt hätte?»

Statt einer Antwort zog Ondra nur die Nase kraus. Das da schienen Namen zu sein, ganz sicher war sie nicht, sie konnte zwar aneinandergereihte Buchstaben erkennen, aber lesen war doch etwas anderes. Und was half es, wenn man nicht wusste, was man las. Not-ruf, Aus-kunft, Cal-ler List – ob man sich so nennen konnte? Vermutlich nicht. Sie biss sich auf die Lippe und drückte weiter. Jetzt piepte es. Vor Schreck hätte sie das Ding beinahe fallen lassen.

Aura lachte.

Beleidigt schaute Ondra auf. «Er ist nicht wie die anderen», sagte sie.

«Oh, ja, klar. Mann, hast du eine Ahnung, wie viele Nixen diesen Satz schon gesagt haben? Und glaub mir, jede einzelne lag falsch damit.» Sie lachte wieder, dann wurde sie ernst. «Aber du liegst am allerfalschesten. Ondra, der Typ ist Thunfisch, oder jedenfalls wenig besser. Er ist ein Mensch, verstehst du? Lies es von meinen Lippen: ein Mensch. Du würdest dich doch auch nicht in eine Pfahlmuschel verlieben. Und er kann nicht mal schwimmen! Hast du das nicht gesehen?»

«Er ist nicht so dumm, das Fremde abzulehnen. Er ist neugierig, offen, hat Phantasie. Er denkt nach, Aura.» Ondras Augen leuchteten. Zumal sie es geschafft hatte, auf dem kleinen Display ein Bild Adrians erscheinen zu lassen. Gerührt betrachtete sie ihn.

«Und das alles hast du in der kurzen Zeit aus seinem Verstand gefischt, ja? Siehst du, was ich meine? Sie sind so begrenzt.» Aura schnaubte abfällig. Aber sie kam heran und schaute ihrer Freundin über die Schultern.

Ondra versuchte, das Foto vor ihr zu verbergen.

«Ach was, gib schon her!» Resolut griff Aura nach dem Handy. «Wenn er so toll ist, wie du sagst, brauchst du ihn ja nicht zu verstecken.»

«Aura, du bist wirklich …» Verbissen hielt Ondra das kleine Gerät fest. Bei der Rangelei verschwand Adrians Gesicht und wurde ersetzt durch ein bewegtes, fast lebendiges Bild der Wellen zwischen ihnen. Erschrocken hielten die beiden Nixen inne. Es klickte. Fassungslos starrte Ondra auf das verwackelte, aber eindeutige Konterfei von Auras Schwanz, das jetzt das kleine Viereck ausfüllte. Sie schüttelte das Ding, aber Aura verschwand nicht. «Verdammt!», fauchte sie. «Wenn ich nur wüsste, wie das funktioniert.»

Aura wollte sich ausschütten vor Lachen. «Wissen, wissen», spottete sie, «wozu soll das gut sein?» Als Ondra nicht antwortete, fuhr sie fort: «Du bist deinem Vater ähnlicher, als du glaubst, weißt du das? Er hat sich auch nie damit begnügt, die Gedanken der anderen zu lenken. Immer wollte er auch *verstehen.*» Sie sprach das Wort mit einer Betonung aus, die vollkommen klarmachte, für wie abwegig sie dieses Streben hielt. «Er konnte tagelang in deinem Verstand lauern wie eine Flunder auf sandigem Grund, nur um zu wissen, was du dachtest. Also wirklich.»

«Ich mache so was nicht», schnappte Ondra, in Gedanken immer noch mehr bei dem Handy als bei dem Gespräch.

«Nein, du nicht, du dressierst nur Möwen. Muss eine echte Herausforderung sein.»

Ondra drückte das kleine Gerät etwas zu fest. Es glitt ihr aus der feuchten Hand und fiel ins Wasser. Obwohl sie mit einer blitzschnellen Bewegung danach griff, bekam sie es erst knapp unter der Oberfläche zu fassen. Das Bild auf dem Display verschwand. «Verdammt!»

«Das kommt davon.» Aura räkelte sich in der Brandung.

Ondra schüttelte das Handy. Wasser lief heraus. Es sah so tot aus, wie das bei einem elektronischen Gerät möglich war. «Falls du es wissen willst», sagte Ondra. «Mein Vater *versteht* überhaupt gar nichts. Und er interessiert sich auch für nichts. Jedenfalls für nichts, was mir wichtig ist.»

«Du armes, armes Ding.» Der Sarkasmus in Auras Stimme wurde nur gemildert von ihrer entspannten Pose.

«Wir sind uns kein bisschen ähnlich. Und das sagt er mir auch jedes Mal, wenn er hier ist.»

«Na, dann ist es ja ein Glück, dass er meist in sämtlichen Weltmeeren unterwegs ist, oder?»

«Du bist echt ein Miststück, weißt du das?»

Aura hob den Kopf. Was sie jetzt in Ondras Gesicht sah, ließ sie für einen Moment ernst werden. Mit weicherer Stimme sagte sie: «Entschuldige. Er fehlt dir. Natürlich tut er das.» Sie strich der Freundin über den Arm, die nicht antwortete. «Er hat so große Aufgaben, Ondra, er beschützt uns alle, dafür ist er der König.» Vorsichtig nahm sie dem Mädchen das Handy ab. Sie betrachtete es mit hochgezogenen Brauen. «Und das hier würde ihm missfallen, fürchte ich.»

Schneller, als Ondra reagieren konnte, hatte sie das Ding in hohem Bogen fortgeworfen. Es trudelte durch den blauen Himmel und versank weit draußen im tiefen Wasser.

«Es macht dir Angst, ja? Weil es anders ist. Also weg damit.» Ondra lachte bitter. «So seid ihr alle. Aber auf den Menschen hackt ihr herum.»

«Und was glaubst du, dass *die* sind?» Langsam wurde auch Aura wütend. «Nehmen sich, was sie wollen, und vernichten, was sie nicht brauchen, verschmutzen und verderben, was sie sehen. Überall dringen sie mit ihren Schiffen und ihren Netzen ein, und was sie entdecken, das ist als Nächstes ganz sicher vom Aussterben bedroht. Und so was ist dir also lieber, ja? Wenn dein Vater auch nur eine Ahnung von dem hätte, was du treibst, dann ...»

«Erzähl es ihm doch», schnappte Ondra. «Schwimm doch einfach hin und tratsch alles weiter. Dann wissen wir es ganz genau.» Sie sah nun wirklich wütend aus. «Oder bist du eine von denen, in deren schlammigem Geist er bereits wie eine Flunder herumfläzt, um auf dem Laufenden zu bleiben?» Ihr Zorn verflog bei dem Gedanken, sie könnte verraten worden sein. Es durfte einfach nicht sein. Aura und sie waren ziemlich verschieden. Aber sie hatte sonst niemanden. Resigniert fügte sie hinzu: «Und so was nennt sich Freundin.»

«Heh.» Aura neigte sich vor, um ihr das schwarze Haar hinters Ohr zu streichen. Erst zuckte Ondra zurück, dann ließ sie es geschehen. «Du weißt, dass das nicht stimmt», sagte Aura leise. Eindringlich fuhr sie fort: «Aber wir müssen aufpassen, gerade jetzt, wo so ein Aufruhr herrscht bei den Zweibeinern.»

Ondra schnaubte abfällig, aber Aura blieb bestimmt. «Stell dir vor, er wäre abgestürzt. Peng. Matsch.» Sie unterstrich ihre Worte mit einer ausdrucksvollen Geste. «Eine zweite Leiche in so kurzer Zeit, so dicht am Wasser – das können wir uns nicht leisten. Wir müssen alles vermeiden, was ihre Aufmerksamkeit erregt.»

Unwillkürlich schauten beide zu der Grotte, in deren Eingang langsam der weiße Körper einer Frau getrieben kam. Das halblange braune Haar schwebte im Wasser wie die Tentakel einer Seeanemone. Aura gab den verschrumpelten Fußsohlen einen Stups, damit die Leiche ins tiefere Wasser glitt.

«Probleme», sagte Aura. Sie sah Ondra eindringlich an. «Es ist besser, wenn sie nichts von uns wissen. Sie würden niemals verstehen.»

Ondra löste sich von dem Felsen und umschwamm die tote Frau. Aura folgte ihr. Interessiert betrachteten sie das Gesicht mit den geschlossenen Augen, das eine Handbreit unter der Oberfläche lag. An den langen Wimpern und den Härchen auf ihrer Haut hatten sich kleine Luftblasen abgesetzt. Die Haut sah so weiß aus wie das Fleisch einer Muschel, selbst die Lippen wirkten blass, und die einst rosafarbenen Brustwarzen, die sich unter der nassen, sie umschwebenden Bluse abzeichneten, waren farblos und bleich.

Mitleid erfasste Ondra. Sie tauchte zum Grund und sammelte ein paar Muscheln, die sie der Toten auf die Brust legte. Aura flocht ihr Algen in die Haare. So umschwammen sie die stumme Leiche und schmückten sie, wie sie es für eine ihrer Genossinnen getan hätten. Dabei zogen sie sie Stück für Stück hinaus aufs offene Meer. Dort sollte sie in den Tiefen versinken, die alles aufnahmen und keines ihrer Geheimnisse preisgaben.

Ondra, die noch immer an Adrian dachte, ließ sich von ihren Gefühlen überwältigen und küsste die Tote auf die Stirn. «Jetzt ist sie kalt wie wir», stellte sie fest.

«Nicht wie wir.» Entschieden schüttelte Aura ihre springenden Locken. «Sie ist kalt wie ein Stein.»

Ondra strich über die kühle Haut der Toten, um einen Rest dessen zu ertasten, was die Seele der Frau gewesen war, was sie bei jedem lebenden Wesen erfassen konnte, und selbst bei den Steinen mit ihrer langen Erinnerung, und in so überwältigender Weise bei ihm. Sie ließ den Atem ausströmen und öffnete ihren Geist. Da fühlte sie eine fremde Bewegung, schnell und verborgen, wie ein Fisch, der unter einen Stein flitzt.

«Raus aus meinen Gedanken», schrie Ondra und stieß den Eindringling mit all ihrer geistigen Kraft zurück.

Auf den Meermann, der in eleganten Bogen auf sie zugeschwommen kam, schien das nicht den geringsten Eindruck zu machen. Er lachte und zeigte seine makellosen Zähne in dem schönen Gesicht. Aus seinen kurzen blonden Haaren troff das Wasser. «Ganz der Vater», stellte er fest. «Du hast es drauf, Ondra.»

Sie streckte ihm die Zunge heraus. «Spar dir deine Sprüche für deine Menschenliebchen. Und die Schleimerei dazu.»

Nox lachte wieder. Er war fast einen Kopf größer als die beiden Nixen, mit breiten Schultern und den Armen eines Ringers, die mit enormer Spannweite das Wasser pflügten. «Ich gebe zu, das macht sie attraktiv», gestand er und zwinkerte Aura zu, die sich mit beiden Händen durch die Haare fuhr und ihm einen aufreizenden Blick zuwarf. «Sie sind so überaus einfach zu lenken.»

Aura warf Ondra einen Blick zu, der besagte: meine Rede. Laut sagte sie: «Gib doch nicht so an. Es weiß doch jeder, dass du dich in Wirklichkeit nur für eine interessierst.» Wieder schaute sie Ondra in die Augen und hob bedeutungsvoll eine Braue.

Die wandte den Kopf ab. Dann wies sie auf die Tote: «Warum hast du das gemacht?», fragte sie.

«Das also denkst du von mir?» Das Lächeln aus Nox' Gesicht verschwand für einen Moment. Seine schwarzen Augen, in denen Iris und Pupille kaum zu unterscheiden waren, musterten sie so intensiv, dass Ondra unsicher wurde. Aber es dauerte nicht länger als einen Wellenschlag, dann lachte Nox wieder, breit und laut, wie es seine Art war. «Sie gehen nun einmal so leicht kaputt», sagte er und umschwamm die Frauengruppe mit großen, weit ausholenden Kraulzügen, die seine Arme gut zur Geltung brachten. «Warum, fragt sie, warum, warum.» Er vollführte eine Drehung, dass ihnen das Wasser ins Gesicht spritzte, und tauchte dicht vor Ondra wieder auf. «Warum töte ich einen Thunfisch, wenn ich hungrig bin? Warum messe ich meine Kräfte mit einem Marlin, wenn mir danach ist?» Er breitete die Arme aus. «Komm in meinen Geist und finde es heraus.»

Aura lachte girrend. «Warum nicht gleich mit einem Orka?», neckte sie ihn.

Ondra verzog das Gesicht und stieß Nox zurück. «Du

glaubst wohl, mir graut vor gar nichts.» Als sie sein spöttisches Lächeln sah, setzte sie hinzu: «Sie war sicher eine große Herausforderung, Mr. Orka-Man. Und so was will ein Krieger sein.»

Er griff sich einen Krebs, knackte ihn in der Faust und zog mit den Zähnen das frische Fleisch aus dem Panzer. «Wie gesagt», meinte er kauend. «Sie gehen so leicht kaputt.» Er beendete seine Mahlzeit und wurde ernster. «Du solltest dir ernsthaft Gedanken machen, ob es klug ist, deine Sympathien für sie so deutlich zu zeigen.» Er hob die Hand und zeigte ihnen etwas. Es war Adrians Handy.

«Meins!» Ondra griff danach.

Er entzog es ihr mühelos. «Es ist hin», stellte er fest. «Genau wie sie.» Mit einer leichten Bewegung schnippte er der Toten das Handy auf den Bauch. «Hoppla. Oder wolltest du es deiner Sammlung einverleiben?»

Ondra wurde rot. «Das geht dich gar nichts an.»

«Ich möchte dir einen guten Rat geben», begann er.

«Ich will deinen Rat nicht», unterbrach Ondra ihn.

Er packte für einen Moment ihre Hände. Sofort riss sie sich los.

«Ich will dir einen guten Rat geben», wiederholte er. «Wenn du ihn haben willst, dann nimm ihn dir, und dann pack ihn meinetwegen in deine Höhle und vergrab ihn neben all dem anderen kaputten Kram. Vergrab ihn tief.» Es klang drohend. In seinen Augen aber lag noch etwas anderes.

Gerade das aber machte Ondra noch wütender. «Tolle Idee. Machen wir es doch alle wie du. Schwimmen wir herum, schlagen wir uns auf die Brust, stoßen wir düstere Drohungen aus und tun von Zeit zu Zeit jemandem so richtig weh. Damit keiner auf die Idee kommt, dass wir etwas zu verbergen haben. Und dass wir in Wahrheit von Grund auf feige sind.» Sie starrte ihn an.

Nox zeigte keine Regung. Aber Ondra spürte, dass sie ins Schwarze getroffen hatte. Ihr Lächeln glomm böse auf.

«Pass einfach auf, was du tust», sagte er und wandte sich ab. Ein Schwanzschlag, und er war fort.

Aura drehte sich eine Locke um den Finger. «Du hast vielleicht ein Talent», stellte sie fest. Sie seufzte und gab der Toten einen kraftvollen Stoß, der sie endgültig in die ablandige Strömung brachte. «Du weißt doch, wie sehr dein Vater ihn schätzt.»

«Oh ja», bestätigte Ondra. «Ihn. Und dich.» Sie machte eine Pause, die Aura Zeit gab zu erröten. «All seine wertvollen Mitarbeiter. Nur mich schätzt er nicht. Ach, lasst mich doch einfach in Ruhe.»

Trotzig drehte sie ab.

Aura schaute ihr nach. Sie blieb, um das Verschwinden der Toten zu überwachen. «Es gibt keine Ruhe», sagte sie zu sich selbst, während sie dem davondümpelnden Körper nachschaute, über dem die ersten Möwen kreisten. Sie würde die Vögel verjagen müssen. Sonst fiele es zu sehr auf. Träge kraulend machte Aura sich auf den Weg. Immer gab es eine Aufgabe. Nein, es gibt keinen Frieden, dachte sie. Keine Wahl. Es gab nur sie, die Meermenschen. Und es gab die anderen.

9. Kapitel

«Hallo, Tante Rose.» Mit einem matten Heben der Hand erwiderte Adrian den Gruß seiner Tante. Sie stand mit Gummistiefeln und Kopftuch inmitten ihres kleinen Rosengartens. Auf eine Hacke gestützt, betrachtete sie ihn. Der Garten war ein Prachtstück, voller Duft und Farben. Er war der Anziehungspunkt auf den Fotos, die Adrian schon vor Jahren für die Website ihrer Pension gemacht hatte. «Rose's Cottage», so hieß der Betrieb, in Anspielung auf seine Besitzerin und auf ihre Blumen, die sie hütete wie Kinder, züchtete, pflegte und auf ihren Bildern festhielt. Der Garten würde bleiben, auch wenn die Gästezimmer leer geräumt waren und die Touristen wegblieben.

Rose hob eine behandschuhte Hand, um seinen Gruß zu erwidern. Mit schräggeneigtem Kopf betrachtete sie ihren Neffen, der sich schwer atmend auf eine blaugestrichene Bank setzte. Er ließ sich gegen die Lehne fallen, zuckte dann aber zurück und betastete vorsichtig seinen Rücken. «Alles in Ordnung?», fragte sie.

Adrian grinste. «Alles klar.» Er winkte ab. «Gibt's was für mich zu tun?»

Die Frage war rein rhetorisch. Es gab Arbeit in Hülle und Fülle, das wusste er. Der Gästetrakt musste ausgeräumt, die Möbel fortgeschafft, die Räume entkernt werden. Rose hatte darauf bestanden, aus den ehemals kleinen Zimmern ein großes, luftiges Atelier mit Meerblick und eine kleine Einliegerwohnung zu schaffen. Dort sollte er wohnen können, wenn er sie besuchen käme. Adrian war von der Idee begeistert. Allerdings bedrückte ihn die Idee, dass so viel Wohnraum die meiste Zeit des Jahres leer stehen würde, und er hatte seiner Tante vorgeschlagen, die Räume während der restlichen Monate an einen Künstler oder eine Kunstakademie zu vermieten. Aber Rose hatte das strikt abgelehnt.

«Ich will hier keine Fremden mehr haben», hatte sie gesagt. Und dabei war sie geblieben.

Adrian hatte ein wenig Angst um sie. Wenn die ganze Hektik des Umbaus erst vorbei wäre, dann würde es hier oben sehr einsam werden.

Rose zog ihre Handschuhe aus. «Patrick war da. Sein Bruder ist Klempner, und er hat mir einen Kostenvoranschlag für den Abbau der drei Bäder gemacht. All die Installationen und Rohre.»

«Vergiss Patrick.» Adrian machte eine wegwerfende Handbewegung. «Das kann ich dir doch machen.» Von den Broxtoner Geschäftsleuten hatte er für heute genug. Er dachte daran, wie sie ihm hinterhergeglotzt hatten. Und wie so oft in seiner Jugend packte ihn ein leichter Schauer bei dem Gedanken, vielleicht niemals von hier wegzukommen. Maud war da anders. Die packte ihre Pläne an, kam nach ihrer Ausbildung zurück und richtete sich hier ein. So wie diese Frau drauf war, würden ihr bald alle aus der Hand fressen. Sie war akzeptiert. Sie konnte ja manchmal eine ganz schöne Spießerin sein – wenn er ihr das sagte, lachte sie ihn aus –, aber über Maud würde niemals jemand lachen.

Adrian seufzte leise. «Gleich wenn ich die Möbel weggefahren habe, fange ich an.»

«Oh nein, mein Lieber, ich fürchte, das geht nicht.»

«Was?» Adrian fuhr aus seinen Gedanken auf. «Hast du ihm dein Geld etwa schon in den Rachen geworfen?»

Seine Tante schüttelte den Kopf. «Nein. Aber so wie es aussieht, hast du eine ganze Menge anderer Arbeit vor dir.» Sie lächelte. «Es kam ein Anruf für dich. Aus London. Das Wichtigste habe ich mitgeschrieben.»

Adrian war schon aufgesprungen und auf dem Weg in den Flur, wo das Telefon an die Wand montiert war.

«Ich habe ja nicht alles verstanden», rief seine Tante ihm nach. «Aber mir scheint, du musst im Winter nach Dubai.»

Dubai! Der Klang dieses Wortes verfolgte Adrian bis in den niedrigen dunklen Flur mit seinen Holzbalken, an denen er sich jedes Mal, wenn er nicht aufpasste, am Treppenaufgang die Stirn anstieß. Und heute war kein Tag zum Aufpassen. Den Zettel in der Hand, stürmte er hinauf in sein Zimmer. Im Licht des kleinen Buntglasfensters, das den Treppenabsatz erhellte, las er, was seine Tante mit ihrer altmodischen Handschrift für ihn notiert hatte. Dubai! Da stand es schwarz auf weiß.

«Ja!», rief Adrian, stieß sich noch einmal den Schädel und ballte die Faust. «Ja, verdammt. Ja! Ja! Ja!»

Oben angekommen, öffnete er die kleinen Flügel seines Butzenscheibenfensters und ließ das Tageslicht in sein Zimmer fließen. Es war klein, wie alles hier, vollgestopft mit Erinnerungen, die nicht die seinen waren, mit Möbeln von Urahnen, Nippes von Reisen anderer Menschen und einem Bett, in dem Fremde aus aller Welt geschlafen hatten.

Jetzt aber würde er die Welt erobern. Er würde etwas unumstößlich Eigenes schaffen. Er würde eigene Trophäen, eigene Erinnerungen hierher tragen. Adrian breitete die Arme aus und holte tief Luft. «Jaaaaaaaaaaaaaaaaaaaaaaaaa!», schrie er. Dann machte er sich ans Räumen. Er würde Platz brauchen. Platz an den Wänden für seine Entwürfe. Platz auf den Tischen für die Bauzeichnungen und Modelle. Andere arbeiteten ja nur am Computer, er aber war erst glücklich, wenn er basteln konnte. Platz brauchte er auch in den Regalen. Platz, Platz.

Hier würde er den Computer aufstellen, da den Laptop. Am besten, er hatte zwei Bildschirme. Den schnelleren Rechner würde er für die Statikberechnungen brauchen. Dort an die Wand kämen die Fotos. Er ging zu seiner Reisetasche und holte die große Papprolle, die er daraufgeschnallt hatte. Bis heute hatte er nicht gewagt, sie zu öffnen. Es wäre ein Vorgriff gewesen, wie ein böses Omen. Aber jetzt wurde es Zeit. Er schüttelte sie und zog die zusammengerollten Bilder heraus, großformatige Aufnahmen von Dubai, der Küste, dem Meer dort unten, das so anders aussah als die See vor Broxton. Bilder von Bauwerken, die es in den Emiraten schon gab: Paläste, Wolkenkratzer, Hotels, Moscheen, Märkte. Das waren die Dinge, mit denen er sich würde messen müssen. Das war die Vergangenheit, an die er anknüpfen würde, um sie weiterzuführen und zu verwandeln. Und hier, dieses unberührte Stück blaue See vor der Küste … Adrian, Reißzwecken im Mund, pinnte die letzte Ecke eines großen Farbfotos fest, das vor allem Wasser zeigte und im Hintergrund eine Küstenlinie, an der sich Palmen erahnen ließen und eine von Dünen umgebene Skyline. Das war der Ort, an dem schon bald eine Insel entstehen würde, von Menschenhand geschaffen, von seiner Hand, um genau zu sein. Und darauf würde das teuerste Hotel entstehen, das die Welt bisher gesehen hatte. Ein Traum aus Tausendundeiner Nacht.

«Adrian, die Shepherd's Pie ist fertig.» Die Stimme seiner Tante klang dünn herauf.

Adrian machte sich nicht die Mühe zu antworten. Er hatte keine Zeit. Er hatte keinen Hunger. Er hatte zu tun.

Vier Stunden später schob er die Tastatur von sich. Puh! Es

war gar nicht so einfach, Ideen zu haben, wenn man unbedingt musste. Vor allem nicht, wenn sie grandios sein sollten. Jede Skizze, die ihm in den letzten Stunden durch den Kopf gegangen war, kannte er schon von irgendwoher. Zumindest hatte er den Eindruck. Das waren doch alles nur Fingerübungen, Versuche, Gedächtnistraining, ein Plündern der Vorräte. Aber es war bislang ohne jede Inspiration. Es fehlte der Funke. Alles, was Adrian fühlte, war dieses glühende Wollen. Aber vom Wollen allein war noch nie etwas gekommen. «Wenn das Wort Kunst», pflegte sein Professor zu sagen, «von *wollen* käme, dann müsste es *Wulst* heißen.»

Nun, in den letzten Stunden hatte er Wülste produziert. Adrian griff zur Wasserflasche, stellte fest, dass sie leer war, und schaltete um auf das Textprogramm. Er ging seine Notizen durch in der Hoffnung, dort auf eine Eingebung zu stoßen. Aber alles, was er geschrieben hatte, war im Grunde nur das Flehen um eine gute Idee. Draußen schrie eine Möwe.

«Du hältst die Klappe», sagte Adrian, in Erinnerung an seine Kletterpartie, und rieb sich den Rücken, der juckend zu verschorfen begann. «Oder du beteiligst dich gefälligst mit einem produktiven Einfall.» Die Möwe ließ sich auf einem von Roses Rosengittern nieder und legte den Kopf schräg.

«Oh nein», rief Adrian. «Nicht schon wieder.» Mit einem hörbaren Knall schloss er das Fenster.

«Adrian, alles in Ordnung?», erklang es besorgt von unten.

«Schon gut, Tante. Ich suche nur nach einer Idee.»

«Was suchst du?»

«War nur ein Scherz, Rose. Ein Scherz.» Adrian war an die Tür getreten, um sich besser verständlich zu machen. Als er sie mit einem Seufzer schloss, bemerkte er den Bücherschrank, der sich dahinter in eine Wandnische schmiegte. Er war nicht blau gestrichen wie die Stühle und das Nachtkästchen, sondern aus einem leuchtenden Holz, Kirsche, vermutete Adrian, als er darüberstrich. Die Verzierungen ließen auf Jugendstil schließen. Vor allem die Rosette, die den oberen Teil abschloss, war sehr schön. Einlegearbeiten schmückten den Rahmen, und die Seiten hatten diesen leichten, eleganten Schwung, der das Möbelstück ein wenig wie ein verzaubertes Märchenwesen aussehen ließ. Zwei Glastüren schützten die Regalbretter, die vollgestopft waren mit Krims und Krams, wie Adrian es bei sich nannte.

Da war eine alte Puppe mit Porzellangesicht, Kristallschalen, ein Korallenstock, den jemand aus einem wärmeren Meer mitgebracht haben musste. Adrian nahm ihn heraus. Im Roten Meer gab es so etwas. Korallen, Rotfeuerfische, Haie. Schwarze Seesterne mit Armen, die sich wie Schlangen bewegten. Das hatte er in einem Film gesehen. Ob er sich davon anregen lassen sollte? Er drehte den fantastisch geformten Stock unschlüssig in den Händen, ehe er ihn vorsichtig wieder zurückstellte.

All das musste noch entsorgt werden. Und wie er seine Tante kannte, würde sie bei jedem Stück überlegen, woher es kam, wohin es sollte und ob sie es behalten wollte oder nicht. Es würde Stunden dauern, sie ihren Erinnerungen zu entreißen und zu einer Entscheidung zu treiben. Wenn es nach ihm ginge, dachte Adrian, würde er alles in einen Container werfen. Na ja, die Koralle nicht, die war bestimmt einiges wert. Und ihm ging ihre Form nicht aus dem Kopf.

Noch einmal nahm er sie in die Hand, dabei fiel das Buch um, das dahinter gelehnt hatte. Adrian griff danach und blies den Staub herunter. «Die kleine Meerjungfrau», las er laut. Er kannte das Buch, er kannte es gut. Seine Tante hatte ihm oft daraus vorgelesen, als er klein war. Vor allem, wenn er krank im Bett lag und nicht hinausdurfte. Er konnte sich noch genau daran erinnern. An das warme Bett mit der bestickten Tagesdecke, an das sanfte Licht der Nachttischlampe, die heute noch dort stand, an den Tee, das bittere Vitamin-C-Pulver, das zu jeder Krankheit unweigerlich dazugehörte. An die sanfte Hitze des Fiebers, an die Stimme und die Hand auf seiner Stirn. Er war sechs gewesen damals, und von einem Baum gefallen. Er konnte das Brennen an seinen Knien noch fühlen. Dann erschrak er.

Mit sechs hatte er noch gar nicht bei Rose gelebt. Mit sechs war er ein ganz normaler, glücklicher Junge gewesen, mit einer Mutter und einem Vater und einem stinknormalen Leben, zumindest war ihm das so erzählt worden. Er hatte nicht hier gewohnt. Adrian sah sich um. Er sah die Szene aber doch vor sich! Er konnte sich an jede Einzelheit erinnern. Auch, wie verloren und geborgen zugleich er sich in diesem Bett gefühlt hatte, das damals noch viel zu groß für ihn gewesen war. War es in den Ferien gewesen? Aber hier oben gab es doch gar keine Bäume! Spielte seine Erinnerung ihm einen Streich? Adrian setzte sich, das Buch in der Hand. Gedankenverloren schlug er es auf.

Wenn es nicht Rose gewesen war, die ihm damals vorgelesen hatte – das war die Erkenntnis, die ihm plötzlich heiß werden ließ, so heiß, dass sein Gesicht glühte –, dann musste es seine Mutter gewesen sein. Die Mutter, an die er keinerlei Erinnerung mehr besaß. Seine Hände zitterten, als er versuchte, sich zu konzentrieren und sich die Szene, die ihm eben so deutlich vor Augen gestanden hatte, erneut ins Gedächtnis zu rufen. Sie hatte neben dem Bett gesessen, ganz sicher. Wie hatte sie ausgesehen? Wie war sie gewesen? Er schloss die Augen, um alles noch einmal zu durchleben. Aber es blieb bei den Details, die er schon kannte. Die Lampe schimmerte warm. Er erinnerte sich an ein Paar Knie, das ruhige Rascheln beim Umblättern, die Kälte des Lakens im unteren Teil des Bettes, wenn er seine Füße dorthin ausstreckte. Mehr nicht.

Und die Stimme, die ihm die Geschichte vortrug, war die Stimme von Rose.

Enttäuscht biss Adrian sich auf die Lippe. Sie hatte ihm die Geschichte inzwischen so oft vorgelesen, dass die Erinnerung an jene andere, ältere Szene verwischt worden war. Er konnte sie nicht mehr greifen.

«Tja», sagte er laut, um der Frustration Herr zu werden. Er strich mit der Hand über die Bilder. Die waren sicher von Rose, das wusste er. Auf eingelegten Blättern hatte sie die Geschichte einmal für ihn gezeichnet. Weil er gut im Basteln war, hatte er die Bogen später mit eingebunden. Da waren sie nun, ein wenig steif, nicht mehr nach Farbe und Klebstoff riechend, sondern nach Staub, aber so leuchtend wie eh und je. Manchmal hatte er sich dafür geschämt, dass ihm die Abbildungen so gut gefielen von dem Nixlein, das, von seinen hüftlangen Haaren umwogt, durch eine fantastische Landschaft aus Tang und Felsen schwamm, mit großen schwarzen Augen und Perlenschnüren im Haar. So etwas war doch was für Mädchen! Adrian hatte es Pete und Ned und Tom seinerzeit tunlichst verschwiegen. Aber genau so sah das Mädchen seiner Träume aus, schlank, dunkel, zart, ein wenig einsam und verloren. Genau so, wie er selbst sich immer gefühlt hatte. Was sollte es, das war alles ziemlich lange her. Einmal, da hatte er kurz gedacht, er hätte sie gesehen. Aber sie war verschwunden und er vielleicht schuld daran. Vorbei. Adrian blätterte schneller.

Da fiel ein Bogen Papier zwischen den Seiten heraus. War das etwa einer seiner eigenen, zum Glück verjährten Reimversuche? Die hatte er nicht nur den Jungs verschwiegen, auch seine Tante wusste glücklicherweise nichts davon. Er hob das Blatt auf. Eventuell konnte er Maud damit amüsieren. Sie würde lachen, aber das wäre ja schon etwas. Sie würden gemeinsam lachen, wenn er mittäte.

«Meine Liebste», las er laut und fuhr dann unwillkürlich stumm mit der Lektüre fort. Das hier war nicht von ihm. Und es war für niemandes Ohren bestimmt. Es war von jemandem geschrieben worden, den er nicht kannte, der aber leidenschaftlich geliebt zu haben schien, wenn man seinen Beteuerungen glauben durfte. Adrian bekam rote Ohren, während er sie las, und sein Herz schlug unwillkürlich schneller, obwohl er mit keinem Satz gemeint war. Der Brief trug kein Datum und nur eine unleserliche Unterschrift. Aber er besaß Gültigkeit in jedem einzelnen Wort.

Mein Einziges, meine Rose, vertrau mir. Glaub an mich und bleibe ruhig. Es wird alles gut werden. Das ist ein Versprechen, das ich dir mit ganzer Seele gebe. Wir müssen uns nicht fürchten! Liebe du mich nur weiter und sprich zu niemandem davon, so wie auch ich schweige. Ich weiß, ich verlange viel von dir, ich weiß, deine Seele sehnt sich danach, zu verstehen und zu entscheiden. Aber niemand wird dir raten, niemand wird helfen und keiner verstehen können als ich. Wir haben nur einander. Aber uns haben wir ganz, denn unsere Seelen sind verwandt und gehören einander. Also schweig, meine Perle, auch deinen Eltern gegenüber und zu deinen Freundinnen. Denk an mich. Ich denke an dich jeden Augenblick, du bist in allem, du durchwebst jede meiner Empfindungen. Ich lebe nur in dir.

Adrian ließ den Brief sinken. «Ich lebe nur in dir», wiederholte er. Das konnte nur sein Onkel geschrieben haben, Jonas. Jonas war damals mit seinen Eltern gestorben, und auch an ihn konnte er sich kaum erinnern. Da war nur das Grab, und nun dies hier. Adrian betrachtete den Brief. Er würde sich daran gewöhnen müssen, seinen verstorbenen Onkel als einen leidenschaftlichen Menschen zu sehen. Kein einfacher Fischer, der bei jedem Wetter seine Netze auslegte und nicht über seine Gefühle nachdachte.

Adrian war traurig und ein wenig neidisch. Auch wenn die Worte in dem Brief nicht ganz glücklich klangen und alles nicht so einfach schien: Wenigstens hatten die beiden etwas Großes miteinander erlebt. Ihre Seelen waren verwandt, hatte Jonas geschrieben! Tja, dachte er, wenn ich das Maud zeigen würde, dann hätte ich wirklich einen Lacher.

«Ich lebe nur in dir. Tsss.» Er legte den Brief in das Buch zurück, klappte es zu und stellte es zurück in den Bücherschrank, den er sorgsam wieder verschloss. Er ging zurück zu seinem Schreibtisch. «Ich würde ja nur für dich leben», sagte er zu der kläglichen Skizze eines Hochhauses, die er näher heranzoomte. «Aber du verweigerst mir ja die entscheidenden Ideen.» Er starrte sein unbefriedigendes Werk an. «Ist doch alles scheiße.» Entschlossen fuhr er den PC herunter. «Ich brauche Bewegung.»

10. Kapitel

«Sind Sie Adrian Ames?» Der Mann, der sich Adrian in den Weg stellte, hielt einen Ausweis hoch.

«Ja, warum?» Adrian blieb stehen, joggte aber auf der Stelle weiter, um kein Seitenstechen zu bekommen. «Inspektor Knightley», las er von dem Ausweis ab.

Der Mann nickte. «Ihre Freunde in der Stadt haben uns gesagt, dass wir Sie hier in der Gegend finden würden. Ist das das Bootshaus Ihrer Tante?» Er wies mit dem Kinn auf ein verfallendes weißes Holzhaus, das unter ihnen in einem Küsteneinschnitt stand, der sich zu einer kleinen, fast rund geformten Talsohle weitete, grün und flach. Das Geisterhaus stand in der Mitte. Sein Dach war eingesunken und grün von Moos. Und dem Steg, der ins Meer hinausführte, fehlten mehr Planken, als er noch besaß; er war löcherig wie ein altes Gebiss. Das Ganze wirkte wie der ideale Spielplatz für abenteuerlustige Jungen.

«Nicht dass ich wüsste», erwiderte Adrian. «Seltsam, dass Sie das fragen.» Jetzt wurde er schon zum zweiten Mal auf eine angebliche Immobilie seiner Tante angesprochen. «Sieht eher unbenutzt aus, finden Sie nicht?»

Inspektor Knightley wartete. Als Adrian seinen Ausführungen nichts hinzufügte, setzte er neu an.

«Ich möchte Ihnen ein paar Fragen stellen.»

«Ach ja?» Adrian ging dazu über, Dehnungsübungen zu machen. «Worum geht's?»

«Man sagte mir, dass Sie gestern Nachmittag schon da waren. Damit wären Sie der einzige männliche Einwohner von Broxton, den wir noch nicht verhört haben.»

«Patrick.» Adrian richtete sich auf. «Sie haben mit Patrick gesprochen, stimmt's? Hat er Ihnen auch gesagt, dass er das mit meiner Ankunftszeit von mir selber weiß?»

Statt einer Antwort hob Inspektor Knightley nur die Brauen, die schwarz waren und dicht, ein auffallender Kontrast zu seinem schütteren grauen Haar.

«Hat er also nicht. Es ist aber so, ich habe es ihm gesagt, als er mir von dem verschwundenen Mädchen erzählte.»

Knightley hob die Hände. Pianistenhände, fiel es Adrian auf, erstaunlich schlank für einen Mann seiner Statur. Sie waren so farblos wie sein Haar. «Wir klagen niemanden an», sagte er. «Wir stellen nur unsere Fragen. Wenn ich bitten darf.»

Langsam kam Adrian wieder zu Atem. «Ich bin schon am frühen Nachmittag da gewesen», gestand er. «Ich habe bei einer Freundin vorbeigeschaut. Maud St. Aubry. Sie wird es Ihnen bestätigen können. Vielleicht weiß sie sogar die genaue Uhrzeit. Ich erinnere mich leider nicht. Auf den Autobahnen um London war die Hölle los.»

Knightleys Gesicht spiegelte kurz angemessenes Mitgefühl wieder. «St…», begann er, und Adrian diktierte ihm den Namen, und der Inspektor notierte ihn in seinem Notizblock. Dass es diese kleinen schwarzen Dinger immer noch gab. «Wissen Sie», fiel ihm ein, «dass im Cottage meiner Tante vielleicht mal Agatha Christie übernachtet hat? Na, haben soll», verbesserte er sich, als er das Gesicht des Inspektors sah. Mist. Warum musste das immer so sein: Er sagte laut, was ihm durch den Kopf ging, und die Leute schauten ihn an, als wäre er ein Schaf mit zwei Köpfen, das nach dem Bus fragt.

«Das war mir nicht bewusst», antwortete der Kriminalbeamte. «Und bei Ihrer Tante kamen Sie wann an?»

Adrian überlegte. «Es war auf jeden Fall schon dunkel.» Entschuldigend zuckte er die Achseln und wies sein leeres Handgelenk vor. «Ich trage selten eine Uhr. Nicht nur beim Joggen nicht.»

«Und ein Handy haben Sie auch nicht?», fragte der Inspektor.

Adrian zuckte zusammen. «Wieso fragen Sie?»

«Die Uhrzeit.» Der Inspektor holte sein eigenes Mobiltelefon heraus und hielt es hoch. «Ich lese immer hiervon die Zeit ab.»

«Komisch, dass Sie das erwähnen, mein Handy habe ich gerade heute verloren.» Adrian erinnert sich der Umstände und errötete ein wenig.

«Wirklich Pech», kommentierte Knightley. Er notierte sich etwas.

Adrian war froh, dass er nicht nachfragte.

Knightley schien zu rechnen. «Dann waren Sie alles in allem», er räusperte sich, «mehrere Stunden bei Mrs. St. Aubry.»

«Miss», verbesserte Adrian ihn und kam sich dämlich vor.

«Was haben Sie dort so lange gemacht, Sir?»

«Gestrichen», erwiderte Adrian und kam sich noch dämlicher vor. Als er Knightleys Miene sah, fügte er hinzu. «Sie renoviert ihr Haus. Ich habe geholfen.»

Knightley räusperte sich erneut. «Das war sehr nett von Ihnen, Sir.»

Adrian wäre dazu noch ein anderes Wort eingefallen. «Sie können sich die Farbspritzer auf meinen Kleidern von gestern betrachten, wenn Sie wollen. Wenn Tante Rose sie nicht schon gewaschen hat. Sie ist da ein wenig …»

«Auf der Strandparty waren Sie nicht?», unterbrach ihn der Inspektor.

«Nein», gab Adrian zurück. «Die besuche ich nie. Haben

meine mitteilsamen *Freunde* Ihnen das nicht auch erzählt?» Er konnte nicht anders, als das Wort sarkastisch zu betonen.

Wieder machte der Inspektor sich Notizen. «Ich danke Ihnen», sagte er und klappte seinen Block zu.

«Ich ...», begann Adrian.

«Ja?» Knightley, der sich bereits nach dem schmalen Pfad zurück in den Ort umgesehen hatte, fasste ihn noch einmal ins Auge.

Adrian kämpfte mit sich. Sollte er von der Begegnung mit dem Mädchen erzählen? Aber was, wenn sie es gar nicht gewesen war? Und der Inspektor hielt ihn ohnehin schon für einen Idioten. Fischereigenossenschaft Süd, das glaubte ihm doch eh keiner. «Ich frage mich nur ...», setzte er erneut an.

Knightley wartete stoisch.

«Ob sie wohl blond war?», brachte Adrian endlich heraus.

Über ihnen kreischte eine Möwe. Beide schauten nach oben, dadurch verpassten sie das Aufklatschen auf Knightleys Ärmel.

«Drecksviecher», schimpfte der Inspektor. Er zückte ein Taschentuch und begann zu wischen. «Nein», sagte er, als er fertig war. «Sie war dunkelhaarig.»

Als Adrian in Roses Küche ankam, war er sehr nachdenklich. Stumm schaute seine Tante zu, wie er, ohne hinzusehen, fünf Löffel Zucker in seinen Tee schaufelte, minutenlang umrührte und dann keinen Schluck trank.

«Und, wie läuft's so?», fragte sie.

Adrian winkte ab. «Gelaufen bin ich bis Riddler's Point, dann hab ich kehrtgemacht wegen dem Wind.»

«Das meinte ich nicht, Adrian.»

Er schaute an ihr vorbei aus dem Fenster. «Es wird schon dunkel.»

«Schon gut, schon gut. Verzeih, dass ich zu fragen wagte.» Rose hob die Hände und wandte sich ab.

Adrian ließ seinen Blick über die Wände wandern. Überall hingen Roses Bilder, Blumen über Blumen. Aber kein einziges Seestück. Keine Meerjungfrau, nicht ein bisschen Blau.

«Malst du eigentlich noch so richtig?», fragte er.

Sie warf ihm einen prüfenden Blick zu. Schließlich entschloss sie sich, die Frage ernst zu nehmen. «Wonach sieht es denn aus?», fragte sie und wies mit dem Kinn auf die Wände.

«Aber das sind doch alles nur Rosen. Ich erinnere mich deutlich, dass ich dich früher mit deiner Staffelei auf den Klippen habe sitzen sehen.»

Als sie ihn anschaute, bekannte er: «Ich habe das alte Buch wiedergefunden, du weißt schon, die Meerjungfrau.»

Für einen Moment lächelte sie. Dann wurde ihr Gesicht wieder ernst. «Das Meer und ich gehen schon seit geraumer Zeit getrennte Wege», sagte sie. «Reichst du mir mal die Pfanne rüber? Danke.»

Adrian schaute ihr zu, wie sie herumwerkte. Er konnte sie so gut verstehen, es war ja bei ihm nicht anders.

«Bei dir ist das etwas anderes», begann sie in diesem Moment. «Du bist jünger.»

«Ich war übrigens gestern oben auf dem Friedhof.»

Er erwähnte die frische Rose auf dem Grab nicht. Und sie sagte ebenfalls nichts dazu. Adrian fragte sich, wo das Mädchen wohl begraben werden würde, wenn sie es fanden. Sie hatte sein Leben nur so kurz gestreift, doch er wurde den Gedanken an sie nicht los. Hätte er ihr nachlaufen sollen? Wäre er ihr nachgegangen, wenn sie nicht ausgerechnet in Richtung Wasser gelaufen wäre? Hätte er etwas ahnen müssen? Wie auch immer, er hätte gerne auch auf ihr Grab eine Rose gelegt.

«Weißt du …», begann er.

Sie richtete sich auf. «Ich habe nachgedacht», sagte sie sehr entschieden. «Und ich bin zu der Ansicht gekommen, dass wir eine Fußbodenheizung einbauen sollten. In dem Atelier», fügte sie hinzu, als sie sein verwirrtes Gesicht sah.

«Fußbodenheizung», wiederholte Adrian. Er brauchte einen Moment, um seine so ganz anders gelagerten Gedanken zu sortieren und sich auf das Thema einzulassen. «So etwas ist teuer, Tante. Ich weiß nicht, ob ...»

«Eben darüber wollte ich mit dir reden.» Rose trat an den Tisch, zog sich einen Schemel heran und setzte sich. Sie liebte Schemel. Benutzte sie Stühle, so berührte ihr magerer Rücken niemals die Lehne.

Unwillkürlich setzte Adrian sich aufrecht hin.

«Es ist wegen des Bootshauses», begann seine Tante.

«Jetzt fängst du auch noch damit an. Welches Bootshaus in drei Teufels Namen?» Adrian hob ratlos die Hände.

Rose runzelte die Stirn. «Was heißt ‹auch noch›?», fragte sie, dann sagte sie: «Ah, du hast mit Patrick gesprochen.»

«Ich habe nicht mit Patrick gesprochen. Ich rede nie mit Patrick. *Er* hat mit *mir* geredet. Hat was von einem Aquapark erzählt. Und von einem Grundstück, das du nicht hergeben willst.»

«Na, dann weißt du ja schon alles.» Rose Ames lehnte sich zurück.

«Gar nichts weiß ich.» Adrian starrte sie an. «Was ist das für ein Haus?», fragte er, als sie nicht weitersprach.

«Es ist ein Bootshaus, wie gesagt.» Das Reden schien seiner Tante schwerzufallen.

Adrian starrte noch immer. «*Das* Bootshaus meinst du? Das, von dem sie abgefahren sind?»

«Unser Haus und unser Steg. Immer schon. Das Boot, das drin lag, hieß *Lady Blue.*» Sie lächelte. «Dein Onkel wollte es

‹Lady Rose› nennen, aber ich war dagegen. Ich hatte Angst, am Ende könnte er mehr Zeit mit ihm verbringen als mit mir.»

«Ach, ich glaube, der Typ war er nicht», sagte Adrian und dachte an den Brief.

«Nein», gab seine Tante zu. «Das war er nicht.»

Eine Weile schwiegen sie.

«Weißt du, wir waren früher sehr oft dort. Ganze Nachmittage haben wir da verbracht, einen Picknickkorb dabei. Du bist auf den Apfelbäumen dort rumgeklettert.»

«Ach», sagte Adrian.

«Einmal, das weiß ich noch, bist du von einem runtergefallen. Jetzt sind das ja alles Krüppel, sie tragen nicht mehr, ganz morsch die Stämme. Seltsam, als ob sie es wüssten.»

Adrian war bei der Erwähnung des Sturzes zusammengezuckt. «Ich war dort unten?», fragte er. Er versuchte sich zu erinnern, wie er mit Knightley zusammen das Bootshaus betrachtet hatte. Es war ihm vollkommen fremd erschienen.

«Du hast es geliebt.» Seine Tante klang sehr entschieden. «Vorher.» Sie schwieg. «Vielleicht hättest du es weitergeliebt. Aber ich habe dich nicht mehr hingelassen. Ich wollte das Haus bestrafen, irgendwie. Wollte es vereinsamen, verkommen, sterben lassen.» Sie sah ihn an. «Irgendjemanden musste ich doch bestrafen.»

Adrian griff nach ihrer Hand.

Sie seufzte. «Es war natürlich dumm. Ich komme mir ein bisschen vor wie ein trotziges Kind. Du weißt schon, so eines, das nichts mehr isst und sich denkt: Wenn ich erst gestorben bin …»

«… dann wird es ihnen leidtun», vollendete Adrian den Satz für sie. Sie lachten beide und verstummten wieder.

«Und jetzt will die Gemeinde das Grundstück haben.» Adrian begann zu begreifen.

Rose nickte. «Es ist einer der wenigen Flecken Grund direkt am Meer, der nicht Steilküste ist. Sie wollen da vielleicht so was hinbauen, so einen …» Sie suchte nach dem Wort.

«Aquapark.» Adrian nickte.

«Was immer das ist.» Rose verzog das Gesicht. «Erst wollte ich nicht. Aber jetzt denke ich, dass vielleicht …»

Adrian hob die Hand. «Ach weißt du, die Fußbodenheizung muss wirklich nicht sein, glaub mir.»

«Aber du könntest so vieles …»

Wieder brachte er sie mit einer Geste zum Schweigen. «Ich komme zurecht, Tante. Bestimmt. Aber ich danke dir.»

Diesmal dauerte das Schweigen länger. Beide schauten zu, wie der Garten draußen in der hereinfallenden Schwärze versank und sich ihrer beider Spiegelbilder immer deutlicher auf den Scheiben abzeichneten. Einträchtig saßen sie beisammen.

«Ja, aber was soll denn dann draus werden?», fragte Rose schließlich.

Adrian versuchte ein Grinsen. «Muss denn was draus werden?»

«Meinst du, dass du vielleicht einmal …»

«Nein!» Seine Antwort kam schnell und entschieden. «Das Meer und ich», sagte Adrian, «wir gehen – wie sagtest du? – getrennte Wege. Ein Bootshaus ist wirklich das Letzte, was ich brauche.»

Als sie widersprechen wollte, schüttelte er nur den Kopf. «Manche Dinge kommen eben nicht mehr in Ordnung», sagte er.

«Es tut mir so leid, Adrian.»

«Ja», erwiderte er und dachte dabei an vieles. «Mir auch. Und außerdem», fügte er nach einer Weile hinzu, «kriegt dieses Broxtoner Pack von mir gar nichts. Nicht mal einen morschen Apfelbaum.»

11. Kapitel

Maud stand vor ihrem engbrüstigen elisabethanischen Häuschen, breitbeinig und mit in die Hüften gestemmten Händen, als Adrian dort vorgefahren kam. Er konnte gerade noch Ned sehen, der im Weggehen die rechte Hand grüßend über die Schulter gehoben hatte, ohne sich noch einmal umzuschauen.

«Was wollte der denn hier?», fragte Adrian, als er ausstieg und zum Kofferraum ging.

«Nachbarschaftshilfe», sagte Maud schnippisch und wuschelte ihm durch das Haar.

Adrian durchfuhr ein kleiner Stromstoß bei der Berührung. Das hatte sie noch nicht allzu häufig getan. Einmal hatte sie seine Arme um ihre Hüften geduldet. Aber da waren sie beide betrunken gewesen. Und Maud trank nicht oft.

Trotzdem wich er der Berührung aus wie ein unwirsches Kind. «Schau», sagte er stattdessen und präsentierte stolz seine Beute: eine Kommode aus Nussbaumholz, ein dazu passender Spiegel mit gedrechseltem Rahmen, ein zierliches Beistelltischchen mit Intarsien.

Maud musterte alles mit sichtlicher Zufriedenheit. «Und das hat deine Tante alles rausgerückt?»

«Sie ist ein großzügiger Mensch», sagte Adrian, «wirklich.»

«Sie kann mich nicht leiden.» Maud nahm ein Bild aus dem Kofferraum und strich über die Blattvergoldung des Rahmens.

«Sie schätzt dich sehr», widersprach Adrian lahm. Er betrachtete Maud. Sie war schlank, fast zerbrechlich schmal in der Taille, aber mit üppigem Po und einem Busen, nach dem jeder Mann in Broxton sich umdrehte. Am bemerkenswertesten allerdings war ihr kupferfarbenes Haar, das sie zu einem exakten Pagenkopf geschnitten trug, der streng ihr schmales Gesicht umgab. Die Augen darin waren groß und überraschend dunkel und gaben ihr etwas Empfindsames, Abwehrendes, Zerbrechliches und irgendwie Französisches, fand Adrian. Immerhin hatte sie Vorfahren aus Calais.

«Träum nicht», riss Maud ihn aus seinen Überlegungen. Sie wies auf die Kommode. «Pack lieber mit an.» Das ‹mit› war eine Übertreibung. Adrian alleine war es, der das schwere Ding schließlich aus dem Auto hievte und nach drinnen und in den ersten Stock hinaufschleppte. Maud quetschte sich schon auf den ersten Stufen den Finger und ließ sich den angesplitterten Nagel von ihm verbinden. Gesplittert war vor allem der rosafarbene Lack darauf. Aber sie schob die Lippe vor und schmollte, als er andeutete, dass er sich weitere Hilfe von ihr erhoffte.

Als er fertig war, stand sie wieder vor dem Ölgemälde. «Ich überlege, ob man das hier mal einem Antiquitätenhändler zeigen sollte», murmelte sie und versuchte, den Staub von der Signatur zu kratzen.

«Das hätte meine Tante aber nicht gewollt», wandte Adrian ein.

«Sie hat dir doch den Krempel überlassen, oder?» Maud lachte fröhlich. «Ihr Pech, wenn es am Ende kein Krempel ist.»

Wie viel weicher sie aussah, wenn sie lachte. Adrian vergaß seine gequälten Armmuskeln. «Ich bin dabei», platzte er heraus. «Bei dem Dubai-Projekt. Dem Hotelbau. Als Architekt.» Innerlich fluchte er. Diese gute Nachricht hatte er ihr eigentlich bei einer Flasche Sekt beibringen wollen, die er vorsorglich besorgt hatte und die noch im Auto darauf wartete, in den Kühlschrank geschmuggelt zu werden. Maud trank, wie gesagt, nicht oft, aber das war ja wohl eine Gelegenheit. Und Adrian hatte gehofft, eventuell das Angenehme mit dem noch Angenehmeren verbinden zu können.

Zu seinem Erstaunen wandte sie sich ab. «Dann wirst du ja bald von hier verschwunden sein.» Ihre Stimme war kaum zu verstehen.

«Aber wie kannst du so etwas sagen!» Fassungslos sah er sie an. Er trat näher an sie heran und wollte nach ihrer Hand greifen.

Sie entzog sich ein wenig. «Du wirst dich in irgendeine Araberin vergucken oder in so eine Bauzeichnermaus und mich ganz schnell vergessen haben.»

«Ich dich vergessen!» Adrian lachte. Erleichtert, dass es nur so ein Unfug war, der sie belastete, geschmeichelt auch von ihrer Eifersucht. Wenn es nur das war! Er zog sie an sich. «Wie könnte irgendjemand dich je vergessen?», flüsterte er.

Ihre Gesichter näherten sich einander. Da hob sie die Hand, legte sich einen Finger auf den Mund, küsste ihn und drückte diesen «Kuss» Adrian auf die Lippen. Dann machte sie sich los. «Wollen wir schwimmen gehen?», fragte sie.

«Schwimmen?»

«Ja.» Sie lachte. «Schwimmen. Komm schon, du Landratte. Es ist einer der letzten schönen Tage. Oder bist du etwa wasserscheu?»

Noch halb benommen, folgte Adrian ihr wenig später auf die Promenade. Schwimmen, ausgerechnet. Was hatte Maud aber auch immer für Ideen! Kaum glaubte er einmal sicheres Terrain gewonnen zu haben, kam sie wieder mit so etwas an. Andererseits kam er auf diese Weise einmal in den Genuss, sie nackt zu sehen, nun ja, so gut wie nackt. Sie hatte ihm den winzigen Bikini, den sie tragen würde, einladend genug unter die Nase gehalten.

Sie schlenderten an Neds Pension vorbei, in Richtung Westbucht. Adrian glaubte zu sehen, wie sich ein Vorhang hinter einem der Fenster bewegte. Er schob sich ein wenig näher an Maud heran und hob seinen Arm. Für einen ahnungslosen Zuschauer mochte es so aussehen, als hielte er sie um die Hüfte.

«Hier», sagte Maud, als sie ungewöhnlich lange gegangen waren, und warf ihre Tasche in den Sand.

Er musste zugeben, dass sie einen schönen Platz ausgesucht hatte. Die kleine Bucht war toll, wenn man so etwas mochte. Der Sand war fein und strahlte weiß in der Sonne, ein perfekter kleiner Halbmond, an dem ein ebenso perfekt blaues Meer knabberte. Adrian bekam eine Gänsehaut. Vorsichtig setzte er sich in den Sand, so weit entfernt von der Flutlinie, wie es auf dem engen Raum möglich war.

«Ich geh mich umziehen», sagte Maud beschwingt und verschwand textilienschlenkernd hinter einem Findlingsfelsen. Als sie wiederkam, ließ sie sich dicht bei ihm auf ihrem Handtuch nieder. «Willst du dich nicht auch ausziehen?», fragte sie.

Adrian dachte an die Unterhosen, die er trug, und schüttelte den Kopf, ohne den Klammergriff um seine Knie zu lösen.

Sie musterte ihn eine Weile. «Du bist mit den Gedanken schon meilenweit entfernt, oder?», fragte sie schließlich. Für Mauds Verhältnisse klang das beinahe schüchtern.

Endlich wagte er es wieder, sich zu bewegen. Er schaute sie an. «Glaubst du wirklich, ich fang was mit dir an und lass dich dann sitzen?», fragte er.

Sie lächelte traurig. «So etwas passiert», sagte sie und malte mit den Zehen Kringel in den Sand.

«Wie kannst du das nur denken!» Adrians Herz schlug schneller. Wenn es nur das wäre, dachte er. Lieber Gott, lass es nur das sein. Sie hatte einfach Angst. Er ergriff ihre Hand.

Diesmal entzog sie sie ihm nicht.

Er sprach es aus. «Du hast Angst.»

Sie schaute ihn an. «Ich habe so etwas schon einmal erlebt, weißt du.»

«Du?», platzte Adrian heraus.

«Es ist eine Weile her.» Sie schüttelte den Sand von ihren Zehen, die ebenfalls rosa lackiert waren. Adrian glaubte sich zu erinnern, irgendwo mal gelesen zu haben, dass Rothaarige kein Pink tragen sollten. Auf Maud jedenfalls traf das nicht zu. «Ich war auch mal ein Teenager.»

«Jetzt fang nicht wieder mit deinem Alter an. Du weißt genau, dass mir das nichts ausmacht.»

Sie verzog den Mund. «Ich mein ja nur.»

«Wer war es?» Diese eifersüchtige Nachfrage konnte er sich nicht verkneifen.

«Verjährt.» Sie stieß ihre Ferse in den Sand. Als Adrian sie anschaute, fügte sie hinzu: «Er kam, er nahm. Und am Ende des Sommers war ich allein und hatte einen guten Teil meiner Ersparnisse verloren, okay? Ich möchte nicht darüber reden.»

«Wie hieß er?», insistierte Adrian.

«Das ist doch egal.»

«Kenne ich ihn?»

«Jeder in Broxton kennt die Geschichte, Adrian. Alle haben sich damals das Maul darüber zerrissen.» Ihr Ton war hart geworden.

Erstaunt sah er sie an. «Und ich dachte …»

«Dass ich hier so toll mit allen auskomme?» Ihr Lachen klang bitter. «Ja, das hast du mir deutlich zu verstehen gegeben. Du hältst mich für eine angepasste Spießerin.»

«Es tut mir leid, ich wusste ja nicht …»

Sie ließ ihn nicht ausreden. «Es gibt ein Innen und ein Außen, es gibt Maud und Maud St. Aubry, die stets funktioniert.

Ich kann – anders als du – beide voneinander trennen. Ich habe die Erfahrung gemacht, wie es ist, die Ausgestoßene zu sein, die, über die alle lachen. Das muss ich nicht wieder erleben.»

«Und Ned? Der hängt doch immer bei dir rum?»

Sie schnaubte. «Also Ned probiert es nun wirklich bei jeder. Das ist kein Integrationsbeweis.»

«Ich hatte keine Ahnung», bekannte Adrian. «Die ganze Geschichte ist mir völlig neu.»

Maud neigte sich zu ihm und sah ihn an. «Dir ist alles neu, Adrian, was dich nicht unmittelbar selbst angeht. Du weißt nichts von Broxton, du weißt nichts von mir.»

«Aber du gehst mich etwas an! Und ich laufe auch nicht blind durch die Welt!»

Sie strich ihm über die Wange und lächelte nur. Adrian errötete. Sie hat ja recht, dachte er. Ich bin mit mir und meinem Dubai-Projekt beschäftigt. Er hatte um sie geworben und sich dabei selbst leidgetan. Aber was wusste er schon wirklich von ihr? War er in ihren Augen nicht nur ein dummer, unreifer Junge, auf den man sich nicht verlassen konnte? Maud war eine Frau. Und was für eine, dachte er mit einem Blick auf ihr wohlgefülltes Bikini-Oberteil.

«Ich sehe dich», flüsterte er. Mit angehaltenem Atem hob er die Hand, um ihr seinerseits über die Wange zu streicheln. Bis zum letzten Moment erwartete er, dass sie zurückzucken, sich ihm entziehen würde. Aber Maud hielt still. Sacht strichen seine Finger über ihre Haut, die weich war und warm, selbst in der frischen Brise. Der Wind wehte ihr ein paar ihrer seidenglatten Strähnen ins Gesicht. Sie schob sie nicht weg. Und in ihren Augen glaubte Adrian jetzt eine Träne schimmern zu sehen.

«Warum weinst du?», fragte er sanft.

Sie sprang auf. «Ich gehe schwimmen.»

Ehe Adrian sie festhalten konnte, war sie zum Wasser gelaufen. Er schaute ihr zu, wie sie, fast ohne innezuhalten, hineinlief und mit einem eleganten Kopfsprung eintauchte. Dann legte er sich zurück, die Hände unter dem Kopf verschränkt, und schloss die Augen. Der Wind war kalt, aber die Sonne hatte noch Kraft. Außerdem war er erfüllt von einer großen, wärmenden Zufriedenheit. Maud hatte Gefühle gezeigt. Maud, die spröde Maud. Seine Maud. Im Geiste wiederholte er jedes ihrer Worte. Mit jedem Satz veränderte sich sein Bild von ihr. Er sah sie, einsam und verängstigt, in sich selbst zurückgezogen. Und er in seiner Selbstverliebtheit hatte auf ihren Gefühlen herumgetrampelt. Seltsam, dass seine Tante ihm von der ganzen Sache nichts erzählt hatte. Es wäre doch eine gute Gelegenheit gewesen, Maud bei ihm anzuschwärzen. Eine Sommeraffäre, wer hätte das gedacht! Ob er den Mann am Ende doch kannte? Immerhin hatte er fast in jeden Ferien hier gejobbt. Gut möglich, dass es sogar ein Gast in Roses Cottage gewesen war, dem er die Frühstücksteller weggeräumt hatte!

Als Maud zurückkam, lag ihr Haar wie lackiert um ihren Kopf. Tropfen perlten von ihrer Haut. Adrian genoss es, sie in ein Handtuch einzuwickeln und an sich zu drücken, bis ihr Zittern nachließ.

«Weißt du», murmelte er in ihr Haar. «Ich frage mich gerade, wieso meine Tante mir nichts davon gesagt hat.»

Maud in ihrer Hülle schnaubte. «Rose auf ihrem Felsen hat ihre eigenen kleinen Geheimnisse», sagte sie. «Wer weiß schon, was Rose denkt.»

«Rose auf ihrem Felsen», wiederholte Adrian und musste lachen. «Das klingt ja, als wäre sie ein Fabelwesen. So siehst du sie?»

«Du nicht?», gab Maud zurück. «Ich kenne keinen eigenbrötlerischeren Menschen.»

«Na ja», gab Adrian zu. «Sie kann einen schon überraschen. Ist dir klar, dass ich erst seit heute weiß, dass sie ein Bootshaus hat?» Und er erzählte ihr die ganze Geschichte.

Maud befreite sich von ihrem Handtuch und hörte aufmerksam zu. Hier und da stellte sie eine Frage. «Und du bist ganz sicher», fragte sie schließlich, «dass sie von *ihrem* Bootshaus gesprochen hat?»

«Ja, ich denke schon, warum?» Auch Adrian hatte sich inzwischen aufgesetzt. «Warum schaust du so?»

Mauds Augen blitzten. «Weil», sagte sie, «dieses Bootshaus und der Grund, auf dem es steht, nicht Rose gehören. Nicht nur, jedenfalls.»

«Das tut es nicht? Aber sogar Patrick hat ...»

Maud winkte ab. «Das Ganze gehörte deinem Großvater. Der hat es an seine Töchter vererbt. Und da deine Mutter tot ist, dein Vater ebenso und du keine Geschwister hast, ist die Hälfte davon rechtlich gesehen dein Eigentum.»

«Das kann ich mir nicht vorstellen», widersprach Adrian. «Das hätte sie mir gesagt.»

Maud hob die Brauen. «Hätte sie?», fragte sie nur. Dann neigte sie ihr Gesicht ganz dicht an seines. «Adrian, was hat sie versprochen, dir vom Erlös zu kaufen? Eine Fußbodenheizung?»

«Ja!», bestätigte er, verwundert, dass sie in Gelächter ausbrach. «Was hast du denn?»

«Ach Adrian», rief sie, als sie wieder zu Atem kam, «du süßer, lieber, ahnungsloser Adrian.» Und wieder strich sie ihm über die Wange. Er schloss vor Wonne die Augen. «Hast du denn überhaupt eine Ahnung, was dieses Grundstück wert ist?»

Kalte Luft dort, wo eben noch Mauds Wärme spürbar gewesen war. Adrian öffnete die Augen wieder und blinzelte.

Kupfer, dachte er, dunkles Kupfer. Mauds Iris hatte im Sonnenlicht denselben rötlichen Ton wie ihr Haar.

Sie flüsterte. «Die Gemeinde hat einen Investor, Adrian, der bereit ist, sieben Millionen dafür zu zahlen.»

Die Summe hing in der Luft, so unwirklich wie ein Tropenvogel. Adrian lachte. Dann schwieg er. Dann lachte er wieder. «Das ist doch Unfug.»

Maud stand auf. «Wollen wir nochmal ins Wasser gehen?», fragte sie. Ohne auf ihn zu warten, lief sie erneut voraus.

Diesmal kam Adrian ihr nach. «Maud», rief er. «Maud, warte doch. Ich wollte dich fragen ...»

Ein Platschen antwortete ihm, als sie untertauchte. Aufgewühlt stand Adrian da und starrte auf seine Füße, an deren Zehen die glasklaren Ausläufer der Wellen leckten. Eine Gänsehaut kroch ihm über den Rücken, und er wusste nicht, kam sie von seiner Angst vor dem Wasser, von dem, was Maud ihm erzählt hatte, oder schlicht von der Kälte des Meeres.

Sieben Millionen. Das war doch Wahnsinn. Das hätte Tante Rose ihm erzählt. Hätte sie? Der versteckte Brief fiel ihm ein, und er begann sich zu fragen, worauf das Schweigegebot sich eigentlich bezog, das sein Onkel vor vielen Jahren über die Tante verhängt hatte, und was es alles mit einschloss. Sieben Millionen! Das wären dann dreieinhalb Millionen für ihn!

Und sie hatte ihn sein ganzes Studium lang, schon die gesamte Schulzeit über, schuften lassen wie einen Sklaven. Hatte ihn angetrieben, damit er die Stipendien bekam, die es ihnen angeblich einzig erlaubten, sein Schulgeld zu bezahlen. Er hatte gegärtnert und gekellnert, während die Jungs aus Broxton am Strand feierten.

«Maud», rief er. «Maud, warte!» So schnell er konnte, schlüpfte er aus dem Shirt und seinen Shorts. Und er wagte den ersten Schritt ins Wasser.

12. Kapitel

Als Adrian ins Wasser tauchte, war das für Ondra, als ginge ein Beben durch den Atlantikboden. Sie war gerade mit einer ganzen Gruppe Gefährten weit draußen unterwegs und begleitete eine Schule Delphine, als sie das Signal wahrnahm. Das Meer schien sich förmlich um sie zusammenzuziehen und mit einem dröhnenden Paukenschlag wieder zu lösen, von dem sie meinte, alle müssten ihn wahrgenommen haben. Argwöhnisch blickte sie sich um. Aber die anderen hatten nichts bemerkt und spielten fröhlich weiter. Nox ließ sich von einem Delphin in rasendem Tempo durch das Wasser ziehen, ein Freund schnappte sich im Vorbeirauschen seine Flosse, um sich an ihn dranzuhängen, riss ihn aber in voller Fahrt von dem Tier los. Die beiden überschlugen sich und rangen miteinander. Aura lachte perlende Luftblasen und suchte sich ihrerseits ein Reittier. Keiner von ihnen war auch nur für einen Moment abgelenkt von seinem Spiel.

Ondra war erleichtert. Also war es wahr. Sie war doch die Tochter ihres Vaters, sensibler in diesen Dingen als alle anderen. Offener, weitsichtiger. Geschaffen dafür, später einmal alles zu fühlen und alles zu lenken. Dieses eine Mal war sie froh darum.

Kurz überlegte sie, mit welcher Entschuldigung sie sich absetzen sollte, dann entschied sie sich dafür, einfach zu verschwinden. Sie bog sich nach hinten, ließ ihren Schwanz schnalzen und drehte sich mit dieser Bewegung weit in die

Tiefe, wo sie rasch Fahrt aufnahm. Das Wasser zog an ihren Haaren, sie fühlte den leichten Schmerz an der Stirn und genoss ihn. Blaue Schatten rauschten vorbei, ein Fischschwarm zersprang in silbrige Reflexe wie ein zersplitterter Spiegel, als sie hindurchstieß. Kein Delphin hätte es mit ihrem Tempo aufnehmen können.

Ondra wurde erst langsamer, als das Wasser flacher wurde. Hier, wo es warm war, wo Lichtstrahlen wie ein Vorhang alles durchdrangen und ihre an die Dunkelheit des Abyssus angepassten Augen dazu zwangen, sich silbern zu verschleiern, damit sie nicht geblendet wurde, spürte sie Adrian am stärksten. Und bald schon sah sie ihn auch. Das Wasser stand ihm buchstäblich bis zum Hals. Nur mit den Zehenspitzen krallte er sich noch in den sandigen Grund, jede Welle hob ihn leicht und neckend an, dann schnappte er nach Luft und paddelte mit den Armen. Schwimm, dachte Ondra, lass dich einfach fallen. Das Wasser trägt dich.

Adrian sah zweifelnd aus. Aber dann, als hätte er ihre Aufforderung gehört, holte er tief Luft, faltete die Hände, als wolle er beten, und pflügte sich durch die ankommende Welle.

Er hatte sich einen guten Tag für sein Debüt ausgesucht. Die Oberfläche des Atlantiks war glatt wie eine Haut, die nicht zerriss, wenn die großen Wogen unter ihr hindurchliefen. Allein Adrian verursachte einiges an Geplätscher und Gespritze. Aber bald wurde er ruhiger, seine Züge regelmäßiger, und sein verkrampfter Atem löste sich.

Ondra tauchte unter ihn und betrachtete seinen Umriss gegen die Sonne, die ihn mit einer vielfach gebrochenen Aureole umgab. Sie machte sich einen Spaß daraus, seinen Schatten zu kreuzen und zu berühren. Schließlich aber bildete sie, auf dem Rücken schwimmend, durch kaum zwei Meter Wasser von ihm getrennt, sein Spiegelbild. Zärtlich ahmte sie jede seiner

Bewegungen nach, formte sie, verbesserte sie. Und es schien, als könne Adrian es spüren; er wurde immer sicherer, sein Stil glatter. Bald zog er wie ein stiller Kahn durch das Wasser, begleitet von der Nixe, die mit kleinen Schwanzschlägen genau unter ihm blieb. Hielt er inne, tat sie es auch, nahm er Tempo auf, folgte sie ihm. Wenn er Wasser trat, wirbelte sie den Sand zu seinen Füßen mit dem ungeduldigen Fächeln ihrer Flosse auf.

Adrian genoss die seidige Kühle, die an seinen Flanken entlangstrich. Ihm war, als würden die Wasserwirbel ihn liebkosen. Er fühlte sich getragen, geradezu unverwundbar. Einmal hob er den Kopf, um nach Maud Ausschau zu halten. Er sah sie, wie sie auf einen Felsen weiter draußen zuhielt, ein beliebter Zielpunkt für Schwimmer, da man hinaufklettern und ein wenig in der Sonne ausruhen konnte. Sich fühlen wie Robinson.

Na warte, dachte er und schwamm schneller. Vergessen war der Gedanke an das Bodenlose unter ihm, vergessen die Aale und Krebse und Fische, die sich dort herumtrieben und die an ihm nagen würden, wenn er versank. Vergessen die Kinderangst vor den Monstern der Tiefe. Ihm war, als würde er mit jedem Schwimmzug mutiger. Etwas zog ihn. Hielt ihn. Etwas wollte ihn. Ihm war, als flüstere ihm die Gischt zu, er solle hinausschwimmen, weit hinaus. Immer weiter.

Maud, dachte er, ich komme.

Ondra hielt inne. Eben noch hatte sie ihm in ihren Gedanken zugeflüstert, ihr zu folgen. Hatte ihn gestreichelt auf ihre Weise, ihn berührt, ohne ihn zu berühren, und sich gefreut an seiner Zuversicht, seinem wachsenden Feuer, seiner Kraft. Seine Wärme hier draußen war für sie wie eine zweite Sonne. Aber jetzt war kalte Angst dazwischengefahren. Unwillkürlich zuckte sie selbst zusammen. Was war geschehen? Dann bemerkte sie es: Ihr langes Haar hatte seinen Fuß berührt. Noch immer kitzelte eine Strähne seine Fesseln. Und sein Fuß zuckte erschrocken zurück. Eilig ging Ondra auf Abstand, zog die schwarzen Strähnen an sich und wand sich den wogenden Schleier um die Hand. Sie fluchte innerlich. Und in dem Moment, in dem sie ihn losließ in ihren Gedanken, stieg die Panik in Adrian auf.

«Da war was! Maud! Da war was!» Irgendetwas hatte Adrian am Fuß berührt. Er wusste nicht, was, er konnte nichts sehen, obwohl er versuchte, sich hektisch wassertretend ein Bild zu verschaffen. Wie dunkel das Wasser war, mein Gott, fast schwarz schon. Wie weit war er eigentlich draußen? Er blinzelte das Salzwasser weg und schaute nach dem Felsen. Der war links, weit hinter ihm. *Hinter* ihm? Aber er hatte doch zu Maud gewollt? Wie hatte er sich so vergessen können! Wie kam er nur hierher? Maud, wo war Maud? Da, schon wieder, er war sich ganz sicher: Er hatte etwas gespürt. Und bewegte sich da nicht ein Schatten? Himmel, es war ein großer Schatten. Etwas Großes, Riesiges. Er hatte es gesehen. Unwillkürlich trat Adrian um sich.

Still bleiben, mahnte er sich dann. Er hatte einmal gehört, dass es Haie anzog, wenn man zappelte. Ob es ein Hai war? Am liebsten hätte er laut geschrien. Die Panik überwältigte ihn, ihm war, als bekäme er keine Luft mehr. Adrian warf sich herum. Zurück! Er musste zurück zum Ufer. So schnell es ging. Sein Herzschlag dröhnte in den Ohren, seine Kehle krampfte sich zusammen. Er rang nach Luft, aber es wollte keine kommen. Und dann der Krampf, oh Gott, er fühlte ihn kommen, er kroch in seinen Schenkel, direkt aus der Kälte, wie ein Biss.

Aushalten, sagte Adrian sich, das musst du aushalten. Es ist nur ein Krampf, lass locker, dann wird das schon. Ist alles eine Frage der Einstellung. Bald jedoch schrie er auf. Es war unerträglich. Der Schmerz wurde immer stärker; er lähmte ihn und ließ alle Kraft aus seinem Körper fließen. «Maud!», rief er noch einmal. Dann ging er das erste Mal unter.

«Adrian?» Maud, die ein paar Möwen verjagt und den Felsbrocken für sich erobert hatte, um nun sorgfältig nach einem Sitzplatz ohne Vogelkot zu suchen, richtete sich auf. Sie war nicht sicher, ob sie etwas gehört hatte. Noch einmal rief sie seinen Namen. «Adrian!» Dazu beschattete sie die Augen mit der Hand, um in der glitzernden Fläche, die sie umgab, etwas erkennen zu können.

Ondra hielt Adrian fest. Er schlug wild um sich, die Augen geschlossen, den Mund weit offen. Riesige Luftblasen quollen heraus. Seine dumpfen Schreie taten ihren Ohren weh. Aber sie ließ nicht los. Versänke er, würde er sterben. Wenn er aber an die Oberfläche kam, würde diese Frau ihn bemerken, ihn und Ondra. Was sollte sie tun? Adrian, dachte sie.

In diesem Moment riss er die Augen auf. Groß starrte er sie an. Er sah sie. Ondra konnte nicht anders. Sie presste ihre Lippen auf seine und küsste ihn. Sie küsste ihn lang und leidenschaftlich. Sie fühlte seine Wärme, seinen Herzschlag, sein Schmelzen. Heftig umarmte sie ihn. Aber er lag in ihren Armen wie eine Puppe. Der letzte Atem aus seinen Lungen verschwand als Hauch in ihrem Mund. Wenn sie ihre Lippen von seinen löste, würde Wasser eindringen. Er würde erkalten. Der heftige Strom der Empfindungen, dieses berauschende Delirium aus Bildern, das er ihr in diesem Moment zusandte und das ihr Gehirn wie eine Droge überflutete, würde verblassen und absterben.

Heftig atmend hielt Ondra ihn von sich ab. Sie suchte ihn mit ihren Blicken zu halten, ihn mit ihren Gedanken zu rufen. Atme, schrie sie ihn an, es ist so einfach, atme Sauerstoff, der Ozean ist voll davon.

Aber Adrians Kopf begann zu nicken wie ein Algenstängel. Seine Finger lösten sich aus ihrem Haar, in das er sich im Todeskampf – im Liebeskampf? – verkrallt hatte. Luftblasen stiegen aus seiner Nase und versiegten dann. Ondra schaute ihn an. Nox hat recht, dachte sie verzweifelt. Sie gingen so leicht kaputt. Wenn sie ihn jetzt losließe, würde er in die Tiefe trudeln. Wenn die Würmer sein Fleisch gefressen hätten, könnte sie seine Knochen in ihrer Höhle bergen. Er hatte so zart geschwungene Schlüsselbeine. Ondra überlegte einen Moment.

13. Kapitel

Im nächsten Augenblick hob sie ihrer beider Köpfe über die Oberfläche. Adrians Gesicht war blass, das Wasser floss aus seinen Augenwinkeln. «Du», flüsterte Ondra schüchtern. Sie war sich nicht sicher, ob er atmete. Noch einmal küsste sie ihn, doch sie ahnte, dass das nicht die richtige Maßnahme war. Seltsame Luftatmer!, dachte sie voller Rührung, aber auch mit schlechtem Gewissen. Sie drückte ihn an sich und seufzte. Er würde einen Menschen brauchen, der sich mit so etwas auskannte.

Maud stand auf ihrem Felsen und hielt noch immer Ausschau, die Hände abwechselnd über die Augen gelegt und in die Hüften gestemmt. Sie wendete ihnen den Rücken zu. Ihre Rufe nach Adrian hallten über das Wasser und wurden immer besorgter.

Entschlossen schwamm Ondra mit dem Jungen im Arm auf das Ufer zu, immer darauf achtend, in Mauds totem Winkel zu bleiben. Zur Sicherheit stieß sie einen Möwenruf aus, hoch und gellend. Eine Handvoll der Vögel sammelte sich am Himmel über dem Felsen und begann, Scheinattacken auf den Kopf der Rothaarigen zu fliegen. Maud schrie und fuchtelte wild mit den Händen, duckte sich und flüchtete endlich mit einem missglückten Köpfer ins Wasser, um sich ans vermeintlich sichere Festland zu retten.

Beinahe hätte Ondra gelacht. «Meinetwegen pickt ihr die Augen aus», dachte sie, nahm den Gedanken aber zähneknirschend wieder zurück. Alleine würde sie Adrian nicht helfen können.

Sie zog Adrian über die Linie, die die Flut aus kleinen Muscheln, Algenfetzen und Kieseln auf dem Sand gezogen hatte. Mit einem Mal war er so schwer. Warum nur war alles an Land so schwer? Wieder und wieder strich sie über sein Haar. «Du», flüsterte sie erneut und wünschte sich, er würde die Augen öffnen und sie noch einmal ansehen. Unter Wasser hatte er es getan, aber sie wusste nicht, was er wirklich gesehen hatte. Ob er sie wahrgenommen hatte? Oder ob er an einen Traum glauben würde, einen Albtraum gar, ein Wahnbild des Deliriums kurz vor dem Tod? Noch einmal berührte sie seinen Mund mit dem ihren. Sie wollte ihm ihren Atem einhauchen, aber über ihre Lippen kam nichts, nicht das Geringste. Ihre Kiemen dagegen rangen vergeblich um Luft. Sie würde sich bald zurückziehen müssen. Enttäuscht und wütend biss sie ihn ein wenig in die Unterlippe. Zumindest dieses Mal sollte er behalten.

Adrians Lider zitterten, seine Brust hob sich krampfhaft, Wasser quoll in einem Schwall aus seinem Mund. Sie nahm sein Gesicht in beide Hände. «Schau mich an», flehte sie. Er hustete.

Da hörte sie Mauds klatschende Schwimmzüge hinter sich und wusste, sie musste verschwinden. So rasch sie konnte, robbte Ondra zurück und tauchte im Seichten unter. Das Wasser hier war warm, beinahe so warm wie Adrians Haut. Sie konnte sein Blut noch schmecken.

Maud wäre fast auf ihre Hand getreten, als sie eilig durch das seichte Wasser rannte, hin zu Adrians regloser Gestalt. Aber sie bemerkte die Nixe nicht, die es sich nicht verkneifen konnte, der verhassten Konkurrentin zumindest in die Ferse zu zwicken.

Mit einem Kreischen zog Maud den Fuß weg, stolperte

und kam zu Fall. Unsanft setzte sie sich neben Adrian, der einen weiteren Schwall Wasser erbrach und dann verwirrt blinzelnd die Augen öffnete. Für einen Moment sah er ein blasses, geisterhaft schönes Gesicht vor sich.

«Irgendetwas hat mich gebissen.» Maud rieb heftig ihre Ferse.

Adrian rollte herum wie ein übergewichtiger Seelöwe, ließ sich das beißende Salzwasser aus Mund und Nase rinnen und starrte in den Sand. Als er den Blutstropfen sah, fasste er sich prüfend an die Lippen.

«Heh», sie stieß ihn an der Schulter. «Hörst du nicht, was ich sage? Ich wurde gebissen. Und diese Vögel …» Etwas in seinem Blick ließ sie innehalten.

Adrian streckte die Hand aus und strich ihr die nassen Strähnen aus der Stirn. Zuerst glaubte er, dass sie schwarz sein müssten, dann verwunderte ihn dieser Gedanke, schließlich vergaß er ihn.

Sie kicherte nervös. Fahrig ahmte sie seine Geste nach. «Ich seh wahrscheinlich furchtbar aus.»

«Du hast mir das Leben gerettet.»

«Was?» Ungläubig lachend sah sie ihn an. Aber Adrian schaute noch immer ganz ernst.

«Na gut», gab Maud nach, ein wenig beeindruckt von der Intensität des Moments. «Wenn du meinst.» Und sie ließ es zu, dass er seine Hand auf ihren Hinterkopf legte, sie zu sich heranzog und sie küsste.

Ondra kochte dermaßen, dass es sie wunderte, dass nicht der gesamte Ozean ringsum in Dampfwolken zerstob. Der Wutschrei, den sie ausstieß, ehe sie sich mit lautem Platschen aufs Wasser warf und davonschoss, ließ die beiden Menschen am Strand verwundert aufblicken.

«Diese Möwen», sagte Maud. «Die haben mich richtig attackiert vorhin. Wie bei Hitchcock, das kannst du dir nicht vorstellen.» Argwöhnisch schaute sie in den Himmel. Aber Adrian zog sie zu sich für einen zweiten Kuss.

«He, du blutest.»

Auch diesen Einwand ließ er nicht gelten.

Ein fassungsloser Schwarm Doraden und ein kleiner Hai bereuten es, der erbosten Nixe auf ihrem Weg in die Tiefe zu begegnen. Die Doraden fanden ihre Ordnung nie mehr wieder, dem Hai schmerzten die Knorpelknochen noch nach Tagen. Ondra war alles egal. «*Wenn du meinst.* Dieses Miststück!» Ein Schwanzhieb brachte eine Reihe transparent schimmernder Quallen ins Trudeln, wie hilflose Fallschirmspringer in einem Orkan. Seeanemonen zogen ihre Arme ein, Felsbewohner ihre Köpfe zurück. Wer aus ihrem Volk sie sah, wie ein Torpedo durchs Wasser schießend in einem Strudel aus wild blubbernden Luftblasen, der ging ihr lieber aus dem Weg.

«Es ist ungerecht, es ist so verdammt ungerecht.» Und noch ein ganzer Monat bis zum nächsten Vollmond! Sie war gefangen hier unten, während die dort oben wer weiß was trieben. Er hatte sie geküsst. Geküsst! Sie hatte es gespürt, als wäre sie selbst es gewesen, hatte die Explosionen wahrgenommen, die der widerliche Maud-Geschmack in seinem fehlgeleiteten Gehirn auslöste. Ach, verflucht!

Sie konnte gar nichts tun, als sich das alles von der nächsten Klippe aus anzusehen. «Und jetzt tut sie auch noch so, als hätte sie ihn gerettet! Heuchlerisches Stück!» Ondra fauchte. Das Geräusch trieb die Krebse in ihrer Grotte tiefer in die Felsspalten, wo sie verharrten und die Fresswerkzeuge still hielten.

«Wenn du meinst, wenn du meinst», ahmte Ondra Mauds Stimme nach. «Ohhhhhhhh!»

Die andere würde ihn ansehen, ihn streicheln, ihm süße Dinge ins Ohr flüstern. Sie würde ihre Finger mit seinen verschränken und ihm sagen, dass sie ihn liebte. Immer nur die andere. Während sie mit ihrer Flosse herumplanschte. Ein Hieb ließ die Seesterne vom Grund aufwirbeln. Hätten sie ein menschenähnliches Verdauungsorgan besessen, ihnen wäre kotzübel geworden. So schlug ihr Unbehagen nur wie ein Pendel auf Ondra zurück, die es gierig in sich aufnahm. Alles Unglück dieser Welt war ihr willkommen. Wem wäre in diesem Moment elender zumute gewesen als ihr?

«Ich hätte ihr die Ferse abreißen und sie den Krabben zum Fraß vorwerfen sollen. Ach, Adrian!» Ihr kamen die Tränen, kleine Tropfen, exakt so salzig und nass wie das Wasser ringsum, die mit dem großen Ganzen verschmolzen, kaum dass sie geweint waren. Keiner sah sie, keiner hörte sie. Meerjungfrauen weinten immer vergebens.

«Adrian.» Ondra schaute sich um. Da lagen sie, all ihre Schätze, Relikte der Menschenwelt, die mit der Flut vom Strand weggetragen worden waren, die der Wind ihr zugespielt hatte oder die sie hier und da aus Wracks barg. Da war so ein Ding gewesen aus Papier, dünne, raschelnde Seiten voller Buchstaben, viel mehr, als auf den Schiffswänden standen. Sie waren Ondra vor den Augen verschwommen. Auf der Vorderseite war das Bild einer Frau gewesen und der Schriftzug «Das Leben der Agatha Christie». Also war Agatha Christie wohl eine Frau? Daran hätte sie eher denken müssen. Sie hätte sich Agatha nennen sollen. Das nächste Mal, wenn sie an Land ging, würde sie das tun. Aber dann wären Adrian und diese Dings, diese Maud, vermutlich schon …

Sie wollte den Gedanken nicht weiterdenken. Unwillkürlich ballte sie die Fäuste. Das völlig aufgeweichte Taschenbuch wurde zu einem schmierigen Klumpen, der sich in eine trübe

Wolke auflöste und davontrieb, als sie die Faust wieder öffnete. Fische kamen und sogen neugierig mit runden Mäulern die Papierteilchen ein. «Ach, verdammt!», schrie die Nixe wieder. So war es mit allem. Mit den Kleidern, die sie neugierig angeschleppt hatte, und die grün und schmierig wurden, erst ihre Farbe, dann ihre Form und dann jegliche Existenz verloren, mit den kleinen Dingern, die erst piepsten und dann starben, so wie Adrians. Mit den Ohrstöpseln, aus denen Musik kam – nur unter Wasser nicht. Mit den Schuhen, die zu nichts zu gebrauchen waren, den kaputten Eimern, zerrissenen Angeln, zerbrochenen Flaschen, zerfaserten Seilen. Alles war kaputt, kaputt. Nur Müll, manchmal schon ehe der Gegenstand das Meer erreichte, manchmal zerfiel er erst in ihrer Höhle. Ihre «Schatzhöhle» nannte Aura das. Ondra schnaubte. Aura hatte schon immer ein Talent für schmerzhaften Spott besessen.

Wütend fegte sie alles in eine Felsspalte und zwang die dort sesshaften Garnelen zu einigen wuselnden Umbaumaßnahmen. Vor einem kleinen Felsvorsprung zögerte sie. Das einzige Ding, das noch einigermaßen intakt aussah, stand dort. Es war eine kleine Glocke. Sie gab unter Wasser einen kaum hörbaren Ton von sich. Der Strick, an dem sie einst gehangen hatte, war mit Muscheln behaftet und halb verrottet. Aber das Metall selber war noch heil; Ondra rieb oft über die Oberfläche und polierte sie, dankbar, dass die Glocke nicht wie alles andere in Stücke fiel. An ihrem Rand waren Buchstaben eingraviert. «Lady Blue», konnte Ondra entziffern. Sie wusste nicht, was das bedeutete, aber es gefiel ihr. Auch jetzt wieder fand sie Trost bei dem einzigen Stück ihrer Sammlung, das den Namen Schatz zumindest von ferne verdiente. Sie nahm es in die Hand und ließ den kurzen, hellen Laut erklingen.

«Willst du das auch wegwerfen?»

Ondra zuckte zusammen. Unwillkürlich schaute sie sich

um. Im nächsten Moment begriff sie, dass die Stimme nicht von außen kam. Sie sprach in ihrem eigenen Kopf mit ihr. Es gab nichts zu verbergen. Sie konnte sich nicht verstecken. Resigniert senkte sie für einen Moment den Kopf. Dann hob sie ihn trotzig wieder. Die kleine Glocke hielt sie mit beiden Händen fest.

«Hallo, Vater.»

14. Kapitel

*«Glaub mir, es wäre der richtige Schritt.» Die Stimme des Meer*königs war tief und schwingend. Sie füllte das Bewusstsein, in das sie eindrang, bis zum Rand aus. Aber Ondra war ihres Vaters Tochter. Sie kannte den Trick. Sie beherrschte ihn selber, wenn sie wollte. Er machte ihr keine Angst, und er beeindruckte sie nicht. Er machte sie nur unglaublich wütend. Trotzig hob sie das Kinn und fragte: «Kannst du dich nicht darauf beschränken, mich über Nox zu kontrollieren?»

«Sie und wir», fuhr ihr Vater unbeirrt fort. «Das sind zwei Welten, die die Natur strikt geschieden hat. Da gibt es keinen Raum für individuelle Lösungen.»

«Gut, dass du das erwähnst», sagte sie. «Wo du doch gerade einen Tsunami auf die asiatische Küste losgelassen hast. Wie viele Kilometer drang die Flut nochmal ins Landesinnere? Wenn das mal keine Überschreitung natürlicher Grenzen war.»

«Sie hatten etwas entdeckt.» Die Stimme ihres Vaters wurde düster.

«Wie viele Tote, Papa?»

Das Meer um sie herum wurde unruhig. Ondra spürte, wie sie hochgehoben und durchgerüttelt wurde. Sie griff nach einem Felsen, um Halt zu bekommen. Offenbar war ihr Vater sehr aufgebracht. Seine Stimme, als er wieder sprach, klang zornig. «Sie mit ihren Echoloten und Tiefseekameras und Forschungsschiffen und Frühwarnsystemen. Und mit den Kabeln, über die sie sich Nachrichten zusenden über den Grund des Meeres. Ich konnte kein Risiko eingehen.»

«Ich bin sicher, du warst gründlich.»

«Ja!» Ein letzter Rüttler, ein Aufwirbeln von Sand. Dann setzte alles sich wieder, und das Wasser wurde wieder klar. Nur in den Felsen rumpelte es noch ein wenig nach.

Ondra hielt unauffällig Ausschau nach ihrer Glocke und war froh, sie halb im Schlick vergraben noch zu entdecken. «Und dass ich diesem armen Jungen heute das Leben gerettet habe, ist jetzt vermutlich ein Kapitalverbrechen, das zwingend notwendig den Untergang ganz Englands nach sich zieht. Ach was, seien wir großzügig, nehmen wir Irland auch noch gleich mit dazu. Schaffen wir ein richtig tolles neues Atlantis.»

«Sei nicht so zynisch, Ondra. Atlantis war ein Sonderfall, das weißt du genau.»

«Sie haben es in der Schule jedes Jahr wieder erwähnt, ja. Genau wie diese Südseeinsel mit dem Vulkan, wie hieß sie noch? Egal, da blieb auch keiner übrig. Und wie war das mit der Forschungsstation in der Antarktis vor fünf Jahren? Alles klare Sonderfälle.»

«So ist es, Kind. Du weißt so gut wie ich, was die Forscher mit ihrem Sonar entdeckt hatten. Und die Insulaner fingen an, Jagd auf uns zu machen.»

«Mit Bambusspeeren. Als ob das viel gebracht hätte.» Ondra suchte ein Gähnen zu markieren, hörte aber erschrocken auf, als der Fels unter ihr erneut grummelte.

«Lenk nicht ab», verlangte ihr Vater. «Er ist kein armer Junge, und du hast ihm auch nicht das Leben gerettet.» Die Stimme des Meerkönigs wurde mit jedem Wort lauter. «Du hast dich ihm genähert und dich ihm gezeigt. Du bist Risiken eingegangen, die ich nicht dulden kann.»

«Nein, ich …» Das Beben war inzwischen so laut geworden,

dass Ondra schreien musste, um sich noch verständlich zu machen. Sie konnte ihre eigene Stimme kaum noch hören. Das Wasser setzte sich in Bewegung und begann, einen Wirbel zu bilden, der die Meerjungfrau packte und an den Wänden ihrer Grotte entlangschrammen ließ. In Panik suchte sie den Ausgang und schaffte es gerade noch, sich ins freie Wasser zu ziehen, ehe ihr Refugium in sich zusammenstürzte.

«Das», hustete und spuckte sie, «ist unfair.» Mehr brachte sie nicht heraus, denn auch hier draußen war die See in Aufruhr, und Ondra brauchte ihre ganze Kraft, um nicht fortgerissen zu werden. «Ich habe nicht …»

«Lüg mich nicht an!», donnerte ihr Vater. Er hielt sie fest in seinem Griff. «Du wirst dich ihm niemals wieder nähern. Du wirst keinem Menschen mehr nahe kommen. Niemals!»

«Nein!», schrie Ondra. Luftblasen stiegen in gewaltigen Wolken auf, drangen in ihre Nase, ihren Mund und nahmen ihr den Atem. Ihr wurde schwindelig, sie ließ die Felsen los. Der Sog packte sie und wirbelte sie herum.

Dennoch versuchte sie zu kämpfen. «Wenn du es wagst, ihm etwas anzutun, Vater, dann werde ich, dann werde ich …»

«Du wirst mir gehorchen.» Es war keine Frage mehr.

Nein, dachte Ondra. «Nein», murmelte sie. Zu mehr hatte sie nicht die Kraft. Sie sah die schwarze Wand, dort, wo das Wasser eben noch blau gewesen war, und Angst kroch in ihr hoch, kälter als das Wasser des Abgrundes.

«Gehorche, Ondra!» Die Stimme war überall. Sie sprengte ihren Schädel, riss an ihrem Bewusstsein. Die Schwärze kam; sie war da. Ondra schrie.

«Wo gehst du hin?» Roses Stimme klang dünn. Adrian wirkte so seltsam, seit er vorhin bei Maud gewesen war, noch seltsamer als sonst nach den Besuchen bei ihr. Oft kam er frustriert und aggressiv nach Hause. Heute war er nur stumm an ihr vorbeigerauscht und hatte sich in sein Zimmer eingeschlossen. Nicht einmal auf den Ruf, dass das Abendessen fertig sei, hatte er reagiert. Sie hatte ihm das Lammragout vorsorglich warm gestellt. Aber er schien nicht vorzuhaben, hier zu essen.

«Aus», sagte er nur.

«Aber du gehst doch sonst nie aus», rutschte es Rose heraus.

«Wird vielleicht Zeit, dass ich das ändere.» Adrian sah sie an, sein Blick war seltsam kalt und distanziert, fand Rose. Sie brauchte eine Weile, bis sie den Mut zur nächsten Frage fand. «Heute Nachmittag waren zwei Herren hier. Einer davon war ein Inspektor Knightley.»

«Ach, der», meinte Adrian. «Hat er sich inzwischen verdoppelt?»

«Red nicht so leichtfertig, Junge, die Herren sind von der Polizei. Und, Adrian, sie haben so seltsame Fragen gestellt.»

«Ja?» Adrian wartete.

Rose schwieg eine Weile.

«Adrian, du bist so spät gekommen am Dienstag.»

«Bin ich das?»

«Ach, Adrian.» Sie seufzte. «Was ist denn los? Ich mach mir doch nur Sorgen um dich.»

Beinahe wäre Adrian weich geworden, als er ihr Gesicht sah. Mit einem Mal wurde ihm klar, dass seine Tante alt geworden war. «Kann ich dir mal eine seltsame Frage stellen, Tante?»

«Ja?» In ihrer Stimme lag Verwunderung. Adrian betrachtete sie genau, ihre Haltung, leicht vorgeneigt, mit der Hand an der Stuhllehne, ihre Mimik – müde. Und er wiederholte sich dieses ‹Ja?› im Geiste mehrfach. Müdigkeit, aber mehr konnte er nicht darin erkennen. Andererseits, sie belog ihn schon so viele Jahre. Ihn und wen eigentlich noch? Wieso hast du mir mein Erbe vorenthalten, wollte er sie fragen. Wieso hast du mir nie gesagt, dass ich Millionär bin? Wieso hast du mich so schuften lassen? Aber er tat es nicht. Er wusste selber nicht, warum. Tat sie ihm leid? Brachte er die Kraft für den Streit, der folgen musste, in diesem Moment nicht auf? Oder war es einfach nicht mehr wichtig?

Maud wartete auf ihn. Er hatte ihr versprochen, mit ihr zu einer kleinen Feier zu gehen, einer Strandparty, wenn er ehrlich war, der ersten seit fünfzehn Jahren, an der er teilnehmen würde. Und er freute sich darauf. Freute sich auf Mauds Taille in seinem Arm, auf den Duft ihres Haares, auf die Musik, auf ein wenig Gelächter und einen Cocktail mit Schirmchen. Also fragte er nur: «Warst du in meinem Zimmer, während ich weg war?»

Rose Ames blinzelte. «Du weißt doch, dass ich nie in dein Zimmer gehe, ohne dich vorher zu fragen, Adrian.» Sie wandte sich ab, um am Ofen zu hantieren.

Adrian betrachtete ihren Rücken. Es war die erste Lüge, bei der er sie ertappte. Denn als er nach Hause gekommen war, mit nassen Haaren, dem Tode entronnen, aber glücklich, da hatte er nach der Dusche und nachdem es mit seiner Arbeit nicht so recht vorangehen wollte, noch einmal nach dem Buch gegriffen. *Die kleine Meerjungfrau* hatte noch immer in dem Regal gestanden. Er hatte das Buch aufgeschlagen und durchgeblättert, erst langsam, dann immer schneller. Er hatte den Brief noch einmal lesen wollen, dieses Schreiben, dessen Flehen um Geheimhaltung ihm nun, da er um die Größenordnung von Tante Roses Geheimnissen wusste, in einem ganz neuen Licht erschien. Er hatte ihn noch einmal lesen wollen, um vielleicht einen Hinweis auf das zu finden, was Rose noch alles verschwieg, und auf den Grund dafür.

Aber der Brief war nicht mehr da gewesen. Adrian hatte das Buch geschüttelt: nichts. Er war auf die Knie gegangen, um zu sehen, ob er vielleicht unter die Möbel geflattert war, aber außer seinen eigenen Zeichnungen: nichts. Sogar die Unterlagen auf Tisch und Schreibtisch hatte er durchwühlt, um sicherzugehen, dass er das Schreiben nicht schon versehentlich herausgenommen und irgendwo anders abgelegt hatte. Der Brief war nicht mehr da. Vom Erdboden verschwunden. Als hätte es ihn nie gegeben.

«Ach so», sagte Adrian und ging zur Tür. «Dann ist ja gut.» Und er ging.

15. Kapitel

Zuerst holte er Maud ab, dann schlenderte er mit ihr zum Pier hin-über, wo bereits die Lampions leuchteten und Musik zu hören war. Sie wollte sich zu Adrians Enttäuschung nicht wieder küssen lassen und wand sich auch aus seiner Umarmung, als sie die ersten Grüppchen plaudernder Broxtoner erreichten. ‹Nicht vor den Leuten›, sagte ihr vielsagend nach links und rechts wandernder Blick.

Gerade vor den Leuten, hätte Adrian sich gewünscht. Sollten es doch alle sehen, dass sie jetzt wirklich ein Paar waren. Am liebsten hätte er sie den ganzen Abend nicht aus seinem Arm gelassen, eng mit ihr getanzt zu der Musik, die aus den Lautsprechern schepperte, und sie mit Cocktailkirschen gefüttert. Wenn Maud allerdings lieber diskret war, dann musste er das respektieren. Sie ist diejenige, die das ganze Jahr hier leben muss, sagte er sich. Im selben Moment zuckte er zusammen: Da stand eine Frau mit langen schwarzen Haaren; sie wandte ihm den Rücken zu und plauderte mit Pete. Adrian hielt den Atem an. Als sie sich aber umdrehte, erkannte er in ihr die Postbotin, Mary Masterson. Von vorne betrachtet, hatte sie mit der sinnlichen Erscheinung von neulich Nacht nicht die geringste Ähnlichkeit. Ihre Augen waren wasserblau und trübe, und ihre Nase zeigte die Spuren von zu viel Freude am Alkohol. Im Dienst trug sie ihr Haar immer hochgesteckt. Adrian grüßte sie und wurde rot.

«Hey, Ames, hast du mal von deinem Felsen heruntergefunden.» Tom hob seine Bierflasche und grüßte herüber.

Adrian winkte lässig zurück. Er sah Toms Frau, die dem Wirt des Pubs an der Fritteuse zur Hand ging. Fish and Chips, fettig und heiß, gab es heute zum letzten Mal in diesem Jahr hier draußen am Pier, das war Tradition.

«Na, Ames, kennst du mich noch?» Adrian drehte sich um und starrte den jungen Mann an, der ihn angesprochen hatte. Das heißt, er nahm an, dass der andere jung war. Sein aufgequollenes Gesicht und der Berg von Fett, in dem seine Gestalt versunken war, ließ keine rechte Schätzung zu. Adrian orientierte sich an den Koteletten und der klobigen Nase, die er von Patrick Morgan kannte.

«Quentin?», fragte er entgeistert. «Quentin Morgan?» Er bemühte sich um ein Lächeln und hob die Hand für den alten Gruß, mit dem die Jungs des Ortes sich seinerzeit begrüßt hatten, sogar er.

Quentin schlug ein mit einer Hand, die erstaunlich klein und weich war. Auch er war mit einer Bierflasche ausgerüstet, aus der er erst einmal einen kräftigen Schluck nahm. Als er den Arm hob, rutschte sein T-Shirt hoch, und Adrian konnte das Tattoo auf seinem Bauch sehen. Unter Quentins Nabel stand: «empty».

«Witzig», sagte Adrian und bemühte sich um ein Lachen, das ein wenig hilflos klang.

Quentin nickte. «Hab ich mir in Estland machen lassen. Da ist das saubillig.»

«Estland?», fragte Adrian.

«Fernfahrer, Ames. Laster.» Quentin nickte. «Bin mal hier, mal da.»

«Fernfahrer», staunte Adrian und dachte an Patricks Verdikt gegen Menschen, die zu weit weggingen. Nun, vermutlich hatte Patrick das eher ideell als geographisch gemeint. In seinem Weltbild waren Architekten vermutlich prinzipiell weiter weg als alles andere.

«Jau.» Quentin rülpste.

«Und, wie ist das so?», bemühte Adrian sich, das Gespräch in Gang zu halten.

«Man sitzt 'ne Menge rum.» Quentin rülpste wieder. «Grenzen, Staus, Ruhezeiten. Muss Zeit totschlagen.»

«Stell ich mir öde vor», gestand Adrian, der Autobahnraststätten für die langweiligsten Orte der Welt hielt. Man rettete sich von der Straße dorthin, nur um vor dem immer gleichen Sortiment überteuerter Getränke und Snacks umgehend wieder zurück auf die Straße zu fliehen.

«Ich lese 'ne Menge. Willst du nicht auch 'n Bier? Gibt's da hinten, wo Neds Mutter die Kresse-Sandwiches verkauft.»

«Gleich, ja, danke.»

Adrian folgte Quentins Finger und wurde abgelenkt, als er Ned und Maud vor dem Sandwichstand in lebhaftem Gespräch entdeckte. Jetzt hatte sie ihn gesehen und winkte. Erleichtert lächelte Adrian.

«Am liebsten lese ich ja die Brontës», gestand Quentin.

«Wie?», fragte Adrian, noch immer mit dem dümmlichen Lächeln im Gesicht und erhobener Hand, um Maud zurückzugrüßen.

«Vor allem Emily, *Sturmhöhe,* das ist klasse.» Ein erneutes Rülpsen.

«Oh», sagte Adrian.

«Ja, aber auch die Austen, am liebsten *Verstand und Gefühl,* kennst du das?»

«Nein», gestand Adrian, der sich nie groß mit den englischen Klassikern beschäftigt hatte. «Ich bin wohl nie über Dickens hinausgekommen. Und *Puh der Bär* natürlich.»

Quentin verzog das Gesicht. «Dickens ist mir zu gefühlig, zu kitschig, wenn du verstehst, was ich meine? Na ja, mit Ausnahme vielleicht der Reisebeschreibungen. Davon versteht er was.» Er nahm einen Schluck. «Versteh mich nicht falsch, Charlotte Brontë is auch kitschig, man denke nur an *Jane Eyre,* keine Frage. Aber da steckt doch ein ganz anderes Feuer dahinter. Du fragst dich beim Lesen immer, Mann, was hätte aus denen noch alles werden können, wenn sie bloß mal ordentlich durchgefickt worden wären. Verstehst du, was ich meine?»

«Von der Seite hab ich's noch gar nicht betrachtet.» Adrian gab sich einen Ruck. «Ich glaub, ich brauch jetzt echt ein Bier.»

«War schön, mal mit 'nem gebildeten Menschen zu reden», rief Quentin ihm hinterher.

Adrian war sich nicht sicher, ob er sich über ihn lustig machte oder nicht. Jedenfalls hatte er das Gefühl, bei einer Aufgabe versagt zu haben.

«Na, wie findest du's?», flüsterte Maud ihm ins Ohr, während sie ihm eine Flasche reichte.

«Frag mich in einer halben Stunde», gab Adrian zurück. «Wenn ich auf dem Heimweg bin.»

«Ach, nicht doch.» Sie lächelte ihn an, ein Lächeln, das über ihn hinweg- und weiterglitt und Menschen hinter ihm grüßte, ohne sich zu verändern. «Du wirst sehen, es ist total interessant hier.»

«Interessanter kann's kaum noch werden», meinte Adrian. «Ich hab eben einen Fernfahrer kennengelernt, der eine platonische Fickbeziehung zu Charlotte Brontë hat.»

Sie hob eine Augenbraue und schaute ihn an; fast so tadelnd wie seine Tante, fand Adrian. Er grinste.

«Wart's ab», erwiderte sie und ließ ihren Blick weiterschweifen. «Ich wollte dich jemandem vorstellen.»

«Ich würde viel lieber tanzen», begann Adrian und griff nach ihrer Hand. Gerade spielten sie ein Stück von Coldplay.

Sie entzog ihm ihre Hand, hob sie hoch und winkte. Ein Mann im Jackett, ein wenig fehl am Platz wirkend zwischen den salopp gekleideten Fischern, winkte zurück und kam auf sie zu. «Ich habe ihn in Torquay kennengelernt», sagte Maud, «ganz zufällig, als ich nach Antiquitäten Ausschau hielt.»

«Also, wenn du Roses Gemälde wirklich verkaufen willst …», begann Adrian.

Maud nahm seinen Arm und schmiegte sich an ihn. «Mr. Goodchild, darf ich Ihnen Adrian Ames vorstellen?»

Der Mann schaute ihn durch eine kleine Brille hindurch an. «Ich erinnere mich», sagte er. «Sehr erfreut, Mr. Ames.»

Erinnern? Adrian machte ein hilfloses Gesicht. «Ich wüsste nicht …» Sein Gehirn klapperte vergebens die Reihe ihm bekannter Gesichter ab. Derart vertrocknete Physiognomien ordnete er üblicherweise der Uni zu. Aber dort konnte er den Mann nirgends unterbringen.

«Oh, als wir uns das letzte Mal sahen, waren Sie sieben, glaube ich. Aber in gewisser Weise haben Sie sich kaum verändert. Im Gegensatz zu mir, wie ich vermute. Das Alter nagt an mir wie das Meer an den Kreidefelsen von Dover.»

«Mr. Goodchild», säuselte Maud. «Das muss ich als *fishing for compliments* werten.» Sie hob drohend den Zeigefinger.

Er lächelte und küsste ihre Hand. «Wäre diese reizende junge Dame nicht gewesen», fuhr er an Adrian gewandt fort, «würde ich heute noch darauf warten, dass Sie mich besuchen kommen.» Sein Blick wurde streng. «Sie sind doch inzwischen über achtzehn?»

Verärgert errötete Adrian. «Ich bin einundzwanzig.» Er warf Maud einen raschen Seitenblick zu.

«Natürlich, natürlich. Nun, Mr. Ames, ich würde mich

freuen, wenn Sie mich einmal in meiner Kanzlei aufsuchen würden.» Der Mann zog eine Visitenkarte aus der Brusttasche seines Jacketts und reichte sie Adrian.

«Goodchild & Son», las er und schaute auf. «Sie sind Rechtsanwalt?»

«Genauer gesagt bin ich ‹Son›», meinte Goodchild und kicherte. «Mein Vater hat seinerzeit die Nachlässe Ihres Großvaters und Ihrer Eltern geordnet. Ich ging ihm als Junganwalt zur Hand. Inzwischen hat er sich aus dem Geschäft zurückgezogen.»

«Und worum geht es genau?», fragte Adrian verwundert.

«Nun, um Ihr Erbe, Mr. Ames.» Goodchild sah ihn an. Seine Augen hinter den verschmierten Brillengläsern waren klein, er hatte kaum mehr Haare auf dem Kopf, abgesehen von einem kurzgeschorenen blonden Haarkranz, den man fast nicht bemerkte, und er trug die konservative Kleidung eines englischen Landadligen.

«Mein Erbe? Dürfte ich erfahren …?»

Goodchild warf Maud einen raschen Blick zu, sie nickte und zog sich zurück. Goodchild fasste Adrian am Arm. «Gehen wir ein Stück», schlug er vor. «Solche Dinge sind nun einmal vertraulicher Natur. Ich wäre niemals auf die Idee gekommen, Sie einfach so darauf anzusprechen. Aber Miss, äh …»

«St. Aubry», half Adrian ihm.

«Richtig, richtig. Sie deutete an, dass Sie möglicherweise keine Ahnung hätten von dem, was da auf Sie wartet.»

Die betuliche Art des Mannes reizte Adrian. Goodchild konnte kaum älter als Mitte dreißig sein, aber er benahm sich wie ein alter Mann. Kein Wunder, dass Maud ihn in einem Antiquitätengeschäft ausgegraben hatte. «Und», fragte er und nahm provozierend lässig einen Schluck aus seiner Flasche, «was wartet denn da nun auf mich?»

«Ich würde das wirklich lieber in meinem Büro …», begann Goodchild, fuhr aber, als er Adrians Gesicht sah, fort: «Sie sind der Erbe Ihrer Eltern, Mr. Ames, das ist Ihnen klar, ja?»

«Ein sanierungsbedürftiges Reihenhäuschen in Stratford, mit dessen Verkauf ich den größten Teil der Schulgebühren beglichen habe. Es war noch nicht ganz abbezahlt.» Adrian überlegte kurz und fuhr fort: «Persönliche Gegenstände, ein altersschwacher Labrador, der bei Tante Rose sein Gnadenbrot bekam. Und ein Fahrrad.» Er hielt vier Finger hoch.

«Und noch eine Kleinigkeit.» Goodchild lächelte. Wieder nahm er Adrian am Arm. Offenbar konnte er im Gehen besser sprechen. «Sehen Sie, Mr. Ames, als Ihr Großvater starb, hatte er seine Hinterlassenschaft unter seinen beiden Töchtern aufgeteilt. Jede erhielt die Hälfte, und Rose sollte, da sie oben im Cottage zu Hause war, ein lebenslanges Wohnrecht erhalten. Ihre Mutter allerdings, Lily …»

Adrian zuckte zusammen, als er den Namen hörte.

Goodchild, der das spürte, verstummte kurz und fuhr dann fort. «Sie war wohl eine sehr großzügige Frau. Sie wollte, dass ihrer Schwester auch gehörte, was ihre Heimat war. Daher überließ sie ihr in einer Verfügung das Cottage ganz und erhielt dafür im Gegenzug die Anteile ihrer Schwester an der anderen Immobilie.» Er neigte den Kopf.

Adrian schaute ihn verständnislos an.

«Das Bootshaus», sagte Goodchild. Er sprach wie zu einem begriffsstutzigen Kind. «Ihr gehörte das Bootshaus samt dem umliegenden Gelände. So hatten die Schwestern das aufgeteilt. Die schriftliche Verfügung liegt meiner Kanzlei vor. Damals konnte ja keiner ahnen, was das einmal bedeuten würde, nicht wahr?» Er blinzelte.

Adrian war stehen geblieben. Die Bierflasche glitt fast aus seiner Hand. Er bespritzte sich ein wenig bei dem Versuch, sie wieder aufzufangen, und fluchte. «Aber das heißt ja …», begann er.

Goodchild lächelte. «Sieben Millionen, Mr. Ames. Sie sollten mich wirklich bald besuchen kommen.» Er grüßte, und ehe Adrian etwas erwidern konnte, hatte er sich umgedreht und verschwand im nächtlich dunklen Teil der Promenade. Fassungslos schaute Adrian ihm nach.

Er zuckte zusammen, als Maud an ihn herantrat. «Na?», fragte sie und legte ihr Kinn an seine Schulter. Ihre Finger verflochten sich mit den seinen.

Mit geschlossenen Augen sog er ihren Duft ein. «Ich glaube das nicht.»

«Glaub es ruhig.» Sie drückte einen Kuss auf seinen Hals. Sanft wanderte ihr Mund zu seinem Ohr und wieder hinab.

Adrian seufzte.

«Viele, viele Millionen, Adrian. Vielleicht sogar eine Gewinnbeteiligung am Park.» Ihre Stimme war samtweich. Dann lachte sie. «Und sie werden einen Architekten brauchen.»

«Ja, aber …»

Maud fasste ihn bei den Schultern und drehte ihn um. «Vergiss Dubai, Adrian. Das hier ist wahrhaftig *dein* Projekt. Du könntest der Herr dieser Küste werden.»

Adrian wusste nicht, was er sagen oder denken sollte.

«Na, Ames?» Es war Patrick, der herangeschlendert kam.

Instinktiv versteifte Adrian sich. «Na, Morgan», gab er zurück. Patrick war Broxton, und Broxton war ein Ort, an den er nicht gehörte. Konnte es sein, dass Broxton jetzt ihm gehörte? Er dachte an Rose, Rose auf ihrem Felsen, und übersah den Blick, den Patrick Maud zuwarf. Die schüttelte sacht den Kopf.

«Ja, also. Wär'n dir echt dankbar, wenn du zur nächsten Gemeindeversammlung mal kommen könntest, Ames», war alles, was Patrick sagte. Er legte zwei Finger an die Stirn und ging.

«Du solltest versuchen, dich gut mit ihm zu stellen, Adrian.» Maud nahm seinen Arm. «Patrick hat den Kontakt zu den Investoren. Sie vertrauen ihm.»

«Und ich habe das Grundstück, wie es aussieht.» Adrian kam das alles noch immer unwirklich vor. Maud schmiegte sich an ihn. Er blickte auf ihren Scheitel an seiner Schulter. «Und was hast du?»

Abrupt schaute sie zu ihm auf. Ihre Augen sahen schwarz aus in der Dämmerung. Und wütend. «Wenn du denkst, ich bin bei dir wegen des Geldes», fauchte sie, «dann geh auf deinen verdammten Felsen und komm nie wieder runter.»

Sie machte sich los, wehrte all seine Versuche ab, sie festzuhalten, und stöckelte ungeachtet seiner Proteste davon. Zurück zur Feier.

«Maud», rief Adrian, doch nicht allzu laut. Er hatte Angst, jemand könnte ihn hören, und er würde sich lächerlich machen. Wären sie alleine gewesen, er hätte sie angefleht. Maud, ach Maud, verdammt. Er verfluchte sich selber. Wie schaffte er es nur immer wieder, sie gegen sich aufzubringen? Dabei konnte er ihre Lippen noch auf seiner Haut fühlen.

«Verdammter Mist!», rief er halblaut. Dann wandte er sich ab, um wie ein geprügelter Hund nach Hause zu trotten. Auf seinen Felsen. Es gab genug, worüber er nachzudenken hatte.

Blinkende Lichter und laute Rufe ließen ihn noch einmal innehalten. Er sah drei Polizeiwagen, die mit Blaulicht, jedoch ohne Sirene an der Promenade vorfuhren und lautlos ausrollend zum Stehen kamen. Er hörte das dumpfe Schlagen der Türen und die Rufe der Broxtoner, die aufmerksam geworden waren, ihr kleines Fest verließen und sich um die Beamten drängten. Gleich darauf wurde über dem Meer ein Hubschrauber sichtbar. Kurz ehe das Knattern der sich nähernden Rotoren die Szene mit ihrem alles vernichtenden Lärm zudeckte, verstand Adrian die aufgeregten Stimmen: «Sie haben sie gefunden.» – «Sie haben sie.»

Das tote Mädchen war wieder da.

16. Kapitel

«Du bist echt verrückt, dir das anzutun, weißt du das?» Aura flocht sich ihr Haar zu einem Zopf, in den sie Tang und Muscheln wand. «Und dass du dich das traust.»

«Du meinst, wegen Papa?» Ondra hörte kaum hin, zu sehr fesselte sie das, was dort draußen auf der Promenade vor sich ging. Ihr Herz hatte wild geschlagen, als sie gesehen hatte, wie Maud Adrian küsste. Jetzt allerdings zitterte ein ganzer Sardinenschwarm in ihrem Bauch herum, kitzelnd vor Freude darüber, dass Adrian sich allein auf den Heimweg machte. Hatten sie sich gestritten? War alles schon wieder vorbei? Er hatte sich von ihr abgewandt, und sie spürte seine Einsamkeit, seine Verzweiflung. Das war es, was für sie zählte. Wenn sie ihn nur trösten könnte!

Die Wellen, die der landende Hubschrauber schlug, zwangen sie, sich zu ducken und hinter einigen Felsen Schutz zu suchen. «Haie, die mit den Augen rollen, beißen nicht. Papa macht immer gern ein wenig Lärm.»

«Jetzt gib dich mal nicht so supercool.»

«Cool?», fragte Ondra, «spinnst du? Ich bin stinksauer. Er hat meine Grotte total verwüstet. Sogar die Glocke ist weg. Dazu hat er kein Recht, das ist mein Reich, ganz allein meines.»

Aura gähnte. «Wenn du mich fragst, war das kein Verlust. All der Schrott.» Sie reckte den Kopf. «Was machen die da?»

Auch Ondra war aufmerksam geworden. Als sie einen

grauen Sack mit länglichem, schwerem Inhalt aus dem Hubschrauber zogen und in einen schwarzen Wagen umluden, schwante ihr etwas. «Ich glaube, ihr habt Mist gebaut, Nox und du. Sie haben die Frau gefunden.»

«Ach, fuck die Flunder.» Aura wurde eine Schattierung blasser, als sie ohnehin war.

Ondra konnte es ihr nachfühlen. Es war wahrhaftig kein Vergnügen, mit ihrem Vater Ärger zu bekommen. Sie konnte davon ein Lied singen, auch wenn sie jetzt so tat, als hätte es ihr gar nichts ausgemacht. Der schwarze Strudel machte allen Angst, selbst Nox fürchtete ihn. Jeder wusste, dass es Meerfrauen und -männer gab, die nie wieder aus seinem Sog herausgekommen waren. Und keiner wusste, ob ihre Leichen wenigstens in den Abyssus gelangt waren, in die tröstliche Tiefe, den großen Schoß, wo sie ein Teil der Nahrungskette wurden, die alles im Meer erhielt. Oder ob sie einfach im grausigen Nichts verschwanden. Niemand hatte je auch nur gefragt.

«Ich kenne diese Säcke. Papa pflegt welche zu produzieren, wenn er eine seiner Fluten loslässt. Es gab mal eine Polarstation, es waren nur Forscher, da hat er einfach …»

«Jetzt hör doch endlich mal auf mit deiner Polarstation, das kann wirklich bald niemand mehr hören. Selber schuld, wenn sie mit ihrem Sonar überall herumstöbern.» Aura klang gereizt. Sie war nervös, und das war verständlich. «Ob wir mal näher rangehen sollten?»

«Keine gute Idee», meinte Ondra, die sah, dass Adrian sich bereits auf dem Höhenweg befand. Sie würde ihm für heute nicht mehr nahe kommen können. Nicht auf diesem Wege. Die anderen Menschen interessierten sie nicht.

«Meinst du, dein Vater wird sehr sauer sein?» Aura kaute an den Spitzen ihres Pferdeschwanzes.

«Ich verspreche dir, dass er es nicht von mir erfährt.» Ondra rollte sich genüsslich herum. «Aber für Nox kann ich nicht garantieren.»

«Miststück.» Aura schlug mit dem Schwanz nach ihr.

Ondra gab sich versöhnlich. «Komm, wir schwimmen ein Stück die Küste entlang und sehen nach, wo das Krachding hinrollt.» Wegen der serpentinenreichen Strecke war es einfach, mit dem Auto auf gleicher Höhe zu bleiben. Sie verfolgten seine Lichter, bis es ins Landesinnere abbog.

«Wenn sie sie nur weit genug wegfahren, macht sie uns vielleicht keinen Ärger mehr.» Auras Stimme klang nicht sehr hoffnungsvoll.

Auch Ondra schüttelte den Kopf. So funktionierte das nicht, das hatte sie bereits gelernt. Nur weil etwas nicht mehr im Wasser lag, war es noch lange nicht aus der Welt. Sie dümpelten in der rauen Brandung vor der Küste. Über ihnen ragten zerklüftete Felsen auf, die ihnen jede Sicht auf die Straße nahmen. Hier und da hörten sie Motorenlärm und sahen die tastenden Scheinwerfer eines Wagens, der in Richtung Broxton fuhr. Ansonsten waren sie allein mit den schlafenden Möwen, die unruhig in ihren Nestern träumten, und den Nachtjägern unter ihren Füßen.

«Ich könnte ein gutes Wort für dich einlegen», begann Ondra, «bei Nox, und sogar bei Papa. Er wäre zum Beispiel sicher erfreut, von mir zu hören, dass ich keine Menschen-Sachen mehr sammeln werde, weil du einen so guten Einfluss auf mich hast.»

«Das würdest du tun?»

Die Hoffnung in Auras Augen ließ Ondras Herz vor Aufregung schneller schlagen. Sie hatte einen Plan, er war nicht ganz bis zum Ende ausgearbeitet – an das Ende wollte sie lieber nicht denken –, und er war vielleicht nicht klug. Aber sie war entschlossen, ihn bis zum Schluss zu verfolgen. In ihren

Händen hatte sie eine Schlinge aus Tang, die sie enger und enger, fester und fester flocht, während sie miteinander sprachen. Aura mochte sie für ein Schmuckstück halten, eine nervöse Spielerei, was auch immer. Wenn alles gutging, würde Ondra sie gar nicht benötigen. «Ja, ich könnte ihn dir sehr gewogen stimmen.»

«Und du würdest auch versprechen, nicht mehr in Küstennähe herumzuschwimmen?» Aura klang wirklich hoffnungsvoll.

«Das würde ich. Ich würde sogar versprechen, gar nicht mehr zu schwimmen.»

Aura lachte hilflos. «Was soll das heißen?», fragte sie. «Du bist wirklich manchmal komisch, Ondra, weißt du das?»

«Verrat mir, wie man sich in einen Menschen verwandelt.»

«Was?» Aura war so entsetzt, dass sie für einen Moment das Schwimmen vergaß und untertauchte. Mit triefendem Haar kam sie wieder hoch und spuckte Seewasser. «Das ist gar nicht möglich», sagte sie.

«Er wird nie erfahren, dass ich es von dir weiß, das schwöre ich. Er wird das Allerbeste von dir denken.»

«Er weiß es vielleicht schon in diesem Moment.» Aura starrte misstrauisch auf das schwarze Wasser, das sie umgab und in wütenden kleinen Wellen hin und her bewegte.

«Er ist weit weg. Ich wüsste es, wenn er hier wäre. Ich spüre ihn.»

«Und ich spüre auch etwas.» Aura spritzte einen Schwall Wasser in ihre Richtung, der Ondra voll ins Gesicht traf. «Dass du völlig irre bist, nämlich.»

«Es ist möglich», beharrte Ondra. «Ich weiß, dass es geht. Jeder weiß das. Und auch, dass deine Mutter sich mit so etwas gut auskannte.»

«Ich weiß nicht, wovon du redest.»

«Komm schon!» Ondra schwamm im Kreis um ihre Freundin herum. «Du wärst nie so eine willfährige Aufpasserin für mich geworden, wenn du nicht den schlechten Ruf deiner Mutter wiedergutzumachen hättest. Wie nennt man sie? Eine Meerhexe?»

«So was gibt es gar nicht, und du weißt das.»

«Ich weiß, was mein Vater weiß.» Ondra ließ sich nicht beirren. «Er vergisst zuweilen, dass man sich nicht ungestraft in den Köpfen anderer Leute herumtreibt. Manchmal gibt man dabei selbst etwas preis.» Sie lachte. «Du solltest dein Gesicht sehen, Aura.»

Die murmelte: «Ich erkenne dich nicht wieder.»

Ondra wurde ernst. «Ich erkenne mich selbst nicht wieder», gestand sie. «Ich war immer schon anders, aber jetzt weiß ich gar nicht mehr, wohin ich gehöre. Von dem Mann, den ich liebe, trennt mich eine Welt. Und die Welt, in der ich geboren bin, kommt mir fremder vor als alles andere. Als Papa mich heute in seinem schwarzen Griff hatte, da dachte ich einen Augenblick lang: Gut so, dann ist es endlich vorbei.»

«Ondra!»

Ondra biss sich auf die Lippe. Der Schmerz und die Zuneigung in Auras Gesicht waren das Letzte, was sie jetzt sehen wollte. Sie hatte ihren Entschluss gefasst, innerlich war sie keine Meerjungfrau mehr, sie hatte hier keine Freunde. Bei dieser einfachen Wahrheit wollte sie es belassen.

«Ondra, es wird alles wieder gut werden, glaub mir.» Aura streckte die Hand nach der Freundin aus.

Das war der Moment, den die schwarzhaarige Nixe nutzte. Sie schlang ihrer Gefährtin die Schlinge um die Hand und vertraute sich der nächsten Woge an. Sie hatte gut aufgepasst und eine ausgewählt, die höher war als die vorigen. Die Welle riss die beiden Meermädchen mit und trug sie weit die Felswand hinauf. Mit einem kräftigen Schnalzen ihres Schwanzes katapultierte Ondra sie beide noch ein wenig höher, als die Welle sie hob, und streifte dabei das Tangband, das sie und Aura aneinanderfesselte, über den höchsten Felsvorsprung, den sie erreichen konnte. Es war eine Steinnase dicht unter dem Rand, um den ein kahler Baum seine Wurzeln geschlungen hatte. Wie ein Wahrzeichen ragte er über ihnen auf. Als die Woge sich zurückzog, hingen sie beide mitten in der Luft.

«Ondra!», schrie Aura. In Panik schlug sie um sich. Ihr Fischschwanz klatschte laut gegen den Felsen.

Wie ein Fisch an der Angel, dachte Ondra böse. Sie ließ sich hängen und zog Aura mit ihrem eigenen Körpergewicht noch ein wenig höher. «Das Rezept, Aura», sagte sie nur.

«Gibt. Es. Nicht.» Die rothaarige Meerjungfrau keuchte. Ihre Schuppenhaut irisierte unruhig und begann, in einem krankhaften Farbton zu leuchten.

«Dir geht die Luft aus, Aura.» Triumph lag in Ondras Stimme.

Aura schaute sie zwischen den Strähnen ihres wirren Haares hindurch an. «Dir … auch», stieß sie mit Mühe hervor.

«Vielleicht», gab Ondra zu. «Aber mir ist das egal. Außerdem habe ich geübt.»

Aura starrte sie an. Ihr Mund öffnete sich unwillkürlich, die Kiemen vor ihren Ohren arbeiteten wild. Sie spürte einen Schmerz, den Schmerz der Verwandlung, aber sie wusste, er würde nirgendwo hinführen, es würde sie zerreißen, und während ihr das Blut aus Nase, Mund, Kiemen und Ohren floss, würde sie verrecken und zu einem tauben Häutchen werden, das hier im Wind wehte. Ondra hatte recht, sie wollte nicht sterben.

«Nein», stöhnte Aura.

Aber sie wussten beide, dass es eine Kapitulation war.

«Blut», ächzte sie.

«Ja», bestätigte Ondra, «du wirst bluten. Ich hab das mal gesehen, weißt du? Es ist kein schöner Anblick, alles in allem. Und es dauert qualvoll lange.» Ihr Gesicht glühte wild entschlossen.

«Nein, Menschenblut!» Aura hustete. Ihre Augen wurden trübe.

«Was war das?» Ondra horchte auf.

«Menschenblut. Du musst etwas davon trinken.»

«Und das ist alles?» Ondra konnte es kaum glauben. «Aura, sag mir die Wahrheit.»

«Ich …» Aura hob noch einmal den Kopf, dann sank er vornüber.

Über ihnen wurde es laut. Ein Auto hielt mit quietschenden Bremsen, eine Tür klappte. «Du besoffene Kuh, kotz woanders», hörten sie eine Männerstimme rufen. Danach ein Knallen und das Aufheulen eines Motors. Die betrunkene Stimme einer Frau, die vor sich hin schimpfte. Sie schien näher zu kommen, ihr Gebrabbel wurde lauter und lauter. Steinchen lösten sich und prasselten den Nixen auf den Kopf.

Noch einmal riss Aura sich zusammen. «Wenn sie uns sieht», flüsterte sie heiser, «… nicht …»

«Mach's gut», sagte Ondra, nahm eine Muschel, schnitt die Fessel durch und hielt sich selbst an dem Vorsprung fest, während sie zusah, wie Aura abstürzte und laut platschend auf dem Wasser aufschlug. Sie versank wie ein Stein, und für einen Moment dachte Ondra, dass sie den Zeitpunkt überschritten haben könnte, und sie machte sich Sorgen. «Aura?», rief sie laut. Das hatte sie nicht gewollt. «Aura, antworte mir!»

«Was'n da los? Hallo?» Ein Kopf wurde über Ondra sichtbar.

Sie fuhr zusammen. Die Frau! Ondra roch Alkohol und

starken, unechten Blumenduft, dazu das saure Aroma von Erbrochenem. Ein fürchterlicher Dreiklang, der vervollständigt wurde durch die wirren, kaum unterscheidbaren Gedanken, die Ondra auffing. Angst, Wut, Gier, Trieb, alle möglichen Emotionen tanzten im Geist der anderen Ringelreihen und machten es der Nixe schwer, sich von dem düsteren Sog abzugrenzen. Normalerweise hätte dieses Wesen sie zutiefst abgeschreckt. Aber Ondras Entschluss stand fest.

«Hallo!», rief die Meerjungfrau zurück und streckte eine Hand aus. «Ich bin abgerutscht. Können Sie mir helfen, bitte?» Sie musste husten. Bald wäre auch ihre Luft am Ende. Energisch reckte sie den Arm, so hoch sie konnte.

Die andere war zum Glück betrunken genug, sich weder zu wundern noch genauer hinzusehen. Sie packte den Arm und zog daran.

Das war alles, was Aura gewollt hatte. Auch sie langte mit beiden Händen zu, zog sich an ihre Retterin heran und biss kräftig in ihren Unterarm. Ein gellender Schrei ertönte und ein Fluch. Ondra spürte einen Schlag gegen ihren Kopf, aber das war ihr gleichgültig. Alles, was sie fühlte, war das warme Blut zwischen ihren Zähnen, während sie fiel und fiel und fiel. Tief hinab, tiefer, als das Meer es jemals sein konnte.

17. Kapitel

*Inspektor Knightley gähnte und wandte den Blick ab, als das sir*rende Geräusch der Säge einsetzte. Er versuchte sich vorzustellen, sie schnitte jetzt gleich in einen harzduftenden Fichtenstamm, und nicht in die Brust einer jungen Frau, von deren Gesicht nicht genug übrig war, um sie zu identifizieren. Er versuchte, stattdessen die grünen Kacheln anzustarren und dabei an grüne Wälder, Farne und Moose zu denken.

Um sich abzulenken, ging er hinüber an den Nachbartisch, auf dem die Kleider der Toten in durchsichtigen Plastikhüllen verpackt lagen, soweit Brandung und das Scheuern der Steine etwas von ihnen übrig gelassen hatten. Mit seinen kleinen Händen wühlte er ziellos in dem rutschigen Tütenberg herum. Ein Turnschuh war außerdem noch da, ein Gürtel, ein goldenes Halskettchen, das ihnen vielleicht weiterhelfen könnte, da es auf der Rückseite eines herzförmigen Anhängers den Namen «Dennis» graviert trug, und ein Handy. Knightley nahm die Tüte mit dem Mobiltelefon und drückte durch die Folie hindurch darauf herum. Tot, wie zu erwarten. Nun, vielleicht konnten die Techniker etwas damit anfangen. Er legte das Gerät wieder zurück.

Hinter ihm war das nervtötende Sägegeräusch verstummt zugunsten eines feuchten Krachens und anderer Laute, über deren Ursprung er nicht weiter nachdenken wollte. Als er sich wieder umdrehte, hob Dr. Morningstar, der Gerichtsmediziner, die Lunge der Toten auf eine Waage. Knightley starrte auf das dunkelrote Gewächs in seinen Händen. Er zog die dunklen Brauen zusammen. «Und?»

«Ihr Coroner hatte eine gute Nase.» Morningstar lächelte.

Knightley wusste nicht, was es da zu lächeln gab. «Bei toten Mädchen, die im Wasser treiben, obwohl sie putzmunter an Land herumlaufen sollten, braucht es keine besondere Spürnase», meinte er trocken. «Schon eine Erkenntnis?»

«Sie meinen, außer dem Umstand, dass sich kaum Wasser in der Lunge befindet?» Der Gerichtsmediziner genoss es, die verschiedensten Gemütszustände über Knightleys Gesicht ziehen zu sehen. Er war zu nachtschlafender Zeit in sein Labor gerufen worden und hatte die rechte Anerkennung für seinen Einsatz bislang noch vermisst. Aber die Überraschung in den Zügen des Inspektors entschädigte ihn für einiges. Nicht allerdings für den Segeltörn, der ihm morgen früh entgehen würde, weil er sich mit dem Papierkram herumschlagen und dann ins Bett kriechen würde, statt auf dem Wasser zu sein, umgeben von frischer Luft und blauem Horizont, eine gekühlte Dose Bier in der Hand. Vor allem frische Luft, dachte er und zog mit dem blutverschmierten Handschuh seinen Atemschutz zurecht.

«Sie meinen, sie ist nicht …»

«… ertrunken, ja», bestätigte Morningstar knapp, der eben zu dem Schluss gekommen war, dass nichts ihn für das entgangene Vergnügen jemals würde entschädigen können.

«Woran ist sie dann gestorben?»

Morningstar gähnte. «Da sind einige Verletzungen am Schädel, von denen ich aber noch nicht sagen kann, ob sie vor oder nach dem Tod, an Land oder zu Wasser durch den Zusammenstoß mit Felsen oder einem Schiffsbug entstanden sind. Außerdem zahlreiche Abschürfungen und Fraßspuren, die die Bestimmung erschweren.» Er zog seinen Mundschutz herunter und schaute den Inspektor müde an. «Morgen Mittag werde ich mehr wissen, in Ordnung?»

«Ich bin Ihnen zu großem Dank verpflichtet, Doktor. Ich schulde Ihnen was.» Der Inspektor grüßte und ging.

Morningstar schaute ihm nach. Das war mehr, als er erwartet hatte. Und er kannte Knightley nun schon so lange. Dann kam die Müdigkeit zurück, und er gähnte. Nichts, dachte er noch einmal. Nichts konnte ihn für den Segeltörn entschädigen.

«Adrian?» Vorsichtig öffnete Rose die Tür. Sie fand ihren Neffen am Schreibtisch sitzend, inmitten zerknüllter Papiere und leerer Flaschen. Der Monitor surrte, zeigte aber nur das Bild hin und her schwimmender Fische in einem Aquarium, in dem es in schnellem Wechsel Tag und Nacht wurde. «Adrian, was machst du?»

«Ich denke nach.»

Das klang nicht gut, müde, aber auch ein wenig drohend.

«Ich denke auch nach, Adrian.»

«Worüber?» Er gab seinem Schreibtischstuhl einen Stoß, dass er sich einmal um sich selber drehte. Mit dem Rücken zu seiner Tante kam er zum Stillstand. «Darüber, dass du mir mein Erbe vorenthalten hast?»

«Also das ist es?» Roses Stimme war leise. Sie trat ganz ein, schloss die Tür und setzte sich auf das Bett, neben dem einsam die Nachttischlampe brannte. Mit ihrer faltigen Hand strich sie über die Bettdecke, die sie so oft bis zu Adrians Nasenspitze hochgezogen hatte, um ihm anschließend eine gute Nacht zu wünschen. «Weißt du, Adrian, das war alles nicht so leicht ...»

«Ach», fiel er ihr ins Wort, «und da dachtest du, ein bisschen Geld, so ein paar Millionen, würden dir die Sache leichter machen. Kann ich nachvollziehen.»

«So viel war das doch anfangs gar nicht wert. Adrian!» Rose hob die Stimme. «Da war nicht mehr als ein Schuppen im Nirgendwo mit ein paar alten Bäumen. Dein Vater hatte sich das Dach ausbauen lassen, um in den Ferien dort zu arbeiten. Er … er sagte, die Pension sei ihm zu unruhig.» Sie wandte den Kopf zur Seite und studierte die Bilder an der Wand, die Adrian aufgehängt hatte. Keines gab ihr die Kraft, die nächsten Worte zu finden. Aber es musste gesagt werden. «Dort stand auch eine Schlafcouch. Sie haben die letzte Nacht dort gemeinsam verbracht. Ihre Sachen …», wieder musste sie eine Pause machen, «… sind noch da. Jonas hat sie dort abgeholt für den Törn.»

«Du meinst …» Adrian drehte sich jetzt doch zu ihr um.

«Ich wollte an all das nicht denken», fuhr Rose schnell fort. «Ich vernagelte die Tür und ging nicht mehr hin. Keiner hat danach gefragt. Erst vor einem halben Jahr kam dann Morgan mit diesem Geschäftsmann.»

«Und das hast du mir verschwiegen?»

Rose hob die Hände. «Ich wusste nicht, was ich sagen, ich wusste nicht mal, was ich denken sollte. Viereinhalb Millionen!»

«Sieben.»

Rose starrte ihn an. «Mir hat Patrick Morgan etwas von viereinhalb gesagt.»

«Schweinehund», brummte Adrian.

«Was?» Rose war für einen Moment aus dem Konzept gebracht. «Jedenfalls: so eine Menge Geld. Ich wusste, ich würde es dir nicht verweigern können. Du hattest ein Recht darauf, jedes Recht der Welt, Adrian.» Sie schaute ihn an.

Adrian schnaubte nur und wich ihrem Blick aus.

«Aber der Gedanke, dass das alles abgerissen wird und verschwindet …» Sie betrachtete eingehend ihre rissigen Hände, dann schüttelte sie den Kopf. «Aber ich darf nicht von dir verlangen, dass du dich den Grillen einer alten Frau unterwirfst. Das habe ich inzwischen begriffen. Es tut mir so leid, Adrian. Ich habe einfach etwas Zeit gebraucht.»

Adrian starrte sie mit offenem Mund an. «Und du bist nie auf die Idee gekommen, ich könnte den Verkauf ablehnen?»

Verwundert hob Rose den Kopf. «Aber das darfst du nicht, Adrian, auf keinen Fall. Es geht hier um deine Zukunft.»

Adrian stand auf. «Komm mal her», sagte er und zog sie an sich. Er umarmte sie fest. «Dumme, dumme Rose», murmelte er.

Rose stieß etwas aus, das ein Lachen oder ein Schluchzen sein konnte. So standen sie eine Weile. «Wehe», sagte Adrian irgendwann, «du wuschelst mir jetzt durch die Haare.»

Sie machte sich los und strich verlegen über ihren Rock. «Ich mach vielleicht mal einen Tee», brachte sie schließlich heraus.

«Tee wäre gut. Ach, und, Tante?»

«Was?», fragte sie.

«Der Brief ...», begann Adrian. Da klingelte das Telefon.

Ondra spürte, wie das Gewicht der fremden Frau sie nach unten ins tiefe Wasser drückte, und kämpfte dagegen an. Ihr war übel und schwindelig, sie würgte und wusste nicht, wie sie zu Atem kommen sollte, ihr war, als hinge sie noch immer in der feindlichen Luft. Verzweifelt schlug sie mit ihrem Schwanz um sich, dennoch kam sie kaum von der Stelle. Blind vor Panik wand sie sich und tat unwillkürlich einen tiefen Atemzug, als ihr Kopf die Oberfläche durchstieß. Luft füllte ihre Lungen, köstliche Luft, Leben! Ondra schrie, vor Erleichterung und vor Schmerzen, denn ihr Körper tat weh, als würde er von etwas Schwerem plattgewalzt. Es war nicht wie bei der Verwandlung, es war, als hätte eine Riesenfaust sie gepackt und zerquetschte sie nun bei lebendigem Leib. Einen Moment lang dachte sie, ihr Vater hätte sie aufgespürt und das wäre nun der Kern des schwarzen Strudels und ihr Ende. Nein, nein, sie wollte nicht sterben!

Sie schlug mit den Händen aufs Wasser wie ein paddelnder Hund. Immer wieder tauchte ihr Kopf unter, sie schluckte Wasser, hustete, schrie erneut. Das Seewasser brannte in ihrer Nase, ihren Augen, ihrem Hals. Ihr Brustkorb war zusammengekrampft. Von ihrer Flosse spürte sie nichts.

Als sie den kalten Griff um ihre Schultern fühlte, war es zu spät, sich zu wehren.

«Komm schon, Süße.» Aura hatte alle Mühe, die zappelnde, zitternde und völlig erschöpfte Freundin festzuhalten. Unter Aufbietung all ihrer Kräfte schaffte sie es, Ondra auf einen flachen Felsen zu rollen. Mit einem besorgten Blick ließ Aura sie dort zurück und tauchte noch einmal. Sie fand die Frau nach kurzem Suchen. Das Gewicht ihres Rucksackes hatte sie auf den Grund gezogen, wo sie im Takt der Wellen hin und her wogte. Aus ihrem Arm stieg ein dünner Faden Blut auf, der bereits die ersten Interessenten anzog.

Aura stieß einen der kleinen Haie in die Seite, packte die Bewusstlose an den Haaren und zog sie hinter sich her. Aus ihrem Mund stiegen noch Luftblasen, sie lebte, das war Aura klar. Sehr viel mehr interessierte sie an der Fremden nicht. Sie war ein Problem, ein Ärgernis, das sie unter normalen Umständen irgendwo in den Wellen entsorgt hätte. Aber das war schon einmal schiefgegangen; sie wollte es nicht ein zweites Mal riskieren. Sollte Ondra sich doch mit ihr herumschlagen – dort draußen.

Als sie die Fremde neben ihre Freundin schob, bekam sie Angst. Ondra lag noch immer so da, wie sie sie zurückgelassen hatte, die Haare wie eine Fessel um den Hals, die Arme schlaff ausgestreckt und die Beine – Aura musste den Blick abwenden. Diese komischen Dinger, diese Stelzen, die schön und gut waren für eine Vollmondnacht. Aber im Grunde waren sie nur eine groteske Laune der Natur. Und Ondras schöner Fischleib war verloren für immer. Tränen stiegen ihr in die Augen. «Ondra», flüsterte sie, «meine Schöne.» Sie legte die Hand auf Ondras Arm und zuckte zurück. Wie warm sie war! Es fühlte sich fremd an, geradezu krank. «Ondra», rief sie noch einmal leise.

Ihre Freundin öffnete die Augen. Und was Aura in ihnen sah, machte ihr klar, dass Ondra für immer und alle Zeit eine andere geworden war. Es waren keine Nixenaugen mehr, silbrig und fähig, im Dunkeln zu sehen. Es waren beinahe Menschenaugen, die Pupille hilflos vergrößert, um die Nacht zu begreifen. So viel Wissen war aus ihnen entschwunden, Jahrhunderte an Erinnerung. Und der Ruf von Auras Seele fand in ihnen keinen Widerhall mehr. Nur die Traurigkeit in Ondras Blick war dieselbe geblieben.

«Ondra, meine Ondra!» Die Nixe strich ihrer Gefährtin über die Wange. «Ich muss jetzt gehen. Leb wohl.» Aura suchte nach Worten, die ausdrückten, was sie fühlte. ‹Mach's gut›, ‹Pass auf dich auf›, ‹Ein gutes Leben›. Keines davon genügte. «Ich hab dich lieb, meine Süße.» Sie weinte. Aber Meerjungfrauen weinen immer vergebens.

18. Kapitel

Adrian lauschte in den Telefonhörer und nickte wie ein Idiot. «Ja, Herr Professor», sagte er ab und zu, wie ein Automat. «Natürlich, Herr Professor.» Und er bestätigte, dass alles bestens liefe, wie am Schnürchen, ganz großartig, er sei schon mittendrin.

«Na, dann hoffe ich, mein Lieber, dass das Meer Sie weiterhin inspirieren wird.» Die Stimme aus dem Telefon troff vor Wohlwollen.

Adrian kam sich vor wie ein Hochstapler. Als hätte er noch nie einen Entwurf gezeichnet und würde auch in seinem Leben nie mehr einen zustande bringen. «Gerne, Herr Professor», antwortete er und war sich nicht schlüssig, ob das die richtige Antwort war. Egal, es war die einzige, die ihm einfiel. Als es endlich vorbei war, sank er in der Küche mit einem Riesenseufzer auf den blauen Stuhl. Was hatte er sich da bloß angetan?

Mitfühlend schob Rose ihm einen dampfenden Becher Tee zu. «Trink», sagte sie. «Dann kriegst du keinen Kater. Denn Kater sind …»

«… ein Dehydrierungsphänomen, ich weiß, Tante.» Sie schwiegen und bliesen auf das heiße Getränk in ihren Tassen.

«Der Brief», begann Rose schließlich.

«Ich hätte nicht danach fragen sollen. Wir müssen nicht darüber reden.»

«Ich möchte aber», sagte seine Tante, mit für sie ungewöhnlichem Nachdruck.

Adrian war sich nicht sicher, ob er das, was da auf ihn zukam, wirklich wissen wollte. Ihm ging gerade genug anderes durch den Kopf.

«Adrian, was weißt du über deinen Onkel?»

«Wolltest *du* nicht etwas erzählen?», protestierte er. Ihm hatten schon die Fragen seines Professors gereicht. Noch mehr Interaktion überforderte ihn einfach. Als er ihren Blick sah, fügte er zahm hinzu: «Nicht sehr viel. Fischer?»

Rose lächelte. «Dafür haben ihn alle gehalten. Und er war auch ungemein gut in seinem Beruf. Er schien förmlich zu riechen, wo die Schwärme sich aufhielten.» Sie verstummte und schien in Erinnerungen versunken. Adrian betrachtete sie eine Weile aus den Augenwinkeln. Dann stellte er seine Tasse ab. «Wenn du nichts dagegen hast …», begann er. Er fühlte sich alles andere als gut.

«Dein Onkel war ein Schiffbrüchiger.» Rose atmete tief aus. Jetzt war es heraus. Sie schaute ihren Neffen direkt an.

Adrian, der seinen Hintern schon gelüftet hatte, setzte sich wieder. «Ein was?»

«Du hast richtig gehört, ein Schiffbrüchiger. Schiffsunfälle sind nicht selten hier in der Gegend.»

Er wusste, was sie meinte. Jonas und seine Eltern waren einem Schiffsunfall zum Opfer gefallen.

«Er wurde hier angetrieben. Ich fand ihn am Strand. Beim Bootshaus.»

«Wow!» Mehr fiel Adrian dazu nicht ein. Schließlich meinte er: «Das ist ja wie im neunzehnten Jahrhundert, oder?»

«Das ist Küstenschicksal.» Rose lächelte nachsichtig. «Außerdem war ich schon immer ein altmodischer Mensch. Ich nahm ihn auf und pflegte ihn. Obwohl die Broxtoner seinerzeit sehr dagegen waren. Man wusste ja nicht, was man sich da ins Haus holte, sagten sie.»

Adrian nickte. Man war hier schon immer gerne unter sich gewesen und duldete abgesehen von den Touristen, die kamen und wieder gingen, wenig Neues. Er konnte es sich lebhaft vorstellen. «Und?», fragte er schließlich, «was hattest du dir ins Haus geholt?»

«Ein großes Rätsel.» Rose nahm einen Schluck Tee. «Keine Erinnerung, keine Papiere, kein Schiff, kein …» – sie errötete – «in der Tat war er nackt, als ich ihn fand.»

Adrian runzelte die Stirn. Er schnalzte mit der Zunge. «Tante, Tante.»

Sie kicherte. «Die Behörden fanden nie etwas über ihn heraus.»

«Aber er hieß doch Jonas, oder?» Adrian hob die Hände.

«Nach dem Mann im Bauch des Wals, ja. Jonas Ames, das war der Name, den ich ihm gab.»

«Du hast ihn getauft.» Adrian war voller Ehrfurcht. Und auch voller Neid. Rose und Jonas, die beiden hatten einander geschaffen.

«Ich habe ihn getauft», bestätigte Rose stolz. «Und ich habe ihn beschützt vor den Klatschmäulern hier, zeit seines Lebens. Du weißt ja, wessen Urgroßvater nicht hier geboren ist …»

«… und wer sich nicht jedes Wochenende im Siren's Pub betrinkt …», fügte Adrian hinzu. Sie schauten einander an und lächelten.

Rose nickte. «Der zählt nicht», bestätigte sie. «Für mich war er aber das Einzige, was zählte.» Sie schien etwas auf dem Boden ihrer Tasse zu suchen. «Vielleicht verstehst du jetzt besser, warum du es hier als Kind manchmal nicht leicht hattest. Du stammst nun einmal aus einer komischen Familie.»

Adrian schüttelte nur den Kopf. Rose auf ihrem Felsen, dachte er. «Ich habe hier nie reingepasst. Jonas hätte Bürgermeister in der fünften Generation sein können, und sie hätten mich immer noch schräg angeschaut.»

«Adrian, es tut mir so leid.» Rose ergriff seine Hand.

«Es muss dir nicht leidtun», sagte Adrian, «im Gegenteil: Ich beneide dich, wenn ich ganz ehrlich bin. Ihr habt hier ganz füreinander gelebt.» Er trank den Rest seines Tees und war froh, dass sein Gesicht in der großen Tasse verschwand. ‹Ich lebe für dich›, dachte er. Niemand würde das jemals zu ihm sagen.

Als Ondra zu sich kam, war Aura fort. Die Frau lag immer noch an der Stelle, an der die Nixe sie zurückgelassen hatte. Sie schien am Leben zu sein, jedenfalls schnarchte sie laut. Ondra war so erstaunt über das Geräusch, dass sie die Gestalt eine ganze Weile anstarrte, ehe sie begriff, was das eigentliche Wunder war: Sie saß hier, an Land, mit zwei Beinen, und die Sonne schien vom Himmel. Erst schaute sie in den blauen Himmel, dann auf ihre Füße. Es dauerte eine Weile, ehe sie begriff, was so falsch an der ganzen Sache war: Die Welt war wie stumm, als hätte jemand den Ton abgestellt. Die Vögel am Himmel waren nichts als kreisende, kreischende Punkte hoch droben. Sie konnte sie hören und sehen, aber nicht fühlen. Sie spürte ihre Lebendigkeit nicht mehr, ihren Bewegungsdrang, ihren Hunger und das Sausen des Windes auf ihren Flügeln. Sie fühlte das Alter des Sandes nicht mehr, nicht das Raunen der Zeit tief im Boden, sondern nur noch das Piken eines größeren Steins an ihrem Hintern.

Ondra hievte sich hoch und zog ihn hervor. Er war grau, spitz und fühlte sich nach gar nichts an. Verärgert warf sie ihn weit von sich. Dann wanderte ihr Blick wieder zu der Frau hinüber: Wie hässlich sie war, wie fremd. Und das Schlimmste: Ondra hatte nicht den geringsten Schimmer, was sie dachte.

Auf allen vieren krabbelte Ondra zu ihr hinüber. Die Fremde roch nach vergorenen Getränken, nach etwas, das Ondra schon als Schweiß hatte bezeichnen hören – Tänzer schwitzten, es war eine eklige Sache, die Meerjungfrauen nicht betraf –, und nach Schlimmerem. Ondra streckte die Hand aus und überwand sich, die Schulter der Frau zu berühren. Aber nichts, sie spürte gar nichts. Die andere hätte genauso gut tot sein können. Wach auf!, befahl Ondra ihr. Ein lautes Schnarchen antwortete. Ondra rief sie erneut; keine Reaktion. Dann stach etwas in ihre Waden, und sie schlug darauf. «Au!» Ein Sandfloh hatte Ondra gebissen. Fassungslos rieb Ondra sich die gerötete Stelle. Sie hatte nichts davon bemerkt, bis es wehtat. Die Fremde grunzte im Schlaf.

Das war die Welt?, dachte Ondra entsetzt. Das war die Welt für die Menschen? Könnte es noch schlimmer sein? Ondra kroch zurück.

Sie stieß gegen etwas Hartes und fuhr herum. Es war der Rucksack, der völlig durchnässt, aber intakt zwischen den Muscheln lag. Mit neu erwachtem Interesse fummelte Ondra daran herum und bekam nach einer Weile die Schnallen auf. Das Ding hatte ein Innenleben. Stück für Stück zog sie heraus, was sich darin verbarg. Das meiste war aus Stoff und hatte grelle Farben. Ondra hielt ein Teil hoch, drehte es zwischen den Händen und verglich es mit dem, was sie an der Schlafenden entdeckte.

Das hier trug man untenrum, eine einfache Röhre; sie ließ viel Bein frei, aber bedeckte den Po. Ondra wusste natürlich, dass sich die Menschen mit Stoff bedeckten. Ihr war nur nicht ganz klar, welche Körperteile und wieso. Aber sie schlüpfte in das kurze Kleidungsstück. Wenigstens schränkte es ihre Beweglichkeit kaum ein, knapp, wie es war. Ondra war ganz zufrieden. Wenn nur das Gelb nicht so hässlich gewesen wäre. Das mit den Streifen, die aussahen wie die eines Clownfischs, zog man sich wohl über den Kopf und dann über den Brustkorb. Es war Ondra etwas zu eng, jedenfalls standen ihre Brüste vor, fand sie. Sie zog den Ausschnitt nach unten und verschaffte ihrem Dekolleté etwas Raum zum Atmen. So würde es zur Not schon gehen. Etwas für die Füße fand sie auch. Hübsch glitzernde Dinger. Aber sie waren unbequem, und so hängte Ondra sie sich nur über die Schulter.

Eine Lederhülse mit kleinen Metallscheiben und nassem Papier darin fand sie uninteressant, eine Flasche mit dem Zeug, nach dem die Frau roch, warf sie hinter die Felsen. Da war noch ein Stück Stoff, sehr klein, fast bestand es nur aus Löchern, einem großen, zwei kleineren, es war dehnbar und schwarz. Ondra überlegte lange, band sich sogar versuchsweise die Haare damit zurück, steckte ihre Arme durch und ließ es wieder sein, musterte noch einmal die Schlafende, die so etwas nicht zu tragen schien, und steckte das Ding dann zurück in den Rucksack. Manche Geheimnisse erschlossen sich einem eben nicht sofort. Sie stand auf. Da fühlte sie ein dringendes Bedürfnis.

Ehe sie noch entscheiden konnte, wonach, lief es ihr bereits warm die Beine hinunter. Ondra war erstaunt und begeistert. Wie gut sich das anfühlte! Wie schön, dass Menschen einen Wasserstoffwechsel besaßen! Dann drang ihr der Geruch in die Nase, und sie beeilte sich, ans Wasser zu kommen und sich zu reinigen. Das war ja furchtbar, eine Katastrophe, hoffentlich, dachte sie, passierte so etwas nicht öfter. So oder so, das Leben als Mensch war voller Tücken und definitiv verbesserungsfähig.

Eine Stunde später lief Ondra die Küstenstraße entlang auf Broxton zu. Ihr neongelber Minirock war etwas kürzer als die schwarzen Haare, die ihr über den Hintern wippten, ihr Shirt saß atemberaubend, und die Sandalen über ihrer Schulter glitzerten in der Morgensonne. Sie sah aus, als käme sie verdammt spät von einer Party heim. Hin und wieder fuhr ein Auto an ihr vorbei. Manche hupten. Ondra wusste nicht, wieso, und ignorierte es. Manchmal hielt eines, und sie hörte Pfiffe. Manchmal gab es eine Beinahe-Karambolage, oder jemand geriet aus der Spur. Wie durch ein Wunder kam es aber an diesem Morgen vor Broxton zu keinem schwereren Unfall. Und auch Ondra gelangte unbeschadet ins Dorf.

Inspektor Knightley erhob sich. Von den dunkel getäfelten Wänden der Pension «Seaside Home» grüßten ihn Stiche von alten Windjammern und Hochzeitsbilder der Queen und Lady Dianas sowie ein Porträt von Kate Middleton. Das war wohl die weibliche Note, die Neds Frau mit eingebracht hatte. Ned stand ebenfalls auf und hob die Hände. «Ihre Beamten können sich gerne in den Zimmern umschauen», sagte er. «Ich habe nichts zu verbergen.» Er lachte. «Perlenketten schon gar nicht, fürchte ich.»

«Perlenketten?» Seine Frau kam aus der Küche. «Seit der Hochzeit verspricht er mir eine, Officer.»

«Inspektor, Schatz», verbesserte Ned gelangweilt und warf Knightley einen entschuldigenden Blick zu. Er wechselte in eine andere Ecke des Raumes und begann, sich eine Pfeife zu stopfen.

«Schon bei der Verlobung sagte er mir: Ich kauf dir Nixentränen.» Sie schnaubte.

«Nixentränen?», hakte Knightley nach.

«Perlen.» Neds Stimme klang trocken. «So nennen wir das hier, Inspektor. Kommt von einem alten Kinderlied.»

«Jedenfalls hab ich nie welche gesehen, nicht mal 'nen Ring.»

Ned bemühte sich um ein Lachen.

Knightley grüßte. «Ich werde dann mal.» Er ging zur Tür.

Ned hielt sie ihm auf. «Glauben Sie wirklich, er hat sie mit einer Perlenkette erwürgt?»

Knightley seufzte. Um den Hals der Ermordeten hatte Morningstar ein Muster aus kugelförmigen Abdrücken gefunden, das nur den Schluss zuließ, dass sie mit einer Perlschnur gewürgt worden war. Er hatte es für einen Fehler gehalten, dieses Detail an die Öffentlichkeit zu geben. Aber es war schwer, in Broxton herumzulaufen und ein Objekt mit perlgroßen Kugeln zu suchen, ohne zu erklären, wonach man fahndete. Außerdem waren da seine Officers, die mit der Hälfte des Dorfes verwandt oder verschwägert waren. Und wusste es ein Broxtoner, wussten es alle.

«Andere können sich Perlenketten leisten», bemerkte Harriet und faltete die frische Tischwäsche auseinander.

Ihr Mann wandte sich nach ihr um. «Oh bitte, Liebling.»

Knightley blieb nicht lange genug, um den Verlauf des ehelichen Disputes zu verfolgen. Auf dem Pier stehend, grüßte er die Beamten, die eben aus dem Surf-Verleih kamen und die Finger an ihre Mützen legten, als sie ihn bemerkten. Knightley nickte. Auf dem Weg zum Supermarkt, wo er pflichtschuldigst dem nächsten Broxtoner die Frage nach der Perlenkette stellen wollte, bemerkte er den jungen Ames. Gutaussehender Bursche, bisschen unruhig, ein Außenseiter, dachte Knightley. Schwer einzuschätzen. Die ganze Familie war seltsam. Irgendwie passte der Junge nicht recht hierher, er passte überhaupt nicht ins Bild. Aber immerhin schien er hier ein Mädchen zu haben. Denn als Ames an der Tür eines Hauses klingelte, das sichtlich mitten im Renovierungsprozess steckte, so wie die Farbeimer, Folien und Lappen sich neben dem Eingang stapelten, öffnete ihm eine junge Frau und lehnte sich sofort mit verschränkten Armen gegen die Türfüllung. Sie wirkte bockig und er unglücklich, befand Knightley. Das klassische Liebespaar in der Krise. Befriedigt nickte er erneut, als sie begannen, lebhaft und heftig gestikulierend miteinander zu diskutieren. «Junge», sagte er nach einer Weile zu sich, während er betont langsam zu Toms Verleihshop schlenderte, «die ist nicht ohne.» Er grinste und setzte im Geiste Maud St. Aubry auf seine Vernehmungsliste, mit einem dicken Ausrufezeichen.

19. Kapitel

«Wie kannst du so etwas sagen!» Maud warf die Arme hoch. «Denkst du denn immer nur an dich?»

«Aber Maud, ich … ich …»

«Dass andere sich vielleicht verletzt fühlen könnten. Dass sie ihre eigenen Sorgen haben, daran denkst du niemals!» Schmollend verschränkte sie die Arme.

«Aber ich habe doch nur …»

«Ich habe genug am Hals, Adrian. Ich habe es nicht nötig, mich auch noch beleidigen und beschimpfen zu lassen.»

«Also, beschimpft, das ist nun wirklich nicht …» Adrian bekam auch diesen Satz nicht zu Ende. Seine Wangen glühten. Eigentlich hatte er mit Maud über sein ungutes Gefühl bei der Sache sprechen wollen, über das Unbehagen, das ihm das viele Geld bereitete, und dieses Misstrauen, das er so gerne losgeworden wäre. Dazu kam er allerdings gar nicht erst. Maud konfrontierte ihn, wie stets, mit einer ganz anderen Sicht der Dinge, mit *ihren* Bedenken, *ihren* Gefühlen. «Was glaubst du, wie ich mich dabei fühle?» war ihr Standardsatz, obwohl sie meist rasch dafür sorgte, dass man nicht auf Glauben und Mutmaßungen angewiesen war, und wie schon so oft musste er sich fragen, ob er nicht ein fürchterlicher Egoist war, nur an sich selbst gedacht zu haben. Obwohl in ihm die leise Frage nicht verstummen wollte, ob Maud nicht ein ebensolcher Egoist war.

«Ich hab dir das mit dem Geld gesteckt, weil irgendeiner es

schließlich tun musste. Und jetzt denkst du an nichts anderes mehr. Am Ende verdächtigst du mich noch.» In ihre Augen traten Tränen.

Ja, dachte Adrian, genau. Und er schämte sich. «Nein», rief er laut, selbst erstaunt, wie zwiespältig man empfinden konnte.

«Doch, das steht jetzt zwischen uns.» Sie wischte sich mit dem Ärmel über das Gesicht. «Und es wird immer alles verderben. Du wirst mir nie glauben, wenn ich, wenn ich …» Sie musste einen Moment innehalten. «Gerade jetzt», fuhr sie dann fort, «wo ich endlich den Mut gefunden hatte, dir zu sagen, was ich für dich empfinde. Es ist so ungerecht.»

Sie empfand etwas für ihn! In Adrian stieg ein warmes Gefühl auf. «Oh, Maud …», begann er und streckte die Hand nach ihr aus.

Sie wehrte seine Hand ab. «Es wird besser sein, wir belassen es dabei, Adrian. Ich könnte nicht leben mit dem Verdacht, eine Mitgiftjägerin zu sein. Leb wohl!»

«Maud?» Adrian war gerade geistesgegenwärtig genug, seinen Fuß in Mauds Tür zu stellen, die eben zufallen wollte. Sie wehrte sich ein wenig, ließ es dann aber zu, dass er die Tür wieder ganz öffnete. Seinem Blick jedoch wich sie aus. «Maud, bitte! Ich würde niemals …»

Pfiffe unterbrachen sie.

Maud fiel die Kinnlade herunter. «Also das ist doch …», sagte sie.

Auch Adrian war wie erstarrt, wenn auch aus anderen Gründen. Das Mädchen, das dort drüben auf den Angelshop zuging, war ganz eindeutig dasselbe, dem er neulich nachts begegnet war. Sie lebte also, sie war nicht ertrunken! Er hatte nichts falsch gemacht! Und sie sah noch faszinierender aus, als er sie in Erinnerung hatte.

«Adrian?», fragte Maud, als er sich von ihr wegdrehte. «Adrian!» Doch da hatte er bereits den Gehsteig verlassen und überquerte die Straße, auf dem Weg zu Ondra.

«He, he!» – «Wo kommt die denn her?» – «Wie viel nimmst du denn so, Süße?» Die jungen Männer des Dorfes, die eigentlich das Treiben der Officers hatten beobachten wollen, sammelten sich vor den Schaufenstern von Petes Shop.

Ondra beachtete sie nicht. Angeekelt starrte sie auf die Angelruten, Leinen, Harpunen und Messer, die im Schaufenster ausgestellt waren. Mordwerkzeuge, allesamt. Noch dazu in so rauen Mengen! Dies hier waren die Hilfsmittel feiger Massenmörder. Es war einfach widerlich, dass sie all das noch so offen ausstellten. Sie würde dem ein Ende bereiten.

«Ach, seid still», sagte sie mit einem Hüftschwung, der das Gegenteil bewirkte, und stürmte auf die gläserne Ladentür zu.

Adrian blieb unwillkürlich stehen, als er sah, wie sie mit voller Wucht dagegenlief.

«Au!» Ondra taumelte drei Schritte zurück und hielt sich verblüfft die Stirn. Sie hatte der Tür den Befehl gegeben, ihr aus dem Weg zu gehen. Genau wie sie den Männern eingegeben hatte zu verschwinden. Aber weder Tür noch Männer hatten in irgendeiner Weise reagiert, sie waren alle noch immer an ihrem Platz. Ondra fluchte innerlich. Diese Welt war wahrhaftig taub. Sie lebte nicht, sie reagierte nicht, und ganz offenbar hatte sie ihre Fähigkeiten an Land verloren. Sie warf Pete, Ned und Tom einen Blick zu, der hätte töten können. Töten müssen, wenn alles mit rechten Dingen zugegangen wäre. Zumindest hätte Furcht sich in ihnen ausgebreitet, und sie wären auf die gute Idee gekommen, ganz dringend anderswo wichtigen Geschäften nachzugehen, und hätten die Nixe vergessen.

So aber standen sie immer noch da, die Hände in die Hüften gestemmt, und lachten und redeten dummes Zeug.

Ondra verstand nicht, was sie sagten, aber es gefiel ihr nicht. Das hier waren die Typen, die sie von den Festen kannte, die mit den Seelen wie Fischhaut, mit den lauten Stimmen und den groben Händen. Die, die ihre Angeln ins Wasser hielten zum puren Vergnügen. Wegen denen war sie nicht hier.

«Weg!», schrie sie und fegte mit der Hand einen Behälter mit Keschern zu Boden. Er fiel scheppernd um und brachte die Clique für einen Moment zum Schweigen. Das tat gut. Ondra packte als Nächstes ein Drahtgestell mit Ködern und rüttelte daran.

«He, was hast du vor?» Pete war langsam im Kopf, aber dass seine Ware kaputtging, das begriff auch er. «Ned, darf sie das? Das darf sie doch nicht.»

«Schwachkopf», sagte Ned und warf seinen Zigarettenstummel weg, um die Hände frei zu haben.

«Die ist voll auf Drogen, sag ich euch.» Tom schien das Ganze eher zu amüsieren. Sein Blick klebte auf Ondras Dekolleté, das wogte, während sie an dem Gestell zerrte.

«Was glaubst du eigentlich, was du da machst?» Das war Patrick Morgan, der aus seinem Laden gestürmt kam. Sein Sohn stand hinter ihm in der Tür und betrachtete die Szene mit verschränkten Armen.

«Schon gut, schon gut. Ich kümmere mich darum.» Atemlos kam Adrian endlich dazu. Er hob beide Hände, als müsste er eine ganze Menschenmasse beschwichtigen. «Tut mir leid», sagte er und wiederholte dann, an Pete gerichtet, «ich bezahle den Schaden.»

«Ist ja nichts passiert», murmelte Pete, der begann, die Keschertrommel wieder aufzurichten. «Ist nix kaputt, glaube ich.»

Ned hob einen zerrissenen Kescher hoch, und Adrian zückte wortlos seinen Geldbeutel.

Ondra hatte aufgehört mit ihrem Zerstörungswerk. Er war da. Sie hatte ihn weder gehört noch gespürt. Er hatte sich nicht angekündigt wie ein Seebeben, wie sie es sonst gewohnt war. Er war einfach aufgetaucht und stand nun vor ihr. Und ihr war, als müssten ihre frisch gewonnenen Beine versagten. Ihre Blicke trafen einander.

Zeit verging.

Ganz sacht lächelte erst Ondra, dann Adrian.

«He», sagte Ned nach einer Weile. Als das keine Wirkung zeigte, wedelte er mit dem zerrissenen Netz.

«Adrian?», fragte Maud, die sich jetzt zwischen den Männern durchdrängte.

Adrian öffnete den Mund. «Hi, Fischereigenossenschaft Nord», sagte er.

«Adrian, bei allen guten Geistern, bist du jetzt völlig übergeschnappt?» Maud wurde langsam wütend.

«Süd», verbesserte Ondra, erleichtert, dass ihr Zauber zumindest bei einem noch zu funktionieren schien. «Ich meine, ich heiße», sie hielt kurz inne. Was hatte nochmal auf dem Buch gestanden? Irgendwas mit «A» und dann … Sie holte tief Luft. «Christie, ich heiße Christie.»

«Christy, was für ein schöner Name.»

«Christy Turlington, da wette ich», kicherte Pete und bekam von Maud einen heftigen Rippenstoß.

Tom versuchte Ondra die Dose mit Fischködern zu entreißen, die sie noch immer umklammert hielt. Sie wehrte sich und drängte sich an Adrian. Der kam wieder zu sich. «Also das Netz und die Dose», sagte er und zückte einen Zwanzig-Pfund-Schein. «Passt das so, Pete?»

Verwirrt nahm der Junge das Geld.

«Na dann. Komm, Christy», sagte Adrian, an Ondra gewandt. Er wusste selbst kaum, wo er die Sicherheit hernahm.

Er handelte einfach wie im Traum. Schützend den Arm um Ondra gelegt, geleitete er sie aus der Menge.

Maud schnappte nach Luft, als die beiden einfach so weggingen. Er hatte sich nicht einmal verabschiedet, ach was, nicht mal angesehen hatte er sie. Wenn er jetzt so wegginge, dann konnte er … dann konnte er … Sie war drauf und dran, ihm nachzurufen, was er sie mit Freuden konnte.

Ned legte ihr die Hand auf den Arm. «So musst du es machen», sagte er und wies mit dem Kinn auf das Paar. «Das nächste Mal.»

Maud stieß ihn weg. Aber es würde ein nächstes Mal geben. Oh ja, das würde es.

«Ma'm», sagte da Inspektor Knightley zu ihr. «Dürfte ich Sie einen Moment sprechen?»

Sie wirbelte herum und starrte ihn an.

20. Kapitel

Adrian atmete auf, als sie den Pier verließen und auf den kleinen Weg zu Roses Cottage einbogen. Endlich würde ihnen niemand mehr nachstarren. Er nahm den Arm von Ondras Schultern, wenn auch ungern.

«Oh!» Ondra fühlte sich nackt, als sie mit einem Mal so ungeschützt neben ihm stand. Verlegen schaute sie sich um und bemerkte schließlich die Dose, die sie immer noch umklammert hielt. Sie löste den Deckel und fand einige Larven, die gar nicht schlecht nach Krill rochen. Sie kostete und fand es nicht übel. Als sie allerdings Adrians Blick sah, hörte sie auf zu kauen und spuckte nach kurzem Überlegen alles dezent hinter einen Busch. Mit gesenktem Kopf reichte sie ihm die Dose, wie ein Kind, das genascht hat.

Er nahm das seltsame Geschenk, schüttelte seine Überraschung ab und lachte schließlich. «Du bist mir vielleicht ein komischer Vogel», entfuhr es ihm.

Sie schien nicht beleidigt, nur erstaunt. Bei der Gelegenheit sah er, dass ihre Augen gar nicht schwarz waren, nur sehr, sehr dunkelblau. Sie waren wie seine eigenen. Er streckte ihr die Hand entgegen. «Komm», sagte er. Er wusste nicht, warum er sie zu sich nach Hause bringen wollte. Er tat es eben.

Ondras Finger schlüpften in seine. «Du hast kalte Hände», sagte er.

«Und du warme.» Er drückte unwillkürlich ihre Finger.

Froh, dass nicht mehr gesagt werden musste, marschierten sie weiter.

Als sie auf der ersten freien Klippe standen, nahm Adrian die Dose und schüttete ihren Inhalt ins Meer. Ondras Lachen war ansteckend.

«Für alle Fische dieser Welt», rief sie und warf das Futter, das sie noch vom Boden des Behälters kratzen konnte, in die Luft.

«Und für alle Vögel dazu.» Lachend beobachtete Adrian, wie die Möwen sich darum rauften, einen der Bissen im Flug zu erhaschen. Der Wind blies ihnen ins Gesicht, der Himmel leuchtete. Außer Atem vor Lachen, schauten sie einander an. Dann machten sie einen Schritt aufeinander zu.

Adrian strich über ihr Haar, dessen Strähnen in der Luft herumtanzten und ihr immer wieder ins Gesicht flogen. Sie wollten einfach nicht still liegen. «Christy», sagte er leise. Dann fiel ihm ein: «Ich heiße übrigens Adrian.»

«Ich weiß», sagte sie und hob ihm das Gesicht entgegen.

Adrian wurde nervös. «Ach ja, das habe ich vermutlich damals erwähnt, ich meine, als wir uns das erste Mal ... da war ich ... ich wollte ... ich habe es gesagt. Oder?»

Sie legte sich eine Hand auf die Brust. «Ich weiß es, hier drinnen», flüsterte sie. «Ich weiß dort ganz viel über dich.» Sie war glücklich. Endlich konnte sie seinen Geruch wieder wahrnehmen. Endlich fühlte sie ihn wieder. So tot alles andere für sie war, so lebendig und vertraut kam er ihr vor, genau, wie es immer gewesen war. Nur war er jetzt näher, wirklicher, aufregender. Sie konnte seine Wärme spüren, seine Aufregung und auch die kleine Angst, und ... aber ...

Ondra hob den Kopf und starrte ihn an. Bei aller Nähe, wurde ihr plötzlich klar, hatte sie nicht die geringste Ahnung, was er im Moment dachte. Und wie sie ihn dazu bringen sollte, als Nächstes das zu tun, was sie wollte. Singen, das war ihr klar, würde nichts nützen. Und sie bekam eine Gänsehaut.

Adrian sah es und strich ihr über die nackten Schultern. Ondra schloss die Augen. Furcht und Wohlgefühl durchströmten sie gleichermaßen. Unwillkürlich seufzte sie. Und dann, während ihre Gedanken noch rotierten und fragten und planten und suchten, legten sich seine Lippen auf die ihren. Und alles war gut.

Als sie sich nach einer Weile voneinander lösten, gab es keine Fragen mehr.

«Deine Lippen sind kalt», sagte Adrian und drückte sie an sich.

«Deine warm», murmelte sie an der Wärme seiner Brust. Beide waren so glücklich, dass nichts mehr gesagt werden musste.

Als sie durch das Gartentor zwischen die Rosen traten, rief Adrian schon von weitem nach seiner Tante. Er war aufgeregt wie ein kleines Kind. Für einen Moment erinnerte er sich des kleinen Jungen, der er einst gewesen war, wie er mit roten Wangen und außer Atem den Weg heraufrannte, dem Beginn der Ferien und dem Menschen entgegen, den er auf dieser Welt am meisten liebte. Und er spürte ein wenig von dem alten Gefühl wieder.

«Tante Rose! Tante!»

Sie kam ihm aus dem Haus entgegen. «Da war ein Anruf für dich, Adrian», sagte sie und wischte sich die farbverschmierten Hände an ihrem Malerkittel ab. «Ach, was sage ich, einer: *Dreimal* hat Maud schon angerufen. Sie klang ganz ungewöhnlich …»

In dem Moment trat Ondra hinter Adrian hervor, und

Rose verstummte. Eine Weile schaute sie das Mädchen nur an, musterte die nackte Haut, die grellen Textilien. «Ich verstehe», murmelte sie.

«Das ist Christy», sagte Adrian. «Wollen wir nicht reingehen?»

«Christy», wiederholte Rose nach einer ganzen Weile. «Christy und wie weiter?»

Ondra erschrak, aber Adrian nahm ihre Hand und meinte, sie habe Eisfinger und brauche erst mal einen heißen Tee, ehe sie mit der Befragung begännen.

In der Küche bot er Ondra Platz auf einem der blauen Stühle an. Rose räumte ein angefangenes Aquarell fort. Adrian, gut gelaunt, lobte es überschwänglich. Kommentarlos ließ Rose Wasser in die Kanne laufen. «Wer ist das?», fragte sie ihren Neffen leise über die Schulter. «Ich bin ja wahrhaftig kein Fan von Maud, aber …»

Adrian versuchte, sie zum Schweigen zu bringen. Laut rief er über die Schulter. «Das Bad ist links, Christy, falls du …»

«Danke», erwiderte sie glücklich, «aber ich möchte nicht schwimmen.» Sie wandte den Kopf zum offenen Fenster, wo sich der Kater zeigte, der Rose und Adrian manchmal hier oben besuchen kam. Er war ein Wildfang, der Fressen gnädig entgegennahm, wenn es ihm mit drei Schritten Abstand serviert wurde, ein riesiges rotgetigertes Zottelvieh mit nur einem Auge. Er sprang auf das Fensterbrett, bemerkte Ondra und fauchte.

Sie fauchte zurück und zeigte dabei Eckzähne, die kaum weniger spitz waren als seine eigenen.

Unwillkürlich zuckte Adrian zusammen.

Auch der Kater schien nachzudenken. Dann hopste er auf Ondras Schoß, rollte sich dort zusammen und ließ sich kraulen.

«Wie heißt er?», fragte sie, da dies das Wichtigste zu sein schien, was hier alle voneinander wissen wollten.

Adrian zuckte mit den Schultern. «Keine Ahnung.»

«Keine Ahnung», schnurrte sie und kraulte dem Monstrum den Hals. «Und wie weiter?»

Rose warf ihrem Neffen einen Blick zu.

Adrian lachte hilflos. «Also das, das ist wirklich witzig. Wirklich.» Er ging hinüber, setzte sich auf den Stuhl neben Ondra und streckte die Hand nach dem Kater aus, der sofort nach ihm schlug. Ondra strahlte ihn an. Adrian vergaß die Striemen.

«Machen Sie hier Urlaub, Christy?», fragte Rose und stellte mit Nachdruck die Kanne auf den Tisch.

«Ich weiß nicht», antwortete Ondra wahrheitsgemäß. «Ich habe keine festen Pläne. Es kommt alles darauf an.»

«Verstehe», sagte Rose und ließ den Blick vielsagend über Ondras Kleidung wandern. «Festes Schuhwerk haben Sie offenbar auch nicht.»

«Tante», zischte Adrian und sprang auf. «Aber es ist wirklich kühl hier drin. Ich hol dir einen Pulli, ja?»

«Gern. Ich habe tatsächlich Hunger.» Ondra konnte nicht aufhören, ihn anzulächeln, auch nicht, als er, die Augen stets auf sie gerichtet, gegen den Türrahmen lief.

Rose zuckte nicht einmal zusammen, als sein Kopf gegen das Holz krachte. Immerhin stand sie auf und holte einen Teller Ingwerkekse, den sie Ondra hinstellte.

Die starrte erst Rose an, dann die braunen Dinger. Als Rose mit spitzen Fingern eines nahm und daran knabberte, tat sie es ihr nach und riss die Augen auf. «Die sind ja süß! Adrian», rief sie entzückt, als er mit einem blauen Pullover wiederkam. «Die sind süß, probier mal.» Sie nahm einen Keks, steckte ihn Adrian in den Mund und drückte ihm dann einen begeisterten Kuss auf die krümeligen Lippen.

Verliebt küsste Adrian sie zurück. Dann errötete er. Es war alles noch so neu.

«Und was macht Ihr Vater so beruflich?», fragte Rose.

Adrian trat sie unter dem Tisch ans Schienbein.

«Pardon, ich meine, was machen Sie so beruflich? Verzeihen Sie einer alten Frau ihre überkommenen Gewohnheiten.»

«Also mein Vater», begann Ondra. Aber sie musste nicht lange überlegen. «Er ist Forscher», sagte sie schließlich, «auf einer Station am Südpol. Ich sehe ihn nicht allzu oft.»

«Am Südpol?»

«Das tut mir leid», sagte Adrian und ergriff Ondras Hand.

«Meine Mutter ist tot.»

«Oh», sagte Adrian, weil nichts mehr zu sagen blieb, und drückte ihre Finger fester. Sie erwiderte die Berührung.

«Verstehe», sagte Rose langsam. «Und Sie leben …?»

«Oh, meistens passt eine Freundin auf mich auf. Sie wohnt ein Stück die Küste runter.» Ondra war stolz auf diesen Einfall, der so dicht an der Wahrheit lag. Immerhin lebte Aura gar nicht weit von der Küste, nur ein Stück weg in Richtung hoher See.

Rose glaubte, einiges besser zu verstehen. Zwei junge Dinger ohne Eltern, ganz auf sich alleine gestellt. «Sie passt aber nicht allzu gut auf Sie auf, oder?», fragte sie, in deutlich milderem Ton.

Ondra senkte den Kopf und kicherte in ihre Tasse. «Das sagt Papa auch, jedes Mal, wenn er sich meldet.» Dann wurde sie ernst. «Wir haben uns gestritten gestern Abend. Ich bin einfach so abgehauen.»

«Das erklärt wohl einiges», meinte Rose.

«Das ist doch kein Problem», warf Adrian sofort ein. «Du kannst deine Freundin gleich anrufen, wenn du magst.»

«Mag ich aber nicht.» Ondra bekam Panik. «Ich meine, danke, aber …»

«Irgendwann werdet ihr wieder miteinander reden müssen», sagte Rose in belehrendem Ton. Als sie Ondras bockiges Gesicht sah, seufzte sie. Sie ahnte, was nun kam.

«Tante», begann Adrian prompt.

«Ja», sagte Rose. «Ich weiß. Das Seeblickzimmer ist noch nicht ausgeräumt.»

Adrian strahlte. «Es wäre ja nicht für lange», sagte er.

«Unter einer Bedingung.» Rose stand auf.

Adrian und Ondra hoben fragend die Köpfe.

«Du rufst Maud an.» Sie verschränkte die Arme. Als die beiden sich ebenfalls erhoben, fasste sie Ondra am Arm. «Ich zeige Ihnen Ihr Zimmer.» Adrian, der ihnen folgen wollte, verwies sie mit einer nachdrücklichen Geste auf das Telefon im Flur. «Hier entlang, es ist am Ende der Treppe.»

Das Seeblickzimmer besaß einen vorgebauten Erker, von dem aus man, wie es der Name versprach, tatsächlich über die Klippen und weit aufs Meer schauen konnte. Ondra öffnete das Fenster und lehnte sich hinaus, kaum dass sie da war. Ihre Nasenflügel weiteten sich, als sie den Salzgeruch einsog. Kaum eine Stunde war sie in einer dieser engen Höhlen, die die Menschen Häuser nannten, und schon hatte sie diesen Duft vermisst. Sie kniff die Augen zusammen.

So sah er also von oben aus, ihr geliebter Ozean, ihre Heimat, ihr Lebensquell, von dem sie jetzt nicht mehr wusste, ob er ihr Freund oder ihr Feind war. Wie jeder Mensch wusste sie nicht mehr, was unter der Oberfläche auf sie lauerte. Der Gedanke packte sie mit aller Wucht und machte sie traurig. Ondra begann zu zittern und zog sich zurück.

«Sie lieben die See, nicht wahr?», fragte Rose, die sie beobachtet hatte.

«Es geht», log Ondra. «Sie hat auch sehr dunkle Seiten, wissen Sie?»

«Ja, ich weiß», erwiderte Rose.

Ihr Ton ließ Ondra sich umwenden. Einen Moment lang schauten die beiden Frauen einander an.

«Sie werden ihn mir nicht unglücklich machen, oder?», bat Rose. «Ach, entschuldigen Sie.» Sie wurde rot und winkte ab. «Das geht mich alles überhaupt nichts an.»

«Das ist wahr», sagte Ondra ernst und nickte.

Rose stutzte. «Sie halten nicht viel von höflichen Lügen, nicht wahr?»

«Ich halte nicht viel von Lügen überhaupt.» Ondra hielt inne. Es war die Wahrheit: Bisher hatte sie sich stets gewundert über diese menschliche Eigenheit zu lügen. Es war doch so durchschaubar und vergeblich. Wozu lügen, wenn ohnehin jeder wusste, was man dachte? Der Einzige, der es virtuos verstand, einen auf falsche Fährten bezüglich seiner Ansichten zu führen, war Nox gewesen. Nox war gefährlich. War Rose gefährlich? Sie schaute die alte Frau an. Ich weiß nicht, was sie denkt, durchfuhr es Ondra. Sie könnte mich anlügen. Und ich, ich lüge sie ja an mit jedem Wort! Der Gedanke war ebenso neu wie schockierend.

«Dann wollen wir das so halten», sagte Rose.

Ondra brachte nicht mehr als ein Lächeln zustande.

«Das hier», fuhr Rose fort und wandte ihr den Rücken zu, «ist der Kleiderschrank. Es sind ein paar alte Sachen von mir drin, aus der Zeit, als ich ein junges Mädchen war.» Sie drehte sich wieder zu Ondra und musterte sie. «Vielleicht ist ja etwas dabei, was Ihnen passt, falls Sie sich umziehen möchten.»

«Danke.»

«Das Bad ist den Flur hinauf, die letzte Tür links.»

«Danke, ich ...»

«Ich weiß, Sie schwimmen nicht gern.»

Der Ton sagte Ondra, dass sie einen Fehler gemacht hatte, und sie errötete heiß. «Es war nicht böse gemeint», sagte sie leise.

Jetzt bekamen auch Roses Wangen einen Hauch von Rot. «Schon gut», murmelte sie. «Ich lasse Sie jetzt allein.»

Als sie alleine war, schaute Ondra sich um. Meine Güte, wie sollte sie das bloß durchhalten. Sie hatte doch keine Ahnung, was sie da tat. Jedes Wort war ein Wagnis, jeder Satz ein Sprung über den Abgrund, jede Bewegung vielleicht ein gefährlicher Fehler. Unwillkürlich gähnte sie. Sie war unglaublich müde. Sie war so müde, als wäre sie zu den Fidschis geschwommen. Es war wahrhaftig anstrengend, ein Mensch zu sein. Ondra schaute sich nach einer gemütlichen Sandbank um, auf der sie sich hätte ausstrecken können. Aber der Fußboden bot nichts als blankes Holz.

«Miau», machte der Kater, der mit ihnen hereingeschlüpft war. Er hüpfte aufs Bett; unter seinem Gewicht sank die Daunendecke schwer ein.

«Du meinst ... dort?», sagte Ondra.

Fünf Minuten später lag sie mit dem Tier zusammengekuschelt unter der Decke und schlief.

So fand Adrian sie, als er nach ihr schaute. Leise trat er näher. Sie murmelte etwas im Schlaf, aber als er sich tiefer neigte, um etwas davon zu verstehen, funkelten ihn die Bernsteinaugen des Katers unter der Bettdecke hervor an. Adrian zog sich zurück. Der Kater schnurrte. Am offenen Fenster drängten sich Möwen, die ihn mit schräggeneigten Köpfen betrachteten und mit ihren Krallen über das Kupfer des Fenstersimses scharrten, um nicht abzurutschen. Adrian ging hin und verschloss das Fenster. Sie blieben und drängten sich an der

Scheibe. Er schüttelte den Kopf. Während er hinausschlich, hielt er noch einmal inne. Sacht langte er hinunter und schob einige Strähnen von Ondras im Schlaf leicht geöffneten Lippen. «Meine Christy», flüsterte er. Ihm war, als lächle sie im Schlaf.

21. Kapitel

«Ja, glauben Sie, ich spinne? Der Kerl hat mich gebissen, da!» Empört hielt die Frau ihren Arm hin.

«Es war also ein Mann?» Die beiden Polizisten betrachteten ratlos die Bisswunde am Unterarm von Emma Watkins, die in direkter Nachbarschaft einiger Spritzen-Einstiche unterschiedlichen Alters lag. Die Frau war noch immer nass, Salz machte ihre Kleider steif. Unterhalb des linken Auges hatte sie ein Veilchen. Und was sie in der hellen Sonne am Kai von Broxton erzählte, hörte sich abenteuerlich an.

Der Sanitäter, der ihre Wunde versorgt hatte, richtete sich auf. «Also, ein Hund war das nicht. Schauen Sie.» Er biss sich selber sanft, aber mit Nachdruck in den eigenen Arm und zeigte ihnen den Abdruck. Die Männer sahen einander vielsagend an.

«Also ein Kerl», notierte Officer Brody. Sein Kollege nickte. «Können Sie uns sagen, wie er ausgesehen hat?»

«Nein, es war doch stockdunkel. Er lockte mich da oben an die Klippen und schwupp, lag ich auch schon im Wasser. Ich hab den nur im Vorbeifliegen gesehen.»

«Hat er Ihnen auch den Bluterguss verpasst?» Brody wies mit einem Kugelschreiber auf die Stelle. Miss Watkins rieb sich die Wange. «Das können Sie mir glauben. Der hatte vielleicht einen Schlag. Und dann warf er mich aus dem Auto.»

«Er hatte ein Auto?» Langsam kam Brody nicht mehr mit. Er war erleichtert, als er Knightley näher kommen sah. Eifrig winkte er den Vorgesetzten heran und setzte ihn in Kenntnis. «Überfallen von einem Unbekannten, oben an der Straße nach Torquay. Er hat sie verletzt und ins Wasser gestoßen.» Er sprach mit gedämpfter Stimme. «Womöglich dachte er, sie wäre bereits fertig.»

«Vergewaltigt?», fragte Knightley knapp.

Brody zuckte die Achseln. «Ist alles etwas wirr. Um ehrlich zu sein, ich halte sie für einen Junkie. Wir haben eine Blutprobe genommen.» Er wies auf den Sanitäter, der eben seine Sachen zusammenpackte. «Aber wir sollten sie aufs Revier bringen und dort eine Kollegin mit ihr reden lassen.»

Knightley nickte. «Macht das mal so, ihr zwei. Gute Idee.»

Brody war erleichtert. «Chef», fragte er, während sie zusahen, wie der Sanitäter Emma Watkins in sein Auto bugsierte. «Was machen wir, wenn wir es hier mit einem Serienkiller zu tun haben?»

«Der seine Opfer im Meer entsorgt?» Knightley kniff die Augen zusammen und betrachtete die friedlichen Puppenhaus-Fassaden von Broxton. «Hatte sie Würgemale?»

«Der Sani sagt, nein.»

«Lassen Sie einen Arzt ran.» Knightley klopfte ihm auf die Schulter. «Und besorgen Sie mir alles über ähnliche Fälle hier an der Küste in den letzten zehn Jahren, hm?»

Knightley hatte Maud entdeckt, die bis unters Kinn gestapelt Bücher nach draußen trug und mit hörbarem Knall neben der Tür absetzte. Er räusperte sich und machte sich auf den Weg. Brody sah ihm nach, bis der Sani hupte und sein Kollege ihm vom Einsatzwagen aus zuwinkte. Er lief hinüber, stieg ein, und die kleine Karawane verließ Broxton.

«Eine Menge zu tun, wie ich sehe», sagte Knightley zu Maud statt einer Begrüßung.

Maud richtete sich auf. «Ein Mann mit guten Augen», stellte sie fest und ging hinein. Sie protestierte nicht, als er ihr folgte. «Männer mit starken Armen sind seltener.»

«Oh, ich habe in Cambridge mit der Ringermannschaft eine Auszeichnung geholt.» Knightley lächelte, als Maud ihn ins Auge fasste, sagte aber nichts.

Nach einer Weile lächelte sie giftig zurück. «Männer, die gerne arbeiten, sind die allerseltensten.»

«Ich mache gerade meine Arbeit, Ma'm.»

«Was denn, mich fragen, ob ich die Kleine erwürgt habe?» Maud stemmte die Hände in die Hüften und betrachtete das Desaster, ein altes Regal, dessen Bretter heruntergebrochen waren. Ein Berg nahezu antiker Bücher lag kreuz und quer auf dem Boden. Mit einem Seufzer kniete sie sich hin, um den nächsten Teil dieses Berges zu einem säuberlichen Stapel aufzurichten.

«Nein, eher um zu fragen, wann Sie am Tatabend Ames trafen.» Knightley schaute sich um und nahm auf einem mit Laken abgedeckten Sessel Platz. Sorgsam setzte er seine Füße auf eine freie Stelle zwischen den Bücherstapeln und faltete die Hände. Seine dunklen Brauen wanderten erwartungsvoll nach oben.

Maud kniff die Lippen zusammen. «Die Autobiographie von Churchill, wertlose Ausgabe. Die Cambridge-Enzyklopädie der Archäologie. Wertlose Ausgabe.» Sie knallte alles aufeinander. «Die Memoiren von Margaret Thatcher.» Wieder ein Knall. «Ein Kochbuch in kyrillischer Schrift. Ein Führer zu den Wiesenpflanzen Mittelenglands, mit Schwarzweißbildern.» Knall.

Knightley ließ das alles unkommentiert.

Endlich drehte sie sich um. «Er kam am Nachmittag. Wir haben gemalert. Drei Räume. Das hatten wir doch schon alles. Als er ging, wurde es gerade dämmrig.»

«Keine Uhrzeit?», fragte Knightley.

Maud nahm ein weiteres Buch. «Handbuch der Pferdekrankheiten nach Pater Hendriks.»

Knightley versuchte es anders. «Wissen Sie, ob er zu der Strandparty gegangen ist?»

«Adrian geht nie zu Strandfeten, das sollten Ihnen die anderen bereits gesagt haben.»

«Haben sie. Aber ich dachte, Sie könnten mir vielleicht mehr über den guten Ames sagen.» Knightley erwiderte ihren Blick. «Mehr, als andere wissen.»

Sie musterte ihn. Es war nicht zu erkennen, zu welchem Schluss sie kam. «Hören Sie, Inspektor. Ich bin eine alleinstehende Frau und habe eine Menge um die Ohren. Ich muss aus dieser Bruchbude eine Pension machen. Ich habe zwei Jobs, die auf mich warten, und jede Menge Kredite abzuzahlen. Und mein Freund hat gerade beschlossen, dass es doch keine so gute Idee ist, mir bei alldem zu helfen. Wenn Sie mich also entschuldigen.» Sie rappelte sich auf und ging zu einem Stapel Kartons hinüber. Es waren die Dinge, die Adrian ihr gebracht hatte. Dekor für die Gästezimmer, hatte er gemeint. Gestern noch. Vor ganz kurzer Zeit. Ehe dieses Flittchen aufgetaucht war und ihn abgeschleppt hatte. «Finden Sie lieber was über diese hier gestrandete Nutte raus», meinte sie und betrachtete die Kartons mit der ganzen Abneigung im Blick, die sie Adrian und seiner neuen Bekanntschaft gerade entgegenbrachte.

«Sie meinen die mit der Bisswunde?», fragte Knightley.

«Wie, Sie meinen, sie könnte Tollwut haben?» Maud lachte.

«Nein, ich meine, dass junge Frauen hier in der Gegend eventuell sehr vorsichtig sein sollten.» Auch Knightley stand auf.

Maud starrte ihn an.

Er merkte, dass sie begriff, was er meinte.

«Na, Adrian hat sie jedenfalls nicht gebissen, so viel kann ich Ihnen sagen.» Sie lachte bitter. «Inspektor», fügte sie dann hinzu.

Er verstand und verabschiedete sich. «Ach, noch eines, Miss St. Aubry», sagte er, schon in der Tür. «Besitzen Sie eine Perlenkette? Oder hat Ihnen jüngst jemand eine geschenkt?»

Maud starrte ihn an. «Wenn das geschehen sollte», sagte sie, «würde ich vermutlich tatsächlich die Polizei rufen. Und die Presse. Guten Tag.»

Wieder alleine, schüttelte sie den Kopf. Eine Perlenkette. Wenn sie so etwas besäße, würde sie es schnellstmöglich versetzen. Sie war mit den Raten für den ersten Teilkredit schon in Verzug. Und wenn Adrian jetzt absprang ... Mit Wucht riss sie den ersten Karton auf. So durfte sie gar nicht erst denken. Das würde einfach nicht passieren, und basta. Seit zwei Jahren schon lief er ihr nach. Sie war eher genervt als amüsiert gewesen, bis Ned sie angesprochen hatte. Ned! Überhaupt, wo steckte der, während die Polizei ihr unangenehme Fragen stellte. Sie wählte seine Handynummer und wartete, bis er sich meldete.

«Wo bist du?», fragte sie vorwurfsvoll und wühlte mit einer Hand in einem der Kartons mit Adrians Geschenken. Ein Wandbehang, eine Reihe Bilder mit Jahreszeit-Motiven, eine Vase. Das war sogar gutes Porzellan. Vorsichtig wuchtete sie das Ding auf einen Beistelltisch. Könnte glatt vergoldet sein, der Rand. «Wieso ich mich aufrege?», blaffte sie in den Hörer. «Adrian zieht mit dieser Nutte ab, die Polizei stellt Fragen, und du hängst mit Pete und ein paar Touristen herum? Na, wenn das kein Grund ist.»

Ned, am anderen Ende der Leitung, wandte sich von der kleinen Gruppe ab, mit der er zu der verwitterten Betonplattform hinuntergestiegen war: Petes Lieblingsplatz. In den Löchern im Boden hatten einst die Beine eines Maschinengewehrgestells gesteckt. Von hier aus hatte man einen guten Überblick über die Bucht. Von dem Bootshaus, unten am Meer, standen heute nur noch die Grundmauern. Von dort aus sollten damals kleine Begleitschiffe die Landung der Alliierten in der Normandie unterstützt haben. Der bescheidene Beitrag Broxtons zur großen Tragödie des 20. Jahrhunderts. Vermutlich hatten die Broxtoner während der Landung Butterbrote verteilt, dachte Ned. Wäre er dabei gewesen, hätte er sich ein Zubrot verdient, indem er Gurken und Kresse dazu anbot.

«Nun reg dich nicht auf», sagte er und machte Pete ein beruhigendes Zeichen, der in seinem einstudierten Monolog ins Stocken kam. «Was, du meinst, sie halten Adrian für den Mörder?» Er zuckte selber zusammen bei dem Wort, wandte sich rasch zu den Touristen um, einer Familie aus dem Londoner Osten, und lächelte sein charmantestes Lächeln. «Das ist doch Blödsinn», sagte er deutlich leiser.

«Wem sagst du das», erwiderte Maud, die weiter in ihren neuen Schätzen wühlte. Eine Obstschale aus Messing, ein Set Katzen-Statuetten aus einem fast schwarzen Holz, und das, waren das Tischsets? «Aber es macht mir Sorgen. Wir brauchen ihn.» Sie wühlte tiefer und bekam etwas Rasselndes zu fassen. Als sie daran zog, hatte sie eine Schnur in der Hand. Sie gehörte zu einem Vorhang aus Glasperlen, die kalt in ihrer Hand lagen, als sie sie schließlich ans Licht gezerrt hatte. Maud starrte sie an.

«Mach dir mal keine Sorgen, Baby.» Ned nahm das Telefon in die andere Hand und drehte sich gegen den Wind, der merklich auffrischte. «Das kriegen wir schon alles hin. Baby? Baby!», sagte er wieder lauter, als Maud nicht antwortete. Sie wickelte die Schnur um ihre Hand, die im hereinfallenden Sonnenlicht glänzte.

22. Kapitel

Kopfschüttelnd stand Adrian vor der Badezimmertür. «Wie lange will sie da noch drinbleiben?», fragte er seine Tante, als sie im Flur an ihm vorbeiging. Drinnen hörte man es rauschen. Offenbar füllte Ondra heißes Wasser nach.

«Sie ist eine Frau», sagte Rose nur.

Adrian fand, das sei kein Grund, zwei Stunden in der Wanne zu verbringen. «Eben, sie ist eine Frau und kein Fisch.»

Rose schnupperte. «Fische benutzen kein Lavendel-Badeöl», stellte sie fest und zuckte mit den Schultern. «Vielleicht hatte sie in ihrer WG nur eine Dusche.»

Adrian beschloss, an die Tür zu klopfen. «Wollten wir nicht einen Spaziergang machen?», fragte er.

Ondra schloss die Augen vor Vergnügen und schmiegte sich tiefer in den Schaum. Dass es so etwas Herrliches gab! Gut, es war nicht der weite Ozean, aber es war so wunderbar warm. Und wie man an den glatten Wänden herumrutschen konnte. Sie gönnte sich das Vergnügen und wälzte sich noch einmal um und um. Beinahe war ihr, als hätte sie ihren Fischschwanz noch. Es dauerte eine Weile, bis sie den knisternden Schaum aus den Ohren hatte und Adrians Stimme hörte. Adrian!

Sie war wahrhaftig die glücklichste Meerjungfrau auf Erden. Ondra warf eine Schaumwolke in die Luft, ließ sie auf ihr Gesicht fallen und zerpustete sie wie Gischt.

Gut, sie konnte ihn nicht mehr so wahrnehmen wie zuvor, seinen Geist nicht mehr durchdringen bis in den letzten Winkel oder ihn gar mehr lenken, dennoch war zwischen ihm und ihr alles lebendig, vibrierend und wach. Sie hatte recht behalten: Es gab ein Band zwischen ihnen, egal ob Beine oder Flosse, eine Verbundenheit, die spürbar vorhanden war und sie einander nahebrachte. Es war mit Worten nicht zu beschreiben, mit Sinnen nicht zu erfassen. Aber sie wusste, er fühlte dasselbe, und das tiefe Vergnügen daran teilten sie unausgesprochen. Sie hatten einander noch nicht oft berührt, hier ein Kuss, da ein Streicheln. Es war jedes Mal wie die Begegnung mit einem Zitteraal, nur schöner. Überraschend, heftig, zärtlich. Manchmal genügte nur ein Blick, und es geschah dasselbe. Er sagte nichts, sie sagte nichts, oder jedenfalls nichts allzu Dummes. Es genügte, dass sie zusammen waren. Und Ondra schwelgte in der Aussicht, dass es immer so sein würde. Wenn da nur dieses Kribbeln nicht wäre, diese Woge in ihrem Bauch, die sie nach Luft schnappen ließ und vor Sehnsucht beinahe seufzen und von der sie noch nicht wusste, wohin genau sie sie tragen würde.

Es wäre das erste Mal, dass Ondra das nicht ganz allein bestimmte. Etwas würde geschehen mit ihnen beiden, etwas Atemberaubendes. Und sie würde ihm erlauben müssen, sie einfach davonzutragen. Ondra war sich nicht sicher, ob sie das wirklich wollte. Gleichzeitig sehnte sie sich nach nichts anderem mehr. Es war, wie auf einer hohen Klippe zu stehen und sich bereitzumachen für den Sprung.

«Einen Spaziergang?», fragte sie zurück, nahm den Mund voll Wasser und spuckte eine Fontäne. *Spazier* war ihr unklar, aber *Gang* hatte etwas mit gehen zu tun. Gehen konnte sie, dabei würde nicht allzu viel passieren. «Gerne», antwortete sie daher. «Gib mir fünf Minuten.» Den Satz hatte einmal einer der Jungen am Strand benutzt. Sie wusste nicht genau, was er bedeutete. Aber offensichtlich hatte er damit gemeint, sie solle auf ihn warten. Was sie natürlich nicht getan hatte.

Sie stieg aus dem Wasser und trat an den Spiegel. Mit der Hand wischte sie über die beschlagene Oberfläche, um einen Blick auf ihren tropfend nassen Körper zu werfen. Prüfend hob sie die Arme über den Kopf. Sie war schlank, sie war biegsam. Ihre Beine waren lang. Ob ihm das gefiel? Für Meerjungfrauen war sie Mittelmaß, der Busen etwas zu groß und die Arme zu schmal. Man schätzte es athletisch unter Wasser und stromlinienförmig, und sie hatte sich immer ein wenig für ihre Oberweite geschämt. Die Bilder in den Zeitschriften, die in Roses Küche herumlagen, brachten sie aber auf die Vermutung, dass es über Wasser anders sein könnte. Hoffnungsvoll wendete sie sich hin und her.

«Adrian!», rief Rose entrüstet.

Erschrocken richtete er sich auf. «Irgendwas stimmt mit dem Schloss nicht», sagte er errötend und rüttelte Bekräftigung heischend an der Badezimmertür.

«Ich komme gleich», tönte es von drinnen.

Rose drückte ihm den Korb mit der Wäsche in die Hände. «Ins Begonienzimmer», sagte sie und ging. Adrian folgte ihr ohne Widerspruch.

Eine halbe Stunde später saßen sie alle um den Küchentisch. Ondra lange kräftig zu; es gab Sponge, einen süßen Auflauf, den Rose ihr zuliebe zubereitet hatte, ihre Schwäche für Süßes war ja offensichtlich.

«Mmmmh.» Ondra schwelgte.

Adrian stocherte in seiner Portion. Fisch und Chips wären ihm lieber gewesen, was er auch aussprach.

«Was sind Chips?», fragte Ondra.

«Kartoffeln», sagte er und fügte, als sie ihn groß anschaute, hinzu: «Die runden Dinger, die unter der Erde wachsen.»

«Erde!», rief Ondra. «Oh, Erde ist großartig.» Sie hatte den Vormittag mit Rose im Garten verbracht, neugierig an allen Blüten geschnuppert, sich die Namen der Rosen nennen und ihre Geschichten erzählen lassen und schließlich gefragt, ob sie helfen könne. Rose hatte ihr eine kleine Hacke und ein Messer besorgt und sie angewiesen, das Unkraut zu entfernen. Und Ondra hatte gearbeitet. Wie eine Wilde hatte sie, Messer und Werkzeug bald beiseitelegend, mit beiden Händen im Erdreich gewühlt, hatte es zwischen ihren Fingern zerkrümelt, ihre Nase hineingesteckt und seinen Duft tief eingeatmet. Wenn niemand hinschaute, hatte sie auch davon gekostet. Regenwurm, fand sie, schmeckte beinahe so gut wie Fisch.

Adrian hatte ihr vom Fenster aus zugesehen, sooft ihn die Einfälle bei der Arbeit verließen, und das war oft gewesen. Aber er kam nicht dazu, es zu bereuen. Ihre kindliche Freude war ansteckend gewesen, und schließlich war er hinuntergegangen, hatte ihr die Erdkrumen von der Nase gewischt und sie in die Arme geschlossen, in die sie sich schmiegte, als hätte sie immer schon hineingehört.

«Horch mal», hatte sie dann gesagt und am Stängel einer Fingerwurz gezogen. Mit einem leise krachenden Geräusch war sie aus der Erde gefahren. «Ist das nicht total befriedigend?» Sie hatte ihn so angestrahlt, dass er sie gleich noch einmal geküsst hatte. Da er gleich darauf in die Knie ging, um mit ihr Seite an Seite Unkraut zu rupfen, hatte seine Tante nicht gegen das Geturtel protestiert. Und so hatten sie den Vormittag über gerupft und geküsst und die Stirnen aneinandergelegt. Bis es Zeit zum Essen und damit zum Baden war.

«Erde», seufzte Ondra.

«Vermutlich könnte man dir einen Teller Mutterboden servieren, und du wärst glücklich.»

«Mit Regenwürmern, warum nicht.» Sie lachte.

Adrian war nicht zufrieden. Auf dem Anrufbeantworter war eine Botschaft von Maud gewesen, die ihn sprechen wollte. Notfalls, hatte sie angedroht, würde sie vorbeikommen. Er holte tief Luft. «Wie wäre es mit einem Ausflug?», fragte er.

Ondra hob alarmiert den Kopf. Fliegen? Das klang schwierig.

«Wir könnten den Höhenweg zum Friedhof gehen und dann hinunter zum Bootshaus.»

«Zum Bootshaus?», fragte Rose. Sie wollte nach seiner Hand greifen, aber er entzog sie ihr.

«Ich möchte mir selber ein Bild machen», sagte Adrian. «Endlich.»

Rose senkte den Kopf.

Ondra schaute zwischen den beiden hin und her. «Gibt es da ein Geheimnis?», fragte sie. «Ist das so etwas wie der Marianengraben?»

Adrian lachte unfroh. «So könnte man es ausdrücken ja. Die tiefste Stelle unserer gemeinsamen Vergangenheit, nicht wahr, Tante?»

«Adrian, es tut mir leid.»

«Dass du mich angelogen und mir mein Erbe vorenthalten hast? Geschenkt. Ich verstehe es ja. Aber dass du mir nicht vertraut hast, das nehme ich dir übel.»

Rose stach mit der Gabel in einen Brocken Auflauf.

«Was ist in eurem Marianengraben?», fragte Ondra.

«Was ist in deinem?», gab Adrian zurück, der noch nicht bereit war zuzugeben, dass es ihm Herzklopfen bereitete, den letzten Ort zu betreten, an dem seine Eltern noch gelebt hatten.

Ondra blinzelte. Es war nicht ihr Marianengraben, es war der aller Meermenschen. Und jeder einzelne wusste, dass nichts darin war, absolut gar nichts. Abgesehen von ein paar sehr ungeselligen Würmern und schwefelfressenden Bakterien. Sie waren ja nicht dumm, das heißt, ihr Vater war es nicht. Begrab deine Geheimnisse niemals an der tiefsten Stelle, hatte er gesagt. Begrab sie an der zweit- oder dritttiefsten, dort wird nie jemand nachsehen. Weil alle sich nur für Extreme und Rekorde interessierten. Nun, was die Menschen anging, hatte er damit recht gehabt. Sie sagte: «Das wird oft überschätzt, weißt du. Das meiste ist doch vollkommen sichtbar.»

Adrian starrte sie mit offenem Mund an. Dann ergriff er ihre Hand und küsste sie, jeden Finger einzeln. «Du bist wunderbar», sagte er. Und wieder spürte sie dieses Kribbeln und versank in seinem Blick tiefer als in jedem Graben.

«Wer hilft mir beim Abspülen?», fragte Rose und schob geräuschvoll ihren Stuhl zurück.

23. Kapitel

Sie hatten die Reste des Auflaufs, ein paar Sandwiches, ein wenig Obst und eine Thermoskanne Tee eingepackt, um im Bootshaus eine Mahlzeit zu haben. Zuerst jedoch machten sie sich an den Aufstieg zum Friedhof. Adrian, der gentlemanlike den Rucksack übernommen hatte, fragte sich, ob das nicht ein Fehler gewesen war, als er sah, mit welcher Leichtigkeit Ondra vor ihm den Steilhang hinaufkletterte. Ihre Hände und Füße fanden mit traumwandlerischer Sicherheit die richtigen Griffe und Tritte. Es sah beinahe aus wie ein Tanz. Lange vor ihm selbst stand sie oben und hielt mit geschlossenen Augen das Gesicht in die Sonne. Adrian schob sich ächzend über den Rand. «Du solltest aufpassen», sagte er, um Atem ringend, «wegen deiner hellen Haut.» Er warf den Rucksack ins Gras und umarmte sie, um dann über ihre blassen Wangen zu streichen. «Nicht, dass du Hautkrebs bekommst.»

Ondra schaute ihn groß an. Sie kannte Taschenkrebse, Panzerkrebse, Wollhandkrabben, Aprikosenkrebse, Sumpfkrebse, Pfeilschwanzkrebse, Muschelkrebse, Tigerkrebse, Gelbband- und Rotscherenkrebse. Aber Hautkrebs?

Adrian streichelte sie. «Ich habe immer das Gefühl, ich müsste auf dich aufpassen», murmelte er.

Sie lehnte sich an ihn. «Das ist schön.»

«Ja.» Er vergrub seine Nase in ihrem Haar.

Ein paar Möwen landeten in ihrer Nähe. Mit klatschenden Flügeln suchte eine Schar Kormorane nach Rastplätzen.

Ein Tollpatsch setzte auf, Sturmsegler ließen sich nieder. Innerhalb weniger Minuten waren sie von einem lebenden Teppich aus Vögeln umgeben. Adrian versuchte, sie nicht zu beachten. «Komm», sagte er, als er sich endgültig zu beobachtet fühlte. Mit einem misstrauischen Blick nahm er den Rucksack auf, ergriff Ondras Hand und zog sie zum Friedhofstor.

«Was ist das?», fragte sie, als sie die Steine und Kreuze erblickte.

Adrian führte sie über den zugewachsenen Weg. «Hier liegen meine Eltern und mein Onkel begraben», sagte er.

«Erde», murmelte Ondra, die begriff. «Natürlich.» Genau wie die Meermenschen gingen auch sie zurück in den großen Kreislauf. Man glaubte es nicht, wenn man die Dinge sah, mit denen sie sich umgaben, aber es war so. Es war im Grunde ganz genau das Gleiche. «Das ist wunderschön», sagte sie.

Adrian drückte ihre Hand. «Ich danke dir», sagte er. «So empfinde ich es auch. Ich bin gerne hier oben. Viele finden das verrückt.»

Sie schüttelte den Kopf. Neben einem Farnbusch, dicht bei der Platte von Jonas Ames fanden sie einen guten Platz und ließen sich nieder. Zu Adrians Erleichterung hielten die Vögel Abstand. Nur ein paar späte Bienen umsummten sie, und ein Zitronenfalter taumelte zwischen den letzten Blüten umher. Sie lagen in der Sonne, küssten einander und schwiegen. Was sie nicht sagten, verriet ihnen ihr Herzschlag. Das Blut rauschte in ihren Adern, wenn sie einander umschlangen. Ondras Hand wanderte, während Adrian in ihrem Arm döste, hinüber zu dem Gedenkstein, der an Jonas erinnerte. Sacht strich sie über die kleine Bronzefigur, die darauf angebracht war.

«Adrian?», fragte sie und hatte Angst, er könnte, da sein Kopf an ihrer Brust lag, erlauschen, wie ihr Herzschlag sich beschleunigte.

«Mmmh», brummte er, glücklich, im Halbdämmer zu liegen und dabei ihre Wärme und ihren Geruch zu genießen.

«Adrian, warum ist auf dem Grab von deinem Onkel ein Meermann?»

Adrian blinzelte; schließlich richtete er sich auf. «Du meinst, es ist ein Mann?», fragte er und fuhr seinerseits mit dem Finger über die kleine Gestalt. «Stimmt», stellte er dann fest, «sie hat keine … äh …» Seine Hand hatte sich zwar bereits schüchtern unter ihr Shirt verirrt, aber auszusprechen wagte er das Wort noch nicht.

«Brüste», stellte sie fest.

«Irgendwie denkt man immer nur an Meerjungfrauen.» Adrian errötete. «Dabei sind die vermutlich auch nicht unbedingt … Ich meine, wer glaubt schon, dass die Loreley Jungfrau war, zum Beispiel.» Mist, was redete er da. Er errötete noch tiefer.

«Loreley», sagte Ondra ernst, «war ein publicitygeiles Miststück und hat uns allen sehr geschadet. Typisch Süßwasser.» Sie zog die Stirn kraus. «Und ich sage jetzt nichts gegen Deutsche.»

Als sie Adrians Gesicht bemerkte, fügte sie rasch hinzu: «Ein Scherz!»

«Oh», sagte Adrian.

«Tja», erwiderte Ondra.

Wie gut, dass man einander einfach umarmen und die Wörter weglassen konnte. Nach einer Weile erklärte Adrian: «Die Figur hat Tante Rose anbringen lassen. Ich denke mal, weil Jonas dem Meer so verbunden war.»

«Sie ist sehr hübsch.» Ondra nahm allen Mut zusammen. «Du bist sehr hübsch.»

«Ach, Christy.»

Es war schon später Nachmittag, als sie sich an den Abstieg

zum Bootshaus machten. Je näher sie kamen, desto schweigsamer wurde Adrian. Er nahm Ondras Hand und ließ sie gar nicht mehr los, auch dort nicht, wo der Weg zu schmal war, um nebeneinanderzugehen. Erst als sie auf der kleinen Wiese des Talgrundes mit seinen alten Obstbäumen standen, vergaß er, sich an sie zu klammern.

«Was ist das?», fragte Ondra hinter ihm und griff nach einem Apfel.

«Boskop», antwortete Adrian, ohne zu zögern. Er wusste gar nicht, dass er das Wort kannte. Aber er hörte eine Frauenstimme den fremden Namen nennen, er sah die Sonne zwischen den Zweigen blitzen und hörte ein Kind lachen – sich selbst?

«Adrian?», fragte Ondra besorgt und trat neben ihn. Sie nahm seinen Arm. Sein Blick, obwohl er sich ihr zuwandte, war abwesend, er schien nicht genügend Luft zu bekommen, und seine Bewegungen waren unsicher.

«Setz dich.» Sacht zwang sie ihn ins Gras. «Du hast einen Tiefenrausch.» Es war genau wie bei denjenigen, dachte sie, die zu schnell in die großen Tiefen vorgedrungen oder zu hastig wieder aufgetaucht waren. Auch Meermenschen kannten das Phänomen – wenn es wirklich weit, weit in den Abyssus hinabging, dorthin, wo die meisten von ihnen normalerweise nicht lebten. An die anderen wollte sie lieber nicht denken. Und sie wusste, dass es Menschen noch viel leichter und härter traf.

Adrian schüttelte den Kopf, um zu sich zu kommen. «Tiefenrausch?»

Ondra massierte ihm die Schultern. «Du bist zu schnell zu tief in die Vergangenheit vorgedrungen, Liebster.» Sie sprach das Wort zum ersten Mal aus, sie sagte es zögernd. Es klang so fremd. Aber war es nicht einfach wahr? Er war ihr das Liebste auf der Welt.

Adrian lächelte, als er es hörte, griff nach ihrer Hand und küsste ihre schlanken Finger.

«Und wir werden jetzt einfach in ganz langsamen Etappen weitermachen», sagte Ondra. «Stück für Stück. Dann wird das schon.»

«Heh! Du klingst wie eine Krankenschwester!»

«Selber heh!» Ondra schlug leicht nach ihm. «Ich bin weder deine Schwester noch krank, ist das klar?»

«Glasklar, Frau Doktor.»

Sie balgten sich eine Weile spielerisch. Bis Adrian sich aufrichtete, zum Haus hinüberschaute und wieder in seinen Gedanken versank.

«Bereit für die nächste Etappe?», fragte Ondra.

Er sah sich um. «Der Strick dort, mit den Knoten, siehst du ihn? Den hat mein Vater mir aufgehängt, damit ich besser auf den Baum hinaufkomme. Ich weiß noch, an einem Tag habe ich versucht, mich an dem Ast dort mit den Knien einzuhaken und zu schaukeln.»

«Und?»

«Ich fiel runter. Der Holunder wuchs dort damals noch nicht.»

«Autsch.»

«Genau.» Er nahm ihre Hand und zog sie hoch. «Danke», sagte er.

Sie lächelte ihn an.

Er küsste sie. «Weißt du», sagte er, «es ist schon komisch. Ich kenne dich erst einen Tag, aber mit keinem Menschen möchte ich lieber hier sein. Es ist, als wäre ich bei dir zu Hause.»

Überwältigt schlang sie die Arme um ihn. Nach einer Weile spürte sie etwas Warmes über ihr Gesicht laufen. Erstaunt stellte sie fest, was sie nie für möglich gehalten hatte: Tränen waren warm. Und sie blieben nicht unbemerkt.

Adrian leckte ein paar davon auf. «Salzig», stellte er fest. «Aber doch süß. Komm. Die nächste Etappe.»

Die Tür des Bootshauses klemmte. Nach langem vergeblichen Rütteln und Drücken musste Adrian sie eintreten. Drinnen gab es kein Licht. Der Schalter klickte zwar, aber sonst passierte nichts. Zwischen losen Dachschindeln und Planken drang Sonnenlicht hindurch wie tastende Fühler, und durch die zerstörte Tür kam ein Keil, der sie zunächst blendete. Nach einer Weile sahen sie das Wrack, genauer: Es war ein Teil eines Bugs, auf die Seite gekippt und halb unter Wasser. Ein zersplitterter Mast ragte in den Raum und zwang sie, ihn vorsichtig zu umrunden.

«Die *Lady Blue,* das Schiff meines Onkels», sagte Adrian und half Ondra über die Hindernisse. «Papa fuhr gerne mit hinaus, und auch Mama kam dann manchmal mit, sich sonnen und den Wind genießen.» Er sah sie entschuldigend an. «Zumindest erzählt Tante Rose das. Ich war zu jung, um mich selber zu erinnern.»

Lady Blue. Der Name versetzte Ondra etwas wie einen elektrischen Schlag. Wie merkwürdig, dass gerade von diesem Schiff etwas zwischen ihre Schätze gelangt war. Eben hatte sie die Glocke für immer verloren, jetzt gewann sie das ganze Boot zurück. Neugierig, mit wachen Sinnen und beweglich tastenden Fingern, untersuchte sie das Wrack, das ihr auf seine Weise altvertraut war.

«Die Bordwand muss einen schrecklichen Schlag abbekommen haben.» Ondra fuhr mit der Hand über die Ränder des zersplitterten Holzes. Die rechte Bordwand der *Lady Blue*, die nach oben zeigte, war fast vollständig zerschmettert. An Walfangbooten hatte sie ähnliche Schäden gesehen. «Wirklich seltsam.»

Sie standen da und schauten ins Wasser. Als sie eine plötzliche Bewegung wahrnahmen, zuckten beide zusammen. Adrian griff nach Ondras Hand.

«Schau, ein Conger», sagte sie und zeigte mit dem Finger auf den Aal, der vorsichtig seinen Kopf aus dem Inneren des Wracks schob. «Sie verstecken sich gerne in Felsspalten oder gesunkenen Schiffen. Ich wette, er ist mehr als zwei Meter lang.»

Adrian schüttelte sich. Schon Schlangen waren ihm nicht geheuer, als Fisch erschienen sie ihm allerdings noch viel abstoßender. Aale, brrrrr; er musste einfach daran denken, dass sie Aas fraßen.

Ondra ahnte, was er dachte. Sie drückte beruhigend seine Hand. «Deine Verwandten liegen sicher in ihrem Grab», sagte sie.

Adrian schüttelte den Kopf. «Onkel Jonas nicht», sagte er, «er wurde nie gefunden. Habe ich das noch nicht erzählt? Tante Rose pflegt ein leeres Grab.»

«Das tut mir leid, Adrian, aber …» Sie schaute ihn an. «Das Meer ist auch ein Grab, weißt du? Ein wunderbares. Es ist groß und zärtlich, nimmt alles auf und verwandelt es in Leben. Ich würde mir kein anderes wünschen.»

Erstaunt über ihre Ernsthaftigkeit, wandte Adrian den Kopf, um sie zu mustern.

Sie rieb ihr Gesicht an seiner Schulter. «Entschuldige», sagte sie. «Das ist nur etwas, worüber ich manchmal nachdenke.»

Er atmete in ihr Haar. «Jetzt habe ich dich doch gerade erst gefunden. So schnell gebe ich dich nicht an das Meer ab.»

«Sollst du auch nicht.» Sie umarmten und küssten einander lange. Als sie sich wieder voneinander lösten, mit ineinander verschränkten Fingern und glänzenden Augen, betrachtete Adrian erneut das Wrack. «Es hieß, sie ist auf die Felsen aufgelaufen. Der Sturm damals kam völlig überraschend. Hat sich viel zu schnell entwickelt, hieß es; die Experten standen vor einem Rätsel. Ich hab später alle meteorologischen Berichte gelesen.»

«Wo führt die Treppe hin?», fragte Ondra, die ihn auf andere Gedanken bringen wollte.

Er wandte den Kopf, um zu sehen, wohin sie zeigte. «Tante Rose sagt, meine Eltern hatten sich da oben ein Zimmer eingerichtet. Das ist es, was ich mir eigentlich ansehen wollte. Kommst du mit?»

«Mit dir gehe ich überallhin.»

Eng aneinandergeschmiegt stiegen sie die schmale Treppe hoch. Der obere Stock besaß eine Galerie, von der nur eine einzige Tür abging. Adrian schaute Ondra an, die nickte.

«Atme», sagte sie nur. Da holte er tief Luft, wie zu einem Tauchgang, und drückte auf die Klinke.

24. Kapitel

Die Tür war unverschlossen und führte in einen Raum, der ebenso lang war wie das Bootshaus. Über die volle Länge besaß er Fenster, durch die das Sonnenlicht hereinströmte. Staub wirbelte auf bei jeder ihrer Bewegungen. Er lag wie ein Vorhang über allem: dem Schlafsofa mit den zerwühlten Decken, dem Kinderbett am Fußende, den herumliegenden Spielsachen, dem geöffneten Koffer, in dem sich zerknüllte Kleider stapelten. Auf einem langen Tisch standen zwischen Stapeln von Papier, aufgeschlagenen Zeitschriften und Büchern und herumliegenden Buntstiften zwei benutzte Tassen. Wäre der Staub nicht gewesen und die Mäuseköttel, man hätte meinen können, die Menschen hätten dieses Zimmer nur ganz kurz verlassen, um nach nebenan zu gehen, und wären nicht schon seit fast fünfzehn Jahren fort.

«Tja, offenbar waren meine Eltern nicht die ordentlichsten», sagte Adrian mit Blick auf den unausgepackten Koffer, um überhaupt irgendetwas zu sagen. Tatsächlich schnürte es ihm die Kehle zu. Das Malbuch, zu dem die Stifte gehörten, war voller Harry-Potter-Motive. Er erinnerte sich, für Rons Haare nie das richtige Rot gefunden zu haben. Der Bezug des Kinderbetts zeigte bunte Käfer; sein Vater hatte ihn von einer Reise mitgebracht, ein seltenes Stück. Auch daran erinnerte er sich mit einem Mal. Die Frühstückstassen waren groß, fast konnte man sie Schalen nennen. Darin hatte der Kaffee sich immer so schön mit der Milch gemischt, war heller und heller geworden, bis Adrian «stopp» gerufen hatte. Einen Schluck hatte er kosten dürfen, vor allem vom Milchschaum. Er erinnerte sich.

Ondra wagte ein paar Schritte hinein in den Raum. Es war nicht leicht, man hatte das Gefühl, die ursprünglichen Bewohner seien noch da und man dringe in ihre Intimsphäre ein. Betont munter neigte sie den Kopf, um die Bilder auf den Buchdeckeln zu betrachten. Auf dem Weg zum Bettsofa stolperte sie und musste sich auf der Matratze abstützen. Sie entdeckte, dass Siebenschläfer ihr Nest in den Decken gebaut hatten. «Adrian», begann sie.

«Ich möchte bitte gehen.» Er hatte es kaum herausgebracht, da drehte er sich auch schon auf dem Absatz herum und lief so schnell es ging die enge Stiege hinunter.

Ondra holte ihn erst draußen auf der Wiese wieder ein.

«Adrian», wiederholte sie, während sie zusehen musste, wie er ziellos ein paar Schritte hierhin, ein paar Schritte dorthin ging, die Hände in die Hüften gestemmt und schwer atmend wie ein Läufer nach dem Zielsprint.

«Gleich», presste er heraus, «gleich. Gleich.» Er merkte gar nicht, dass er das Wort sinnlos wiederholte. Rose hat recht gehabt, dachte er. Das hier war ein Ort, den man besser mied, den man nicht berührte, nicht einmal in Gedanken. Er hätte nicht herkommen sollen.

Gleichzeitig verfluchte er seine Tante dafür, dass sie nie die Kraft besessen hatte, herzukommen und klar Schiff zu machen, die Sachen aufzuräumen, zu sortieren, wegzuwerfen und sauber zu bündeln, was ihm gebührte, damit sie es ihm als sein Erbe hätte überreichen können, entschärft und handhabbar in einer Schachtel. Ohne dass er das hier erleben musste. Er hätte das nie sehen dürfen. Es war wie eine Zeitreise, und die bargen ja bekanntlich die Gefahr, durch irgendwelche paradoxen Verwicklungen das Universum in die Luft zu jagen. Sein persönliches Universum ganz gewiss. Sein Herz klopfte bereits, als wollte es zerspringen.

Im selben Moment wusste Adrian auch, dass er wiederkommen würde. Um an den Tassen nach dem letzten Rest Kaffeearoma zu schnuppern, um die Malbilder zu betrachten, um die Kleider in die Hand zu nehmen und darauf zu warten, dass sie Bilder in ihm wachriefen. Um die Buchtitel zu studieren, die Position der Lesebändchen und die Anstreichungen, und so auf denselben Lektürepfaden zu wandeln wie seine Eltern, deren restliche Spuren sich im Wasser verloren hatten. Wer waren sie gewesen, diese jungen Erwachsenen, in deren Alter er jetzt bald kam? Worüber hatten sie geredet? Was hatte sie beschäftigt? Dort oben würde er die Antworten finden, wenn er je wieder den Mut fände, dort hinaufzugehen.

«Adrian?»

Er drehte sich um. Das war Christy. Sie tat ihm leid, sie sah so alleine aus, wie sie da zwischen den Bäumen stand. Er wollte zu ihr hinübergehen.

«He, hallo!»

Die laute, tiefe Männerstimme hallte in dem kleinen Talkessel. Ondra und Adrian schauten sich eine Weile um, bis sie bemerkten, dass sie vom Wasser kam. Der Mann saß in seinem Segelboot und winkte ihnen zu. Das Segel war gerefft, er handhabte die Pinne mit Vorsicht, um nicht an einem der vor sich hin faulenden Pfeiler hängen zu bleiben, die vom ehemaligen Bootssteg übrig geblieben waren, und wies auf den freien Streifen Wasser zwischen ihnen. «Könnten Sie wohl meinem Hund an Land helfen? Die blöde Töle ist einfach von Bord gesprungen.»

Ondra hatte sich schon ans Ufer gekniet und begonnen, das Tier zu einer Stelle zu locken, an der es Chancen hatte, aufs Trockene zu gelangen. Hechelnd, mit angstvoll verdrehten Augen, paddelte der Labrador auf sie zu. Sie packte sein Halsband und zog. Jaulend und kratzend schaffte der Hund den Aufstieg. Das Boot seines Herrn stieß wenig später an die Felsen. Ein Mann um die fünfzig sprang an Land, die Leine in der Hand, und begann auf seinen vierbeinigen Begleiter einzuschimpfen.

«Entschuldigen Sie», sagte er, als er sich nach einer Weile wieder aufrichtete. «Das hat er noch nie gemacht. Platz, Harvey!»

Adrian bemühte sich um ein Lächeln. «Er ist vermutlich auch noch nie meiner Freundin begegnet», meinte er und wies auf den eifrig um Ondra herumschnuppernden Harvey. «Sie hat diese Wirkung auf Tiere.»

«Bemerkenswert. Morningstar», stellte der Mann sich vor und deutete Ondra gegenüber zu deren Erstaunen einen Handkuss an. «Ich hoffe, Sie entschuldigen das Eindringen auf Ihr Grundstück. Ich kreuze manchmal hier in der Gegend. Gut, wenn man auf Dornhaie aus ist. Oder Conger.» Er hielt kurz inne. «Es ist doch keine Genehmigung nötig, um hier so dicht vor der Küste zu fischen?»

«Nein, nein», beruhigte Adrian ihn. «Keine Sorge.»

Der Mann lächelte. «Das ist der Beruf», sagte er. «Man hat nicht ungestraft sein Leben lang mit der Polizei zu tun. Oh, keine Sorge», fügte er hinzu, als er die Gesichter der beiden sah. «Ich bin kein Bulle. Ich arbeite nur für sie.» Er griff in seine Brusttasche und holte ein Kärtchen heraus, das er Adrian überreichte.

«Sie sind Gerichtsmediziner!»

«Heute nur Angler.» Er hob abwehrend die Hände und grinste.

«Ja, das kann ich mir denken», murmelte Adrian.

Ondra, die von dem Gespräch wenig verstand, hatte den Picknickkorb geholt und nach einem Sandwich gewühlt, das sie jetzt dem Hund anbot. «Er schätzt es nicht, dass sie ihm von den kleinen Haien immer nur die Haut anbieten», sagte sie tadelnd zu Morningstar. «Er will auch was von den Filets. Wenn Sie schon Tiere töten müssen.»

Morningstar schaute verdutzt erst sie, dann den kauenden Hund an. Dann lachte er. «Na ja, es ist wohl kein Kunststück, darauf zu kommen», meinte er. «Schätze, Harvey denkt das so laut, dass man es sehen kann. Wenn es um Essen geht ...»

«Das stimmt», sagte Ondra so ernst, dass er sie wieder lange betrachtete, ehe er ihre Bemerkung als Scherz abtat.

«Möchten Sie auch ein Sandwich?», fragte die Seejungfrau.

«Oh Gott, haben Sie mich das auch denken hören?» Der Pathologe ließ sich nicht zweimal bitten. «Um ehrlich zu sein, schmeiße ich das meiste wieder rein, wenn ich es erst einmal habe. In meinem Job ist man vor allem froh um Unmengen frischer Luft und freien Himmel. Mmh, Thunfisch? Ich hätte wetten mögen, dass Sie Vegetarierin sind.»

Ondra schaute Adrian an, der sich zögernd bei ihnen niederließ. Er kannte diesen Blick jetzt schon an ihr. «Er dachte, dass du kein Fleisch isst, Christy.»

«Oh, ich esse gerne Fisch», erklärte sie. «Ich kann auch verstehen, dass Sie ihn gerne jagen. Es gibt nichts Aufregenderes, als sich mit einem großen Fisch zu messen. Man darf es nur nicht übertreiben», erklärte Ondra kauend und zu Adrians wachsendem Erstaunen.

«Mr. Morningstar», begann er stattdessen, denn ein gewisser Gedanke hatte sich in ihm festgesetzt. «Sie sagten, Sie sind Gerichtsmediziner? Haben Sie je ...»

«Zum Beispiel die Tiefseefischerei», fuhr Ondra fort, die

in ihrem Element war. «Die Schleppnetze zerstören den kompletten Meeresboden über Jahre hinaus. Dort lebt nichts mehr. Und das für eine magere Ausbeute.»

«Aber ich habe gehört, die Erträge wären ganz fantastisch», widersprach Morningstar wohlerzogen. «Tonnen von Fisch in den Netzen.»

Ondra winkte ab. «Einmal, nur ein einziges Mal. Das sind die Laichschwärme, wissen Sie. Aber diese Fische vermehren sich nicht üppig oder in schnellen Zyklen. Nicht wie die Fische an der Oberfläche, wie Heringe oder Doraden oder was wir so kennen. Sie bekommen eher wenig Nachwuchs, dafür werden sie alt. Wurden», verbesserte Ondra sich. «Wenn die einmal weg sind und ihr Lebensraum zerstört ist, dann wächst da lange nichts mehr nach.» Zu ihrem eigenen Erstaunen fühlte sie, wie sie sich in Rage redete. Ihre Wangen wurden rot und ihre Stimme lauter.

Auch Morningstar bemerkte das. «Ein Glück», meinte er, «dass meine Angel nicht tiefer als zwanzig Meter reicht.»

«Entschuldigung.» Ondra atmete durch. «Ich weiß das alles von meinem Vater. Früher dachte ich, das wären seine Kämpfe und mich ginge das Ganze nichts an.» Sie biss kräftig in ihr Brötchen. «Aber mit ein bisschen Abstand ... ich meine ... er hat doch recht. Irgendwie.»

«Ich bewundere Ihr Engagement.» Morningstars Stimme war freundlich, wenn auch nicht ohne Ironie, die Ondra allerdings nicht bemerkte.

Sie winkte ab. «Bewundern Sie Papas Engagement. Er ist weltweit deswegen unterwegs.»

«Das hast du mir ja noch gar nicht erzählt, Christy», mischte Adrian sich ein, der sich ein wenig außen vor fühlte. «Du sagtest doch, er sei Forscher und in der Antarktis.»

«Derzeit ist es die Antarktis, ja», erklärte Ondra eilig. «Er ist für ein international agierendes Unternehmen tätig.» Das hatte der Typ gesagt, der damals am Strand verlangt hatte, sie solle ihm fünf Minuten geben. Sie hatte sich den Satz gut gemerkt und war stolz, als er heil heraus war. «Das Meer ist überall bedroht.»

«Zweifellos, Miss …» Morningstar machte eine Pause.

Adrian errötete, als ihm bewusst wurde, dass er nicht einmal Christys Nachnamen kannte.

«Waters», sagte sie nach einigem Zögern und mit einem erneuten Blick zu Adrian, nach dessen Hand sie griff. «Christy Waters.»

Der Mediziner zog die Brauen hoch. «Wie passend», stellte er fest. Die drei schwiegen.

Harvey legte winselnd seine schwarze Labradorschnauze auf Ondras Knie.

«Und Sie arbeiten also als Gerichtsmediziner», versuchte Adrian erneut die Pause zu nutzen. «Schon lange?»

«Jetzt bald zwanzig Jahre.» Morningstar nickte und streckte die Hand aus, um seinen Hund zu streicheln.

«Hatten Sie auch schon mit Fällen hier aus der Gegend zu tun?», tastete Adrian sich an sein Thema heran.

«Gerade im Moment», bestätigte Morningstar. «Sie haben sicher von der jungen Frau gehört, die hier vor kurzem gefunden wurde.»

«Nein, ich meine, weiter zurückliegend.» Adrian war so beschäftigt, dass er gar nicht bemerkte, wie Ondra blass wurde.

Morningstar runzelte die Stirn. «Haben Sie etwas Bestimmtes im Sinn? Ich frage nur, weil es hier an der Küste immer wieder Todesfälle gibt, die bei mir landen. Das ist nicht verwunderlich: die Tide, die Strömung, die Neigung zu plötzlichen Stürmen.» Er fasste all das mit einer Geste zusammen, die die Umgebung zu bündeln schien. «Der Alkohol, obwohl das kein spezifisches Problem ist. Gerade bei Broxton sind über die Jahre immer wieder junge Menschen ertrunken, bei denen man sich wundert, dass …»

«Möchten Sie etwas trinken?», fragte Ondra hastig.

«Danke.» Morningstar nahm die Flasche Wasser, die sie ihm anbot. «Vor drei Jahren erst war es ein junger Mann, der mir als exzellenter Schwimmer beschrieben worden war. Und der Alkoholgehalt in seinem Blut war gar nicht so enorm. Trotzdem … danke», wiederholte er, etwas erstaunt über den Nachdruck, mit dem Ondra ihm ein Glas hinterherreichte. «Das einzig Auffällige waren zahlreiche Knutschflecke an seinem Hals, so nenne ich die Male einmal. Obwohl sie natürlich auch anders zustande gekommen sein könnten.»

«Noch ein Sandwich?»

Morningstar hielt inne und starrte Ondra an, die verzweifelt lächelte.

«Das ist interessant», warf Adrian ein, «allerdings meinte ich einen Fall, der noch ein wenig weiter …»

Morningstars Blick wanderte zu ihm, dann zum Bootshaus. «Oh», sagte er, «ich verstehe. Sie heißen nicht Waters, nehme ich an.»

«Ames», klärte Ondra ihn auf, froh, dass das Thema von dem Jungen abkam, den sie lebend zuletzt eng umschlungen mit Aura gesehen hatte. So etwas geschah. Es passierte nicht oft, dass eines der Liebesobjekte ihrer Nixengefährten starb, aber es kam vor. Eine Frage des Überschwangs, manchmal auch der Gleichgültigkeit, zugegeben. Einigen von ihnen fiel es schwer, achtsam mit Wesen umzugehen, die selbst so gedankenlos mit dem Leben im Meer verfuhren. Meist allerdings war gar kein böser Wille dabei. Wie leicht es gehen konnte, einen Menschen kaputt zu machen, hatte sie ja am eigenen Leib erfahren, als Adrian unter Wasser in ihren Armen gelegen hatte. Ondra wollte lieber nicht mehr dran denken. «Es waren seine Eltern.»

Adrian schaute Ondra böse an. «Ja, das waren meine Eltern», sagte er unwillig.

«Und der Onkel, ich erinnere mich daran. Ich meine: mein Beileid», fügte Morningstar wohlerzogen hinzu. «Ich verstehe.»

25. Kapitel

«Ein trauriger Fall.» Morningstar schaute sich um. «Sie kommen oft hierher?», fragte er.

«Heute das erste Mal.»

«Ich verstehe», wiederholte Morningstar, wenn er sich auch nicht sicher war, ob er es wirklich ganz ermessen konnte. «Sie waren damals acht, nicht wahr?»

«Sechs.» Adrian nickte.

«Es …»

«… ist lange her», unterbrach Adrian den Pathologen, ehe der sich noch einmal entschuldigen konnte. «Was mich interessiert», kam er dann endlich auf sein Anliegen zu sprechen, «hat es damals irgendetwas gegeben? Ich meine, ich weiß auch nicht, wie ich mich ausdrücken soll. Irgendwas, was Ihnen seltsam vorkam? So wie jetzt diese Knutschflecken zum Beispiel?»

Morningstar lächelte milde. Es war nicht so, dass er diese Frage nicht schon gehört hätte. Er begriff besser, als Adrian vielleicht vermutete, was diesen umtrieb. Der Tod war niemals wirklich zu begreifen. Das lag daran, dass er einem so sinnlos erschien. Weder moralisch noch ästhetisch noch sonst wie, dachte er, war das Sterben zu rechtfertigen. Allenfalls, wenn man religiös war, konnte man ihm einen Sinn abgewinnen. Und auch dann nur mit Mühe. Und Morningstar hatte den Verdacht, dass dieser Sinn der einzige Grund und Zweck der ganzen religiösen Bemühungen war. Da verzichtete er lieber, schnitt seine Leichen auf und hielt sich ungetröstet an die Fakten.

Aber er wusste, dass Fragen blieben. Manche Hinterbliebene stellten sie ihrem Seelsorger, manche ihrem Therapeuten, andere wandten sich an ihn: War da nicht doch irgendein Hinweis: auf ein Fremdverschulden, auf ein Motiv, auf etwas, was das Unbegreifliche begreiflicher machte, akzeptabler, als ein dummer Zufall es war. Wenn es etwas gab, was die Leute nicht hinnehmen konnten, dann dass jemand einfach zur falschen Zeit am falschen Ort gewesen war. Sie brauchten mehr, um das Geschehen anzuerkennen. Morningstar hatte zu Hause einen dicken Ordner mit Briefen, in denen er nichts anderes gefragt wurde.

Der Pathologe schloss einen Moment die Augen. Es war sein freier Tag. Er war hier, um die Leichenhallen hinter sich zu lassen, ihren Anblick, ihren Geruch und die stummen Nöte ihrer Bewohner, die einen, der seinen Beruf so ernst nahm wie er, ohnehin nie in Ruhe ließen. Aber die Sonne schien, ihm war warm, und er fühlte sich wohl, er hatte gut gegessen und getrunken, man kraulte seinen Hund und nahm ihn freundlich auf. Und wenn die jungen Leute, jeder auf seine Art, auch ein wenig seltsam auf ihn wirkten, so waren sie doch nicht unsympathisch. Morningstar bemühte sich.

Es war keine schwierige Übung. Er vergaß keine der Leichen, die er einmal aufgeschnitten hatte. Es war eher ein Fluch. Ein Fluch, den er nur am Meer vergaß. Langsam schüttelte er den Kopf. «Sie waren übersät mit Wunden», sagte er langsam und überprüfte die Wirkung seiner Worte in Adrians Gesicht. «Schnitte, Prellungen, Abschürfungen, blaue Flecken.»

«Knutschflecken», sagte Adrian bitter.

Morningstar verneinte. «Anders», sagte er. «Als hätten sie einen schweren Kampf gekämpft.»

Ondra hob erschrocken den Kopf.

Morningstar nahm ihre Hand und tätschelte sie. «Das ist aber nichts Verwunderliches», sagte er und bemühte sich, die ganze Ruhe und Vernunft in seine Stimme zu legen, die er für solche Momente bereithielt. «Das geschieht durch die Felsen im Wasser, man darf die Schärfe der Steine nicht unterschätzen, sie schneiden wie Messer. Es kommt vom Aufprall, vom wieder und wieder Geschleiftwerden über den sandigen Grund. Das Meer ist immer in Bewegung.» Er wählte seine Worte mit Bedacht, wusste aber, dass sie Bilder erzeugten.

«Und voller Fische.» Adrian spuckte das Wort aus. «Und Krabben. Conger.» Er dachte an das Exemplar im Bootshaus, das das Wrack der *Lady Blue* bewohnte wie ein böser Geist.

«Erstaunlicherweise nicht, nein», widersprach Morningstar. «Ich fand an Ihren Eltern keinerlei Fress… keine Spuren dieser Art. Ein glückliches Schicksal hat sie davor bewahrt, Mr. Ames.»

«Da sollte ich wohl froh sein.»

Morningstar hob abwehrend die Hände.

«Da kommt deine Tante.» Ondra war so erleichtert, dass sie aufsprang.

Rose Ames kam eilig näher. «Entschuldigt», sagte sie. «Ich möchte euch nicht stören. Aber ihr hattet die Scones vergessen, und ich dachte … Wenn ich natürlich gewusst hätte, dass ihr Gäste habt …» Neugierig musterte sie Morningstar, der sich erhob, um sich höflich vorzustellen.

Rose schaute ihn lange und kritisch an. «Ich kenne Sie», stellte sie fest.

«Ich kenne Sie auch», bestätigte er. «Ich habe Sie seinerzeit sogar oft gesehen. Aber Sie waren vermutlich zu traurig, um mich zu bemerken.»

«Oh.» Rose errötete, als sie begriff. «Doch», murmelte sie

dann leiser, «ich habe Sie schon wahrgenommen.» Sie räusperte sich verlegen und stellte ihre frisch gebackenen kleinen Kuchen ab. «Bitte», meinte sie und wies auf Morningstars vorigen Platz, «nehmen Sie doch wieder Platz. Und bedienen Sie sich bitte. Ich habe Marmelade dazu gemacht.»

Adrian sprang auf. «Mir ist jetzt nicht nach Essen», sagte er.

Ondra war sofort an seiner Seite. «Wir vertreten uns nur kurz die Beine», sagte sie, eine Floskel, die sie am selben Morgen von Rose aufgeschnappt hatte. Es klang schmerzhaft, tatsächlich war aber nur ein kurzes Gehen gemeint. Faszinierend. Sie wollte sich bei Adrian einhängen.

«Danke auch», sagte der abwehrend, sobald sie außer Hörweite waren.

Sein Ton ließ sie aufschauen. «Was …?», begann sie.

«Dass du so überaus feinfühlig auf das Thema zu sprechen gekommen bist.» Er machte sich von ihr los. Schon eine ganze Weile fühlte er sich nicht gut. Solange Morningstar dabei war, hatte er sich zusammenreißen müssen. Jetzt brach sich seine schlechte Laune ungehindert Bahn.

«Aber ich …» Ondra war völlig überrumpelt. «Ich wollte doch nur …»

«Ja, schon klar. Eigentlich wolltest du nur über Tiefseefischen und deinen tollen Papa reden. Hab ich gemerkt.»

«Das ist gemein», sagte Ondra.

«Und wieso bespringt diese blöde Töle dich dauernd?»

«Das ist ein Labrador.» Langsam wurde auch Ondra ärgerlich. «Was ist denn bloß mit dir los, Adrian? Eben sagst du mir noch, ich bin der Mensch, mit dem du am liebsten auf der ganzen Welt zusammen bist, und jetzt auf einmal …»

«Eben hatte mir auch noch niemand erzählt, dass meine Eltern mit Wunden übersät aus dem Wasser gezogen wurden. ‹Wie nach einem Kampf›», zitierte er entgeistert den Gerichtsmediziner. «Danke auch vielmals. Und du machst fröhlich Konversation.»

Ondra wurde bleich. So viele Fragen gingen ihr durch den Kopf. Aber sie wusste, sie würde keine davon mit Adrian besprechen können. Mit niemandem mehr auf dieser Welt, um genau zu sein. Da war keiner mehr, den sie hätte fragen, dem sie ihre Zweifel hätte anvertrauen können. Keiner, vor dem sie sich nicht verstellen musste. Noch nie in ihrem Leben hatte sie sich so alleine und hilflos gefühlt. «Aber …», Ondra suchte verzweifelt nach den richtigen Worten. «Er hat gesagt, das wäre ganz normal.»

«Normal!», fauchte Adrian. «Was soll daran normal sein? Was ist normal daran, dass man nach fünfzehn Jahren die Reste des Frühstücks vorfindet, das die eigenen Eltern kurz vor ihrem Tod gegessen haben? Und die eigenen Hosen, die einem nicht mehr passen, weil man nicht mehr sechs ist. Verdammt.» Tränen schossen ihm in die Augen.

Ondra streckte die Hände nach ihm aus. Doch er wandte sich ab.

Der Nixe wurde es kalt. Sie hatte doch nur Adrian! Aber sie begriff ihn nicht. Und er wollte es nicht erklären. Warum nur war er wütend auf sie? Und wenn er sie jetzt wegschob, wo sollte sie dann hin? «Was habe ich denn falsch gemacht?», fragte sie kläglich.

«Hast du ja gar nicht», schnauzte Adrian. «Kannst du nicht akzeptieren, dass es gerade mal nicht um dich geht?» Er wusste, dass er unfair war. Er wusste, dass er ihr wehtat. Aber ein Teil von ihm genoss es im selben Moment. Er wollte hart sein, wollte um sich schlagen, etwas kaputt machen. Es war einfach alles zu viel für ihn. «Ach», fasste er die Sachlage zusammen und wandte sich ab.

«Adrian?»

Ihre Stimme nervte ihn. Sein schlechtes Gewissen nervte ihn. Er war hier doch schließlich das Opfer. «Lass mich in Ruhe», sagte er. «Geh nach Hause. Lies was. Oder quatsch weiter diesen Morningstar voll. Ich brauch mal 'ne Pause.» Trotzig stapfte er davon.

Er wusste, es würde ihm leidtun, bald schon. Und in ihm lauerte bereits eine perverse Vorfreude auf die Versöhnung. Er liebte sie, sie gehörte ihm. Er tat ihr weh, sie würde ihm verzeihen. Es war ein Drama, aber es war das, was er jetzt brauchte. Mit jedem Schritt in die Felswand wurde es Adrian wohler. Als er oben war, sein Atem schnell ging und er schwitzte, war beinahe schon alles wieder gut.

Adrian schaute zurück, wo seine Tante und der Fremde in offenbar angeregtem Gespräch auf der Decke saßen. Der Labrador, Harvey, schwänzelte in lockerem Trab zwischen den Bäumen herum und winselte nach Christy. Von ihr war nichts zu sehen. Adrian spürte einen kleinen Stich. So schnell hatte sie sich abgefunden? Ob sie beleidigt war? Erschüttert? Egal, er würde es wiedergutmachen. Es ging ihm schon um einiges besser. Locker schob er die Hände in die Hosentaschen. Dort knisterte ein Zettel.

Er zog ihn heraus. Es war eine Notiz seiner Tante. Maud anrufen!, stand da. Na warte, dachte Adrian. Für dich bin ich jetzt gerade in der richtigen Stimmung. Und er beschloss, umgehend in die Stadt zu gehen und mit seiner Ex, wie er sie im Geiste bereits nannte, ein Wörtchen zu reden. Endlich Klartext. Danach würde er im Siren's Pub eine Extraportion Chips für Christy besorgen. Wo sie doch Kartoffeln so mochte. Sie war schon ein skurriles, seltsames, wunderbares Ding. Und er liebte sie grenzenlos.

Adrian ging los. Er konnte es kaum erwarten, all das Maud mitzuteilen.

26. Kapitel

Ondra schaute kurz auf, als sie die Stimmen am Tor hörte. Adrian hatte gesagt, sie sollte nach Hause gehen und lesen. Und in ihrer blinden Verzweiflung war ihr nichts anderes eingefallen, als dem Befehl einfach Folge zu leisten. Ihr eigenes Zimmer wurde ihr bald zu eng und einsam, also schlich sie in Adrians hinüber. Hier konnte sie immerhin die Zeichnungen, die er gemacht hatte, betrachten und die von ihm geschriebenen Buchstaben mit dem Finger nachfahren. Hier hing in der Bettdecke noch sein so vertrauter Geruch. Hier fühlte sie sich ihm nahe und so umgeben von seiner stummen Anwesenheit, dass sie beinahe ein wenig getröstet war.

Die Aufzeichnungen, die überall auf den Tischen und Stühlen herumlagen, sagten ihr wenig, also ging sie die Regale entlang und betrachtete, was sie dort fand. Natürlich gefiel ihr der Korallenstock. Die Puppen verwunderten sie, und sie probierte ein paar der bunt emaillierten arabischen Armbänder, die in einer Vitrine lagen, Mitbringsel eines entfernten Verwandten von einer Orientreise. Schließlich entdeckte sie das Buch. Die Farben faszinierten sie gleich, und als sie den Titel entziffert hatte, zog sie es neugierig auf ihren Schoß. In die Kissen gekuschelt, schlug Ondra *Die kleine Meerjungfrau* auf. Die vielen Buchstaben überforderten sie, zumal die Lettern altmodisch und verschlungen waren. Sie hielt sich an die Bilder und verfolgte die Geschichte, die sie erzählten. «Die Meerhexe», murmelte sie, als das Bild der bösen Zauberin auftauchte, die der Nixe ihre Stimme nahm. Von diesem Umstand ahnte sie nichts, aber es war zu sehen, dass die Alte grausam und voller Hintergedanken war. Ihr Medusenhaar bestand aus Schlangen, und ihre Augen leuchteten rot wie Korallen inmitten all des Meerblaus, wie sie da aus ihrer Einsiedlerhöhle starrte.

Ondra war fasziniert. Allerdings hätte sie gelacht, hätte man ihr erzählt, dass dieses Wesen eine Personifikation von Auras Mutter sein sollte. Sie hatte Oa, Auras Mama, nie persönlich kennengelernt, denn die zog es vor, in wärmeren Meeren zu leben. Aber nach allem, was man hörte, hatte sie weder Warzen noch grüne Zähne und war auch nicht besonders hässlich. Ihr Haar war braun wie ihre Augen, und sie war eine eher dickliche als spinnenfingrige, eine gutmütige und sehr geschäftige Frau, die die Geheimnisse, die sie verwaltete, zum Wohle einer großen Gemeinde anwendete, die sie im Gegenzug heftig in Atem hielt. Sie lebte nicht allein, sondern hatte ein gutes Dutzend Kinder und unzählige Enkel. Von den Männern ganz zu schweigen, die sich zu ihr hingezogen fühlten.

Als Ondra allerdings umblätterte, erstarrte sie. Da war der Seekönig mit seinem weißen Bart. Der Dreizack sah albern aus, ebenso wie die Krone aus Korallen und der Kranz von Fischen, der wie ein Heiligenschein um seinen Kopf herumschwamm. Aber das Gesicht, diese Augen, so dunkelblau, dass sie beinahe schwarz erschienen, der strenge Mund, die Nase, all das kannte Ondra nur zu gut. Was sie da vor sich hatte, hätte ein Porträt sein können. Es war erschreckend.

Dann hörte sie die Stimmen. Sie drangen vom Gartentor zu ihr herauf und rissen sie aus ihren Gedanken.

Rose Ames schlug Mr. Morningstar vor, ein paar ihrer Rosen mitzunehmen. «Vielleicht für Ihre Frau?»

«Ich bin nicht mehr verheiratet.»

«Oh, das tut mir leid», sagte sie.

«Wir gehen schon sehr, sehr lange getrennte Wege. Sie sagte immer, sie röche meine Arbeit an mir.»

Einen Moment war es still. Dann hörte man Tante Rose sagen: «Ich kann nur das Meer riechen. Und ein wenig Fisch.»

Er lachte. «Dann ist es abgemacht», sagte er. «Nächstes Wochenende bringe ich Ihnen meinen Fang.»

«Und ich sehe, was ich daraus zaubern kann», stimmte sie zu. Die beiden verabschiedeten sich voneinander.

In der Küche sang Rose vor sich hin. Es war ein altes Lied aus der Gegend, dessen Refrain sie ständig wiederholte und durch die Zeile ersetzte: «Ich bin verrückt. Ich bin verrückt. Lalala, total verrückt.» Schließlich kam ihr der alte Kater aus dem Flur entgegen, fauchte, als sie ein paar Tanzschritte machte, und sprang aufs Fensterbrett.

«Wenn du hier drin bist, ist sie wahrscheinlich oben, was?», sprach Rose ihn an. Sie hatte Tee gekocht und war in freundlicher Stimmung, also beschloss sie, dieser geheimnisvollen Christy eine Tasse davon anzubieten. Im Moment war ihr so seltsam zumute, sie hätte ihr Adrians Hand und das halbe Königreich geschenkt, wenn sie ihr nur bestätigt hätte, dass sie, Rose, keine alte Närrin war. Singend stieg sie die Treppe hinauf.

Sie fand Ondra im Schneidersitz auf Adrians Bett sitzend, mit dem Buch in der Hand, ganz versunken in eines der Bilder, so wie Adrian früher selbst dagesessen hatte, wenn er krank war und drauf wartete, dass sie ihm vorlas. Und wie ein krankes Kind sah sie auch aus, schmal und verfroren, mit Tränenspuren auf den Wangen. Und sie zitterte. Immerzu fror sie, und immer wirkte sie so verloren, wenn nicht gerade Adrian bei ihr war. Irgendwie erinnerte das Rose an jemanden. Sie erschrak. Und im selben Moment wusste sie, dass dieses Gefühl des Wiedererkennens schon sehr lange da war. Sie hatte es nur nicht wahrhaben wollen. Weil es so unglaublich unwahrscheinlich war. Und weil es wehtat.

Rose trat leise näher, schaute ihr über die Schulter und sagte betont beiläufig: «Ach, das ist mein Lieblingsbild.» Sie hielt Ondra die Tasse hin. Sie bemühte sich, ruhig zu wirken, aber der Löffel klirrte gegen das Porzellan.

«Wer ist das?», fragte die Nixe. Dankbar griff sie nach dem Tee.

«Das?» Rose stellte ihre Tasse ab, setzte sich neben sie und nahm ihr das Buch aus der Hand. Sie glättete die Seite liebevoll. «Das ist mein Mann», sagte sie. «Das heißt, das war er. Jonas Ames. Ich habe ihn porträtiert, an einem Abend, als er neben dem Herdfeuer saß. Er saß gerne am Feuer, er fror immer sehr. Ungewöhnlich für einen Mann.» Sie warf Ondra einen prüfenden Blick zu. «Aber für mich war er ein ganzer Mann. Und der Inbegriff der See.» Sie betrachtete ihr Werk mit schräggeneigtem Kopf.

«Und das da?», fragte Ondra und zeigte vage auf Zepter und Krone.

«Oh, das muss sein, so gehört es sich für den Meerkönig.» Rose lächelte. «Das ist ein Märchen von Andersen, kennst du es?»

Ondra überlegte, dann schüttelte sie den Kopf. «Ich habe nicht viel gelesen», sagte sie. «Bisher.» Sie überlegte wieder. «Vielleicht sollte ich es für Adrian tun.»

Rose betrachtete sie. «Du solltest es für dich tun, Christy», beschied sie streng. Auffordernd streckte sie dem Mädchen das Buch entgegen.

Ondra zögerte, ehe sie es nahm. «Danke», sagte sie und legte es beiseite, ohne Rose anzusehen.

Die betrachtete sie eine Weile. Dann sagte sie, im Ton einer Feststellung: «Du kannst nicht lesen.»

«Nein», gab Ondra flüsternd zu. Dann schaute sie auf, zum Fenster hinaus. «Ich kann eine ganze Menge nicht. Ich verstehe fast nichts.» Es klang bitter. Vor allem, dachte sie, verstehe ich Adrian nicht. Der mich in einem Moment liebt und im anderen nicht. Das geht nicht, das ertrage ich nicht. Es ist, als bekäme ich in einem Augenblick Luft und im anderen ersticke ich.

Rose betrachtete sie noch immer. Es war ein großer Schritt, es war ein Wagnis. Andererseits, der Mann, dem sie das Versprechen gegeben hatte, war gegangen, um sie für immer alleine zu lassen. Sie holte tief Luft. Dann sagte sie: «Wirst du lange bleiben?»

«Wie?» Erschrocken wandte Ondra ihr den Kopf zu. Und noch erstaunter war sie, als die alte Frau plötzlich die Hand hob und ihr beinahe zärtlich eine Strähne aus dem Gesicht strich.

«Ich frage nur», sagte Rose, «weil ich die Erfahrung gemacht habe, dass ihr nicht nur plötzlich auftaucht, sondern auch sehr unmittelbar wieder verschwindet.»

«Wir?», fragte Ondra erschrocken. Ihre Hände begannen zu zittern. Das Gefühl der Bedrohung, das mit Adrians Lieblosigkeit in ihr aufgestiegen war und sich in den letzten Stunden nur mühsam hatte bekämpfen lassen, stieg in ihr auf. «Ich weiß nicht, was du meinst.»

«Ihr», sagte Rose, «ja.» Sie ließ die Hand auf das Buch sinken und streichelte es. Der Meerkönig schaute sie an.

Um Ondra drehte sich alles. Sie wusste nicht, ob sie begriff, ob sie missverstand, ob sie träumte. Ob sie begreifen durfte. Das war doch überhaupt nicht möglich?

«Adrian liebt dich», sagte Rose. «Und ich kann es verstehen, glaub mir. Alles, was ich will, ist, dass du ihm nicht das Herz brichst. Er soll nicht wie ich sein Leben damit verbringen, an einem Strand zu warten.»

«Er hat mich weggeschickt.» Ondra konnte selbst kaum glauben, dass sie das gesagt hatte, leise und verzagt.

Rose schüttelte den Kopf. «Ich würde mir darüber keine Sorgen machen», sagte sie und stand auf. «Und jetzt trink deinen Tee.»

«Rose?»

«Ja, Kind?»

Ondra überlegte. Dann schüttelte sie den Kopf. «Ich weiß nicht …», begann sie. Sie wagte einfach nicht, es auszusprechen.

«Aber ich», erwidert Rose.

«Woher?», platzte Ondra heraus.

Rose Ames ging zur Tür. «Das ist eine lange Geschichte», sagte sie. «Und ich musste schwören, sie niemandem zu erzählen.»

«Getrennte Welten», bestätigte Ondra nachdenklich. «Dazwischen gibt es nichts.»

Rose lächelte traurig. «Manchmal ist es das Talent eines Menschen, aus nichts etwas zu machen.»

Das Telefon klingelte. Rose wollte noch etwas sagen, entschied sich dann aber anders und ging hinaus. Wenig später kam sie zurück. «Christy, es ist für dich. Adrian.»

Sie hielt der unsicher dreinblickenden Nixe das Telefon entgegen.

Ondra nahm den Hörer und zögerte. Sie wusste nicht, was sie damit tun sollte. Und wo war Adrian?

Rose lächelte und drückte ihr das Ding ans Ohr. «Du kannst seine Stimme hören», sagte sie leise. «Er selbst steht unten im Ort.» Dann ging sie in die Küche.

«Christy?»

Ondra erschrak. Und zugleich war sie glücklich. Das war er, das war Adrian. Durch irgendeine Zauberei war er bei ihr, selbst wenn er es nicht war.

Adrian warf eine weitere Münze in den altertümlichen Fernsprecher, den einzigen, den Broxton noch besaß, am Ende des Kais dicht bei Neds Pension. Sein Blick wanderte zu Mauds Tür. Dort würde er gleich klingeln. «Ich wollte dir nur sagen, dass es mir leidtut. Und dass ich dich liebe.»

Seine Stimme erklang im Cottage, verzerrt, blechern. Aber jedes einzelne Wort machte Ondra glücklich. «Ja», rief sie und packte den Hörer so fest, wie sie Adrian am liebsten gehalten hätte. Ihr ganzer Körper verlangte danach, ihn zu umarmen und nicht mehr loszulassen. «Ja, ich liebe dich auch.»

«Ich bin bald wieder bei dir, Darling.»

Ondra strahlte über das ganze Gesicht. «Ja» war alles, was sie herausbrachte. «Ja. Ich freue mich so.»

«Bis bald», sagte Adrian. Er sah, dass sich die Vorhänge an Mauds Fenster bewegten. «Warte auf mich, ja?»

«Bis bald.» Jetzt flüsterte Ondra unwillkürlich. «Bis bald, bis bald.»

Es war Rose, die ihr schließlich den Hörer abnahm, um ihn auszustellen und sanft zurück in die Station zu legen. «Hab ich es nicht gesagt?», fragte sie.

Ondra fiel ihr um den Hals, zu glücklich, um lange zu überlegen, was sie tat. Zu glücklich auch, um zu sprechen. Sie brachte nur ein Nicken zustande.

Überrascht, nicht zuletzt von sich selbst, schloss Rose sie in die Arme. Zum ersten Mal seit langem achtete sie wieder auf das Rauschen der Brandung, das bis zu ihnen heraufklang. Und zum ersten Mal seit langem klang es friedlich.

27. Kapitel

«Möchtest du ein paar Kräcker?»

Adrian runzelte die Stirn. «Du hast mich doch wohl kaum so nachdrücklich zu dir eingeladen, um mir was zu essen anzubieten, oder?»

«Streng genommen sind Kräcker kein Essen», sagte Maud und nahm einen der salzigen Kekse vom Teller, um ihn einer genauen Betrachtung zu unterziehen. «Sie sind ein Snack.» Krachend biss sie hinein. Kaute und schluckte. «Aber du hast recht», sagte sie dann, schob ihren Stuhl zurück und stand auf. «Kommen wir zum Thema.»

Adrian sah ihr zu, wie sie sich durch das weiche Lampenlicht im Raum bewegte. Er war im ersten Moment erleichtert gewesen, dass sie ihn nicht schon an der Tür mit Tränen empfangen hatte. Er hatte mit Vorwürfen gerechnet, mit Liebesschwüren. Immer noch klang ihm ihr Satz im Ohr, sie trauere um die Chance, ihm beweisen zu können, wie sehr sie ihn liebe. Wann hatte sie das noch einmal gesagt? Er kam nicht darauf, es war ihm so unwirklich erschienen wie die Ruhe jetzt. Im Moment wirkte sie einfach nur sachlich und geschäftig, wühlte in diesen Kartons herum, die er ihr in einem anderen Leben samt seinem Herzen zu Füßen gelegt hatte und von denen er jetzt dachte, sie könne sie gerne behalten, wenn sie ihn nur in Ruhe ließ. Und er selber fühlte sich genauso unberührt.

Er wunderte sich über sich selber. Vor nicht allzu langer Zeit wäre er der dankbarste Mensch der Welt gewesen, wenn sie seinetwegen die Fassung verloren und etwas von ihrer Liebe zu ihm gestammelt hätte. Jede Begegnung mit ihr war voller Spannung gewesen, er auf die Folter seiner ausgesprochenen und unausgesprochenen Wünsche gespannt. Würde sie ihn berühren, würde sie eine Berührung zulassen, einen Kuss sogar? Wie nahe würde er ihr kommen? Würde sie ein Wort sagen, einen Satz, der von Liebe sprach, Zuneigung wenigstens? Würde sie ihm einen Krümel Hoffnung geben, der reichte bis zur nächsten Begegnung, wenn alles wieder von vorne begann und sie nur gerade genug tat, damit der Frust ihn nicht überwältigte – und er wiederkam?

Jetzt konnte er sie voller Gelassenheit beobachten. Selbst der Gedanke, dass dies ihr letztes Rendezvous war, ließ ihn kalt. Die Art, wie sie sich vorneigte und der Rock um ihre Hüften sich straffte, machte ihn kein bisschen mehr nervös. Ihr Hintern erschien ihm jetzt eher ein wenig zu flach. Sie war eben doch schon älter.

«So», sagte sie. Ihre Stimme klang dumpf von unten herauf. Als sie sich wieder aufrichtete, war ihr Gesicht lebhaft gerötet. Adrian sah sie lachen und sich eine Strähne aus dem Gesicht streichen. «Da», sagte sie und legte ihren Fund auf den Tisch. «Das ist es.»

«*Was* ist *es?*», präzisierte Adrian. Er streckte die Hand aus, um die Plastikfolie zu berühren, in die der Gegenstand eingewickelt war.

«Das weißt du nicht?» Mauds Stimme klang unverbindlich freundlich. «Dabei hat die Polizei doch wirklich schon jeden im Ort danach gefragt. Dich noch nicht? Ich glaube, im Schaufenster bei Patrick hängt sogar ein Phantombild davon.» Sie stieß die eingepackte Perlenschnur an, sodass sie böse rasselte. «Von dem Mordinstrument.»

«Das hier?» Adrian lachte. Ein wenig zu laut, fand er selbst.

Er bemühte sich um eine ruhige Stimmlage. Aber es erschien ihm absurd. «Das ist ein Stück von dem alten Vorhang zum Nebenraum des Begonienzimmers. Rose hatte das mal gekauft, als ich vierzehn war und sie dachte, Kinder in meinem Alter stehen auf so was. Vielleicht, weil es während ihrer Jugend in Mode war.» Er schnaubte.

Maud schaute ihn an wie ein interessantes Tier. «Es ist die Mordwaffe», sagte sie. «Vorsicht!» Sie zog die Tüte an sich, als er danach greifen wollte. «Sonst kommen noch deine Fingerabdrücke drauf. Aber ach, die haben wir ja ohnehin schon, nicht wahr?»

Adrian stutzte, dann ballte er die Fäuste. Es war nicht zu leugnen, er hatte die Kette selber eingepackt.

Maud lächelte zufrieden.

«Das ist lächerlich», stieß er hervor. «Das Ding lag jahrelang auf dem Speicher. Bis ich beim Entrümpeln darauf stieß und dachte …»

«… dass du es für einen anderen Zweck verwenden könntest», ergänzte Maud seinen Satz. «Neulich an jenem Abend zum Beispiel. Und dann wolltest du es loswerden und mir unterschieben.»

«Das ist absurd, nein, Maud, du bist absurd.»

«Oh, ich war voller Zweifel, nein, ich konnte mir das alles nicht vorstellen. Bis ich dann das dunkle lange Haar an der Kette entdeckte.»

«Du hast was …?» Adrian sprang auf.

Maud kam ihm zuvor, riss die Vorhangschnur an sich und trat zurück, sodass sie zwischen ihm und der Tür stand. «Du kannst dich gerne davon überzeugen, wenn du möchtest», sagte sie. «Auf der Wache.»

«Aber das ist doch …»

«Sie war dunkel, Adrian, sie war langhaarig. Und du kannst

mir glauben, wenn die Spurensicherung dieses Haar erst untersucht, wird sie zu dem Schluss kommen, dass es ihr gehört hat.»

Adrian setzte sich langsam wieder hin. Er starrte an Maud vorbei, in eine Ecke des Raumes. «Wie hast du das gedreht?», fragte er.

Sie kam langsam wieder näher. «Ich bin froh, dass du es mir zutraust», sagte sie. «Das beweist deinen Sinn für die Realität.» Maud packte die Kette in einen Schrank und schloss ihn ab, ehe sie zurück an den Tisch kam und sich ihm gegenübersetzte. Sie streckte die Arme nach seinen Händen aus, die er zurückzog wie ein trotziges Kind.

«Denn ich kriege alles hin, was ich will. Das wirst du sehen. Ich habe den Willen, und ich habe den Verstand. Beides wird dir noch viel nutzen, Adrian.»

Er hob den Kopf und schaute sie an.

Sie strich ihm über die Wange, ehe er es verhindern konnte. «Mach ruhig dein Ding mit Dubai. Ich werde dir dabei nicht im Wege stehen, keine Sorge, im Gegenteil. Und solange dein Doktorvater nichts hiervon erfährt», sie wies mit dem Kinn zurück zum Schrank, «und sei es nur als Hauch eines Verdachtes, sollte es da ja auch keine Probleme geben, nicht wahr?»

Adrian zuckte unwillkürlich zusammen bei dem Gedanken, an der Universität könnte das Gerücht umgehen, er sei in eine Mordsache verstrickt. Maud hatte recht, selbst ein völliger Freispruch könnte nichts von dem Schaden, der dabei entstehen würde, wiedergutmachen. Er wäre raus aus dem Projekt, raus aus dem Kreis um seinen Förderer, raus aus allem; die würden kein Stück Brot mehr von ihm nehmen.

«Außerdem werde ich dir einen schönen Vertrag mit der Immobilienfirma aushandeln. Wir werden reich werden, Adrian. Und du als Stararchitekt wirst uns den Wasserpark bauen. Mit Gewinnbeteiligung, versteht sich. Lass mich nur machen. Unsere kleine Pension, meine Pension, wird da nur ein kleiner, feiner Ableger sein.»

«Darf ich die auch noch entwerfen, ja?», fragte er mit zusammengebissenen Zähnen.

Sie lächelte. «Nur, wenn du nichts dagegen hast.»

«Wie sollte ich wohl.» Er lachte höhnisch.

Sie stimmte ein. «Genau, wie solltest du. Ich würde wirklich nur ungern sehen, dass der Brief veröffentlicht wird, den ich für alle Fälle beim Notar hinterlegt habe.»

«Du hast wirklich an alles gedacht.» Seine Stimme war spröde vor Verachtung.

«Adrian», sagte sie, weich mit einem Mal. «Adrian, schau mich an.» Sie griff ihm unters Kinn und drehte seinen Kopf zu sich. «Wir werden es gut haben, Adrian, glaub mir. Nein, nicht wegsehen. Du wirst Millionär sein, Adrian, ein angesehener Bürger. Alle hier werden dich grüßen und vor dir kriechen, du kannst Bürgermeister werden, wenn du willst. Du kannst ihnen auf die Hüte spucken. Erzähl mir nicht, dass du es ihnen nicht immer schon mal zeigen wolltest. Gemeinsam können wir das, Adrian. Und die, die können uns mal. Und sag mir nicht ...», ihre Stimme wurde noch ein wenig sanfter, «... dass du mich nicht wolltest. Ich weiß, wie du mich angesehen hast, Adrian. Ich weiß, woran du gedacht hast. Das kann alles Wirklichkeit werden, weißt du? Deine geheimsten Wünsche, du wirst schon sehen.» Sie näherte ihren Mund dem seinen.

Einen Moment lang überlegte Adrian, wie es wäre, diesen Mund zu küssen. Über den Tisch zu greifen und sich zu nehmen, was er sich so lange gewünscht hatte. Er hatte es sich verdient, er hatte lange genug geworben. Und wenn es nur einmal wäre, nur einmal, um zu sehen, ob er etwas verpasst hatte. Um es abzuschließen. Aber dann sah er ihr Lächeln.

Er machte sich los. «Ich hatte mir gewünscht, dass du mich lieben würdest. Aber du hast ja keine Ahnung, was das ist.» Der Stuhl fiel beinahe um, so schroff schob er ihn zurück, als er aufstand.

Sie lachte schrill.

«Du bist echt total krank, weißt du das?» Adrian griff nach seiner Lederjacke.

Maud blieb sitzen. «Morgen um achtzehn Uhr», rief sie ihm nach, nicht besonders laut. Sie wusste, dass er stehen bleiben würde. «Morgen Abend bist du pünktlich wieder da. Sonst geht dein Leben in Rauch auf. Und schick dieses Girlie weg. Wir wollen doch nicht, dass die Leute glauben, du wärst mir untreu.»

Adrian drehte sich um und starrte sie an.

Maud nickte. «Es ist mein Ernst», sagte sie, und er konnte sehen, dass es so war. «Morgen früh ist sie weg aus Broxton.»

«Was soll ich ihr denn sagen?» Adrian hätte sich für die Frage verfluchen können, kaum dass sie heraus war.

Verächtlich, aber auch zufrieden zog Maud die Stirn in Falten. «Mmh. Sag ihr doch, du hast was Besseres gefunden.» Sie neigte den Kopf und betrachtete ihn. «Bis morgen, mein künftiger Millionär.»

«Echt total krank.» Adrian knallte die Tür zu, so laut er konnte. Als er draußen stand, auf dem um diese Uhrzeit einsamen Pier, begann er trotz der Sommermilde zu frösteln. Er ging ans Ufer; es war Flut. Ölig schwarz gluckerte das Wasser in den Mauerritzen. Die Bewegungen der Boote sahen weich aus im Dunkeln und schwerelos. Es roch nach Salz, nach Rost und Öl und altem Tang.

Vom Meer leuchteten die Positionslampen einiger ferner Schiffe herüber. Hinter ihm bildeten die Fenster von Broxton eine dünn blinkende Girlande vor den Felsen. Der Himmel darüber war noch durchzogen von grün-orangenfarbenen Streifen des kaum vergangenen Abendrots. Die Pubtür ging auf, Lärm quoll heraus und wurde abgeschnitten, als die Tür wieder zufiel. Eilige Schritte entfernten sich und verklangen. Dann war niemand mehr auf der Straße.

«Verdammt», sagte Adrian in die wachsende Dunkelheit. Das Wort kam ihm unangemessen vor. Zu schwach für die Katastrophe, die da lautlos auf ihn zurollte, wie eine Welle, die noch zu fern war, um ihr Donnern zu hören, und zu groß, um daran zu glauben, dass sie wirklich war. Für dieses Desaster fehlten ihm einfach die Worte. «Christy», brachte er heraus. Tränen erstickten seine Stimme. Was sollte er tun? Wenn Maud ihn anzeigte, würden alle ihn für einen Mörder halten, ihn verachten und hassen, mehr als jemals zuvor. Auch Christy würde das tun. Er konnte ihre Blicke bereits spüren. Und diesmal bliebe ihm nichts, wohin er sich zurückziehen könnte, kein «Rose's Cottage», kein Studium und keine schöne Zukunft, in der er es allen beweisen würde. Nur die Schande.

Adrian legte die Hände auf das Geländer des Piers, das sich salzig anfühlte. Er ließ es wieder los und rieb die Finger aneinander, aber die Kristalle wollten nicht abgehen. Er strich über seine Hosen, hektisch vor Ekel, bis wenigstens seine Haut nicht mehr klebte. Er hätte schreien können, doch es war zwecklos. Er bekam ja kaum mehr Luft, so zugeschnürt war seine Kehle vor Hass und Furcht. Was sollte er tun? Er hatte keine Wahl.

Adrian machte sich auf den Weg nach Hause, ohne Fish and Chips, ohne Hoffnung. Nach jedem Schritt schien ihm, er müsste einfach stehen bleiben vor Kraftlosigkeit. Dennoch kam er an.

28. Kapitel

Rose fand ihn in der Küche, wo er dabei war, die letzten Reste einer Flasche Rum auszutrinken, die ein Gast ihr einmal geschenkt hatte und die seither ungenutzt in einem Regal verstaubt war. Mit einem Blick erfasste sie, dass nur noch zwei Finger breit Restflüssigkeit über dem Boden stand. Sie ging hin, nahm kurz entschlossen die Flasche und kippte den Rest in den Ausguss. Adrian hob kaum den Kopf. Trübe, aber nicht bösartig schaute er sie an. Er schien zu überlegen. Sein Kopf arbeitete langsam. «Tante Rose», sagte er endlich.

«Was machst du da?», verlangte sie zu wissen und schnürte den Gürtel ihres Bademantels fester, als bereite sie sich auf einen Kampf vor. «Christy ist oben. Sie wartet auf dich. Wir haben beide gewartet.»

Christy, da war es wieder, das quälende Wort. Adrian schüttelte den Kopf und nahm den letzten Schluck aus dem Glas. Es war ein großer Schluck, der ihm sauer in der Kehle saß. Aber er zwang ihn hinunter. «Sie muss weg», nuschelte er.

Rose hörte ihm gar nicht zu. «Du musst vor allem ins Bett», sagte sie und schnappte sich auch das Glas. Sie roch daran und verzog den Mund. Rum mochte sie nicht einmal im Tee.

«Nein, es ist mein Ernst. Sie muss gehen. Jetzt sofort.» Adrian versuchte, sich gerade hinzusetzen, was gar nicht so einfach war.

«Aber du erlaubst schon, dass sie den Rest der Nacht noch in ihrem Bett verbringt, ja?», fragte Rose ironisch. Sie betrachtete ihn mit in die Hüften gestemmten Händen. «Weißt du, Adrian Ames ...», begann sie ihre Standpauke.

Adrian fuhr mit der Hand durch die Luft. Er hatte es nicht beabsichtigt, aber er traf die Vase mit den Rosen. Sie kippte um und zerbrach, das Wasser floss vom Tisch auf den Boden und verbreitete seinen modrigen Geruch.

Rose starrte auf die Scherben und die entblätterten Blüten. Dann auf ihren Neffen. Es war, als wäre sie gerade erwacht.

«Is mein Ernst», brachte Adrian gerade so heraus. «Sie muss weg. Besser so.» Er versuchte sich hochzustemmen.

«Adrian», begann Rose, «was ist passiert? Was ...?»

«Nein!» schrie er. Wieder fuchtelte er herum. «Nein.»

Sie zuckte unwillkürlich zurück.

Er schüttelte heftig den Kopf. «Muss», lallte er. «Muss.»

«Was ist nur geschehen?» Rose flüsterte.

Adrian stemmte sich hoch. «Sag du es ihr», befahl er. «Sag ihr ...»

Aber falls Rose auf eine Fortsetzung gewartet hatte, so wartete sie vergebens. Er stand da, wankend, vor sich hin starrend, wie abgeschaltet.

«Das werde ich nicht tun.» Rose versuchte, zu ihrer alten Autorität zurückzufinden. «Adrian, du bist ja völlig aus dem Häuschen. Und ich verlange, dass du mir sofort ...» Sie hielt inne, als er hemmungslos zu lachen begann. Mit wachsender Empörung starrte Rose Ames ihren Neffen an.

Aber gerade, als sie etwas sagen wollte, ging sein Gelächter in Weinen über und verstummte endlich. Nur die Tränen liefen ihm über die Wangen. Dann kicherte er plötzlich wieder. «Sag ihr, ich hätte was Besseres gefunden.» Wieder brach er in hilfloses Gelächter aus, das auf die dieselbe Weise verstummte. «Irre», murmelte er. «Das ist doch Wahnsinn.»

«Wahnsinn? Du bist stockbetrunken», stellte Rose fest.

Adrian schaute sie an. Er wankte. «Und du hast Zahnpasta im Mundwinkel», erwiderte er, hob die Hand, als wollte er sie wegwischen, gab das Unternehmen aber auf. Rose war zu weit fort und schwankte zu sehr auf den Wellen auf und ab. Er konnte sie nicht erreichen. «Ist doch eh alles egal», fuhr er fort und setzte laut hinzu: «Alles scheißegal.»

«Schön, dass du uns das mitteilst.» Rose verschränkte die Arme, nicht ohne sich vorher unauffällig über den Mund gewischt zu haben. Flüchtig dachte sie daran, dass ihr kinnlang geschnittenes graues Haar vermutlich zottelig und ungepflegt aussah. Es hatte Zeiten gegeben, da hatte Jonas ihr, wenn er nachts zurückkam, über die Haare gestrichen und ihr gesagt, wie schön sie sei, so schlafwarm und zerzaust. Heute fühlte sie sich dürr und hässlich, zerrupft und hilflos. Was war nur in den Jungen gefahren? Sie verschränkte die Arme fester und versuchte, die Kälte zu ignorieren, die von den Steinfliesen kam und an ihren Beinen heraufkroch.

«Kannst du mir bitte erklären, was das soll, Adrian? Erst bringst du dieses Mädchen her, jetzt soll ich es wieder wegschicken. Sie ist doch kein Teppich, den man zur Probe kauft. Meine Güte.» Sie schnaubte. Als sie sein Gesicht sah, wechselte sie den Ton. «Du magst sie doch, das konnte ich sehen, Adrian. Ich mag ja eine dumme alte Tante sein, aber dass du und Christy …»

«Tu ich nicht.» Adrian dachte an Maud. «Krankes Miststück, so eine Hexe.»

Sie verstummte und trat einen Schritt zurück, als er ausholte.

Adrian, der nur nach einem Halt gesucht hatte, zog sich am Herd hoch und murmelte eine Entschuldigung, als er ihr Gesicht sah.

Rose fuhr fort. «Du liebst sie, das weiß ich, Adrian. Willst du mir nicht …»

«Ich bin ein Schwein.» Adrian starrte auf den Boden, als stünde es dort in Riesenlettern geschrieben. «Ich bin ein Schwein, ein Schwein.»

«Jetzt versink nicht in Selbstmitleid.» Roses Mund wurde schmal. «Reiß dich bitte zusammen, Junge. Und sprich mit mir.»

Taumelnd hob Adrian den Kopf. «Du sprichst mit ihr.» Es klang abschließend. «Oder es wird was Schlimmes passieren. Sag ihr, sie hätte mich eh gehasst, ist besser so. Ist zu gefährlich. Ist alles …»

«Gefährlich? Was meinst du mit gefährlich? Adrian!»

«Aach!» Mit allem Schwung, den er aufnehmen konnte, machte er sich auf den Weg zur Tür. Er betrachtete die Türklinke. Er hatte das Bedürfnis, ihr etwas mitzuteilen. «Besser wär's gewesen, sie hätten mich damals mitgenommen.» Die Türklinke schwieg. Adrian drückte sie herab und ging an ihr vorbei.

«Adrian!», rief Rose, lief ihm nach und blieb im Türrahmen stehen. Sie hatte keine Schuhe an und ihre Brille nicht auf. «Adrian, komm sofort zurück. Adrian!» Sie versuchte, streng zu klingen, um der Angst Herr zu werden, die sein letzter Satz in ihr ausgelöst hatte. Denn sie wusste nur zu gut, was er meinte. Hätten seine Eltern ihn damals mit aufs Boot genommen, hatte er sagen wollen. Dann wäre er mit ihnen gestorben und hätte jetzt seine Ruhe. «Adrian!» Doch von ihrem Neffen war keine Spur mehr zu sehen. Alles, was ihr antwortete, war der Seewind und ein fast betäubender Schwall von Rosenduft.

«Adrian, mein Gott.» Sie hielt sich die Hand vor den Mund, um nicht auszusprechen, was sie befürchtete.

Es war draußen fast wärmer als in ihrer Küche mit den

dicken Steinwänden. Rose blieb lange so stehen und lauschte, bis ihr die Brandung in den Ohren dröhnte. Hier und da erklang ein verschlafener Möwenruf, aber keine Schritte, kein Gemurmel und keine Erklärung für das, was eben geschehen war. Hinter ihr knarzte eine Tür.

«Rose?»

Das war Christy. Sie stand da in einem T-Shirt von Adrian, das sie als Nachthemd trug und das ihr viel zu groß war. Ihr langes schwarzes Haar hüllte sie ein wie ein wirres Netz. Sie rieb sich die Augen. «Ich dachte, ich hätte etwas gehört.»

Rose schaute sie an, und die Tränen traten ihr in die Augen. «Komm erst mal rein», sagte sie, als das Mädchen Anstalten machte, sich neben sie in die Tür zu stellen. «Ich mach dir einen Tee.»

Verzweifelt schaute sie zu, wie Christy am Tisch zusammensank, ganz verschlafen, aber mit einem Lächeln, als sie sagte: «Ich hab von Adrian geträumt.»

«Tja», sagte Rose bitter. «Ich wünschte, das hätte ich auch.»

29. Kapitel

Knarrend ging die Tür auf. Ondra starrte auf das Zimmer, das Adrian vor über zehn Jahren als Kind verlassen hatte.

Rose folgte ihr, eine Reisetasche in der einen Hand, eine Petroleumlampe in der anderen. Außer Atem stellte sie beides auf den Tisch. «Es gibt unten einen kleinen Generator. Ich sehe gleich mal nach, ob er noch funktioniert, dann hast du hier Licht und …»

«Ich brauche kein Licht», sagte Ondra tonlos. «Ich kann im Dunkeln hervorragend sehen.»

Rose betrachtete sie eine Weile stumm. «Ja», gab sie dann zu. «Bei Jonas war das genauso.» Sie wollte auf die junge Frau zugehen, überlegte es sich aber anders und blieb, wo sie war. «Christy», begann sie. «Du musst dich nicht hier verkriechen. Ich weiß nicht, was in Adrian gefahren ist, aber ich bekomme es heraus. Das geht vorbei, glaub mir.»

Ondra schüttelte den Kopf.

«Du hast bei mir immer ein Heim», setzte Rose hinzu.

Ondra ergriff ihre Hand, drückte sie und ließ sie wieder los. «Ich habe kein Zuhause mehr», sagte sie. «Aber danke.»

«Tja, also.» Rose flüchtete sich in Geschäftigkeit. «Dann wollen wir mal sehen.» Sie öffnete Schränke und Schubladen, packte aus und schuf Platz für die Dinge, die sie dem Mädchen mitgegeben hatte. Dabei schob sie die Sachen ihrer Schwester und ihres Schwagers beiseite mit einer Selbstverständlichkeit, die ihr am Morgen dieses Tages noch unmöglich erschienen wäre. Hier und da hielt sie inne, strich über einen Stoff, erlaubte sich eine Erinnerung. Einmal drückte sie ihr Gesicht in eine Bluse, die sie an Lily immer bewundert hatte. Sie roch nach Staub. Rose straffte die Schultern. Es gab Dringlicheres zu tun.

«War Jonas auch manchmal hier?», fragte Ondra, noch immer wie betäubt.

Rose hielt nicht in der Arbeit inne. «Wegen des Kühlschranks müssen wir etwas unternehmen», stellte sie fest. «Wie? Ach so, ja. Ja, er war hier. Nicht hier oben. Aber drunten. Es war sein Bootshaus, seine Werkstatt. Er hat hier viel Zeit verbracht.» Sie hielt gedankenvoll inne, beschwor Bilder ihres Mannes herauf, wie er bastelte und vor sich hin arbeitete. Wenn er zu lange ausblieb, war sie mit einem Korb hierhergekommen, so wie gestern. Mit Kuchen oder Sandwiches. Und Tee. Und sie hatten unter den Bäumen gesessen. Rose holte tief Atem. «Der Raum hier ist erst ein späterer Ausbau.»

«Gut», stellte Ondra nur fest und trat ans Fenster. Es ging wie alle anderen nach hinten hinaus, auf den Apfelbaumgarten und die Felswand. Wenn man das alles betrachtete, konnte man gar nicht glauben, dass sich auf der anderen Seite die Weite der See öffnete. Dennoch war es das Heim eines Wesens wie sie gewesen. Sie atmete tief ein. Doch, man roch es: die Brise und von unten herauf das brackige Wasser und den Geruch von Holz, das in Salzwasser moderte, auch von Fisch. Sie dachte an den Conger, der sich dort durch das nachtschwarze Wasser schlängelte. Früher hätte sie mit ihm getanzt. Jetzt fror sie. «Wann wusstest du es?», fragte sie.

Rose verstand.

«Nach wenigen Wochen. Wir hatten …» Sie hielt inne. «Wir waren ein Liebespaar geworden. Da gestand er mir, dass er nur meinetwegen hier war. Und dass er bleiben wollte.» Ihre

Stimme wurde immer leiser. Dann versuchte sie ein Lachen. «Ich habe damals im Bikini noch eine weitaus bessere Figur gemacht, schätze ich.»

«Adrian kann nicht schwimmen.» Ondra rührte sich nicht.

Rose trat neben Ondra ans Fenster und schaute hinaus. «Ich wünschte, ich wüsste, was damals geschehen ist», sagte sie. Als Ondra nicht antwortete, schüttelte sie den Kopf und wandte sich ab, um weiterzuarbeiten.

«Ich kenne ihn», sagte die Nixe endlich. «Den Mann in deinem Buch.»

«Jonas?» Rose fuhr herum.

«Als Mama gestorben war, war Papa eine ganze Weile fort.» Ondra machte eine Pause. «Nicht, dass er je viel da gewesen wäre. Aber damals war er richtig lang weg. Ich war noch klein. Mein Onkel kümmerte sich um mich. Papas Bruder. Er war ganz anders als Papa. Nicht, dass sie nicht auch Ähnlichkeiten gehabt hätten. Aber mein Onkel war nett, warmherzig, tröstend», sie überlegte, «lustig. Er mochte Kinder.» Ondra wandte sich zu Rose um. «Er mochte mich.» Sie lächelte entschuldigend, aber in ihre Augen schossen Tränen. «Er war wie der Mann auf deinem Bild.»

«Dein Onkel.» Rose hielt den Atem an.

Ondra nickte.

«Was geschah mit ihm?» Rose meinte, ihr müsse schwarz werden vor Augen. Die Dunkelheit drehte sich um sie, und sie griff haltsuchend nach dem Fensterbrett.

«Er verschwand.» Ondra legte ihr die Hand auf die Schulter. «Vor etwa fünfzehn Jahren.»

«Du meinst …?»

«Ich weiß es nicht», sagte die Nixe. «Ich habe ihn nie wiedergesehen.»

«So wie ich.»

Nach einer Weile des Schweigens, in der Rose langsam wieder zu sich kam, fragte sie: «Wie war sein Name? Sein wirklicher, echter Name?»

Ondra überlegte. Dann sagte sie leise: «Das weißt du doch. Er hieß Jonas.»

Später, als sie alleine war, setzte sie sich ans Ufer auf der Suche nach Trost. Aber da war keiner. Das Wasser fühlte sich kalt an auf ihrer Haut und ließ sie frösteln. Es war noch niemals kalt gewesen, es war wie ihr zweites Selbst gewesen. Jetzt schwappte und gurgelte es zwischen Gras und Steinen, bildete Pfützen und Tümpel, Säume und Schaum wie ein fremdes Lebewesen, ein Hund, der schwanzwedelnd auf sie zukommen oder zuschnappen konnte. Ondra hätte es nicht zu sagen vermocht. Aber ebenso groß wie ihre Sehnsucht war ihre Angst.

Ein Kauz schrie und ließ sich auf einem Ast in ihrer Nähe wieder. «Schuschu», rief er erneut.

«Ja, ja», antwortete Ondra ihm missmutig. Die Tiere spürten noch, was sie einmal gewesen war. Aber sie war es nicht mehr. Nein, sie war nichts mehr. Mit einem Mal schluchzte sie auf und schlug mit der Hand auf das Wasser, dass es spritzte. Sie war ein Nichts, ein Niemand, ein Irrtum, sie war das Letzte, die Einzige ihrer verkehrten Art. Ein Monstrum. Kein Wunder, dass Adrian sie nicht liebte.

Denn das tat er nicht, da konnte Rose reden, was sie wollte. Rose war lieb, Rose meinte es gut. Aber sie suchte in Ondra nur etwas, was sie selbst verloren hatte. Sie wusste gar nicht, was sie da sagte. Warum, hatte Ondra sie gefragt. Warum tat er das? Hatte er denn gar nichts dazu gesagt?

Rose war verlegen geworden und hatte herumgedruckst. Er hätte es bestimmt nicht so gemeint, hatte sie schließlich erklärt. Ondra war verzweifelt. Sie konnte Roses Gedanken nicht mehr lesen, wie sie es früher gekonnt hätte, als sie einfach in ihren Kopf eingedrungen wäre und sich ihre Erinnerungen geschnappt hätte, um sie zu betrachten wie Bilder. Aber sie konnte wohl spüren, dass die alte Frau log. Er hatte etwas Schlimmes gesagt, etwas Böses. Etwas, das bewies, dass er sie nicht mehr liebte. Da war Ondra sich ganz sicher. Etwas wie das, was er ihr am Nachmittag an den Kopf geworfen hatte.

Es schüttelte sie, wenn sie daran dachte, wie er zu ihr gewesen war. Damals hatte die Angst das erste Mal nach ihr gegriffen, die erste Ahnung, dass der liebevolle Schimmer in seinen Augen, das Gefühl der Übereinstimmung, nicht von Dauer wären, sondern so etwas wie das Wetter. Dass sie verschwinden könnten wie die Atemluft aus abgestandenem Wasser. Und dass sie zurückbleiben würde wie die sterbenden Fische in den Flutteichen, die es nicht zurück ins Meer schafften.

Ondra lachte traurig auf. Was für ein Vergleich. Sie schlang die Arme um ihren Oberkörper auf der Suche nach ein wenig Wärme. Aber warum war er am Telefon noch so anders gewesen? So warm, so begeistert. Da war er mit einem Mal wieder ihr Adrian gewesen, wie sie ihn kannte, wie sie ihn leidenschaftlich liebte und er sie. Sie hatten miteinander geflüstert, und sie hatte sich mit geschlossenen Augen diesem Gefühl hingegeben, das war wie einst das Meer. Ihre zweite Natur, ihre Haut. Jetzt war auch dieses Gefühl einer großen Kälte gewichen. Und die Nixe fühlte sich verletzt und roh, als hätte man sie gehäutet.

Warum nur? Warum? Gab es eine Antwort? Oder gab es nur diesen riesigen Fehler, den sie gemacht hatte? Denn ein Fehler war es wohl gewesen. Sonst säße sie nicht hier, in diesem Kessel ohne Ausweg und ohne einen Ort, an den sie gehen konnte und an den sie gehörte. Sie war selber schuld. Reue mischte sich in ihre Verzweiflung und tat doppelt weh. Zu spät, zu spät. Dann wieder tasteten ihre Gedanken nach Adrian, hofften, etwas von ihm zu empfangen, so wie früher, und wäre es nur wie ein Schrei oder ein rauer Windstoß. Aber sie spürte: nichts.

«Ondra!»

Es dauerte eine Weile, bis die Nixe begriff.

«Ondra! Hier!»

Die Stimme sprach nicht in ihrem Kopf zu ihr. Sie kam von draußen, vom Meer. Wenn Ondra lange genug hinsah, dann erkannte sie an der mondfunkelnden Wasseroberfläche einen dunklen Umriss, der kein Felsen war, auch wenn er sich nicht bewegte. Da, jetzt löste sich ein schlanker Schatten. Ein Arm erhob sich, schwarz und unwirklich, und winkte. Oder war es nur der Schatten in einem Wellental, ein Vogelflug?

«Ondra, komm her.»

Unwillkürlich schüttelte sie den Kopf. «Ich kann nicht.»

«Doch, du kannst.» Die Stimme wurde lauter, vertrauter.

«Aura? Was tust du hier? Aura, geh weg. Das ist gefährlich. Wenn sie dich entdecken, wenn sie dich sehen.» Ängstlich sprang Ondra auf.

Ihre Freundin kam ein Stück näher ans Ufer geschwommen. Ondra konnte beinahe ihr Gesicht und die Fülle ihres Haares erkennen, das sie in einem armdicken Zopf um den Kopf gewunden trug. Zwanzig Meter vom Ufer entfernt verharrte sie; weiter wagte sie sich nicht heran. Auch sie hatte Angst.

Es gibt nur uns und sie, dachte Ondra, nichts dazwischen, keinen Kontakt. Wer das Gebot bricht, muss sterben. So wie viele gestorben waren. Vielleicht sogar ihr Onkel. Etwas wie Wut glomm in Ondra auf und verdrängte die Angst.

«Du musst gehen», sagte sie zu Aura. «Sie werden dich töten. Vater schickt den Strudel. Du weißt das.»

«Ondra, hör mir zu, es gibt einen Weg zurück. Ich kann dir helfen.»

«Nein!» Ondra schüttelte den Kopf. «Niemand kann mir helfen.»

«Doch, es gibt einen Weg», wiederholte Aura. Ihre Stimme klang flehend. «Wenn du mir nur zuhören willst, Süße.»

Der Kosename schnitt Ondra ins Herz. Sie wusste, ihre Freundin, ihre frivole, leichtherzige Freundin wagte viel für sie.

«Ich könnte es nicht ertragen», sagte sie, «wenn auch dir noch etwas geschähe.»

«Aber Ondra.» Aura war den Tränen nahe.

«Geh, sag ich, geh zurück. Wenn du etwas für mich tun willst, dann frag Vater, wie sein Bruder wirklich starb. Und die Menschen an seiner Seite. Sag ihm, ich stoße überall auf Leid, das er verursacht hat. Und sag ihm, dass ich hierbleibe.»

«Ondra, nicht, tu das nicht.»

Ondra hielt sich die Ohren zu. Heftig schüttelte sie den Kopf. Die Stimme war nicht in ihr drinnen, sie war nur eine Schallwelle. Sie konnte sie aussperren, sie konnte sie fern von sich halten. «Nein», rief sie. «Nein, geh weg, geh doch endlich.»

Auch Aura war verzweifelt. «Aber es gibt einen Weg.»

«Dann sag mir, dass dieser Weg nicht blutig ist.» Ondra hatte geschrien.

Erschrocken verstummten sie beide für einen Moment. Der Kauz rief. Irgendwo im Wasser sprang ein Fisch. Das Platschen ließ sie beide herumfahren. Und obwohl das Band zerrissen war, konnte Ondra Auras panischen Herzschlag beinahe spüren.

«Siehst du», sagte sie leise. «Und jetzt leb wohl.»

«Ondra!» Leise und klagend klang Auras Ruf nach der Freundin über das Wasser. «Ondra!»

Ondra wandte sich ab und ging ins Haus, ohne sich noch einmal umzudrehen. Es war zu spät.

30. Kapitel

Im Siren's Pub herrschte beinahe so etwas wie Feststimmung. Als Adrian und Maud ankamen, Arm in Arm, darauf hatte sie diesmal bestanden – das heißt, sie hatte sich bei ihm eingehängt, nachdem er sie von zu Hause abgeholt hatte, und seinen Arm seither nicht mehr losgelassen –, wurden sie an einen reservierten Tisch mit Tischdecke geführt und begrüßt wie Ehrengäste. Sogar ein Blumenstrauß stand da, ein Bierglas diente als Vase. Adrian konnte sich nicht erinnern, jemals Blumen im Siren's Pub gesehen zu haben. Die Tische ringsum waren besetzt, und von überall her kamen immer wieder Seitenblicke, gefolgt von einem Heben des Pint Bier, wenn man einander in die Augen sah.

«Ah, Ames, schön, dass du kommst.» – «Ames! Auch endlich mal hier.» – «Ames, grüß dich.» – «Gratuliere, Ames.»

«Hi, Morgan.» Adrian erwiderte den Gruß mit einem knappen Kopfnicken. Aber niemand schien ihm die Kurzangebundenheit übelzunehmen. Er wurde von allen Seiten so freundlich begrüßt, dass ihm beinahe schwindelte. Noch niemals hatte er diese selbstverständliche Zugehörigkeit gespürt. Er fühlte sich wie betrunken, noch ehe er sein erstes Bier an die Lippen gesetzt hatte, das der Wirt unaufgefordert vor ihn hinstellte.

«Auf dein Wohl, Ames.»

Maud an seiner Seite, in einem cremefarbenen Jerseykleid, das ihre Figur atemberaubend betonte, lächelte nach links und rechts, machte die kleinen, scherzhaften Bemerkungen, die Adrian unterließ, und nahm die Huldigungen mit einer Selbstverständlichkeit entgegen, die Adrian nur bewundern konnte. Ohne sie hätte er sich wie ein Hanswurst gefühlt. Sie hingegen nahm den Ehrenplatz voller Selbstverständlichkeit ein, hielt die Gaffer auf Abstand und gab dem Ganzen einen Anstrich von Glamour, der den ihrer goldfarbenen Handtasche bei weitem übertraf. So weit das im Siren's Pub möglich war.

«Darf ich, Ames?» Es war Ned Dickson, der sich einen Stuhl nahm und Maud mit einem angedeuteten Handkuss begrüßte. Der rothaarige Tom Skerritt kam dazu, Morgan schloss sich an. Pete erhob sich schon halb von seinem Sitz, als sein Vater, der alte Hughes, ihn wieder herunterdrückte und selber herüberhumpelte. Das hier war wichtig.

«Fehlt ja bloß noch der Notar», stellte Adrian ein wenig bockig fest.

Die anderen lachten. «Scherz beiseite, Ames», kam Morgan schließlich zum Thema. «Der kommt schon noch.»

«Wenn wir uns erst einig sind.» Ned nickte. «Und unsere bezaubernde Maud sagt, du hast einen Entschluss gefasst.»

Noch ehe Adrian sich äußern konnte, klopfte der alte Hughes im kräftig auf die Schulter. «Und es ist der richtige Entschluss», sagte er und hustete. Ein halbes Leben auf See hatte nicht verhindern können, dass der Rauch seiner ewigen Zigaretten ihm die Lungen zerfraß. «Man muss was tun für den Ort, aus dem man stammt. Sich zu Hause was aufbauen.»

«Genau genommen bin ich in Stratford geboren», widersprach Adrian und erntete dafür unterm Tisch einen Tritt von Maud, die girrend und laut lachte.

«Pah», Morgan wischte den Einwand vom Tisch. «Alles, was dir am Herzen liegt, ist hier, Ames.» Er ließ Adrian Zeit, einen Moment darüber nachzudenken.

Seine Gräber, seine einzige lebende Verwandte, das Rätsel seines Lebens, seine Liebe – an diesem Punkt verwirrten sich Adrians Gefühle, und er musste wegsehen, weg von diesem Tisch, den vertraut-verhassten Gesichtern, weg von Maud. Ausgiebig studierte er die Theke mit dem Zapfhahn und dem Regal mit Single Malts dahinter. Oben, neben dem Spiegel mit dem Werbeaufdruck der Brauerei, klebte ein Suchaufruf der Polizei, dabei eine Phantomzeichnung des Mordwerkzeugs.

«Es ist ja auch nicht so, dass wir es nicht zu schätzen wüssten, einen international renommierten Architekten unter uns zu haben», fügte Maud hinzu. «Wäre es nicht wunderbar, wenn Adrian sich nicht nur für Dubai, sondern auch für uns ein paar Entwürfe einfallen lassen könnte?»

Zustimmendes Gegrummel antwortete ihr.

«Bleibt alles in einer Hand», stellte der alte Hughes fest.

«Mit Adrian werden wir berühmter als die Villa vom Nähmaschinenhersteller.» Da war Patrick Morgan sich sicher. «Aber ...», und er neigte sich weiter über den Tisch. «... die Hälfte gehört immer noch der alten Rose auf ihrem Felsen.»

Adrian hatte auch sein zweites Bier geleert. Ein drittes folgte ohne Bestellung. Er nahm einen tiefen Schluck. Die gute alte Rose auf ihrem Felsen.

«Sie wird nicht leicht umzustimmen sein, oder?», fragte Tom Skerritt in die Runde und kratzte sich zwischen zwei Hemdknöpfen die Brust. Dann winkte er seiner Frau, die mit den anderen an der Theke stand, wo sie abwechselnd tranken oder in kleinen Grüppchen zur Toilette gingen und Lippenstifte austauschten.

«Was meinst du, Ames?»

Adrian blinzelte und musterte Neds Gesicht, um zu sehen, ob der ihn aufs Glatteis führen wollte. Aber er wirkte ganz ernst.

«Nun …», begann er.

«Adrian kriegt das schon hin», fiel Maud ihm ins Wort und nahm seinen Arm fester. «Nicht wahr, Adrian?» Sie zwinkerte ihm zu.

«Na ja.» Er begriff nicht ganz, warum sie dieses Spielchen spielte. Wollte sie die anderen zappeln lassen? Seine Bedeutung unterstreichen? Am Ende die eigene? Log sie aus Prinzip? Er begriff es nicht, aber es war ihm auch egal. Langsam schüttelte er den Kopf. «Das kann ich klären», sagte er, «kein Problem.»

Maud lächelte zufrieden. Mit einem Nicken in die Runde erklärte sie: «Ich kann mir nicht vorstellen, dass sie sich länger zwischen Adrian und seine Zukunft stellen will.»

«Mensch, Ames, Millionär.» Pete hatte sich doch noch in die Runde gewagt. Sein Vater saß blass und hustend da, zu schwach, um ihn lange böse anzustarren. Das übernahmen die anderen.

Aber Adrian lächelte. Das dritte Bierglas war leer. Millionär! Der Gedanke ließ ein Kichern in ihm aufsteigen. Dann sollte die Runde hier wohl auf ihn gehen. Er konnte sie alle einladen, ach was, er konnte den ganzen Pub kaufen. Doch als er Anstalten machte, eine Lokalrunde auszurufen, klopfte Hilary, die Frau des Wirtes, ihm auf die Schulter. «Lass mal, Ames, das geht auf uns. Man hat nicht alle Tage eine künftige Berühmtheit zu Gast.»

«Wie wär's, wir nennen ihn den Adrian Ames Waterpark?»

«Oder Ames Place – biggest Waterworld in England?»

«Ich bin sicher …», versuchte Maud die Debatte in realistischere Bahnen zu lenken.

«Wir werden am Ende noch alle Millionäre, passt bloß auf.»

«Klar, Ned, du wirst bald anbauen müssen. Und du auch,

Maud, gleich noch ein Stockwerk drauf.» Die Stimmung heizte sich langsam auf.

Bis es Adrian einfiel zu fragen: «Sag mal, die Tote, die hatte doch bei dir gewohnt, Ned, oder?»

Der Pensionsbesitzer nahm einen Schluck. «Klar», sagte er und wischte sich den Mund. «Allerdings ist sie am letzten Tag bei Maud vorbeigegangen, um sich das mal anzusehen. Für nächstes Jahr, meinte sie. Hat ihr wohl nicht so gefallen bei mir.» Er grinste anzüglich. «C'est la vie.» Er sprach es mit grauenvollem englischem Akzent aus.

Maud schlug ihm auf den Unterarm. «War ihr vielleicht zu spießig bei dir», meinte sie. «Nur kein Neid.»

Sie war also bei Maud gewesen. Adrian fühlte sich wie elektrisiert. Das Haar! Mauds Behauptungen! Alles stimmte. Sie hatte dieses verdammte Haar vermutlich ihrer Besucherin vom Revers gepflückt. Oder es auf dem Klo gefunden. Oder im Kehrmüll entdeckt. Wie auch immer, sie hatte ihn nicht belogen. Mit trüben Augen suchte er ihren Blick, der klar und offen ihm zugewandt war.

Du weißt, dass ich nicht bluffe, sagte dieser Blick. Du weißt, was du mir zutrauen darfst. Es war der Blick von jemandem, der wusste, was er wollte.

«So ist das also», brachte er mit schwerer Zunge heraus.

Lachend legte Maud den Arm um ihn. «Keine Sorge, ich werde dich nicht sofort mit Umbauplänen behelligen. Eines nach dem anderen, Adrian. Ich weiß, du hast wichtigere Aufgaben.» Ihr Griff war fest. Er hatte Lust, sich loszumachen. Aber es fehlte ihm an Kraft jeglicher Art.

Hilary stellte das vierte Bier vor ihn hin.

«Auf unseren Ames!», rief Morgan und hob sein Glas. Die anderen stimmten ein.

Ondra kauerte auf dem Bett, eine Decke um die Schultern, die noch immer leicht nach Staub und nach Tieren roch, trotz Roses Bemühungen, und starrte aus dem Fenster hinaus in die Dunkelheit. Sie war vollkommen angezogen, trug ein Kleid mit Blumenmuster, das einst Lily gehört hatte, Adrians Mutter. Von dem geblümten Kleid hatte sie sich erhofft, es würde ihr das Gefühl geben, von Natur umhüllt zu sein, so wie einst vom Meer. Aber die Blumen waren tot; der Stoff strich nur knisternd über ihre Haut, es war nicht dasselbe.

Rose hatte Essen dagelassen und ihren unvermeidlichen Tee. «Du musst etwas zu dir nehmen, Christy, das ist wichtig», hatte sie gesagt. «Morgen sieht die Welt schon wieder ganz anders aus.»

Ondra wusste nicht, wie das sein sollte. Sie hatte ein Leben aufgegeben, um an Adrians Seite zu sein. Er hatte sie verstoßen. Jetzt war sie mehr als ein Waisenkind. Sie war der einsamste Mensch auf diesem Planeten. Und dabei war sie nicht einmal einer. Beinahe musste sie lachen. Die Tränen liefen ihr über die Wangen, ohne dass sie sie weiter beachtet hätte. Das letzte Salzwasser verließ sie. So war das eben.

Das Essen wurde kalt, es wurde trocken. Ondra trank den Tee, aber auch das mehr aus Sehnsucht nach ein wenig Wärme und Geborgenheit als aus Durst. Das war alles nicht mehr wichtig.

Hier hockte sie also. Sie schaute zum Himmel. Die Sterne waren dieselben, und doch anders, nur noch Lichter, ohne Geschichte, ohne Klang. Sie konnte den Mond sehen, aber seine Kraft spürte sie nicht mehr, er zog sie nicht mehr an, sie konnte sich ihm nicht mehr hingeben, nicht mehr mit ihm tanzen. Sie saß starr.

Dieser Ort hier, auch wenn er das Herz von Roses und Adrians Leben gewesen sein mochte, er war tot. Er war tot in jeder Hinsicht. Und vielleicht wäre es besser, sie, Ondra, wäre es auch. Auf ihrem Grabstein würde Christy stehen, selbst das ergab Sinn. So wäre sie wenigstens vollständig verschwunden. Der Gedanke gefiel ihr. Auch der, in der Erde zu liegen. Die Erde, mit ihren Gerüchen und Geräuschen, die hatte sie gemocht.

Ondra stand auf.

Draußen war es still. Kein Käuzchen, keine Aura, keine Rose. So, fand sie, war es gut. Noch immer konnte Ondra im Dunkeln gut sehen, Erbe ihrer Verwandten aus der Tiefe, Eigenschaft des Tieres, das fern der Sonne lebt. So fand sie mit wenigem Stolpern ihren Weg bis zum Ufer. Es gurgelte und gluckste rund um das Bootshaus. Das Wasser leckte über Holz, ergoss sich in Ritzen und erforschte Löcher, die es Stück für Stück vergrößerte. In ein paar Jahren würde alles hier zusammenstürzen, das Meer würde es aufnehmen, wie es alles Land eines Tages wieder verschlingen würde. Dann läge nur mehr die Stille nach dem Sturm über dem Wasser. Etwas platschte. Ondra zuckte zusammen. Aber es war nur ein Fisch, der nichts von ihr wusste. Vielleicht würde er bald ahnungslos von ihr fressen?

Sie erschrak bei diesem Gedanken. Der Conger, dachte sie. Würde er es sein? Ohne Namen und unvertraut? Oder einer der Haie? Früher hätte sie sie herbeigerufen. Es wäre anders gewesen. Blutig, grausam, aber anders. Die Sprachlosigkeit, die jetzt in allem lag, schnürte ihr die Kehle zu.

Ondra glaubte, sie bekäme keine Luft mehr. Adrian, dachte sie. Aber Adrian war weit weg. Eine ganze Welt entfernt. Sie versuchte, über sich selbst zu lachen. Die Erfahrung, die sie hatte machen wollen, um allen anderen voraus zu sein und um ihre Meerjungfrauenwelt zu erweitern – nun hatte sie sie gemacht: Sie wurde nicht geliebt.

Der Gedanke tat so weh, dass sie nicht länger zögerte. Sie machte sich nicht die Mühe, ihr Kleid auszuziehen, nur die Schuhe streifte sie ab. Dann glitt sie mit einer schnellen Bewegung in das schwarze, fremde Wasser.

Ondra stieß einen entsetzten Schrei aus. «Verflucht, ist das kalt.»

Als sie sich umwandte, sah sie in dem Gebäude, das sie einsam im Dunkeln verlassen hatte, plötzlich ein Licht brennen. Verstohlen tanzte es vom westlichen zum östlichen Fenster und wieder zurück.

31. Kapitel

Michael Morningstar arbeitete so schnell und geräuschlos, wie er konnte. Seinen Hund hatte er im Auto gelassen, das oben an der Straße stand. Der Weg hier herunter war nicht einfach gewesen, aber seine Taschenlampe war ein Profimodell von den Kollegen der Spurensicherung, von denen er sich auch den Koffer ausgeliehen hatte. In ihrem Licht ging er jetzt die Gegenstände durch, die in Frage kamen. Er hatte bereits einige der alten Werkzeuge unten untersucht, jetzt wandte er sich der Küche zu.

Es bestand kein Zweifel, dass jemand hier aufgeräumt hatte. Das Geschirr, schätzte er, war neu, das Essen darauf beinahe frisch. Und zweifellos waren die Oberflächen abgewischt worden. Er würde sich auf die Stellen konzentrieren müssen, die man beim Putzen gerne übersah. Da half ihm seine lange Erfahrung als Single. Er wusste, wo man mit dem Lappen drüberging und was man gerne ausließ. Es dauerte nicht lange, und er hatte von der Unterseite der Arbeitsplatte sowie von der Eierfachklappe einige brauchbare Abdrücke gewonnen. Vorsichtig blies er den Staub herunter. Und was er sah, ließ seine Hände zittern. Michael Morningstar konnte nicht anders, er holte sein Heiligtum heraus, den Ausdruck eines Fingerabdruckes, der über fünfzehn Jahre alt war und das Seltsamste, was er jemals im Leben gesehen hatte. Ach was, seltsam, was für ein schwaches Wort. Er war einmalig, weder er noch irgendein Kollege hatten je einen zweiten gesehen, in keinem Fachbuch und auf keiner Internetseite war jemals von etwas Vergleichbarem berichtet worden.

Anfangs hatte Morningstar gesucht und gefragt, dann, als man ihm immer öfter ins Gesicht gelacht hatte und er zu begreifen begann, dass er da etwas in Händen hielt, das einer Ufo-Sichtung glich, einem Kornkreis, einem Funksignal aus dem All, da war er vorsichtig geworden und stiller. Er war ein vernünftiger Mann, keiner, der sich verrannte, keiner, der sein Leben drangab. Nun ja, seine Ehe vielleicht. Obwohl er vermutete, dass Mary ihn ohnehin verlassen hätte, auch ohne seine kleine Obsession, die noch mehr von seiner kostbaren Zeit gekostet hatte.

Irgendwann war auch das weniger geworden. Stille war eingekehrt um seinen Fund. Vergessen allerdings hatte er ihn nie. Bis zu dem Moment vor wenigen Tagen, als die Leiche eines jungen Mädchens auf seinen Tisch gekommen war, erdrosselt, ins Meer geworfen, und in dessen Kleidern sich, an seltsamer Stelle, ein Handy verfangen hatte. Die Spurensicherung war so überlastet derzeit, dass er die Fingerabdrücke auf dem Mobiltelefon selbst genommen hatte, inzwischen war das ja mehr als sein Hobby. Und was er fand, ließ ihn das Handy einpacken und von der Liste der Besitztümer streichen in der Hoffnung, dass noch keiner sich dafür interessiert hatte.

Morningstar wusste, dass er falsch handelte. Aber er sagte sich, was sollte schon geschehen? Es würde ihr eigenes sein, man würde ihre Kontakte prüfen, die man im Grunde bereits kannte, da die Eltern ihnen die Adressen aller Freunde gegeben hatten. Ihren Mörder hatte sie hier vor Ort gefunden, nicht im Telefonnetz. Nein, diesen Fund würde er, musste er für sich behalten: den zweiten Abdruck, den es weltweit gab in dieser Art: ohne Papillarlinien, dafür überzogen von einem Netzwerk kleiner ... ja, wie sollte er sie nennen? Wenn sie nicht so klein gewesen wären, hätte er sie womöglich *Schuppen* genannt. Andererseits waren sie dazu zu unregelmäßig. Er war Angler, und er hatte die Gelegenheit genutzt, viele Schuppenkleider unter dem Mikroskop zu betrachten. Keines ähnelte dem des Fingerabdrucks. Dieser war – er hatte es bereits nach dem ersten Abdruck gemutmaßt, aber nun, da er zwei besaß, war er sicher – ebenso einzigartig wie menschliche Abdrücke. Es waren die Spuren von Individuen – nur Menschen waren es nicht.

Morningstar musste sich setzen. In einer Tasse – das Rosenmuster ließ ihn vermuten, wer die Besitzerin war, und er musste unwillkürlich lächeln – war noch etwas Tee. Als er einen Schluck nahm, war er kalt. Rose, dachte Morningstar. Mein Gott, die Frau hatte ihn schon vor einem guten Jahrzehnt beeindruckt. Man hatte es trotz ihrer Trauer spüren können, dass sie ein freier Geist war, ein wenig einsam vielleicht, aber voller Leben, voll Tiefe. Es hatte ihn nicht verwundert, als er hörte, dass sie Bilder malte. Er konnte sich wunderbar vorstellen, wie sie auf ihrem Felsen saß und das Meer auf sich wirken ließ. Ihre Augen waren so blau wie Wasser an Sommertagen, ihr Haar verriet Spuren von Rot. Und alles an ihr strahlte Wärme aus und Liebe. Jetzt wirst du pathetisch, alter Junge, mahnte er sich. Außerdem hat sie einen Mann, der auf rätselhafte Weise verschwunden ist, und ein Geheimnis, in dem du gerade herumstocherst, und zwar so intensiv, dass sie dir vermutlich die Rosenschere über den Kopf ziehen wird, wenn sie es bemerkt. Und sie wird nicht umhinkommen, es zu bemerken.

Er betrachtete seine Ergebnisse: Die Abdrücke in der Werkstatt waren eindeutig. Eindeutig und identisch mit denen vom Todesfall der Familie Ames. Die aus der Küche enttäuschten ihn. Er setzte die Teetasse ab und stutzte. Seltsamer Impuls, dachte er noch. Andererseits …

Morningstar wusste selbst nicht genau, warum er tat, was er nun tat. War es der eigenartige Eindruck gewesen, den die jungen Leute während des Picknicks bei ihm hinterlassen hatten? War es eine Eingebung? Oder schlicht Gründlichkeit? Jedenfalls begann er, die benutzte Tasse ebenfalls einzupinseln.

Der letzte Gegenstand, ermahnte er sich. Nur noch das hier. Und vielleicht die Innenseite der Kleiderschranktür … Dann mache ich aber wirklich Schluss. Wo ist denn nur …? Ach, da. Er hielt den Atem an, als langsam ein Muster sichtbar wurde, dann tastete er hinter sich nach dem Fixationsspray.

Plötzlich ging das Licht an.

«Was zum Teufel machen Sie da?»

«Rose!» Morningstar seufzte, erleichtert, obwohl der Schreck ihm noch in den Knochen saß und die Sache im Grunde nicht leichter geworden war. Sie würde, machte er sich klar, nicht auf seiner Seite sein. Schlimmer noch, sie würde denken, dass er sie benutzte. Und tat er das nicht auch, im Grunde? Einen kurzen Moment lang schämte er sich. Andererseits, vielleicht konnte er sie ja überzeugen? Das hier war groß, es war wichtig. Er musste es einfach wissen. In fünf Jahren würde er pensioniert werden. Er war nicht mehr der Jüngste. Und Michael Morningstar war klarer denn je, dass er nicht mit diesem ungelösten Rätsel würde sterben können.

«Rose», begann er noch einmal.

«Setz dich hin», unterbrach sie ihn. Sie musste nachdenken. Sie begriff das nicht. Was tat er in Christys Zuflucht? Und was war das für ein Zeug, das er dabeihatte? «Du hast hier nach Spuren gesucht? Nach was für Spuren?»

Morningstar war gehorsam auf das Bett gesunken. «Damals, als dein Mann starb …»

«Vielleicht sollten wir wieder zum Sie übergehen.»

«Jedenfalls», fuhr er ungeduldig fort. «Da habe ich etwas

Seltsames an den Leichen entdeckt. Genauer an einigen der Wrackteile. Etwas, das mich nicht ruhenließ. Eine Spur.»

«Eine Spur», wiederholte Rose tonlos. «Was für eine Spur? Und warum habe ich nie etwas davon erfahren?»

«Es hat vielleicht gar nichts mit dem Unfall zu tun», sagte Morningstar. «Ich will dich nicht verletzen, Rose. Es ist vielleicht nur die Neugier eines alten Wissenschaftlers, der nicht über seinen Schatten springen kann. Aber auf dem Schiff gab es Fingerabdrücke, Fingerabdrücke, die ...» Er druckste herum und wusste nicht, wie er es ihr beibringen sollte. Wie stets, wenn er es laut aussprach, kam er sich selber wie ein Idiot vor. «... die nicht menschlich sind.» Endlich war es heraus.

«So.» Rose sank auf einen Stuhl.

«Ja.» Er schaute sie an, ein wenig erstaunt, dass sie sonst nichts sagte. Wo blieb das Donnerwetter, das Hohngelächter? Oder sah sie ihn jetzt so an, weil sie glaubte, er wäre ein Irrer, mit dem man sanft umgehen musste, damit er einem nichts tat?

«Rose, bitte glaub mir, ich weiß, wie verrückt das klingt.»

Sie lachte bitter auf. «Nichts weißt du», stellte sie fest. Dann, zu sich selbst, fuhr sie fort: «Was mache ich jetzt?»

«Wie? Was hast du gesagt?» Morningstar versuchte aufzustehen. «Rose, bitte.»

Auf der Treppe wurden Schritte hörbar. Dann stand Ondra in der Tür, das klatschnasse Kleid halb durchsichtig an den Körper geschmiegt, die nassen Haare wie Fesseln auf der Haut klebend. Ohne einen Ton zu sagen, schaute sie erst Rose an, dann Morningstar.

«Er hat Jonas' Fingerabdrücke», sagte Rose tonlos.

Die unwillkürliche Handbewegung, die Ondra daraufhin machte, ließ Morningstar nach Luft schnappen. Sie streckte und ballte die Hand und ließ sie dann hinter ihrer Hüfte verschwinden.

«Sie», sagte Morningstar und starrte sie an. «Das sind *Ihre* Spuren auf der Teetasse.»

«Wir müssen irgendwas tun», sagte Rose, ohne Anstalten zu machen, sich zu erheben. Für den Moment hatte sie jede Kraft verloren.

Ondra gab etwas wie ein Fauchen von sich. Mit einem leisen Schaudern bemerkte Morningstar, dass ihre Zähne ein klein wenig spitzer waren als üblich. Wenn man es nicht wusste, fiel es einem nicht auf. Jetzt aber … Aus irgendeinem Grund dachte er einen Moment lang an den riesigen Aal. Seine Gänsehaut wollte nicht weichen. Und doch jubelte alles in ihm. Das Geheimnis, sein Geheimnis, er war ihm auf der Spur.

«Vater hatte recht», sagte Ondra tonlos. «Man darf die Grenzen nicht verwischen. Es führt nur zu Chaos.»

Morningstar sah seine Chance. Vorsichtig hob er die Hände. «Vielleicht kann ich Sie beide beruhigen», begann er. «Rose, Christy! Darf ich Christy sagen? Es ist keinesfalls meine Absicht, Chaos zu verursachen oder irgendwie in Ihr Leben einzugreifen. Bitte verstehen Sie mich, es ist rein wissenschaftliche Neugier, die mich antreibt, nichts Böses. Ich will nur verstehen …»

«Wissenschaft! Neugier! Worauf ihr neugierig seid, das sucht ihr. Ihr findet es, stehlt es, zerstört es und alles mit, was dazugehört. Ihr seziert es, präpariert es …» Ondra schüttelte sich. «Dann findet ihr heraus, wie sich daraus Geld machen lässt. Vielleicht nicht Sie», gab sie zu, als Morningstar widersprechen wollte. «Aber irgendjemand. Irgendjemand tut es immer. Langsam verstehe ich meinen Vater.»

«Sie können sicher sein, dass nichts, was Sie mir sagen,

jemals die vier Wände dieses Zimmers verlassen wird.» Um seine Absicht zu unterstreichen, setzte Morningstar sich hin. Er wandte sich an Rose. «Ihr Mann war kein Mensch», sagte er.

Rose gab einen Laut von sich, den man als Lachen interpretieren konnte. Dann wurde ihr Blick weich. «Er war der beste Mann, den man sich denken kann», sagte sie leise.

«Und er kam aus dem Meer, nicht wahr?», fuhr Morningstar fort. «Ich habe diese Muster betrachtet, wieder und wieder. Ich habe Fische herangezogen, Schwämme, Korallen, ich habe alles studiert. Und obwohl es einander nur von ferne ähnelt, bin ich doch überzeugt, dass es verwandt ist. Es ist der Ozean, nicht wahr?», drängte er und verschlang dabei Ondra mit den Augen, die langsam näher kam und eine Wasserspur auf dem Boden zurückließ. «Sie sind ein Wasserwesen, nicht wahr?»

«Nicht mehr», sagte Ondra. Sie hob die MagLite-Taschenlampe Morningstars auf, die jetzt nutzlos herumlag, und hielt sie sich vors Gesicht, sodass der Strahl ihre Augen traf. Die Pupillen zogen sich nur kurz ein wenig zusammen, um sich sofort wieder zu weiten. Groß und schwarz und unendlich tief starrten sie den Pathologen an. Der starrte mit angehaltenem Atem zurück. «Mein Hund», stammelte er, «der dumme Kerl, der hat es gemerkt.»

Ondra griff nach einem Messer und richtete es auf Morningstar. Zusätzlich hob sie die schwere Lampe in ihrer Linken und holte zum Schlag aus. «Rose», sagte sie. «Im Schrank sind noch Gürtel. Fessle seine Hände und Füße.»

Die alte Frau schüttelte den Kopf, als bemühe sie sich, aus einem Traum zu erwachen. Dann stand sie auf und gehorchte.

Morningstar schaute Ondra fest in die fremden Augen. «Werden Sie mich töten?», fragte er. «Ich möchte es nur wissen, weil ich Sie bitten will, mir vorher noch alles zu erzählen.»

«Natürlich töten wir Sie nicht, seien Sie nicht melodramatisch», sagte Rose, während sie den ersten Gürtel festzog. Dann wurde ihr bewusst, was sie da tat, und sie schaute über die Schulter zu Ondra. «Das werden wir doch nicht, oder, Christy? Ich meine, das ist ja absurd. Huch, sieh nur, das war Lilys Lieblingsgürtel. Sie trug ihn immer zu der gestreiften Sommerhose.»

«Es ist so», sagte Ondra und kam näher, «dass es uns gibt und die anderen. Und nichts dazwischen außer der Seite, die man wählt.»

«Uns.» Morningstar hauchte das Wort. «Es gibt mehrere von euch, wie in den alten Mythen! Es ist alles wahr. Mein Gott.»

«Wahrheit», sagte Ondra, «ist ein großes Wort.»

32. Kapitel

Adrian und Maud schlenderten am Kai entlang. Es wehte ein leichter Wind, und die Positionslichter der Boote draußen tanzten auf und ab. Backbord leuchtete rot, Steuerbord grün. Vom Mast schien eine Laterne. Hinter ihnen spannte Broxton seine Girlanden über die Hügel. In der Ferne, hinter Cape Homeless, glänzte der Himmel rötlich und verriet, dass dort Städte lagen, die größer als Broxton waren. Aber sie waren fern, und um sie herum war alles still bis auf den regelmäßigen Anschlag der Wellen. Vor ihnen im Halbdunkel kauerte ein Rudel Katzen, die hingebungsvoll an dem herumkauten, was die Fischer ihnen tagsüber hingekippt hatten. Als ihre Schritte, die von Adrian leise und Maud mit lautem Absatzklappern, näher kamen, hoben sie die Köpfe und verschwanden lautlos in der Nacht.

Mauds Haare flatterten leicht, Adrian sah es und dachte, dass er zu einer anderen Zeit das Bedürfnis gehabt hätte, sie ihr hinters Ohr zu streichen. Fast kam etwas wie Wehmut in ihm auf. «Du hast das Haar von ihr bekommen, als sie in deiner Pension war, nicht wahr?»

Maud seufzte. «Dass du gerade jetzt davon anfangen musst, Adrian. Es ist ein so schöner Abend. Sieh nur, der Große Wagen.»

Adrian folgte ihrem Finger. Und es war wahr, die Sterne leuchteten, wie sie es nicht oft taten. Der Mond hatte bereits wieder abgenommen, in den wenigen Tagen schon war er fast wieder halbiert, und bald würde er nicht mehr sein als ein dünner abgeschnittener Fingernagel. Adrian mochte den Vergleich, Rose hatte ihn in seiner Kindheit oft angestellt. Er mochte den neuen Mond, und er mochte die Nächte hier, in denen er so oft alleine auf einem Felsen gesessen hatte. Jetzt war er nicht mehr alleine.

«Wenn du es unbedingt wissen musst: Sie wollte das Klo benutzen, und als ich später aufräumte merkte ich, dass sie auch meine Haarbürste gebraucht hatte. So.» Sie kuschelte sich an ihn. «Mir ist ein bisschen kalt.»

«Das tut mir leid», murmelte er automatisch und legte den Arm um sie. Sie roch gut, es fühlte sich nicht schlecht an.

Mauds Hand wanderte zärtlich über seine Brust. «Du wirst sehen, ich werde nicht schlecht zu dir sein.» Sie fand die Stelle zwischen Kragen und Hals und glitt mit den Fingern hinein, strich über seine Schlüsselbeine.

Adrian bekam eine Gänsehaut. «Mag sein», brummte er.

Sie neigte sich dicht an sein Ohr. «Probier's aus», flüsterte sie.

Er wandte sich ihr zu und strich langsam über ihren langen, weißen Hals.

Genießerisch schloss sie die Augen.

Er spürte die Weiche ihrer Haut unter seinen Fingern, folgte den kleinen Mulden, den Erhebungen, glitt sacht mit den Fingerkuppen über ihre Kehle. Einen Moment lang wusste er selber nicht, ob er sie liebkosen oder zudrücken wollte. Er küsste ihre geschlossenen Augenlider. «Hast du keine Angst, so allein mit einem Mörder?», fragte er.

Sie öffnete die Augen nicht, lächelte nur und ließ es zu, dass er mit den Fingern ihre Mundwinkel entlangfuhr. «Du weißt doch, dass meine Lebensversicherung beim Notar liegt», sagte sie leise. «Und außerdem bist du kein Mörder.»

«Bin ich nicht?», fragte er und biss sacht in ihre helle Haut.

Statt einer Antwort lachte sie nur heiser.

«Du Miststück», murmelte er und grub seine Nägel in ihre weichen Schultern.

Sie wand sich wohlig unter seinem Griff. «Du bist etwas viel Besseres als ein Mörder, Adrian», hauchte sie in sein Ohr, ehe sie in sein Ohrläppchen biss.

«Ach ja?» Es interessierte ihn nur noch halb, was sie zu sagen hatte. Er drückte sie gegen eine Wand und schob mit beiden Händen ihren Rock hoch.

Sie half ihm dabei und kam ihm entgegen, als er ihre Schenkel packte und sie hochhob. Adrian stöhnte laut, als er in sie eindrang. Sie krallte sich an seinem Rücken fest, die Füße in den hochhackigen goldenen Sandalen, auf denen das Lampenlicht funkelte, fest verschränkt. Der Rest ihrer ineinander verschlungenen Gestalten lag im Schatten.

«Ja», keuchte sie irgendwann. «Viel besser. Du bist erpressbar. Oh, ja», sie seufzte, als er fester in sie stieß. «Ach, Adrian.»

Eine letzte verirrte Katze rannte eilig an ihnen vorbei. Dann waren die Gassen leer.

«Ich glaube es einfach nicht.» Rose rang um Fassung. «Christy, wir haben den Mann in einen Schrank gesperrt.»

«Ist das ein Problem?», fragte die Nixe. Sie war mit ihren Gedanken woanders, sie musste jetzt nachdenken.

«Ob das ein Problem ist? Mal abgesehen von der Hygiene, von nebensächlichen Aspekten wie der Atemluft und der Versorgung mit Wasser und Nahrung? Und einem kleinen juristischen Dilemma? Ja.» Rose holte tief Atem. «Man sperrt Pathologen nicht in Schränke, Christy. Das tut man einfach nicht. Die Leute haben dafür kein Verständnis.»

Ondra zuckte mit den Schultern. «Vielleicht können wir

uns ja vorstellen, er wäre jemand, den man in einen Schrank sperren *darf?*», schlug sie ernsthaft vor. «Oder wir sagen es den Leuten einfach nicht.»

«Das hätte ich sowieso vorgeschlagen.» Rose wühlte im Küchenschrank und fand etwas vom Whiskey ihres Schwagers. Sie mochte das Zeug so wenig wie Rum. Aber jetzt schien er ihr angebracht.

«Dann ist es ja gut», stellte Ondra fest. «Was ist das alles hier?» Sie stand vor den Gerätschaften, die Morningstar mitgebracht hatte.

«Lass mal sehen.» Rose trat neben sie. «Also das sind Sachen, die man braucht, um Fingerabdrücke festzustellen. Menschliche Finger haben Papillarleisten, siehst du, und an den Enden sind kleine Änderungen, Minuten, glaube ich ...»

«Minutien», klang es dumpf aus dem Schrank. «Und das Pulver ist Graphit.»

«Also ich weiß wirklich nicht ...», begann Rose wieder.

Ondra nahm den Pinsel. «Damit streicht er das Pulver auf?»

«Ja, und dann wird der Abdruck sichtbar. Danach muss man ihn noch irgendwie sichern.»

«Klappe halten», rief Ondra zum Schrank, aus dem schon wieder ein Räuspern hörbar wurde.

Rose verschaffte sich einen weiteren Überblick. «Das hier auf dem Papier ist ein Abdruck von Jonas. Er muss ihn damals am Wrack gesichert haben. Ach Gott.» Sie nahm das Papier in die Hand wie eine Reliquie. «Hier hat er wohl versucht, vom Werkzeug unten einen Vergleich zu bekommen. Das ist jedenfalls Jonas' Hammer, und hier ist das Graphikpulver noch.»

«Gra*phit*.»

Sie überhörten es beide. «Die Tasse hat er wohl auch untersucht.» Sie hob kopfschüttelnd das grau überstäubte Stück hoch. «Ich hoffe, das geht mit Geschirrspülmittel ab.»

«Und das hier?»

«Das?» Rose hob die Brauen. «Oh, das ist Adrians Handy! Wie kommt das denn hierher?»

«Adrians?», hauchte Ondra.

«Ja, sicher, ich erkenne es an dem Aufkleber. Ich habe ihn angebracht, um es von meinem unterscheiden zu können, als ich es ihm schenkte.» Sie drehte das Handy um und zeigte auf das kleine silberne Abbild des Eiffelturms. «Wir waren mal zusammen in Paris, als er ein Junge war. Der Turm hat ihn begeistert. Ich glaube, damals hatte er sich vorgenommen, Architekt zu werden.»

«Adrians Handy», wiederholte Ondra. Und sie sah Nox vor sich, wie er das Ding genommen und nachlässig in Richtung der Toten geworfen hatte. Damals hatte sie gedacht, es wäre eine Geste der Verachtung. Jetzt wurde ihr klar, er hatte das mit Absicht getan. Er hatte etwas gewusst über die Menschenwelt und ihre Fingerabdrücke und Minutien und all das. Er hatte Adrian als Mörder belasten wollen. In diesem Moment hasste sie ihn, Nox, und sie alle.

«Komisch», wunderte Rose sich noch immer, während sie vergeblich versuchte, das Gerät anzuschalten. «Ich verstehe gar nicht, wie das hierherkommt.»

«Wir müssen es vernichten», sagte Ondra. «Jetzt, sofort.»

«Aber Christy!», rief Rose, als sie sah, dass Ondra zum Hammer griff.

«Wie macht man das?», fragte Ondra. «Haut man es klein? So?» Sie ließ den Hammer niedersausen. Es krachte, das Gehäuse splitterte und rutschte über den Tisch. Ondra schlug noch einmal zu.

«Sie müssen die Karte zerstören», kam es aus dem Schrank.

«Was?» Mit gerötetem Gesicht sah Ondra auf.

«Der schöne Tisch», jammerte Rose. «Ganz verdellt. Ach ja, er meint die Chipkarte.» Sie nahm die Reste des Handys und fingerte mühsam den Chip heraus. «Das ist er.»

Schon hatte Ondra ihn sich geschnappt und hämmerte erneut darauf ein.

«Das dürfte wohl genügen», kam es trocken von Morningstar.

«Ich werfe das ins Meer.» Ondra kehrte alles mit der Hand zusammen und lief hinaus.

Rose ging an den Schrank. Sie öffnete die Tür.

Morningstar sah sie an. «Rose», sagte er.

Sie fiel ihm um den Hals.

«Ich würde dich gerne zurückumarmen, aber ich kann nicht.» Er rüttelte an den Fesseln. «Deine Schwester hatte einen verflucht stabilen Lieblingsgürtel.»

Sie musste lächeln und wischte sich die Tränen ab, ehe sie sich daranmachte, Morningstar loszubinden. «Wie kommt das Handy meines Neffen zu deinen Sachen?», fragte sie.

Er schaute über ihren Kopf hinweg zu Ondra, die mit dem Hammer in der Hand in der Tür stand und sie atemlos betrachtete. «Das musst du sie fragen», sagte er.

Rose wandte sich um. «Christy?», fragte sie. Dann wurde es dunkel.

33. Kapitel

Adrian saß da und schaute hinaus aufs Meer. Er wünschte sich, irgendwann einmal so draußen in der Dunkelheit zu sitzen und die Lichter seines Hotelturmes leuchten zu sehen. Ich muss es so bauen, dachte er, dass es funkelt wie ein Tiefseefisch. Wenn ich es noch bauen darf. Immer mehr schien es ihm, als würden sich seine Zukunft und sein Leben von ihm entfernen. Er wandte sich um und blickte zu den Grabsteinen, die in stummen Reihen dastanden. «Ihr könnt mir kaum helfen, oder?», sagte er. «Ihr wart ja kaum ein paar Jahre älter, als ich es jetzt bin.» Seine Mutter hatte ihn früh bekommen und die Schule abgebrochen. Sein Vater war Musiker gewesen. Zusammen waren sie, erst zu zweit und dann mit ihm, viel herumgereist von Gig zu Gig. Die Familie, hatte Rose erzählt, hatte dieses Leben argwöhnisch betrachtet. Aber da es funktionierte, hatte man sich daran gewöhnt und es verziehen. Seine Großeltern väterlicherseits hatten ihnen das heruntergekommene kleine Reihenhaus in Stratford überlassen, als sie ein Heim benötigten, und die Familie seiner Mutter hatte ihnen die Sommerzeit in «Rose's Cottage» finanziert.

Adrian konnte sich an dieses Leben nicht mehr erinnern, nicht mehr an die Bühnen und Clubs, nicht mehr an die Menschen, die ihn geliebt hatten. Er konnte sich kaum vorstellen, was für ein Mann sein Vater gewesen war. Er hatte nie eine Universität von innen gesehen, immer nur für seine Gitarre gelebt, sich nie mit Professoren herumgeschlagen oder Notaren. Und hoffentlich nie mit einer Frau wie Maud. Adrian konnte ihren Duft immer noch an sich riechen. Und wieder wurde ihm schlecht. Jede Spur von Triumphgefühl hatte ihn längst verlassen.

«Was machst du hier?» Die Stimme klang vertraut und doch seltsam fremd.

«Tante Rose?»

Sie kicherte statt einer Antwort.

«Aber du bist ja total betrunken!»

«Stimmt!», stellte sie fest. Sie ließ sich neben ihm ins Gras fallen, und in Adrian wuchs die Überzeugung, dass in seinem Leben etwas grundlegend falsch lief.

«Was tust du hier?», wiederholte sie ihre Frage, während sie mit den Fingern im Gras herumspielte.

«Ich habe hinter Michael Kincaids Grabstein gekotzt», antwortete Adrian wahrheitsgemäß. «Ich mach es morgen weg. Und du, was tust du?»

«Ich habe einen Pathologen aus dem Schrank gelassen.» Sie wirkte höchst zufrieden.

«Na, dann ist es ja gut.» Adrian wurde ärgerlich. «Du hast ja echt schlimmer geladen als ein Seemann auf Landgang.»

«Zuerst ging ja das Licht aus. Aber dann stellte sich heraus, dass es nur die Sicherung war. Und Christy hatte ja auch Michaels Taschenlampe. Und da hat sie mir geleuchtet, und dann …»

«Christy?» Adrian horchte auf. «Du warst mit Christy zusammen?»

Sie schaffte es, sich aufzurichten und ihn anzusehen, streng, wie sie glaubte. Nur ihr Kopf schwankte ein wenig.

Christy! Mit einem Schlag war Adrian klar, was in seinem Leben alles schieflief. Was auch immer geschah, er durfte doch niemals sie verraten und ihre Liebe! Er durfte sie nicht aufgeben. Er musste Christy finden, mit ihr sprechen, ihr alles erklären, den Stier bei den Hörnern packen. Es durchstehen. Auf das Geld scheißen, zur Not. Das war der richtige Weg. Und er wusste, sie würde bei ihm sein, sie musste bei ihm sein, er würde zugrunde gehen ohne sie, das wusste er nach nur einem Abend fern von ihr. Zum Teufel mit Maud und Ned und Patrick und dem Siren's Pub und ganz Broxton dazu. Das war nicht sein Leben. Christy war sein Leben. Sie war es gewesen vom ersten Moment an, als er sie nackt hatte zwischen den Bäumen stehen sehen. Das Bild hatte sich ihm eingebrannt, so wie alle anderen: ihr gemeinsamer Spaziergang, ihr Picknick, sie auf seinem Bett, in seinen Pullover gekuschelt. Ihr seltsamer, zugleich wilder und kindlicher Blick, ihre verlorene und doch so vertraute Art. Wie sie einander nahe waren, ohne ein Wort sagen zu müssen.

‹Sei geduldig›, das hätte er ihr sagen sollen. ‹Sei geduldig, sprich zu niemandem und vertrau mir. Denn du bist mein Leben.›

«Ich hab's mir nicht zugetraut», murmelte Adrian. Und vielleicht war da ja ein Teil in ihm gewesen, der tatsächlich mit dem Broxtoner Leben geliebäugelt hatte. Er wurde rot im Dunkeln.

«Was sagst du?» Roses Zunge schleifte ein wenig.

«Wie? Oh!» Adrian wurde jetzt erst bewusst, dass er laut gesprochen hatte. Er nahm Rose, die sich bemühte, wieder auf die Beine zu kommen, bei den Händen. «Tante», begann er, «liebste, beste Tante, sag mir nur: Wo ist Christy? Ist sie im Cottage?»

Rose schien nachdenken zu müssen. Dann schüttelte sie den Kopf.

«Wo dann?», beharrte Adrian, der mit einem Mal das Gefühl hatte, keine Zeit mehr verlieren zu dürfen. «Im Ort? Bei ihrer Freundin?»

«Ich werde zu Jonas gehen», verkündete seine Tante und machte ein paar Schritte in Richtung des Grabsteins ihres Mannes.

Adrian sah erst jetzt, dass sie Rosen dabeihatte. «Er ist nicht da drin, das weißt du doch», rief er ungeduldig.

Sie schüttelte den Kopf wie ein Kind. «Aber hier drin ist er», widersprach sie und klopfte sich auf die Brust.

«Und Christy?»

Er sah so bemitleidenswert aus, dass ihr Blick weich wurde. Sie fuhr ihm durch das Haar. «Ach, Adrian, das hättest du wirklich nicht tun dürfen.»

«Ich weiß, Tante, ich weiß. Ich mach's wieder gut, Ehrenwort.» Er trat innerlich von einem Fuß auf den anderen. «Aber jetzt sag endlich, wo ich sie finden kann. Komm schon.»

«Du hättest wirklich nicht …»

«Tante!»

«Ich mein ja nur.»

Adrian formte mit den Lippen das Wort ‹wo›.

«Tja, also …», begann Rose endlich. Sie legte den Finger an die Wange.

«Ja?»

Seine Tante zog ein bedauerndes Gesicht. «Also, sie war im Bootshaus. Aber», rief sie, schon ein wenig lauter, da Adrian sich bereits umgedreht hatte und loslief.

«Bleib hier!», versuchte Rose ihn aufzuhalten und stolperte hinter ihm her zur Straße hinauf. Das hatte doch alles keinen Zweck. Vor über einer halben Stunde hatte sie das Mädchen verlassen, da war es schon beim Packen gewesen, und Christy hatte ja nun nicht wirklich viel. «Tut mir leid», murmelte Rose und sog den Duft ihrer Blumen ein. «Ich fürchte, sie ist mit Michael weg. Ach, da schau, da sind sie ja noch!»

Alles, was Adrian sah, waren die Lichtreflexe auf dem Lack

eines großen dunkelblauen Jaguars, der mit steigender Geschwindigkeit auf die Umgehungsstraße hinaussteuerte.

Rose warf eine Kusshand hinterher und winkte. Im Rückfenster wurden ein blasses Gesicht und eine Hand sichtbar, die zurückwinkte.

«Christy!», schrie Adrian und begann zu rennen, dem Wagen hinterher, der zwischen den letzten Serpentinen nicht zu viel Fahrt aufnehmen konnte. «Christy, warte!» Er rannte, bis ihm die Seiten schmerzten. Aber die Scheinwerfer wurden immer kleiner, das rote Bremslicht entfernte sich von Kurve zu Kurve schneller.

«Christy!» Als er nicht mehr den Atem hatte, beim Laufen zu rufen, rannte er stumm.

«Der Wagen gehört Michael», stellte seine Tante am anderen Morgen klar. «Dem Pathologen. Vermutlich hast du ihn wiedererkannt.» Sie hatte einen Kater, stand aber aufrecht und wickelte sich in ein kariertes Männerflanellhemdes, das Jonas gehört hatte. So viel Exzentrik erlaubte sie dem Tag.

«Ich habe vor allem Christy wiedererkannt.» Adrian bereiteten seine Kopfschmerzen schlechte Laune. «Wie sie bei diesem alten Sack in der Limousine hockte. Au! Erzähl mir lieber, wo der Kerl wohnt. Er steht in keinem Verzeichnis.»

«Das ist bei Leuten mit seinem Beruf so. Lass die Füße in der Schüssel», kommandierte seine Tante.

Er protestierte: «Aber da löst sich die ganze Haut ab.» Er wollte seine Beine heben, ließ es jedoch unter Stöhnen sein.

«Wie lange bist du ihr hinterhergelaufen?», fragte seine Tante nach kurzer Inspektion und holte ein Handtuch und Salbe. «Bis an die Kreuzung hoch?»

Er nickte. «Bis zur Tankstelle.»

Sie warf ihm einen erstaunten Blick zu, in dem sich Anerkennung und Mitgefühl mischten. «Ich wusste gar nicht, dass du so viel trainierst.»

Er grinste müde. «Die Adresse, Tante.»

Sie versorgte seine Wunden, klebte mit einer abschließenden Geste ein Pflaster darauf und stand auf. «Ich finde, wir sollten es ihr überlassen, wann sie hier anrufen möchte, findest du nicht?»

34. Kapitel

*Ondra setzte ihre Tasche ab und schaute sich um. Es sah ganz an*ders aus als bei Rose. Dennoch war auch dies hier zweifellos ein Haus. Es ähnelte anderen Häusern, wie ein Korallenstock dem anderen ähnelt. Auch wenn sie vom Prinzip her gleich waren, war jeder ein Unikat, und man erkannte ihn auf den ersten Blick.

Durch den weiten, offenen Raum blickend, bemerkte sie links die Küche, die weiß war und voller Geräte aus Metall. Vor ihr stand wohl der Esstisch, die Stühle waren alle identisch, und es waren viele. Rechts stand eine Couch, die mit Roses kariertem altem Sofa wenig gemein hatte. Sie hätte zwanzig Kater von der Größe des Cottage-Untieres aufnehmen können, sah aber nicht so aus, als würde ein Tier sie überhaupt als Schlafplatz in Erwägung ziehen. Sie wirkte kalt und glatt. Ondra ging hinüber und erschauerte, als sie das Möbelstück anfasste. Es war aus der Haut von etwas ehemals Lebendigem gemacht.

Das Einzige, was ihr gefiel, war die Aussicht. Durch riesige, bis zum Boden reichende Fenster sah man in einen parkartigen Garten, in dem kleine Bäume Korridore bildeten und Rosen an Bogen wucherten. Im Hintergrund, auf grasigen Hügeln, sah sie Tiere weiden. Schafe, dachte sie; sie hatte die meckernden Laute schon auf den Höhen über der Küste gehört. Abrupt drehte sie sich um.

«Was schauen Sie mich so an?», fragte sie.

Morningstar lächelte. «Ihnen ist gar nicht klar, was für ein Wunder Sie sind, oder?»

«Ich bin ein Mensch wie jeder andere», wehrte Ondra ab. Abgesehen davon, dachte sie, dass ich nicht lesen und schreiben und telefonieren kann, dass ich nichts von der Liebe verstehe und überhaupt eine Idiotin bin.

Morningstar trat an den Deckenfluter und betätigte den Dimmer. Mit großen Augen verfolgte Ondra, wie es im Zimmer langsam Morgen, Tag, heller Mittag und ganz sanft wieder Abend wurde. Morningstar hingegen betrachtete ihre Pupillen, die groß und weit und dunkel blieben.

«Faszinierend», murmelte er. «Immer wieder faszinierend.»

Ondra wandte sich ab. «Wenn Sie mich auf Ihren Tisch legen und aufschneiden würden, würden Sie nichts Ungewöhnliches entdecken.»

«Da bin ich mir nicht so sicher», sagte er. Er nahm ihre Hand, strich über ihre Fingerkuppen und ließ sie los, als er bemerkte, dass es ihr unangenehm war. Demonstrativ trat er ein paar Schritte zurück.

Ondra rieb ihre Finger.

«Sie weisen in jedem Fall die eine oder andere bemerkenswerte Vitalfunktion auf. Wenn man es weiß, merkt man auch, dass Ihre Atmung seltsam ist, einen so langsamen Rhythmus habe ich nicht einmal bei Leistungssportlern erlebt. Sie wären eine ideale Streckentaucherin. Ich bin sicher, wir würden fündig werden.»

Sie schnitt ihm eine Grimasse. «Im Wasser ersaufe ich wie jeder andere.»

Er lachte. «Apropos: Haben Sie Durst?» Er ging in die Küche. «Bitte entschuldigen Sie die etwas pompöse Einrichtung. Meine Frau hat vor ihrem Weggang versucht, sich das Zusammenleben mit mir durch eine ausgefallene Innenarchitektur erträglich zu gestalten. Als es nichts mehr zu gestalten gab, starb auch diese Hoffnung, und sie verließ mich unter Zurücklassung von …», er machte eine weit ausholende Bewegung, «… dem hier.»

«Was ist Innenarchitektur?», fragte Ondra und nahm das Glas, das er ihr reichte.

Wieder lachte er. «Sie sind einmalig, wissen Sie das?»

«Wenn ich etwas weiß, dann das. Prost», fügte sie hinzu, stolz darauf, diese Floskel gelernt zu haben. Sie schaffte es gerade noch, den Strahl, den sie ausspuckte, in Richtung Spüle zu lenken. Ganz traf sie allerdings nicht. «Oh», sagte sie.

Morningstar griff nach einem Lappen, um die roten Rinnsale von den makellosen weißen Möbel-Fronten und vom Fußboden zu wischen. «Macht nichts», sagte er, auf den Knien rutschend, «ich fand es immer schon albern, in der Küche handgewebte Wollteppiche liegen zu haben. Missoni, wenn ich mich nicht irre. Das ging nur gut, weil ich hier nie koche.»

«Was ist das?», fragte Ondra und roch misstrauisch an dem Rest in ihrem Glas.

«Cabernet Sauvignon, ein guter Jahrgang. Wein», fügte er hinzu, als er ihr Gesicht sah. Und präzisierte dann: «Vergorener Saft von Trauben.»

«Es schmeckt kaputt.»

«So kann man es auch ausdrücken. Vielleicht etwas Mineralwasser?» Morningstar sah ein wenig müde aus.

«Haben Sie Salzwasser da?»

Er zog die Brauen hoch, sagte aber: «Ich kann Ihnen eins machen.» Er holte eine Flasche und die Salzmühle. «Geschüttelt oder gerührt?», fragte er, während er damit zugange war.

Ondra blinzelte verständnislos.

«Ach, vergessen Sie's. Faszinierend», murmelte er wenig später wieder, während er zusah, wie sie die Brühe schluckte, die ihn schon beim Ablecken seiner feucht gewordenen Finger das Gesicht verziehen ließ.

«Ich kann aber auch Tee trinken», sagte Ondra, wie ein Kind, das mit Purzelbäumen prahlt.

«Hat der Mann von Rose das auch gemacht?», fragte Morningstar und wies mit dem Kinn auf das geleerte Glas.

«Ich weiß nicht.» Ondra wurde abweisend. «Ich kannte ihn nicht.»

«Verstehe.» Morningstar nickte und schob eine Hand in die Hosentasche. «Setzen wir uns?» Mit der freien Linken wies er auf das Sofa.

Ondra schauderte es bei dem Gedanken an das Leder. Sie ging zum Esstisch und nahm sich einen Stuhl.

Morningstar folgte ihr kommentarlos. «Kennen nicht alle Meermenschen einander?», fragte er, während er den Stuhl zurechtschob.

Sie runzelte die Stirn. «Kennen alle Menschen einander?»

«Ich verstehe.» Morningstar wiegte den Kopf und überlegte, ob sie antworten würde, wenn er nach einer Zahl fragte.

Da fuhr Ondra fort: «Ich könnte, wenn ich wollte, aber ich will nicht.»

«Verstehe», wiederholte Morningstar, der sichtlich gar nichts mehr verstand.

«In den meisten Köpfen sieht es uninteressant aus. Nicht so uninteressant wie in denen der Menschen, das nicht, aber trotzdem haben mich nicht viele gereizt.» Sie rieb sich die Stirn. «Irgendwas war mit dem Wein. Mir ist schwindelig.»

«Schon?», fragte der Pathologe erstaunt. «Sie haben doch nicht einmal etwas davon geschluckt.»

«Ich hab doch gesagt, das Zeug war kaputt.»

«Ja, ja. Um noch einmal auf die Sache mit den Köpfen zurückzukommen. Habe ich das richtig verstanden: Sie gehen da rein? Sie betreiben also so etwas wie Telepathie?» Ihr verständnisloser Blick veranlasste ihn, beide Hände zu heben. «Mein Fehler, lassen Sie es mich umformulieren.»

Ondra presste die Hände gegen die Schläfen. «So schwindelig», murmelte sie.

«Christy, bleiben Sie bei mir. Sie lesen die Gedanken anderer Lebewesen, habe ich das verstanden? Oh, ich gäbe ein Vermögen darum, dabei eine Computertomographie machen zu können!»

«Ich kann nicht lesen.» Ihre Stimme wurde leiser. «Muss nicht lesen. Alles lebt.» Sie lallte beinahe, ihre Zunge war schwer. «Aber hier nicht, hier ist … alles tot. Sogar Ihr Sofa ist tot.» Sie glitt vom Stuhl und rollte sich unter dem Tisch auf dem Teppich zusammen. «Schlafen», brachte sie noch heraus.

Morningstar, beide Hände ordentlich rechts und links des Tischsets abgelegt, neigte sich leicht zur Seite, um einen Blick auf sie werfen zu können. Sie schlief bereits fest, ihr Mund stand leicht offen und ein Speichelfaden rann auf den Teppich. «Nur zu», seufzte er. «Es ist chinesische Seide, echt antik.» Dann stand er auf, um vom Sofa eine Kamelhaardecke zu holen und sie über Ondra zu breiten. Dabei konnte er nicht anders: Er strich mit der Hand über das kühle Leder seiner Couchgarnitur. Tot, dachte er, zweifellos. Dann schaute er zu der schlafenden Nixe hinüber.

35. Kapitel

*Maud stand im Garten und starrte Adrian an, der Kisten mit Alt-*metall zum Tor schleppte. «Sag das nochmal», forderte sie.

Er stellte seine Last ab und wischte sich mit dem Unterarm über die verschwitzte Stirn. Sein Hemd hatte er offen gelassen, und sie konnte seine glänzende Brust und den flachen Bauch sehen. Sie legte ihre Hand auf die Stelle knapp oberhalb des Zwerchfells. «Hat dir das letzte Nacht denn überhaupt nichts bedeutet?», fragte sie leise.

Adrian schaute sie ungerührt an. «Nicht mehr als dir», erwiderte er.

«Aber Adrian.» Sie wagte einen Augenaufschlag. Eine kleine Pause folgte, ehe sie sagte: «Ich liebe dich.»

«Klingt gut», sagte er und bückte sich, wobei ihre Hand abglitt. Er griff wieder nach seiner Kiste. «Fast echt. Weich, ein bisschen Pathos, aber nicht zu viel, ein Hauch Kleinmädchen in der Stimme. Beinahe perfekt, Maud. Aber eben leider nur beinahe.» Er hob seine Last wieder an. «Denn du bist ein verlogenes Miststück.»

In ihre großen Augen traten Tränen. Sie öffnete leicht den Mund.

Adrian blieb ungerührt. «Spar dir die Nummer», sagte er. «Ich fall nicht mehr drauf rein.»

Auf die Flut der Tränen folgte abrupt Ebbe. Ihr Gesicht verzerrte sich. «Und du bist tot», rief sie hinter ihm her. Sie ging ein paar schnelle Schritte auf dem Kies, blieb dann aber, behindert von ihren Absätzen, wieder stehen und hob die Stimme, als er durchs Tor verschwand. «Hörst du mich: ein toter Mann.»

Adrian kam zurück. «Die Todesstrafe wurde in diesem Land abgeschafft», sagte er.

Sie verzog den Mund. «Du weißt, was ich meine.»

«Und du weißt, wo die Grenze liegt, Maud, nicht wahr? Oder wieso bemühst du dich persönlich hierher, mit tiefem Ausschnitt und Lidschatten?» Er nahm einen Schluck aus der Flasche, die er sich im Schatten bereitgestellt hatte, und lehnte sich an einen gusseisernen Rosenbogen, ehe er die Arme verschränkte.

«Ich weiß nicht, wovon du redest.» Sie zog das Dekolleté ihres Kleides zurecht und blickte beiseite.

«Nein? Aber ich habe nachgedacht, Maud. Und ich bin zu dem Schluss gekommen, dass ich dir als verurteilter Verbrecher im Gefängnis gar nichts nütze. Ich würde um mein Vermögen kommen, nicht wahr? Und kein Geld – keine Baulizenz. Dann habt ihr es wieder mit Rose zu tun, und sei versichert, ich werde ihr klarzumachen wissen, dass sie mit einer Bande wie euch nicht verhandeln soll. Ach was», er machte eine wegwerfende Handbewegung. «Das brauche ich gar nicht, das weiß sie ohnehin schon.» Er schnippte mit den Fingern. «Aus der Traum vom großen Geld. Also geh doch zur Polizei mit deinen großartigen Beweisen.» Er ließ die Hände sinken und steckte sie in die Hosentaschen. «Mich siehst du nicht wieder.»

«Und das fällt dir *jetzt* ein.» Maud knetete nervös ihre Handtasche.

Adrian wusste, worauf sie hinauswollte. Die Bilder der letzten Nacht waren auch ihm noch nicht aus dem Kopf gegangen. Er hatte sie gehalten, er hatte sie geküsst, mit etwas, das Leidenschaft zumindest nahegekommen war. Er konnte schlecht behaupten, den Orgasmus nur vorgetäuscht zu haben, auch wenn er sich wünschte, es wäre so gewesen. Und es schmeichelte ihm, dass auch ihrer verdammt echt gewirkt hatte. Eine Maud ohne Kontrolle, ja, er musste zugeben, er hatte es genossen.

Adrian schämte sich und kaschierte es mit einem Schulterzucken. Als er sie einfach nur geliebt hatte, rief er sich ins Gedächtnis, hätte sie kein Stück Brot von ihm genommen. Diese eine Nacht verpflichtete ihn zu gar nichts. «Hey», sagte er, ohne lange nachzudenken, «nimm's leicht. Du hast es doch eh nur wegen meines Geldes gemacht.» Es tat ihm leid, noch ehe es ganz heraus war.

Die Ohrfeige folgte dem letzten Wort auf den Fuß.

Erschrocken hielt er sich die Wange. «He», brachte er nur heraus.

Maud war blass vor Wut. So blass und so wütend hatte er sie noch nie zuvor gesehen. «Ihr seid alle gleich», zischte sie. Sie schien noch mehr sagen zu wollen, doch sie verstummte. Es dauerte eine Weile, bis sie, mit veränderter Stimme, weitersprach. «Du denkst, du bist schlau. Aber die Sache hat einen Haken. Du gehst davon aus, dass ich nur Geld will. *Und* dass ich mich vernünftig verhalten werde. Aber vielleicht will ich das ja gar nicht, hm? Schon mal daran gedacht?»

Adrian fiel blitzartig das T-Shirt eines Studienfreundes ein. *I tried to be reasonable,* stand darauf. *But I didn't like it.* Auf dem Shirt war das Bild einer missgelaunten Katze zu sehen. Maud wirkte eher wie eine Tigerin vor dem Sprung.

«Maud, hallo.» Rose kam aus dem Haus. Ihr Gesichtsausdruck verhieß nichts Gutes. «Wie bemerkenswert, dass Sie uns einmal besuchen kommen.»

«Tante», fiel Adrian rasch ein, «bitte!»

Rose ignorierte ihn und lächelte Maud strahlend an. «Ich würde Sie ja gerne hereinbitten.»

Die Tigerin zeigte kurz die Zähne in einem schlampig gefälschten Lächeln.

Doch noch ehe sie etwas erwidern konnte, fuhr Rose Ames fort: «Aber ich fürchte, ich kann Sie dafür einfach nicht genügend leiden.»

Mauds Mund wurde zu einem schmalen Strich. Sie nickte. «Du hörst von mir», sagte sie zu Adrian. Dann rauschte sie davon, so schnell es ihre Stöckelschuhe zuließen.

«Das war vielleicht jetzt nicht so schlau», sagte Adrian, der tief durchatmete und versuchte zu ignorieren, dass seine Hände zitterten.

«Aber es hat gutgetan», stellte Rose Ames fest.

«Tante, manchmal bist du beängstigend», sagte Adrian.

Sie tätschelte ihm die Wange und ging hinein.

Er hob noch einmal den Kopf, als er den Motor von Mauds Wagen aufheulen hörte. Er fragte sich, wer den Preis für ihre Wut zahlen würde, und fluchte innerlich. Eben noch hatte er das Hochgefühl gespürt, Maud und ihre Intrigen für immer los zu sein. Und jetzt hatte sie es wieder geschafft, ihn an die Kette zu legen. Was hatte sie gesagt? ‹Was, wenn ich mich unvernünftig verhalte?› oder so ähnlich. Ja, fragte Adrian sich: Was, wenn sie die Kette der Polizei übergab, ohne an ihren finanziellen Vorteil zu denken? Wenn sie die Gans eben schlachtete, die ihr keine goldenen Eier legen wollte. Was, wenn sie das Scheißding einfach nur dazu benutzte, ihn zu ruinieren? Einfach so, weil sie es konnte.

Adrian strich sich über die Oberlippe, wo das erste Drittel eines Dreitagebartes spross. Verdammt, er hätte nicht mit ihr schlafen sollen.

Adrian hatte ein ganz schlechtes Gefühl im Bauch. Er legte

die Hand auf die nackte Haut über seinem Gürtel, als könnte er so seine Angst verjagen. Er wollte sich nicht fürchten. Angst war der schlechteste Ratgeber von allen. Er sollte nicht aus Furcht heraus handeln. Aber konnte er überhaupt irgendetwas tun?

Sei's drum, dachte er dann. Vorerst konnte er nichts anderes tun, als seine Sorgen bei der Arbeit wegzuschwitzen. Er packte die nächste Kiste mit Gerümpel, schleppte, bis er keuchte, und wünschte sich, er könnte seine Probleme ebenso entsorgen. Er schuftete, bis seine Tante ihn zum Essen hereinrief. Es gab Fischauflauf und grüne Bohnen.

«Und: nein», sagte Rose, während sie ihm auftat. «Sie hat nicht angerufen.»

Missmutig stocherte Adrian in dem halbgaren Grünzeug. «Ich finde es nicht richtig, dass du mir verschweigst, wo sie ist», sagte er. «Und auch das mit dem Warten ist Quatsch. Was, wenn sie sich nicht meldet?»

Rose musste ihm da insgeheim recht geben. Es war unwahrscheinlich, dass Christy anrief. Schließlich konnte sie gar nicht mit einem Telefon umgehen. Sie fand es aber richtig, dass ihr Neffe noch ein wenig im eigenen Saft schmorte. Erst die große Liebe, dann Hopp-Adieu und jetzt wieder die unbezähmbare Leidenschaft, das war nicht die feine englische Art.

«Woher soll sie denn wissen, dass ich sie liebe, wenn ich es ihr nicht sagen kann?»

«Keine Sorge, ich hab's ihr gesagt.» Rose fischte die restlichen Kartoffeln aus dem Topf.

«Na, ganz großartig, Tante, du begreifst nicht …»

«Und was wollte Maud schon wieder hier?»

Bei dieser Frage verging Adrian endgültig der Appetit. «Du enthältst mir meine Eltern vor, du verschweigst mir mein Vermögen. Und jetzt nimmst du mir Christy!» Er sprang auf.

«Sie ist bei irgendeinem Kerl, und ich weiß nicht mal, ob es ihr gutgeht.»

«Es geht ihr sehr gut», versuchte Rose ihn zu beschwichtigen. Aber Adrian schob den Stuhl beiseite und rannte hinaus.

«Adrian, wo willst du hin? Und das Essen?» Rose fuchtelte mit dem Kochlöffel. «Ach, das verrückte Kind. Es geht ihr gut! Hörst du?»

36. Kapitel

«Au!», rief Ondra. «Sie tun mir weh.»

Morningstar richtete sich mit hochrotem Kopf auf. Es war eng und stickig in der Kabine, in der sie eingezwängt waren, und das grelle Licht setzte ihnen zu. «Das ist ein Reißverschluss», sagte er, «ein stinknormaler Reißverschluss. Jede Frau kann mit so etwas umgehen.»

«Ich bin keine Frau», gab Ondra pampig zurück.

«Darf ich, Sir?» Routiniert drängte die Verkäuferin sich an dem älteren Mann vorbei und schloss Ondras Kleid. «So. Wunderbar», kommentierte sie, als Ondra sich unsicher vor dem Spiegel drehte und mit den Händen über ihre Schenkel fuhr. «Damit sehen Sie wie ein Model aus.»

Morningstar schnaubte. Ob Frau oder nicht, posieren konnte sie jedenfalls. «Wir nehmen es», erklärte er. «Und die beiden Jeans, die Shirts, den roten Pulli und» – er wedelte in Richtung einiger Dessous – «das restliche Zeug hier. Ach ja, und die drei Paar Schuhe.» Er seufzte. Die Idee, der Nixe etwas zum Anziehen zu kaufen, war ihm gut und richtig erschienen. Sie konnte schließlich nicht ewig mit den abgelegten Sachen von Rose und Adrian herumlaufen, das ging vielleicht in Broxton, aber hier in der Stadt würde sie damit auffallen. Also hatte er ein Kaufhaus angesteuert. Die Probleme begannen erst, als diese Christy einfach mitten im Laden stehen blieb, sich unsicher zu ihm umwandte und ihn fragte:

«Was soll ich denn nehmen?»

Das war absolut untypisch, so ein Verhalten kannte er weder von seiner Ex noch von seinen inzwischen erwachsenen Töchtern. Frauen und Mode, das war ein Selbstläufer; brachte man Frauen in die Nähe von Kleidern, dann wurden sie wach und aktiv, und als Mann brauchte man sich nur einen gemütlichen Sitzplatz zu suchen.

«Keine Ahnung», hatte er entsetzt erwidert und beim Anblick der vielen Fächer und Ständer erste Anzeichen von Panik entwickelt. Bis die Verkäuferin mit der Platinfrisur ihn erlöst hatte.

Jetzt zog sie die Brille von ihrer Nase, ließ sie an der Kette auf ihrem beträchtlichen Busen ruhen und betrachtete Morningstar kühl. «Benötigt Ihre ‹Nichte› sonst noch etwas, Sir?»

Die Wortwahl brachte ihn ebenso auf wie der Ton. Im selben Moment sah er durch einen Spalt in der Kabinentür, wie Ondra sich wieder aus dem Kleid schälte. Er wurde rot. «Das ist nicht meine ‹Nichte›», protestierte er, «das ist, das ist, das ist …» Energisch zog er die Kabinentür zu. Dann holte er ein Taschentuch heraus und wischte sich die Stirn. Er kapitulierte. «Wir möchten zahlen», sagte er.

«Gern, Sir.» Ihr Tonfall verriet Morningstar, dass sie ihm noch zwei Monate bis zum Herzinfarkt gab. Maximal. Und dass sie ihm das gönnte. Sie gingen gemeinsam zur Kasse, und er reichte ihr seine Kreditkarte.

«Danke, Sir.»

Ondra trat aus der Kabine; sie trug eines der neugekauften Sommerkleider, ein grünes Hängerchen im Empire-Stil. Ihr Haar hatte sie mit Hilfe der chinesischen Essstäbchen aufgesteckt, die sie in Morningstars reich bestückter Küche gefunden hatte. Sie sah hinreißend aus. Morningstar hielt ihr zwei Armvoll Tüten entgegen. «Sie könnten tragen helfen», sagte er.

Mit einem Griff nahm Ondra ihm sämtliche Taschen ab.

Nicht zum ersten Mal staunte er, wie kräftig sie war, trotz ihrer zarten Statur. Er fragte sich, wie lange am Stück sie wohl rennen konnte, welche Atemfrequenz sie dabei hätte und wie ihr Puls anstieg. Er musste beinahe laufen, um mit ihr Schritt zu halten. «Um noch einmal auf die Computertomographie zurückzukommen», begann er, «es wären nur ein, zwei Stunden in einer Röhre, nichts, was wehtut. Wir wären ganz allein, und ich würde mich natürlich verpflichten, alle dabei gewonnenen Daten streng vertraulich …» Beinahe wäre er gegen Ondra geprallt, als diese abrupt stehen blieb.

«Was ist das?», fragte sie.

Er schaute. «Das ist ein Kreisverkehr», stellte er fest. «Bisschen viel los, das gebe ich zu. Liegt daran, dass jetzt Mittag ist. Berufsverkehr.»

«Nein, das meine ich nicht. Die vielen Leute.» Sie hob ihre beladenen Arme, dass die Plastiktüten raschelten. «Da wird einem ja schwindelig.»

Morningstar legte den Kopf schräg. Er musste zugeben, es war viel los heute auf der Hauptstraße. Die Menschen liefen schnell, ballten sich, kreuzten und überholten einander. Nippten an ihren Coffees-to-go, gestikulierten, telefonierten, standen Schlange. Die Autos fuhren vierspurig, dazwischen die Roller und Fahrräder. Man hupte, Motoren heulten auf. Alles in allem aber ging es recht gesittet zu. Es war nicht mehr als ein – wenn auch brodelnder – Mittelstadtverkehr. Wenn man natürlich nur Broxton kannte …

«Warum?», fragte er. «In jedem Riff ist mehr los. Jeder beliebige Heringsschwarm hat mehr Individuen.»

«Ein Heringsschwarm hat gar keine Individuen.» Ondra schüttelte den Kopf. «Er ist ein Schwarm. Er ist pure Harmonie. Nie stoßen zwei aneinander. Sie sind miteinander verbunden. Aber das hier …»

«Oh, es mag wie Chaos aussehen», erwiderte Morningstar, «aber es folgt seinen Regeln. Wollen wir uns in ein Café setzen, dann können Sie es sich eine Weile betrachten. Die Autos, zum Beispiel, befolgen die Straßenverkehrsordnung. Die Menschen zum Teil übrigens auch, und …»

«Ja, aber sie stoßen zusammen», sagte Ondra. Im selben Moment krachte es auf der Straße.

«Na ja, das kommt vor», gab Morningstar zu. «So ein Unfall …» Die Kontrahenten stiegen aus und betrachteten den Blechschaden. Hinter ihnen im Stau wurde gehupt. Es bildete sich eine Traube von Schaulustigen.

«Das meine ich nicht.» Ondra wies in eine andere Richtung. «Der Mann da hat den anderen an der Schulter gestoßen, und da, sehen Sie.» Sie zeigte auf zwei Frauen, die einander im Weg standen. «Und da.» Ein Jugendlicher auf dem Skateboard bremste einen Mann mit Krawatte und Kaffeebecher so abrupt aus, dass der sich bekleckerte. «Es ist das reinste Chaos.»

Morningstar überlegte. «Wie machen die Fische das, dass sie nicht aneinanderstoßen? Beim Richtungswechsel zum Beispiel.»

Ondra schaute ihn an. «Sie *machen* es nicht», sagte sie. «Was für eine lustige Vorstellung.» Sie musste kichern.

Morningstar zog die Stirn in Falten. «Das ist keine besonders befriedigende Antwort», erklärte er.

Ondra bemühte sich. «Es kann ihnen einfach gar nicht passieren, verstehen Sie. Alle stehen miteinander in Verbindung. Aber die Menschen …» Sie zuckte mit den Schultern. «Jeder allein, blind. Wie eine Handvoll Murmeln, die einer geworfen hat. Kein Wunder.»

«Also, ich bitte Sie.» Morningstar bekam nun doch das Gefühl, sich verteidigen zu müssen. «Wir sehen und hören doch immerhin. Und wir riechen, fühlen und schmecken, na ja, die letzteren Sinne kommen im Straßenverkehr nicht so zum Tragen, und das mit dem Hören … also, wenn ich an den Musikgeschmack von manchen Leuten denke … Ich persönlich glaube ja manchmal, wir sind mehr mit Ausblenden beschäftigt als mit Zuhören, aber … oh, guten Tag, Knightley.» Er hielt inne, um den Inspektor zu grüßen, der erfreut seine dunklen Brauen in dem blassen Gesicht hob.

Knightley wandte sich auch Ondra zu. «Menschen als Murmeln?», fragte er.

Morningstar gab sich aufgeräumt. «Oh ja, Lebewesen in Kugelform, das kommt in einer der Welten vor, die Gulliver aufsucht, erinnern Sie sich, Knightley? Meine Nichte und ich, wir sprachen gerade über Swift.»

Knightley nickte vage. «Ich wusste gar nicht, dass Sie eine Nichte haben.»

Morningstar lachte. «Die Polizei weiß eben nicht alles, mein Bester. Aber nein, Sie haben recht, Christy ist die Tochter einer langjährigen Freundin. Sie ist quasi mit meiner Jüngeren zusammen aufgewachsen, Jane, erinnern Sie sich? Und bei uns im Haus gilt sie praktisch als Verwandte. ‹Nichte› sagt sich einfach schneller.» Er verstummte in dem Gefühl, schon zu viel gesagt zu haben.

«Ich verstehe.» Knightley wandte sich an Ondra. «Sagen Sie, Miss, äh …»

«Waters», ergänzte sie, inzwischen beinahe routiniert. «Christy Waters.» Sie lächelte ihn an.

Unwillkürlich lächelte Knightley zurück.

Morningstar verdrehte die Augen. Es mochte ja sein, dass Ondra ihr Sirenenlied nicht mehr singen konnte. Aber eine Ahnung ihrer früheren überwältigenden Anziehung war noch immer zu spüren.

«Sagen Sie», fuhr Knightley fort, nachdem er es geschafft

hatte, Bilder von tanzenden Nymphen aus seinem Hirn zu vertreiben, die dort nichts zu suchen hatten, «sind Sie nicht die junge Dame, die sich bei den Ames in Broxton aufhielt?» Er suchte nach seinem Notizbuch und blätterte darin herum. «Eine Miss St. Aubry hat mir so etwas erzählt.»

«Das ist richtig, ja.» Ondra nickte und setzte die Tüten ab, um eine lose gewordene Strähne festzustecken. Ihr Haar löste sich und breitete sich aus wie ein Seidenvorhang, und sie hob die Hände, um es mit einer raschen Bewegung wieder zusammenzufassen. Knightley und Morningstar standen da, Letzterer gebückt, um die Tüten am Auseinanderrutschen zu hindern. Auf der Straße hinter ihnen kam es zu einer Vollbremsung. Zwei Kaffeebecherträger stießen aneinander. Ein Mann mit Handy am Ohr begegnete einem Laternenpfahl.

«Warum?», fragte sie, als sie fertig war.

«Oh, äh.» Knightley sammelte sich. «Ich habe nur überlegt, ob Sie wohl am 28. August schon da waren.»

Zu seiner Überraschung sagte sie umstandslos: «Das war der Tag des Mordes, nicht wahr?»

«Ja», gab Knightley überrascht zu. «Ja, das war er wohl.» Er schaute zu Morningstar hinüber, der den Arm um Ondra legte und wohlwollend nickte.

«Ich war auch erstaunt zu hören, dass die Waters schon länger mit den Ames befreundet sind», sagte er. «Sie haben wohl früher öfter dort Urlaub gemacht. Ich plane übrigens selbst demnächst einen Aufenthalt dort.»

Knightley nickte. «Also, Miss Waters, wenn ich fragen darf: Wie war das am 28. August? Wann kamen Sie an?»

«Oh, es war eben dunkel geworden», sagte Ondra. «Auf der Strandparty sang gerade jemand ‹Amazing›, als ich vorbeikam.»

Morningstar lachte verständnisheischend. «Das wird dann wohl Bruno Mars gewesen sein, Schätzchen.»

Knightley zog sein Notizheft heraus. «Das ist interessant. Darf ich eben? *Amazing.*» Er notierte sich das Wort. «Und dann sind Sie direkt zu den Ames?»

«Nein», gestand Ondra. «Ich bin zu einem kleinen Strand gegangen. Kennen Sie ihn?» Sie beschrieb ihm den Platz. «Adrian parkte oben mit seinem Auto.» Sie warf Morningstar einen kurzen Blick zu, um sich bestätigen zu lassen, dass ‹Auto› das richtige Wort war. «Wir … wir hielten uns da eine Weile auf.» Sie dachte an den Abend zurück, an ihren Tanz und an das peinliche Gespräch, und errötete. Fischereigenossenschaft Süd, hoffentlich fragte der Mann sie nicht danach.

Knightley schaute sie scharf an. «Ich verstehe», sagte er dann. «Und danach?»

«Oh, wir, wir hatten ein … ein Missverständnis. Adrian fuhr mit dem Auto weg.» Sie überlegte und zeigte dann mit dem linken Arm nach rechts. «Da lang. Hinauf, meine ich. Ich ging noch ein bisschen … herum.»

«Er fuhr in Richtung des Cottages», stellte Knightley für sich klar, während er schrieb. Dann hob er den Kopf. «Danke, Miss Waters, für Ihre Offenheit. Sie haben uns sehr weitergeholfen.»

Erstaunt sah Ondra ihn an. Sie war drauf und dran, etwas zu fragen. Morningstars Griff um ihre Schultern wurde ein wenig fester.

Knightley und Morningstar tauschten noch ein paar Floskeln aus. Als er sich schon verabschiedet hatte, wandte Knightley sich noch einmal um. «Eine letzte Frage noch, Miss Waters. Was hat Sie veranlasst, aus Broxton wegzugehen?»

Morningstar wollte etwas von beendeten Ferien erzählen, aber Ondra kam ihm zuvor.

«Adrian», klagte sie traurig, «hat auf einmal gesagt, dass er mich nicht mehr …»

«... so betreuen kann, wie er es gerne möchte», fiel Morningstar rasch ein. «Der Junge hat mit seinem Architekturprojekt endlos Arbeit um die Ohren. Da fällt mir ein, wir haben ihm versprochen, noch Druckerpatronen zu besorgen. Wir müssen los. Also dann.»

Er winkte Knightley lässig zu, schnappte sich die Tüten und bugsierte Ondra über die Straße. «Also wirklich», sagte er, als sie einige hundert Meter weiter gegangen waren und er sich erschöpft auf den freien Stuhl eines Straßencafés fallen ließ. «Du hättest diesem Menschen eben beinahe dein gesamtes Intimleben anvertraut. Lernt man bei euch unter Wasser denn überhaupt nicht, ein bisschen zu lügen?» Er winkte die Kellnerin heran und bestellte einen Whiskey; den hatte er jetzt nötig.

Ondra schaute ihn mit großen Augen an. «Wozu?», fragte sie.

Der Whiskey kam, Morningstar kippte ihn herunter und schloss die Augen. «Ah», sagte er nur. Als er die Augen wieder öffnete, sah Ondra ihn noch immer verständnislos an. «Kind», sagte er. «Du lebst in einer grausamen Welt.»

Vierundzwanzig Stunden. Das war die Antwort, die Maud ihm gegeben hatte, als er sie noch einmal anrief, um sie zu fragen, ob sie sich nicht gütlich einigen könnten. Er hatte vierundzwanzig Stunden Zeit. Danach würde sie tun, was immer sie für richtig hielt. Adrian stand vor den Entwürfen für seine Insel, seinen Hotelturm. Sie taugten allesamt nichts. Er dachte an die Eingebung von neulich nachts, dass die Insel leuchten müsse, so geheimnisvoll wie ein Tiefseefisch. Und an Christy dachte er, die aus dem Nichts aufgetaucht war, um aufzuglühen und wieder zu verschwinden. Und er dachte, sie müsste schweben, diese Insel, wie eine Fata Morgana, nur halb wirklich, ein Geist auf den Wassern, der bei Nacht festere Umrisse besaß als am Tage. Ganz aus Glas müsste sie sein, mit nur so viel Metall wie nötig, und Stein erst dort, wo er einem vorkommen würde wie ein fliegender Fels. Mit einem Mal packte ihn die Inspiration.

Adrian setzte sich an seinen Computer und ließ die Finger über die Tasten fliegen. Die Ideen kamen schneller, als er sie festhalten konnte. Er sah und hörte nichts mehr von seiner Umwelt, seine Wangen glühten, die Tastatur klapperte ohne Unterbrechung, wie ein Morsecode, der dem Universum mitteilte, dass etwas Aufsehenerregendes geschah. Als er endlich in seinem Stuhl zurücksank für eine erste Pause, als er alles, was in seinem Kopf war, in irgendwelche Dateien gebannt und festgehalten hatte, als eine erste Gestalt sichtbar war und sich in 3-D auf dem Monitor drehte, da merkte Adrian erst, dass er Durst und Hunger hatte, dass sein Rücken schmerzte und ihm die Arme wehtaten von der verkrampften Sitzhaltung. Seine Finger waren trotz der Wärme draußen ausgekühlt, und seine Augen brannten. Zum ersten Mal schaute er auf die Uhr. Es waren sieben Stunden vergangen.

Adrian lächelte. Sanft strich er mit dem Finger über den Bildschirm. Da war es, sein Baby. Er musste es Christy zeigen, unbedingt. Er musste wissen, was sie davon hielt. Er würde es gerne nach ihr benennen, dachte er, weil sie den Grundstein dazu in seinem Geist gelegt hatte. Er öffnete ein Textfeld und schrieb als Widmung hinein: Für Christy. Wie alles andere auch.

Dann verschwand das Lächeln aus seinem Gesicht.

Es gab nichts anderes, würde nie etwas geben. Das hier war sein erstes und zugleich einziges Werk, sein Vermächtnis. In Zukunft würde er Tüten kleben. Auf seine Genialität würde man pfeifen. Und selbst wenn nicht, so wäre es doch nur die

Genialität eines Verbrechers, vergiftet, verdorben, interessant nur für ein paar pervers Veranlagte. Was er geschaffen hatte, das würden andere für sich reklamieren. Billings, seine Kollegen, alle, deren Namen bei dem Projekt genannt wurden, während man ihn vermutlich totschweigen würde. Maud hatte recht, er war ein toter Mann.

Adrian ging ins Netz, schrieb eine Mail und hängte seinen Entwurf an. Sollte Professor Billings doch immerhin sehen, was er an ihm verlor. Er hatte etwas Großes geschaffen, und er wusste es. Sollte die Welt, die ihn bald verachten würde, doch das zumindest noch bemerken. Vielleicht würde sie dann ein wenig von ihm begreifen. Vielleicht würde sie zumindest bedauern. Und Christy? Adrian hielt inne. Dann drückte er auf ‹senden›.

Er wünschte, sie wäre da. Er wünschte, er könnte den Duft ihrer Halsbeuge riechen, ihr Lächeln sehen, ihre leichten Hände auf sich spüren. Es wäre alles einfacher. Wenn er nur sicher sein könnte, dass sie ihn weiterlieben würde, er könnte alles ertragen, dachte er. Nur um sich gleich wieder gegen alles aufzulehnen: Von ihr getrennt, ein Leben lang, angewiesen auf Besuchstage, Berührungen durch Glasscheiben. Zusehen zu müssen, wie sie beide älter wurden, wie ihre Zukunft ihnen davonlief, wie sie ihm entglitt, jedes Mal ein wenig mehr, wie aus Liebe Routine wurde, Hoffnungslosigkeit, Gleichgültigkeit. Zu erleben, wie sie ihn immer seltener besuchen kam, schließlich ausblieb, log, und die langen Nächte, in denen er darüber nachdächte. Adrian hätte schreien mögen.

Maud hatte recht. Er wäre tot, tot, wenn ihm alles weggenommen würde. Christy, seine Ideen, sein Name, seine Würde. Aber er würde das nicht zulassen. Er war nicht bereit dazu. «Ich will nicht», sagte er leise. Er wiederholte es lauter. Es hörte sich gut an, fühlte sich gut an. Er wusste, dass es das

Richtige war. Er würde kämpfen. Und die Irrtümer der Vergangenheit ein für alle Mal auslöschen. Auf einmal wusste er auch genau, wie. Es würde ein Schlag sein, der ihn von allem, was gewesen war, für immer befreite.

37. Kapitel

Morningstar lauschte in den Hörer. «Nein, Rose, nein. Ich kann nicht davon absehen. Rose ...» Er horchte wieder. «Ich bin Gerichtsmediziner, Rose. Ich kann doch nicht einfach ... ich mache mich ja strafbar.» Er musste husten. «Rose, bitte, mach es mir doch nicht so schwer. Natürlich mag ich dich, was für ein Unfug. Was?» Geräusche von draußen lenkten ihn ab, und er hob den Kopf. Das klang nicht gut, gar nicht gut. Es klang nach Ärger. Und das konnte nach den Erfahrungen der letzten Tage eigentlich nur eines bedeuten. Er bedeckte den Hörer mit der Hand. «Christy?», rief er fragend. Als keine Antwort kam, wurde er nervös. Richtig, die Schiebetür zur Terrasse stand offen. Und die Rufe wurden lauter.

«Rose? Rose, später, ja, ich muss Schluss machen. Christy macht sich gerade mit den Nachbarn bekannt.» Er legte auf, als Rose gerade «oh Gott», sagte, und lief auf die Terrasse, über den Rasen und an die Grundstücksgrenze zu den Bosworths hinüber. Zwischen der japanischen Steinlaterne und den zurechtgeschnittenen Rhododendren blieb er stehen. Da war Christy. Angetan mit Kleid und Sandalen, trieb sie inmitten des liebevoll angelegten Goldfischteiches von Richard Bosworth, paddelte und räkelte sich und kreuzte gerade die gewölbte chinesische Brücke, die über das Gewässer führte. Eine Wolke Goldfische umspielte sie hemmungslos, ohne jeden Sinn für Kitsch, und von ihren Steinen aus reckten eine Reihe monströser Rotwangenschildkröten ihre alten Köpfe nach ihr.

«Christy, Schatz!» Morningstar war sich seiner Zuschauer wohl bewusst. Die Bosworths saßen in voller Besetzung auf der Terrasse, wo sie den Teetisch gedeckt hatten. Und hinter den umliegenden Hecken lauerte bestimmt die gesamte Nachbarschaft, wenn sie auch zu vornehm war, um sich zu zeigen, Gott sei Dank. Aber das eifrige Klicken der Rosenscheren auf der anderen Seite der Sträucher sagte genug. «Komm da sofort raus.» Er versuchte, durch seine Miene anzudeuten, dass es ernst war, ehe er mit einem mühsamen Lächeln die Bosworths begrüßte. «Mabel, Richard, der Papyrus hat sich ja ganz wunderbar entwickelt.» Er strich das raschelnde Gras beiseite, um einen besseren Blick auf die Nixe zu erhaschen. «Christy. Sofort.»

Mabel Bosworth stand auf, um ihn über das Wasser hinweg zu begrüßen. «Entschuldigt», brachte Morningstar heraus, der versuchte, über die Durchsichtigkeit von Ondras tropfnassem Kleid ebenso hinwegzusehen wie über die Löcher, die ihre Sandalenabsätze in Richards Rasen stempelten, während sie auf ihn zukam. Ihr auf dem Fuße folgten einige Frösche, die nach und nach verzagt sitzen blieben und mit aufgeblähten Kehlsäcken nach ihrer Herrin quakten. Morningstar hätte sie am liebsten in einem Zylinder verschwinden lassen. «Entschuldigt bitte, meine Nichte badet einfach zu gerne.»

«Sicher», sagte Mabel, mit einem wirklich nur knappen Seitenblick auf den in kühlem Türkis schimmernden Zwanzig-Meter-Pool in Morningstars Garten.

«Sie ist so ein Naturkind.»

«Das ist verständlich.» Mabels Lächeln saß perfekt. «Ich habe Scones gebacken, Michael, ich sorge dafür, dass Sally Ihnen ein paar hinüberbringt. Ihnen beiden.»

«Sally? Meine Güte, ist das Mädchen groß geworden.» Morningstar grüßte die konsterniert Kaugummi kauende

Tochter der Bosworths und trat den Rückzug an. «Du bist einfach unmöglich», fauchte er, als er sich außer Hörweite glaubte, und packte Christy am Arm. «Mit sämtlichen Kleidern.»

«Hätte ich mich besser ausziehen sollen?», erkundigte sich Ondra. Es lag keinerlei Ironie in ihrer Stimme, was Morningstar schon beinahe wieder versöhnte.

«Nein», sagte er, mit einem Seitenblick auf das Nichts von Stoff, das auf ihrer Haut klebte. Er hätte wetten können, dass sie hundert Meter in weniger als sechzig Sekunden schwamm. Oder jedenfalls dachte er, dass er etwas in dieser Richtung denken sollte. «Nein, das wäre wohl nicht das Richtige gewesen.»

«Dann ist es ja gut.»

«Nein, Christy, ist es nicht. Das war ein Zierteich. Er ist nicht zum Schwimmen da.»

«Nicht?» Sie blieb stehen. «Aber die Fische und Kröten schwammen da doch auch? Und die Mückenlarven, die Wasserläufer, die ...»

«Menschen schwimmen da nicht, Christy. Sie schauen ihn an, weil er hübsch ist.» Er schnupperte und zog die Nase kraus. «Und wie du riechst. Wie ein ganzes Watt.»

Sie strahlte und hob ihren Arm, um selbst zu schnuppern. «Mmh, gut, nicht?»

Er schüttelte den Kopf. «Ich bezweifle, dass Adrian das auch finden würde.» Als er ihr Gesicht sah, tat es ihm leid. «Entschuldige, Christy», sagte er, «aber es ist mein Ernst. Unsere Geschmäcker, und nicht nur meiner, gehen in dieser Richtung auseinander. Menschen schätzen das Fischige eher weniger, außer mit Rosmarin und Knoblauch auf ihrem Teller.»

«Oder mit Pommes», ergänzte sie. «Stimmt's? Ich mag Fish and Chips. Vor allem die Chips. Ich mag auch Erde.» Sie blieb stehen, um mit beiden Händen in ein frisch gejätetes Beet zu greifen.

«Sicher», sagte Morningstar und zog ein Taschentuch heraus, um es ihr zu reichen. Als er ihre Finger sah, verzichtete er darauf. Hier wäre ein Gartenschlauch angemessener gewesen. «Schau, Christy», sagte er. «Dort badet man.» Er zeigte auf seinen Luxuspool mit dem Bodenmosaik und den Unterwasserleuchten. Unberührt und verlockend lag die Oberfläche da, glatt wie Seide.

«Der stinkt», stellte Ondra fest und rümpfte die Nase. «Da ist Gift drin. Kein Fisch könnte dort überleben.»

«Du wirst es überstehen», sagte Morningstar, dem es langsam reichte mit der Kritik. Er wollte sie am Arm ins Haus ziehen.

Aber Ondra war schon zum Becken gelaufen und mit einem eleganten Köpfer hineingesprungen. Nicht ein Spritzer war auf den Terrakottafliesen ringsum zu sehen. Auf dem Wasserspiegel breitete sich langsam ein dünner, ölig schimmernder Film aus grünlichen Algen und Garten-Humus aus. Morningstar hoffte stumm, dass seine Pumpe damit fertigwürde.

Als Christy wieder auftauchte, spuckend und sich die Augen reibend, wartete er mit einem Handtuch am Rand.

Sie zog sich hoch und nahm es dankend. «Ich mache viel falsch», sagte sie kleinlaut.

Morningstar machte eine abwehrende Geste.

«Aber ich komme gut mit dem Lesen voran.»

Er nickte. «Das tust du.» Morningstar bemühte sich, es anerkennend klingen zu lassen. «Und es ist faszinierend, wie du mit Labyrinthen zurechtkommst. Noch niemand hat die Aufgaben so schnell gelöst. Dein Mustererkennungssinn ist einmalig. Und die Farbwahrnehmung …»

«Ich weiß», unterbrach Ondra ihn. «Sie wollen, dass ich noch diese Tomographie mache.»

«Ach Christy, schon gut.» Er starrte vor sich hin. «Vielleicht bin ja auch ich auf dem Holzweg. Jedenfalls sind, seit du da bist, aus irgendeinem Grund die Tomaten nochmal nachgereift. Und ich hatte noch nie so viele Singvögel im Garten.» Er hob den Kopf, als das Eisvogelpaar vorüberflog, und musste lächeln. «Wenn die ersten Aras auftauchen, wird es peinlich werden.»

Sie begriff, dass er einen Witz gemacht hatte, wenn sie auch die Feinheiten nicht verstand, und erwiderte sein Lächeln. «Ich kann Rad fahren, ich kann die Mikrowelle bedienen, und ich weiß, wofür ein Schlüpfer da ist», zählte sie auf.

«Äh, ja, das ... kannst du alles.»

«Ich kann telefonieren, beherrsche den Dreisatz, die meisten Begrüßungsformeln und weiß, wie morgen das Wetter wird.»

«Das ist allerdings verblüffend», gab Morningstar zu. «Worüber ich aber eigentlich mit dir reden wollte, Christy ...»

«Ich habe gelernt, dass Rot und Grün mir stehen, Gelb weniger.» Sie neigte den Kopf.

«Ach ja?», fragte Morningstar, aus dem Konzept gebracht.

«Ihre Putzfrau hat's mir gesagt. Und ich bin gut in Schach.»

Allerdings, musste Morningstar zugeben, der nach der dritten Partie keine mehr gewonnen hatte.

«Wenn ich es auch ehrlich gesagt stinklangweilig finde. Und das mit dem Computer kriege ich doch auch noch hin, oder?»

«Also, ich weiß auch nicht, wieso der immer kaputtgeht, wenn du dich ihm näherst.» Morningstar bemühte sich, sie zu trösten, weil sie so unglücklich aussah. «Der Techniker meint, die Luftfeuchtigkeit in meinem Wohnzimmer wäre eventuell zu hoch, aber ...»

«Bin ich dann normal genug?», fragte Christy.

Morningstar wusste, was sie meinte. Normal genug, dass eines Tages Adrian Ames anrief und ihr sagte, dass er sie liebte.

«Weißt du», begann er, «das mit der Liebe ist so eine Sache. Sie ist da oder nicht, das ist wie mit, mit, mit …» Er suchte nach einem Vergleich und fand keinen. «Manchmal kann es auch sehr lange dauern, bis es einem klar wird. So wie bei Rose und mir. Aber wenn da ein Band ist, dann ist es da.» Er wollte ihre Hand nehmen.

Ondra entzog sich und presste sich die ineinander verschlungenen Finger vor den Leib. «Aber es ist da», protestierte sie. «Ich konnte es fühlen, als ich mich noch in Köpfen bewegen konnte. Und sogar danach habe ich es noch gespürt. Es ist das Einzige in einer toten Welt, was zwischen den Menschen greifbar ist.»

«Na, na, da wäre noch die Sympathie», warf Morningstar ein. «Oder die Antipathie.» Er dachte an seinen Kollegen von der Spurensicherung. «Alles ebenso spontan und real.» Er überlegte. «Oder Hass.»

Ondra schaute ihn an.

«Und das ist schon beinahe das Thema, über das ich mit dir sprechen wollte, Christy.»

Sie wandte den Kopf ab.

«Nein, weich mir nicht aus. Ich weiß, du willst es nicht hören. Aber Adrians Handy, das du so zuvorkommend zertrümmert hast, war nun einmal bei der Toten. Wie kannst du so sicher sein, was die Einschätzung seines Charakters angeht?»

Sie wich seinem Blick nicht aus. «Ich bin es einfach. Ich weiß es. Adrian könnte so etwas niemals tun.»

«Und das willst du so sicher wissen, ja?», hakte er in drängendem Ton nach.

Sie blinzelte nicht einmal. «Ja», sagte sie nur. Mehr nicht.

«Aha», erwiderte Morningstar, von so viel Gewissheit aus dem Konzept gebracht. Mehr blieb da auch nicht zu sagen.

«Maud? Ich bin's, Adrian. Ja, haha, sehr witzig.» Adrian ließ sie eine Weile schimpfen. «Maud, du, ich wollte mich entschuldigen. Du hast recht, so kommen wir nicht weiter. Wir müssen eine kreative Lösung finden. Ja.» Wieder musste er eine ganze Weile zuhören. «Nein, ich habe einen besseren Vorschlag. Wir treffen uns am Bootshaus. Darum geht es doch schließlich, oder? Du kannst dir von allem ein Bild machen. Ich bringe eine Flasche Champagner mit, und wir stoßen auf die gemeinsame Zukunft an. Vielleicht kommen wir uns dann ja wieder ein wenig näher. Wie? Nein, Maud, ich mache mir keine falschen Hoffnungen, ich mache mir berechtigte Hoffnungen. Das war doch der Deal, oder? Du und ich. Wenn wir schon gemeinsam reich werden, dann sollten wir auch nett zueinander sein.»

Er lauschte.

«Du denkst drüber nach? Denk nicht zu viel. Ich hol dich um drei ab. Ciao.» Mit Schwung legte er auf. Es hatte begonnen. Er fühlte eine unglaubliche Energie in sich. Er war auf dem Weg, er marschierte, und er würde nicht stehen bleiben. Endlich tat er etwas. Unglaublich, dass sie den Köder geschluckt hatte. Aber sie hatte es getan. Am Ende hatte er kapiert, wie sie tickte. Weder Liebe noch Offenheit hatten sie je gerührt. Sie hielt alle Männer für Schweine, also war man am glaubwürdigsten, wenn man sich wie eines benahm.

Seine Hände bebten, sein ganzer Körper vibrierte, aber diesmal war es keine Angst, sondern Vorfreude. Es gab noch so viel zu tun. Er musste den Champagner besorgen und kühlen, ein Picknick vorbereiten, eine geeignete Stelle suchen, sich um das Benzin kümmern. Je länger er nachdachte, desto mehr fiel ihm ein. Er durfte nichts dem Zufall überlassen. Alles musste perfekt sein.

«Adrian ist kein Mörder», sagte Ondra mit Nachdruck.

«Das hoffe ich», meinte Morningstar, «denn wenn ich dem Gericht Beweismittel oder Wissen über solche vorenthalte, mache ich mich strafbar. Und ich verrate ganz nebenbei alles, woran ich glaube. Falls das eine Rolle spielt.»

Ondra dachte nach. «Ich weiß nicht», sagte sie wahrheitsgemäß. «Spielt es eine Rolle?» Verzagt schaute sie ihn an. «Ich müsste die Antwort wissen, wenn ich ein echter Mensch wäre, oder?»

Morningstar strich ihr übers Haar. «Ich kenne niemanden, der fester zu seinen Überzeugungen steht als du, Christy. Du liebst Adrian und glaubst an ihn. Du liebst das Meer und seine Bewohner. Und du beschützt sie.»

Ondra begann zu begreifen, und ein Lächeln erhellte ihr Gesicht. «Ondra», sagte sie, «ich heiße Ondra.» Es klang wie der Anschlag einer Welle auf nacktem Fels. «Aber Sie dürfen es niemandem verraten.»

«Ondra», versuchte Morningstar ihr nachzusprechen.

Da klingelte das Telefon.

«Ondra», wiederholte er und stemmte sich hoch.

Das Telefonat war kurz. Als er wiederkam, wirkte er blass. «Das war Knightley», sagte er. «Er möchte, dass du deine Aussage auf dem Revier wiederholst.»

Ondra erhob sich. Sie war zuversichtlich, die Prüfung zu bestehen. Sie wusste inzwischen, was sie sagen durfte und was nicht. Falls sie nicht in irgendeinen Pool sprang, was sollte groß geschehen? «Gut», meinte sie, «dann gehen wir.»

Aber Morningstar schüttelte den Kopf. «Erst morgen. Er ist jetzt gerade in Broxton.»

Sie ließ sich wieder in die Kissen zurückplumpsen. «Morgen? Dann ist es ja gut. Da haben wir genug Zeit, alles einzuüben. Ich werde mich anstrengen und tun, was Sie sagen.»

«Das wäre eine schöne Abwechslung», gab Morningstar zu. «Aber nein: Es ist nicht in Ordnung. Wir haben ein ganz anderes Problem. Er will, dass du deine Papiere mitbringst, um dich auszuweisen. Das ist üblich so.»

«Papiere?»

«Deinen Pass. Das ist ein Dokument, das die Behörden ausstellen. Darin steht, wie du heißt, wann du geboren bist und wo du lebst. Jeder Mensch hat einen. Er beweist seine Existenz. Wenn man so etwas nicht vorweisen kann, dann werden die Behörden neugierig.»

«Ja, aber könnten wir ihnen nicht sagen …», begann die Nixe.

Morningstar unterbrach sie kategorisch. «Nein.»

«Oh», sagte Ondra.

«Tja.» Er schob die Hände tief in die Hosentaschen und kaute auf den Innenseiten seiner Wangen. «Wir werden uns was einfallen lassen müssen.»

38. Kapitel

«Heh, Ames! Jüngst erblindet?» Quentin Morgan verzog das Gesicht, als müsste er gute Miene machen zu einem Witz, den andere über seine Figur rissen. Er lehnte neben der Ladentür an der Hauswand, genoss die Sonne, die dort einen schmalen Streifen beschien, und hielt eine Flasche Bier in der Hand.

Völlig gedankenversunken blieb Adrian stehen. Es dauerte eine Weile, bis er begriff, was und wer ihn aufgehalten hatte.

«Du siehst ja kotzbleich aus. Is was?», erkundigte Morgan sich.

«Nein, nein», erwiderte Adrian. Er wollte eine wegwerfende Handbewegung machen, brach aber mittendrin ab, als er bemerkte, wie sehr seine Hände zitterten. Normal, ermahnte er sich, alles ist völlig normal. Du bist auf dem Weg. Du weißt, was du tust. Gleich da vorne wohnt Maud. Nur nicht im letzten Moment versagen. Nicht auffallen, nichts Blödes tun. Jetzt bau keinen Mist.

In seinen Ohren sauste es, er bebte innerlich und hatte das Gefühl, dass es ihn gleich in Einzelteile zerlegen würde, wie einen Kleinwagen, der mit völlig überhöhten 200 Stundenkilometern über die Autobahn heizte und im nächsten Moment die Bleche verlor. Nur jetzt keinen Fehler machen, alles zusammenhalten und hoffen, dass die Explosion nicht kam.

«Alles voll normal», brachte er heraus, er wusste nicht, wie. Und allzu intelligent klang es auch nicht in seinen Ohren. Es hörte sich nicht an, als wäre das ein Satz von ihm, nicht einmal in einem seiner schlechtesten Momente.

Zum Glück war Quentin Morgan gar nicht an seiner Antwort interessiert. Stattdessen winkte er ihn näher und hielt ihm die Tür zu seiner Behausung auf, die hinter einem Stützpfeiler verborgen war. Die Tür verbarg eine steile Treppe, die zu der kleinen Einliegerwohnung über dem Laden führte. Es war eine ziemlich kleine, unscheinbare Holztür, von der man dachte, sie führe eher in den Keller oder einen Lagerraum oder wäre ein Überbleibsel von einer früheren, ganz anderen Nutzung des Hauses, so asymmetrisch saß sie in der Mauer.

Früher hatte sie Adrian an die Totentüren in einer Gegend Italiens erinnert, die er einmal mit einem Kurs der Universität besucht hatte. Dort wurde gleich beim Bau eines Hauses neben der Haustür eine Zweittür angelegt und vorerst vermauert. Starb jemand im Haus, legte man den Eingang frei und trug den Sarg durch die «Totentür», die anschließend erneut vermauert wurde. Bis zum nächsten Mal. Das Ganze ging wohl auf einen Aberglauben zurück, nach dem die Toten, um die Lebenden heimzusuchen, nur auf derselben Route zurückkehren konnten, die sie auf dem Weg zum Grab eingeschlagen hatten. So war ihnen der Rückweg verbaut.

Damals hatte Adrian das faszinierend gefunden und eine Weile über Bauen und spirituelle Bedürfnisse philosophiert. Jetzt erinnerte er sich nicht so gerne daran. Er müsste sonst darüber nachdenken, was er vorhatte. Er müsste sich vor Albträumen fürchten, in denen Maud vor Türen stand, um zu wählen, eine blasse, tote, halb verkohlte Maud, die drauf und dran war, eine Klinke zu drücken, und dann …

Unwillkürlich musste er zu ihrem Haus hinüberschauen. Ihre Tür mit dem Messingklopfer und den lackierten Holzkassetten war verschlossen. Sie wirkte seltsam auf Adrian, beinahe, als bewege sie sich, verändere ihre Größe, pulsiere. Sie lag gleich auf der anderen Straßenseite und doch weit weg, wie am Ende eines langen, schmalen Tunnels, in dem es düster war, obwohl die Sonne schien, und der Adrian angähnte, ansaugte mit aller Macht, den zu betreten er aber noch nicht wagte.

«Okay. Aber nicht lange», sagte Adrian hastig und folgte Quentins einladender Geste. «Ich hab nicht viel Zeit.»

«Auf den Autobahnen lernt man das Warten.» Quentin rülpste und hielt ihm die Bierflasche hin.

Adrian zögerte nur kurz und nahm dann einen tiefen Schluck. Es war ekelhaft.

«Oben gibt's kaltes», sagte Quentin, der ihn aufmerksam beobachtet hatte. Es schien, als hätte er eine besonders feine Antenne für Ablehnung und Niederlagen. Dennoch nahm er sie äußerlich ungerührt hin. Er ließ Adrian vorangehen. Seine massige Gestalt verstopfte den Treppenaufgang und schluckte alles Licht.

«Ich … ich wusste gar nicht, dass du hier noch wohnst.» Adrian betrat die kleine Wohnung zögerlich. Er wusste, dass er als Jugendlicher ein paarmal hier gewesen war. Quentin war einer der Ältesten in der Clique gewesen. Stolz darauf, als Erster eine eigene Bleibe zu haben, wo er die Tür hinter sich abschließen konnte, hatte er die anderen Jungs oft zu Bier und Zoten hierher eingeladen. Manchmal sogar Adrian. Der schaute sich um, aber nichts kam ihm weiter bekannt vor. Vor allem war alles sehr klein. War das damals schon so gewesen?, fragte er sich erstaunt.

Die Decke war niedrig, für einen Mann von Quentins Ausmaßen geradezu lächerlich, die Fenster der puppigen viktorianischen Fassade zwergenhaft; sie ließen wenig Licht herein. Alle vier gingen sie auf die Promenade hinaus. Der Raum war vollgestopft mit einem alten löchrigen Sofa, einem Sessel, einem Tisch aus den Fünfzigern, der fast zusammenzubrechen schien unter der Last von leergegessenen Fish-and-Chips-Verpackungen und Bierflaschen. Außerdem war da ein Regal, in dem die Bücher dicht gedrängt standen und zusätzlich gestapelt lagen. Alles sah schmierig und unordentlich aus. Auf dem Fußboden stand ein kleiner Fernseher, davor in einem Kabelgewirr der DVD-Player und ein Stapel Filmhüllen in verdächtig neutraler Aufmachung.

Quentin verschwand hinter einem Bambusvorhang. Er trennte die Küchennische ab, die zugleich die Kloschüssel enthielt. Adrian wusste von früher, dass es dort auch eine kleine Duschwanne gab, mit einem Vorhang vom Herd abgetrennt, dass Quentin dort aber nur Fertiggerichte und Bierflaschen lagerte und sich ausschließlich am Spülbecken wusch, in dem sich schmutziges Geschirr stapelte.

«Hier», sagte Quentin und hielt ihm eine leicht beschlagene Flasche hin. «Der Kühlschrank ist neu. Hab ich in Tschechien von einem Kollegen gekauft, direkt vom Laster weg. Tolles Teil. Genauso gut wie die amerikanischen, mindestens.»

Adrian nahm die Flasche, trank einen Schluck, überlegte, dass er sich einen Kaugummi besorgen musste, damit Maud das Bier nicht roch, beschloss dann, dass sie es für umso glaubwürdiger halten würde, wenn er sich für das Treffen Mut angetrunken hätte – schließlich hielt sie ihn ja für ein absolutes Weichei. Und nahm einen zweiten Schluck. Er legte den Kopf schräg und las sich durch die Buchrücken.

«Das meiste sind Erstausgaben», meinte Quentin. «Man ist den Autoren dann einfach näher, finde ich.» Er rülpste.

Adrian nahm einen der Bände heraus, blätterte, sah eine Bleistiftnotiz auf dem Vorsatzblatt mit Preisvermerk und pfiff durch die Zähne. Was Quentin am Wohnen einsparte, floss offenbar in seine Bücher.

«Ich bin jetzt gerade an den Russen dran, hier, *Verbrechen und Strafe,* solltest du mal lesen.» Er hielt ihm einen dicken Band mit Goldschnitt hin. «Der Typ wusste mehr, sag ich dir. Er war nur noch nicht so weit, das selbst zu begreifen.»

Adrian wog das Buch unschlüssig in der Hand. «Ich hab gar nicht gewusst, dass du wieder mal in der Heimat bist. Man sieht dich so selten.» Er nutzte die Gelegenheit, um unauffällig das Buch wieder hinzulegen, und schaute sich in dem Raum um. «Bist du die meiste Zeit hier drin?»

«Ich geh nicht gern raus.» Quentin setzte die Flasche an und leerte sie zur Hälfte. «Zu gefährlich. Wegen dem Mindcontrolling.»

«Mindcontrolling?» Adrian entfuhr vor Überraschung ein Rülpser. Er runzelte die Stirn. Mindcontrolling, wo hatte er das nur schon gehört?

«An den Autobahnen machen sie das auch. Haben es getarnt, als Mautsystem. Aber nicht mit mir.» Quentin zog mit dem kleinen Finger sein Unterlid ein wenig herab. «Meine Maschine ist innen voll ausgekleidet, um die Strahlen abzuhalten. Hab ich selbst gemacht, über sechs Stunden Arbeit. Aber es hält. Und Rosenquarz auf dem Armaturenbrett. Ich schlüpf denen durch die Finger.» Er wurde sehr ernst und schaute Adrian an. «Solltest du auch machen. Das mit dem Rosenquarz.»

«Aha», sagte Adrian, in dessen Kopf sämtliche Alarmglocken läuteten. Er sah Leute vor sich, die in Alufolie eingewickelte seltsame Helme trugen und mit Stimmen aus ihrem Radio kommunizierten. «Und hier?», fragte er und wies mit dem Kinn vage in den Raum, der keine besonderen ‹Schutzvorrichtungen› aufzuweisen schien. Noch nicht einmal die üblichen Abschirmungsmaßnahmen gegen ganz normale nachbarliche Neugier wie Vorhänge oder Fensterläden waren zu sehen.

Quentin blieb gelassen. «Die Kristalle im Mauerstein hier

sind optimal. Die lassen die Strahlen nicht durch. Ist eine geologische Eigenart, wissenschaftlich erwiesen. Und die Wände sind dick.» Er klopfte mit der Faust dagegen, um es zu demonstrieren. «Solange du drinbleibst, kann dir gar nix passieren.»

«Und wir anderen, die wir so draußen rumlaufen?» Adrian führte die Flasche besonders cool zum Mund, stieß sich den Zahn und fluchte.

Quentin kniff ein wenig die Augen zusammen. «Was glaubst du, wieso immer alle in die gleiche Richtung rennen? Mäntel bei Burberry's kaufen, Autos bei BMW. Und dann ist auf einmal Shredded Wheat zum Frühstück in Mode, und alle fressen es.» Er schluckte. «Und alle gucken dasselbe im Fernsehen, purer Schrott, aber sie schalten wie ferngesteuert ein. Und sie joggen, wenn es angesagt ist, und sie wählen und glauben an den Kapitalismus und machen mit bei dem großen Spiel.»

«Sie wählen aber doch verschiedene Parteien», warf Adrian ein.

Quentin betrachtete ihn mitleidig. «Und du hältst die echt für unterschiedlich?», fragte er.

«Die Theorie hat was für sich», gab Adrian zu. Die Unterschiede zwischen rechts und links verschwammen in der Tat zusehends. Und korrupt schienen ihm ohnehin alle zu sein.

«Ames, ich sag dir, die werden alle von derselben Macht gelenkt.»

«Und die wäre?», fragte Adrian. Er dachte an die Geheimdienste, die Banken oder vielleicht auch die Illuminaten.

«Na, die da oben.» Quentin grinste schlau und wies mit dem Daumen zum Himmel.

«Äh», sagte Adrian und fürchtete, als Nächstes ein Werbeheft der Zeugen Jehovas in die Hand gedrückt zu bekommen, komplett mit Lamm und Löwen im Paradiesgarten und händchenhaltenden Menschen in Freizeitkleidung. Oder von den wiedergeborenen Christen. Oder den Mormonen. «Gott?», fragte er vorsichtig. «Engel?»

«Die Außerirdischen, Ames.»

«Ach so, die, na klar.» Adrian wusste nicht, ob er lachen oder weinen sollte. «Bist du Scientologe, Morgan?»

«Scientology? Pures Gift. Seelenfänger, die versuchen, mit ihren Praktiken die arische Rasse zu versklaven.»

Adrian stellte seine Flasche ab. Er hatte das dringende Bedürfnis zu gehen.

Quentin lachte böse. «Da zuckt er zusammen. Aber die Arier sind uns aus dem All gesandt, Ames, da beißt die Maus keinen Faden ab. Sie sind unsere Ahnen und unsere Zukunft. Die große Abrechnung wird kommen. Dann senden sie den letzten Avatar, der uns anführen wird.»

Adrian stellte seine Flasche hin und schaute sich nach der Tür um. «Und bis dahin machen sie Mindcontrolling? Ich bitte dich, Morgan …»

«Das sind doch die anderen, Ames, die Bösen.»

Adrian schob die Unterlippe vor. «Es gibt also gute und böse Außerirdische? Respekt, Morgan, das ist echt differenziert.»

«Mach dich nur lustig, Ames. Du hast noch nicht viel über das Leben nachgedacht, oder? Es besteht immer aus Gut und Böse, das ist es, was alles durchzieht und einteilt.»

«Also, ich …»

«Das Gute muss sich wehren, Ames. Wir dürfen uns nicht von oberflächlichen Moralvorstellungen verwirren lassen.»

Das klang verdammt vertraut. So oder ähnlich hatte er selbst argumentiert im Lauf der letzten Nacht, in der er wenig geschlafen hatte. Er war in seinem Zimmer auf und ab gelaufen und hatte über das Recht auf Notwehr philosophiert. Adrian wurde blass und begann zu schwitzen.

Quentin schien es nicht zu bemerken. «Die Moral der Masse ist nicht die Moral des Eigentlichen. Wenn der letzte Avatar kommt, werden sie schreien und ihn als Massenmörder brandmarken. Dabei wird er der Retter sein, der die Ordnung herstellt. Die tiefe, eine Ordnung.»

«Morgan, ich muss jetzt wirklich los.» Adrian hatte seine Sprache gerade für diesen einen Satz wiedergefunden. Ohne Rücksicht auf Höflichkeit strebte er der Tür zu. Schon auf der Treppe rannte er. Als er draußen stand, warf er unwillkürlich einen Blick in den blauen Himmel. Ein silbern glitzernder Düsenjäger zog dort seine Bahn. Die Spur zerfaserte über dem Horizont. Mindcontrolling? Adrian versuchte zu lachen und atmete ein paarmal tief ein. Nichts als schönes Wetter und saubere Luft. Das war doch alles Wahnsinn. Er versuchte zu lachen und zu vergessen, wie sehr ihn Quentins Worte aufgewühlt hatten. Das Gute musste sich wehren, ja, es hatte das Recht dazu. War das nicht genau seine eigene Position? Und war er dann auch so ein Irrer?

Nein, er glaubte nicht an Arier und Avatare und solchen Mist. Er gehörte nicht zu den Spinnern. Er war nur … Adrians Denken setzte für einen Moment aus. Was war er? Verzweifelt? Im Recht? Schlauer als die Übrigen? Was tat er da eigentlich?

«Willst du noch lange in die Luft starren?»

Adrian blinzelte. Vor ihm stand Maud und sah ihn schmollend an. Wo war sie hergekommen? Er fragte sie.

«Bist du irre?», erkundigte sie sich unfreundlich. «Du stehst vor meiner Haustür. Und im Übrigen waren wir für vor einer Viertelstunde verabredet, Herr Ames.»

Adrian staunte noch immer. Er konnte sich einfach nicht

daran erinnern, zu ihrem Haus gegangen zu sein und geklingelt zu haben. Und doch hatte er es getan. «Entschuldige», stammelte er.

Maud musterte ihn von Kopf bis Fuß. «Wo ist der Picknickkorb?», fragte sie. «Hast du nicht gesagt, wir wollen ein Picknick machen?»

Das Picknick, richtig! Langsam fand Adrian wieder in die Spur. Er lächelte Maud an. «Ist alles besorgt und erledigt», versicherte er. «Ich hab die Sachen schon am Bootshaus deponiert. Und es gibt Champagner.» Er versuchte, seiner Stimme Schwung zu verleihen. Er bot ihr den Arm.

Sie schob die Unterlippe noch weiter vor. «Na, ich hoffe, es ist wenigstens französischer.» Sie zögerte, sich einzuhängen. Schließlich gab sie nach. Als sie an Patricks Laden vorbeigingen, grüßte sie mit einem Kopfnicken Quentin, der wieder in der Tür stand und sie kommentarlos vorbeiließ.

Adrian atmete tief durch.

«Was ist?», fragte Maud.

«Ach nichts. Ich war gerade in seiner Bude. Der Typ ist echt irre.»

«Das weiß jeder.» Maud zuckte mit den Schultern.

«Sind die Bücher wirklich seine, ich meine, liest der das alles?»

«Keine Ahnung.» Das Thema schien sie nicht besonders zu interessieren. «Ich war noch nie da oben.»

«Klar warst du nicht.» Adrian wunderte sich. Bei der Vorstellung von Maud in dieser Siffbude musste er lachen. «Wieso sagst du das so spitz?»

Maud sah ihn an, als wäre er frisch vom Himmel gefallen. «Du weißt echt gar nichts, oder?» Sie schüttelte den Kopf. «Quentin ist nur alle paar Wochen da. In der übrigen Zeit vermietet er seine Bude, als Treffpunkt für Liebespärchen. Oder wie man das nennen soll. Damit verdient er sich ein Zubrot.»

«Diese Dreckbude?» Adrian wollte es nicht glauben. Er dachte an die Stapel vergammelnder Fastfood-Kartons und das Klo in der Küche, nur durch einen Vorhang abgetrennt.

«Oh», sagte Maud, «derjenige, der sie braucht, macht vorher sauber, weißt du? Wen's angeht, der weiß, wo der Schlüssel hängt.»

«Und?», fragte Adrian provozierend, den ihr belehrender Ton nervte. «Wo hängt der Schlüssel?»

Sie schaute ihn von der Seite an, mit gerunzelter Stirn. Dann kam sie zu dem Schluss, dass er einen Scherz gemacht hatte, und beließ es bei einem schmerzhaften Knuff.

«Wo der Schlüssel hängt? Keine Ahnung, wo der Schlüssel hängt. Da musst du deine Freunde fragen, nicht mich.» Es sollte leichtherzig klingen, aber es misslang.

«Wen soll ich fragen: Ned? Pete? Oder Tom? Oder alle zusammen?»

«Keine Ahnung.» Maud wandte den Kopf ab.

Adrian wusste im selben Moment, dass sie log. Aber es war ihm egal. Seinetwegen mochte sie dort Stammgast gewesen sein. Mit Tom, mit Ned, mit Pete oder ihrem geheimen Sommergast, von dem sie nicht sprechen wollte. Vor Tagen noch hätte es ihm das Herz gebrochen, jetzt konnte er es sich sogar vorstellen, Maud auf diesem Sofa, mit gespreizten Beinen, ein Mann keuchend über ihr … Adrian blinzelte. Es spielte keine Rolle mehr. Im Grunde machte es die Sache nur leichter.

In sein Schweigen hinein fragte Maud. «Also zum Bootshaus, ja?» Die Absätze ihrer Sandalen klackerten über den Asphalt des Kais. Sie räkelte sich ein wenig und zog den Spaghettiträger ihres terrakottafarbenen Tops zurecht. «Mir wäre ja ein Ausflugslokal lieber gewesen. Was wir *da* sollen, weiß ich immer noch nicht so recht.»

Adrian spürte genau, dass sie schon wieder log. In Wirklichkeit war sie mehr als scharf darauf, den Ort ihres künftigen Reichtums zu besichtigen. «Wir werden über Obstwiesen wandeln und wissen, dass es Goldbarren sind», sagte er. Auf ihrem Gesicht erblühte ein Lächeln, und er hasste sie dafür.

«Na gut.» Sie schob ihren Arm unter seinen. «Aber denk dran. Ein falsches Wort, und ich serviere dich der Polizei auf einem Silbertablett.»

«Danke, dass du das aussprichst, Maud.» Adrian zog sie näher an sich. «Aber wie wäre es damit: Kein falsches Wort an irgendwen von dir, und ich serviere dir deine Zukunft auf einem Tablett aus Platin.»

«Schau'n wir mal.» Schwungvoll passte sie sich seinem Schritt an.

Adrian ging, obwohl er kein Gefühl für den Boden unter sich hatte. Er sah, dass die Sonne schien, aber er spürte ihre Wärme nicht. Er fühlte kaum seine eigenen Hände. Der Himmel war noch immer makellos blau, frei von Gedanken kontrollierenden Raumschiffen. Kein Alien weit und breit, und keine kriegerischen Arier. Der vertraute Pier lag vor ihnen und die unschuldige Reihe der kleinen Häuser. Er kannte die Namen aller Boote, die fest vertäut vor sich hin dümpelten. Das Meer war still und schwappte friedlich gegen die alten Steine. Es roch wie immer nach Salz und Tang, nach frischem Fisch und altem Eisen und ein wenig nach Urin, so vertraut, so übersichtlich. Und doch war es Adrian, als wäre er, seit er aus Quentins Wohnung geflüchtet war, nicht zurück in die Wirklichkeit gelangt, sondern nur von einem Albtraum in den nächsten gefallen.

«Du hast eiskalte Hände», beschwerte sich Maud.

«Ja», sagte Adrian. Mehr brachte er nicht heraus. Dann dachte er: ‹Christy.› Genau hier war er mit ihr auch schon entlanggegangen. Hier war sie stehen geblieben und hatte aufs Meer geblickt. Dort vorne hatte sie gelacht. Er konnte ihr Gesicht genau vor sich sehen. Wie sie sich um sich selbst gedreht und die Arme ausgestreckt hatte, als wollte sie abheben mit dem Wind. Da hinten dann, da hatte er sie stehenlassen.

Noch immer war dieses Sausen in seinen Ohren. Er hätte ihren Namen schreien mögen, um ihn zu hören gegen diesen Sturm. Er wollte es, wollte es mehr als alles andere. Adrian öffnete den Mund. Und schloss ihn wieder. Das tat zu weh. Ihr Name sollte nicht in Berührung kommen mit dem, was er hier tat. Er durfte sie da nicht mit hineinziehen. Er biss die Zähne zusammen, um den sehnlichen Wunsch niederzukämpfen, zu einem Telefon zu laufen und ihre Stimme noch einmal zu hören. Wenn er nur ihre Nummer hätte. Aber was durfte, was konnte, was sollte er ihr sagen?

«Einen Fünfer für deine Gedanken.» Mauds Stimme klang spröde.

«Entschuldige», sagte er mechanisch und versuchte sich zu konzentrieren. «Gleich dort vorne ist der Einstieg. Du wirst sehen», fügte er hinzu mit einem Blick auf ihre Schuhe. «Der Weg ist gar nicht steil.»

39. Kapitel

«Grüß dich, Harriet.» Rose trat an die Gattin des Pensionsbesitzers heran, die schwer beschäftigt war. Wie ein Mann packte Harriet zu und hob die Steigen voller Eis und Fisch auf ihren Lieferwagen. Sie arbeitete fast im selben Tempo, in dem auch die Fischer ihre Fracht vom Boot auf den Kai wuchteten. Auf der Ladefläche dann kontrollierte sie die Ware, schob die hochwertigen Stücke in eine besondere Ecke, machte Häkchen auf einer Liste und rechnete im Kopf.

Fasziniert sah Rose ihr zu. Sie liebte die glänzenden Körper der Fische, die leuchtenden Muster der Schuppen, hier Netze aus Silber, jedes Plättchen schwarz umrahmt, dort schwarzkörnige, samtig wirkende Haut, da überraschend bunte Flecken und Streifen. Manche hatten Tentakel und Auswüchse, die an Korallen oder Pflanzen erinnerten, andere groteske Mäuler, in deren Innerem es rot schimmerte. Manche waren ganz und gar scharlachrot, wieder andere so kühl blau wie das Meer, aus dem sie stammten. Manche wirkten hart und scharf wie Klingen, die nächsten zerflossen auf ihren Unterlagen. Die Aale, Conger, dicht an dicht gepackt in einer Wanne, lebten noch und schlängelten sich durcheinander in Serpentinen, die nirgendwohin führten.

«Willst du ein paar?», fragte Harriet, ohne bei der Arbeit innezuhalten. «Die schmecken gut gegrillt. Du musst sie aufspießen und über die Glut hängen. Es soll noch genug schöne Tage geben.»

Rose schüttelte den Kopf. Sie bereitete Fisch, wie die meisten englischen Hausfrauen, am liebsten als Auflauf zu, püriert in der Form und bedeckt mit einer dicken Schicht Kartoffelbrei. «Danke.» Sie lachte. «Malen würde ich sie.»

«Vom Malen wird man nicht satt.» Harriet stemmte die nächste Steige. Sie schaute ihrer Gesprächspartnerin nicht in die Augen.

«Aber vom Verkaufen von Bauland schon, meinst du das?» Rose beschloss, den Stier bei den Hörnern zu packen. «Wollt ihr jetzt alle verrückt werden wegen eurem Aquapark?»

Harriet wurde rot und biss sich auf die Lippe. Sie überlegte, vor der Brust eine Ladung Heringe auf ihrem Eisbett. «Entschuldige», sagte sie schließlich. «Man weiß schon nicht mehr …» Sie strich sich eine Strähne aus dem unschönen Gesicht. «Es ist schon eine schlimme Sache mit dem Geld. Wenn man nicht so drauf achten müsste, wär's anders.»

Es lag Rose auf der Zunge zu fragen, wie es mit der Pension lief. Schon seit Jahren, seit sie Harriet kannte, schuftete die junge Frau. Sie kochte und putzte im Seaside Home, hatte diesen Job hier bei der Fischereikooperative, und bei Patrick half sie, wenn eine Inventur anstand oder Lagerarbeiten, und sie reinigte ab und zu abends den Laden. Manchmal fragte Rose sich, was Ned eigentlich machte, außer der Buchhaltung und Konversation mit den Gästen, vor allem den weiblichen, was man so hörte. Natürlich stand er auch viel bei Patrick herum, trank Bier mit den anderen – und angeblich hatte er eine Leidenschaft für Hunderennen. Aber das wurde nur hinter vorgehaltener Hand erzählt. Harriet tat ihr leid.

«Falls es dir ein Trost ist, ich habe nicht vor, Adrian vom Verkauf abzuraten oder mich irgendwie einzumischen.» Es rutschte ihr heraus, ehe sie nachdenken konnte. Sie hatte selbst nicht gewusst, wie fest dieser Entschluss bereits war. «Er wird entscheiden, wie es weitergeht.»

«Ah?» Harriet hielt inne und wischte sich mit dem Unterarm über die Stirn. «Dann wird ja alles gut.»

«Ist das so?», fragte Rose bitter.

Harriet neigte den Kopf schräg und schaute Rose lange an, während sie sorgsam ihre Hände an der altersgrauen Schürze trocken rieb, rote, spröde gewordene Hände, die noch am nächsten Tag nach Fisch stinken würden. «Also, ich bin *für* den Park», begann sie langsam, wie es ihre Art war.

«Ja?», fragte Rose, die sich sicher war, dass da noch mehr kommen würde.

Harriet zögerte. «Wegen dem Mädel allerdings, der Maud …»

«Also Mädel ist ja wohl ein bisschen übertrieben», konnte Rose sich nicht verkneifen anzumerken.

In Harriets Augen glomm eine gut verborgene Freude. Vielleicht, dachte Rose, die dieses sachte Zeichen von gemeinsamer Antipathie wohl erkannte, konnte sie Freude auch gar nicht mehr anders erleben als unterdrückt und heimlich. Sie beschloss, es Harriet leichtzumachen, und fügte hinzu: «Diese Provinz-Mata-Hari.»

Das schien zu viel gewesen zu sein. Harriets Blick wich ihr aus. «Er sollte halt nicht voreilig sein», murmelte sie.

«Voreilig? Du meinst, was schwerwiegende Entscheidungen angeht, oder was?» Rose erhielt keine Antwort. «Oh, ich wünschte, ich könnte …» Sie bemerkte, wie das Thema Maud sie aufregte. «Wie oft hab ich ihm schon gesagt, lass die Finger von der, aber …»

«Man kann nix machen.» Harriet brachte das hervor wie ein Glaubensbekenntnis. Knapp und endgültig. Dann widmete sie sich wieder ganz ihrem Fisch.

«He, Harriet», rief jemand vom Schiff her. Mit Schwung krachte eine Kiste Seezungen auf den Kai.

Die junge Frau seufzte.

Rose begutachtete die neue Ladung. «Also, von denen würde ich drei nehmen.»

Harriet stimmte zu, indem sie eine Handwaage herauszog, die Fische abwog, sie in Papier einwickelte und mit Bleistift darauf den Preis ausrechnete. «Schön püriert mit Erbsen, und dann mit Kartoffelbrei überbacken», meinte sie, als sie Rose das Päckchen übergab.

Rose nickte.

Harriet zögerte. «Und du?», fragte sie. «Kommst du denn da oben zurecht? Wenn jetzt …» Sie brachte den Satz nicht zu Ende.

«Wegen dem Geld, meinst du?» Rose lachte. «Ich hab nie viel gebraucht. Ich führ mein Leben, Harriet, wie eh und je.» Sie ließ ihren Blick über die Bucht schweifen, dachte dabei an Morningstars Boot, errötete innerlich und log ein wenig: «Ich hab nie was anderes gewollt.»

«Bist zu beneiden.»

Das klang so aufrichtig, dass Rose unwillkürlich in Harriets Gesicht schaute. Aber das sah nicht unglücklich aus, oder wütend oder neidisch. Nur verschlossen. Was immer sie für Sorgen hatte, sie würde sie vermutlich nicht mit Rose teilen. Ob sie mit jemandem redete?, überlegte Rose. Die Männer hingen bei Patrick herum; gab es für die Frauen ein ähnliches Treffen, ein Kränzchen in der Pension oder neben dem Spülstein im Siren's Pub, wenn die Gäste gegangen waren, oder an einem anderen diskreten Ort? Oder traf Harriet alleine ihre Entscheidungen?

Rose wusste es nicht, da sie sich immer schon von den Geselligkeiten des Ortes ferngehalten hatte. Nicht erst seit Jonas. Es war ihr nie schwergefallen, für ihn zu schweigen, da sie nie viel mit den Menschen hier geredet hatte. Rose seufzte, als sie daran dachte, dass Adrian darin vermutlich nach ihr kam und dass es ihm das Leben womöglich schwergemacht hatte über die Jahre, und sie verspürte ein vages Schuldgefühl.

«War's das?», fragte Harriet.

Rose zuckte zusammen, bis sie begriff, dass ihre Bekannte mit den Fischern redete.

Die wurden mit einem Mal gesprächig. «Leergefegt» sei das Meer, erklärten sie. So etwas hätten sie noch nie erlebt. «In der Bucht war kein einziger Fisch zu finden. Am Kap nix, nix draußen am ‹Free Man's Point›. Wir mussten über fünfzig Meilen weiter südlich fahren. Und trotzdem …» Sie debattierten eine Weile.

Rose wollte wissen, ob das die Auswirkungen der Überfischung seien, von der man immer im Fernsehen höre. Es hatte sie schon lange gewundert, dass es immer hieß, die Meere seien so gut wie tot, und in den Tiefkühltruhen der Supermärkte stapelten sich die Fischstäbchen, sodass man sich einfach nicht vorstellen konnte, dass es je wirklich enden würde.

«Ach was», sagte einer der Männer und spuckte aus. «Gestern waren sie noch da, heute weg, das ist keine Umweltkatastrophe. Nicht so plötzlich.»

«Was ist es denn dann?», fragte Harriet, die gerade berechnete, dass der heutige mickrige Erlös einer Katastrophe schon ziemlich nahe kam.

Im Hintergrund tuckerte ein weiteres Schiff in den Hafen. Zwei Mann standen an der Reling, rauchten und winkten und schauten düster drein.

«Nichts», verkündete Roses Gegenüber und spuckte ins Wasser. «Sie sind drei Stunden nach uns raus. Und sie sagen, da ist gar nichts mehr.» Er steckte die Hände in die Taschen und stakste zu seinen Freunden hinüber, die den Kollegen beim Anlegen halfen, um den Austausch über die Reling hinweg fortzusetzen.

«Es gibt vor Broxton keine Fische mehr?» Rose wollte es nicht glauben. «Ja, aber warum ...?», wandte sie sich wieder an Harriet.

Doch die Frau des Pensionsbesitzers hatte sich bereits abgewandt und grub in ihrer Schürzentasche nach den Autoschlüsseln. Die Fische mussten zum Großmarkt. Sie hob die Hand zum Gruß durch das Fenster, während sie den Motor startete, der ratterte und keuchte. Rose winkte höflich hinterher. Dann blieb sie alleine zurück, mit den letzten Flundern der Küste und der Erkenntnis, dass die Frauen von Broxton ihre Geheimnisse ebenso gut wahrten wie das Meer.

«Was sagst du? Bambusfasern?» Morningstar brüllte in die Freisprechanlage und überholte einen Porsche, um mit quietschenden Reifen vor einer roten Ampel abzubremsen. Er konnte es sich einfach nicht angewöhnen, in Zimmerlautstärke mit Menschen zu sprechen, die Meilen entfernt und nur elektronisch mit ihm verbunden waren. Der Neandertaler in ihm verlangte wenigstens nach einem Hörer. «In den Druckstellen? Sicher? Ah, unterm Mikroskop. Das ist interessant. Nein. Ich sag's ihm selber.»

Er wandte sich Ondra zu, die blass und stumm auf dem Beifahrersitz hockte. «Alles okay?», fragte er, um gleich wieder in doppelter Lautstärke fortzufahren: «Nein, ist was Persönliches. Du willst doch immer noch da hin? Nach Broxton?», erkundigte er sich dann wieder sanfter bei seiner Mitfahrerin. Er bremste ab und hupte: «Arschloch. Wenn wir erst auf die Küstenstraße kommen, wird es besser. Christy? Ich meine: Ondra?» Als er endlich wieder seine Aufmerksamkeit vom Verkehr abwenden konnte, warf er ihr einen besorgten Seitenblick zu. «Ondra?» Was er sah, ließ ihn abrupt bremsen. Hinter ihm hupte es. Hektisch kurbelte Morningstar am Lenkrad, um eine Kollision zu vermeiden. Der Wagen schlingerte über die Fahrbahn, kam dann aber wieder unter Kontrolle. «Andrew? Ich rede mit Knightley, versprochen. Ich ruf dich zurück, ja?»

Morningstar schaltete sein Telefon aus, trat aufs Gas, ließ die letzten Häuser der Stadt hinter sich und fuhr mit Schwung auf einen Parkplatz. Es war eine Ausbuchtung über der Küste, umgeben von einer halbhohen Natursteinmauer, an der ein überquellender Mülleimer festgeschraubt war. Flaschen schepperten, als Morningstars Wagen zum Halten kam und er die Tür öffnete, damit Ondra frische Luft bekäme. Abgase quollen herein, dezenter Fäulnisgeruch, das Aroma schalen Bieres und endlich: das Salz des Meeres. Man sah auf die Ausläufer der Bucht hinaus, dort, wo sich das hellere Blau verabschiedete zugunsten des tiefen Dunkels der hohen See, das vom Licht des späten Nachmittags blass vergoldet wurde. Die Haut des Meeres runzelte sich dort, wo sie sich bis zum Horizont streckte.

Morningstar atmete tief durch und ließ sich in seinen Sitz sinken, ehe er sich Ondra zuwandte. «Geht es wieder? Mein Gott, Mädchen, du hast ausgesehen wie der Tod. Ich weiß schon, mein Fahrstil ist gewöhnungsbedürftig. Oder sind Nixen generell nicht reisefest? Ich …» Weiter kam er nicht. Das Mädchen, das bisher in die Ferne gestarrt hatte, wandte ihm das Gesicht zu. Sie schaute ihn an.

Morningstar öffnete den Mund. Aber …, wollte er beginnen. Doch er brachte nicht heraus, was er hatte sagen wollen. «Deine Augen», stammelte er. «Was ist mit deinen Augen?»

«Was soll mit ihnen sein?», fragte Ondra. Sie sprach langsam, wie im Traum. Ihre Stimme klang, als wäre sie sehr weit entfernt.

«Sie, sie sind …» Morningstar wusste nicht, wie er es beschreiben sollte. «Grün», sagte er schließlich. «Oder: nein.» Im selben Moment erschienen sie ihm vollkommen dunkel zu sein und tief wie Löcher. Dann wieder waren sie reine Oberfläche, sie schillerten, und ihre Farbe wechselte mit jeder Schattierung des schwindenden Lichts. Waren sie eben noch smaragdgrün gewesen, schimmerten sie jetzt wieder blau, dann blass lilafarben, grau bis zur Farblosigkeit, schließlich golden, dann beinahe schwarz, um wieder tintenblau zu werden. Es war ein Schauspiel, als blicke man in einen Opal.

«Deine Pupillen, sie sind mit einem Mal ganz klein. Wie die Spitzen von Nadeln.» Er griff nach dem Sonnenschutz und klappte ihn herunter, damit der Schatten auf das Gesicht der Nymphe fiel, die noch immer wie eine Somnambule dasaß. Aber Ondras Pupillen weiteten sich nicht, ebenso wenig, wie sie sich früher zusammengezogen hatten. Sie blieben fremd und klein und scharf und ließen ihren Blick, dachte Morningstar mit einem Schaudern, aussehen wie den eines hungrigen Tieres. Eines fremdartigen, hungrigen, unzähmbaren Tieres. Die Gleichgültigkeit, die aus diesem Blick sprach, schien ihm uralt zu sein und erschreckte ihn mehr als alles, was er je gesehen hatte. Einen Moment lang wäre er am liebsten aus dem Auto gesprungen und davongelaufen.

Da seufzte sie und sank in sich zusammen.

«Christy, mein Gott, Christy!» Er überwand seine Furcht, packte sie an den Schultern und schüttelte sie. «Hörst du mich überhaupt?»

Sie hob den Kopf. Auf ihrem Gesicht erblühte ein seltsames Lächeln, das Morningstar eine Gänsehaut verursachte. «Ich höre so vieles», murmelte sie, richtete sich wieder auf, nachdem sie eben wie eine Stoffpuppe herumgeschlenkert war, und wandte sich ab, das Gesicht blicklos der See zugewandt.

Der Pathologe saß da und wusste nicht, was er tun sollte. «Christy, ich meine Ondra. Ich …» Zum ersten Mal in seinem Leben fühlte er sich überfordert. Da fiel ihm etwas ein. «Die Spurensicherung sagt, in den Würgemalen am Hals der Frau waren winzige Fragmente von Bambusfasern. Wir suchen also nach einer Kette oder einem Vorhang aus Bambuskugeln. Hast du so etwas gesehen, als du in Broxton warst?»

Sie schüttelte den Kopf, nicht besonders interessiert, wie ihm schien. Offenbar war sie nicht bereit, zu ihm zurückzukehren.

Morningstar trommelte mit den Fingern aufs Lenkrad. «Trotzdem sollten wir Knightley so rasch wie möglich Bescheid geben. Ich werde mit ihm reden, während du deinen Adrian suchst.»

«Ich suche ihn nicht.» Ondras Stimme klang belegt. Es war der erste Hauch von Emotion, den Morningstar bei ihr wahrnahm, seit sie dieses Gespräch führten.

«Ach, auf einmal nicht mehr?», entfuhr es ihm. «Warum zum Teufel unternehmen wir dann diese Fahrt? Ich habe mir extra freigenommen. Ich erzähle meinen Mitarbeitern irgendwelche Geschichten und kommuniziere ständig übers Telefon mit meiner Dienststelle, weil eine Nixe mir sagt, dass sie ein romantisches Rühren verspürt und mit ihrem Ex reden will. Und – um das Maß vollzumachen – das alles tue ich, anstatt derselben Nixe, wie eigentlich geplant, falsche Papiere bei einem korrupten Exbullen zu besorgen, was alleine meine Karriere ruinieren dürfte. Und dann werde ich hier auch noch zu Tode erschreckt.»

Im selben Moment, in dem er es aussprach, wurde ihm

klar, dass es stimmte: Er hatte Angst, eine unbestimmte, aber große Angst, die er sich selber nicht erklären konnte. Er hob die Hände und ließ sie auf das Lenkrad fallen. «Ich habe mich übernommen», bekannte er. «Die Situation wächst mir über den Kopf.»

Ondra lächelte, ein wenig wie der Mensch, der sie noch vor kurzer Zeit gewesen war. «Es ist ein Unterschied, ob man den Haifisch auf dem Teller liegen hat oder ob er einem in der Badewanne um die Beine schwimmt, nicht wahr?»

«Oder im Gartenteich des Nachbarn.» Auch Morningstar musste lächeln. «Ich hätte die Aliens in den Filmen lassen sollen, wo sie hingehören.»

«Ich bin kein Alien.» Für einen Moment sah Ondra wieder aus wie das traurige, verlassene Mädchen, als das er sie kennengelernt hatte.

Spontan wollte er ihr übers Haar streichen. Dabei nahm er eine Vibration wahr, so ähnlich wie das Gefühl, wenn man sich einer Starkstromleitung nähert: dieser Eindruck, als ob die Luft dicker würde, widerständiger, dass da etwas vibrierte, dem man besser nicht zu nahe kam. Er ballte die Finger zur Faust und zog die Hand zurück. Nie wieder würde er vergessen können, dass sie so viel mehr war als ein verirrtes Kind. Jetzt sah er auch, dass ihre Hände zitterten und dass sie ihre Beine nur mit viel Mühe unter Kontrolle hielt, indem sie die Finger um die Knie krampfte.

«Ich wünschte, ich könnte helfen», sagte Morningstar.

«Das können Sie», sagte Ondra, die nun endgültig aus ihrem seltsamen Schlaf erwacht schien. «Wir müssen ans Meer.»

«Nach Broxton?» Er legte den Gang ein und stellte keine weiteren Fragen.

«Ja, es wird in Broxton geschehen», flüsterte Ondra. Das Lächeln in ihrem Gesicht verschwand. «Wo sonst?», murmelte sie, aber die Frage galt nur mehr ihr selbst, und Morningstar machte keine Anstalten, sie aufzugreifen. Er drehte den Zündschlüssel, ließ den Motor aufheulen und bog wieder auf die Straße ein. Er fuhr noch aggressiver als zuvor und raste über die Serpentinen der Küstenstraße, dass der Kies spritzte. Irgendetwas sagte ihm, dass es schnell gehen musste, obwohl es noch immer ein strahlend schöner Tag war. Die langsam sinkende Sonne tauchte alles in ein mildes, nostalgisches Licht. Der Wind wehte sanft vom Meer her, fast müde. Der Himmel war makellos blau. Nur ganz fern am Horizont zeichnete sich jetzt ein hauchfeiner Schatten ab, der gegen die Sonne kaum zu erkennen war. Nur wer seine Augen beschattete und ihn lange verfolgte, hätte sehen können, wie er dort über dem Meer wuchs und wuchs und wuchs.

Adrian streckte sich im Gras aus und schaute in die Zweige der Bäume. «Seltsam», meinte er, «sonst sind hier immer Vögel.»

«Sonst? Bist du oft hier?», fragte Maud desinteressiert und nahm sich mit spitzen Fingern eine der Pasteten. Sie nippte an dem Champagner, den er in letzter Minute eingepackt hatte und der etwas zu warm war.

Christy, fiel es Adrian ein. Als er mit Christy hier gewesen war, hatte alles gelebt. Immer dort, wo sie war, schienen Tiere aufzutauchen. Es war, als strahle sie etwas aus, das alle Lebewesen anzog. Katzen, Hunde, sogar die rüpelhaften Möwen wurden zahm und schienen kurz davor, sich von ihr kraulen zu lassen. Sie hatte etwas, das einen sich bei ihr wohl fühlen ließ. Er schob den Gedanken beiseite.

«Du hast recht», meinte Maud, legte die Hand über die Augen und betrachtete den Himmel. «Nicht mal Möwen. Normalerweise kann man keinen Krümel Essen auspacken, ohne dass sie auftauchen und zu klauen versuchen. Das ist der Fluch der Küste.»

«Neulich haben sie mir sogar mein Handy geklaut», entfuhr es Adrian, der sich im selben Moment verwünschte, davon erzählt zu haben. Er wollte mit Maud nichts teilen, keine Erinnerungen, keine Gedanken, nicht den kleinsten Fitzel aus seinem Leben. Finster verzog er den Mund.

«Echt wahr?», fragte sie amüsiert und schaute mit zusammengekniffenen Augen noch einmal in den Himmel. «Der Himmel ist wie ausgestorben. Wirklich seltsam. Na, vielleicht ist ihnen das Tal hier einfach zu eng.»

Adrian war froh, dass sie keine weiteren Fragen stellte. Ihr Desinteresse an allem, was ihn betraf, das sie so wenig verbarg und das früher sein Fluch gewesen war, empfand er mittlerweile als einen Segen. Und flüchtig dachte er, dass das sogar eine Basis sein könnte: eingestandene gegenseitige Gleichgültigkeit; es gab Ehen, die auf weniger aufgebaut waren. Dann aber siegte wieder sein Ekel.

«Mistviecher», rief Maud und zertrat einen Käfer, der sich mit sechs Beinchen ackernd seinen Weg über ihre Stilettos gesucht hatte.

«Das war überflüssig.»

Maud schaute auf, erstaunt über die Härte in seiner Stimme, und runzelte die Stirn. «Oh, da kann ich ja froh sein, dass ich mit einem Ultra-Pazifisten verabredet bin.»

Adrian errötete. Er dachte an den Benzinkanister, den er im Bootshaus deponiert hatte. «Was redest du denn da», murmelte er, weit sanfter im Ton.

Maud neigte sich zu ihm hinüber und fuhr ihm mit der Zunge sacht über die Mundwinkel. Adrian erschauerte.

Sie kicherte. «Siehst du?», fragte sie und legte die Hand auf seine Brust. «Es kann sehr interessant sein, mit zwiespältigen Gefühlen zu experimentieren.»

Er wich ihrem Blick aus. «Ich weiß gar nicht, was du da redest.»

«Nicht?», hauchte sie und ließ ihre Hand tiefer wandern. «Dann sag mir, dass du mich nicht hasst. Das kannst du nicht, nicht wahr? Und ich sage dir, ich werde deinen Hass genießen.»

Er packte ihre Hand heftig.

Ihr Blick verschleierte sich. «Nur zu», hauchte sie. «Ein andermal werde ich diejenige sein.» Sie legte den Kopf zurück und bot ihm ihre Kehle dar.

Adrian sprang auf. «Es wird kein anderes Mal geben», rief er, «verstehst du mich, du krankes Miststück?»

Maud wirkte wieder völlig beherrscht. «So?», fragte sie pikiert und ließ ihre Hand über dem Picknick kreisen, das Adrian so sorgsam zusammengestellt hatte. «Mmmh, Lachs.» Sie nahm eine weitere der kleinen Pies und biss geziert hinein. «Und um mir das zu sagen, hast du dir all die Mühe gemacht?»

«Halt den Mund, halt endlich den Mund.»

«Uhh, Adrian, ein Ausbruch von Temperament! Muss ich mich jetzt fürchten? Huhu!» Sie wedelte mit den Händen wie eine schlechte Darstellerin in einem Horror-B-Movie. «Als ob du nicht wüsstest, dass meine Lebensversicherung beim Notar liegt.»

Adrian ging in die Hocke, um ihr näher zu sein. «Nur dass du davon ausgehst», sagte er leise, «dass ich mich rational verhalten werde. Was aber, wenn ich das nicht tue?»

Zum ersten Mal tauchte so etwas wie Unsicherheit in ihrem Gesicht auf. Sie versuchte ein Lächeln. «Ach, sind die Häppchen etwa mit Strychnin versetzt?», fragte sie. Ihr Ton war neckisch. Aber er sah, dass sie blass geworden war.

«Nein», sagte Adrian ernst. «Nur mit einem Betäubungsmittel.»

«Ah, Knightley!» Morningstar war gleichzeitig froh und aufgeregt, als sie den Inspektor endlich gefunden hatten. Er warf einen kurzen Blick über die Schulter zurück. Aber Christy – Ondra, verbesserte er sich; er konnte sich einfach nicht an den neuen Namen gewöhnen – hatte es wie eine Schlafwandlerin auf den Kai gezogen. Dort stand sie, starrte aufs Meer und schien vorerst zufrieden zu sein. Er hoffte, dass Knightley jetzt keine weiteren Fragen über sie stellen würde, und wandte sich wieder dem Polizeiinspektor zu. «Ich habe einen interessanten Anruf vom Labor bekommen», sagte er. «Bambusspuren in den Druckstellen. Was wir suchen, ist keine Perlenkette, sondern so etwas wie ein Perlvorhang, denke ich. Mit Bambusperlen. So ein Teil aus den Siebzigern.»

«So was wird heute genauso verkauft», schnaubte Knightley. «Kommt immer wieder in Mode.» Er sagte das mit der Verachtung von jemandem, der noch mit den Möbeln seiner Großeltern wohnte und vorhatte, diese an seine Kinder zu vererben.

Für einen Moment hatte Morningstar eine klare Vision von dem Klinker-Reihenhaus, in dem Knightley zwischen Antiquitäten, Jagdstichen und künstlichen Blumensträußen lebte, als wäre es ein Landsitz.

«Manchmal begegne ich diesen Dingern bei Morden im Drogenmilieu.»

«Aha.» Morningstar verbarg sein Amüsement hinter einem Hüsteln. «Und, hier schon irgendwelche Drogenspuren aufgenommen? Ich meine ...»

Knightley warf ihm einen scharfen Blick zu. «Ich muss gestehen, wir haben bisher wenige der Häuser von innen gesehen. Schließlich gingen wir davon aus, dass der Mord in einer der kleinen Buchten geschah. Insofern danke ich Ihnen für den Hinweis. Es ist in der Tat interessant. Ach, und ich habe da noch eine Frage, weil Sie gerade da sind.» Wieder konsultierte er sein Notizbuch. «Ich erinnere mich, dass bei den Sachen der Toten ein Handy lag. Haben die Techniker dazu auch schon ...» Er unterbrach sich, als Morningstar einen Schrei ausstieß.

«Christy!»

Die Meerjungfrau war über das Gitter am Kai geklettert.

«Sie will offenbar zum Meer», stellte Knightley gelassen fest. «Weiter vorne wäre eine Treppe gewesen.»

«Mein Gott, hoffentlich hat sie sich nichts getan.» Morningstar war drauf und dran loszustürzen.

«Lassen Sie sie», schlug Knightley vor. «Es ist dort höchstens drei Meter tief und der Sandboden weich. Sportlich ist sie ja.»

Morningstar schnaubte anerkennend. «Haben Sie eine Ahnung: allerdings. Das Mädel könnte vermutlich durch die ganze Bucht joggen und wäre kaum aus der Puste. Anders als unsereiner.»

Knightley lächelte. Er dachte an seinen letzten Joggingversuch, der bereits einige Jahre zurücklag und nach einer Meile in seinem Lieblingspub endete, wo man so freundlich war, ihn nicht auf seine seltsame Kleidung anzusprechen. Danach hatte er noch einen ausgedehnten Spaziergang gemacht, damit seine Frau nichts roch.

«Wenn ihr was passiert wäre, gäb's jetzt schon Geschrei; da unten sind zwei meiner Leute», schloss Knightley das Thema ab. «Sagen Sie, kann ich eine Kopie des Berichts bekommen? Und hat jemand so etwas wie ein Phantombild gemacht von dem, was wir suchen?»

Morningstar überlegte. «Ich glaube, in diesem Supermarkt haben sie ein Fax im Hinterzimmer.»

«Bei Morgan.» Knightley nickte. «Das könnte gehen. Fragen wir. Morningstar?»

Der Pathologe zuckte zusammen. Jetzt kommt's, dachte er. Er fragt nach dem Handy.

Aber der Kommissar sagte kein weiteres Wort. Er stand nur da und starrte verwirrt aufs Meer. «Ich werde alt», stellte er endlich fest. «Für einen Moment dachte ich, das Meer bewege sich.»

Morningstar lachte wie über einen guten Witz. «Das tut es ständig, mein Bester. Es macht quasi den ganzen Tag nichts anderes. Kommen Sie.»

Im Laden war die übliche Runde versammelt, dazu der Besitzer, sein Sohn und, zu Morningstars Überraschung und Erleichterung: Rose Ames.

«Rose», rief der Pathologe. «Wir waren bei euch oben, und alles war verlassen. Hier steckst du also.»

Sie lächelte. «Da kein frischer Fisch aus eigenem Fang kam», erinnerte sie ihn an sein nicht gehaltenes Versprechen, «musste ich einen kaufen gehen.» Sie hielt den Korb hoch.

«Die letzten Seezungen von Broxton», kommentierte Morgan, begleitet vom Nicken der anderen Männer. Der schlechte Fang des Morgens war allgemeines Gesprächsthema geworden.

«Einmal Pech hat nichts zu bedeuten.» Das war Ned. «Die reden doch schon seit Jahren vom globalen Ausverkauf, und was ist? Wir fahren aus seit eh und je. Geht doch alles weiter wie immer.»

«Ja, aber dass einmal Schluss sein würde, das war doch klar», warf Tom ein. Mitleidig betrachteten sie Pete, dessen Familie das Angelgeschäft gehörte und die es daher am stärksten betraf. «Die Touristen wird es nicht stören.» So fasste Tom die Sache zusammen. Surfen würde man weiter. «Aber Thomas, dem geht die Flatter, mit seinen zwei Fangbooten.»

«Jetzt wartet doch erst mal ab, es wird alles nicht so heiß gegessen, wie es gekocht wird.» Patrick Morgan war nicht bereit, sich aus der Ruhe bringen zu lassen. «Diese Untergangspropheten, die wollen doch bloß aus der Angst der Leute Kapital schlagen. Ich lass mich nicht von den ganzen Ökoterroristen ins Bockshorn jagen.»

Pete, mit seinen vom Wind zerzausten Haaren und der ewig gleichen Jacke, gestikulierte lebhaft mit den Händen. Sie waren knochig, mit langen, hageren, von Wind und Wetter geröteten Fingern, die entfernt an Seespinnen erinnerten. «Habt ihr das etwa nicht gelesen? Jetzt bezahlen sie schon irgendwelche afrikanischen Diktatoren, damit sie ihre Küstengewässer plündern dürfen. Weil sie woanders gar nichts mehr fangen.»

Keiner nahm ernst, was Pete sagte. Sie zweifelten, dass er überhaupt lesen konnte. Patrick lächelte. «Na, nach Afrika geht von uns keiner, was, Ned?» Er wandte sich an die anderen. «Diese ewigen Weltuntergangsschreier. Ich sage euch: nicht heute, nicht hier.»

Alle lachten. Er hatte recht. Wer konnte und sollte sich das schon vorstellen: das Ende von allem. So etwas war Stoff für Hollywoodfilme und spannende Bücher. Solche, die man abends im Bett las und dann getrost beiseitelegte, um sich für den nächsten Tag fit zu schlafen.

«*Ich* hab's gelesen, Pete», sagte Rose und lächelte ihm zu.

Mit aufgerissenen Augen starrte Pete sie an, so viel Freundlichkeit war er nicht gewohnt. Dann grinste er. «Ja, genau, eine verdammte Schande.»

«Meine Herren», wandte Knightley sich an die Runde. «Mit Ihrer Erlaubnis muss ich Ihrem Gastgeber ein paar Fragen stellen.» Mit einer Geste bat er Morgan in das Hinterzimmer.

In der Runde setzte ein großes Spotten und Feixen ein.

«Morgan, jetzt kriegen sie dich», rief man ihnen hinterher.

«Morgan, bist du es doch gewesen?» – «Ja, ja, die kleinen Mädchen.»

Rose machte ein empörtes Gesicht.

«Meine Herren, es sind Damen anwesend.» Knightley ließ seine Stimme noch ein wenig tiefer klingen.

Aber Rose strafte ihn mit Verachtung und löste so eine neue Runde Gelächter und höhnische Sprüche auf seine Kosten aus.

«Rose», flüsterte Morningstar besorgt, der zu ihr trat, um ihr anzubieten, sie hinauszubegleiten.

Sie wehrte sich. «Ich weiß nicht, was du mit diesem Menschen willst, der Adrian verdächtigt.» Sie reckte das Kinn.

«Aber das tut er doch gar nicht», log Morningstar wenig überzeugend. Sie sahen einander an, zwischen sich unausgesprochen noch immer die Frage, die Morningstar schon so lange beschäftigte und die zu stellen ihm Christy und Rose in schöner Regelmäßigkeit verboten: Was hatte Adrians Handy bei der Toten zu suchen gehabt?

«Frag doch», flüsterte Rose zurück. «Frag gleich hier. Wenn du nicht in der Lage bist, ein Geheimnis zu wahren. Ein großes Geheimnis, eines, das einen ganzen Mann fordert.»

«Rose, bitte.» Er griff nach ihrer Hand, die sie ihm entzog, und versuchte ihr mit Blicken die Botschaft zu senden, die laut auszusprechen er hier nicht wagte. Dass er sie liebte und nichts mehr wünschte, als ihr vertrauen zu können. Aber diese Nachricht schien für einen Blick zu kompliziert zu sein.

Oder Rose zu stur. Denn ihre Augen erwiderten nichts als Entschlossenheit.

Morningstar bot ihr den Arm. «Vielleicht können wir das draußen klären?»

Sie musterte ihn kühl, drückte ihren Korb an sich und rauschte hinaus.

Knightley erwartete ihn im Büro. Der Ladenbesitzer war noch einmal hinausgegangen, um einen neuen Kunden zu bedienen. Der Inspektor stand vor dem Fax und machte sich mit der Bedienung vertraut. Ein Knopfdruck, und das Gerät surrte auf. Ein Licht blinkte, und Knightley lächelte zufrieden.

Morningstar dachte an Rose, doch Knightleys Frage nach der Nummer der Spurensicherung riss ihn aus seinen Gedanken. Zerstreut gab er Antwort und hörte nur mit halbem Ohr zu, wie der Inspektor telefonierte und von einem Aufkleber die Faxnummer ablas.

«Falls Sie etwas bedrückt», sagte Knightley plötzlich, während sie dastanden und den Geruch nach altem Papier, feuchtem Holz und Staub einatmeten, «dann kann ich Ihnen vielleicht helfen, indem ich erwähne, dass Adrian Ames definitiv nicht zum Kreis der Verdächtigen gehört?»

Erstaunt schaute Morningstar auf. Es war nicht üblich, solche Informationen nach außen zu geben. Knightley musste mehr in seiner Miene gelesen haben, als ihm lieb war. Oder er wusste mehr über ihn, als Morningstar gedacht hatte. Er errötete tief.

«Die Tote hat an dem Abend noch mit einem Freund telefoniert. Der sagte aus, im Hintergrund lief das Ende von ‹Amazing›, dann ein weiterer Song. Dank Ihrer Freundin wissen wir, wann das war. Wir haben im Übrigen das Band gecheckt, das an dem Abend lief. Wir wissen, wann es eingelegt wurde, und können die Uhrzeiten über die Abfolge der Lieder ganz genau festlegen. Als die junge Frau noch lebte, war Ihr junger Freund auf dem Weg nach Hause, was seine Tante und Ihre Freundin bestätigen können. Er hätte gar keine Chance gehabt, in der kurzen Zeit den ganzen Weg zurückzugehen. Er fällt als Verdächtiger raus.»

«Danke.» Mehr brachte Morningstar nicht heraus. Er

wusste, eine Hand wusch die andere, und ein Vertrauensbeweis musste mit einem anderen bezahlt werden. Aber was sollte er sagen: Ich hüte eine Meerjungfrau, so wie meine neue Geliebte früher einen Meermann gehütet hat, und verstoße im Übrigen gegen sämtliche Beamten- und Bürgerpflichten und missachte den gesunden Menschenverstand, auf den ich mein Leben lang gebaut habe. Ach übrigens: Sind Nixen vor Gericht aussageberechtigt? Nein, das ging wohl kaum. Lieber schwieg er.

«Gern geschehen.» Falls Knightley enttäuscht war, ließ er es sich nicht anmerken.

Im selben Augenblick surrte das Fax. Sie senkten die Köpfe über das Papier, das es ausspuckte, dankbar, dass es ihnen erspart blieb, einander in die Augen zu sehen.

Im selben Moment hörten sie von draußen laute Schreie.

40. Kapitel

Maud versuchte, noch einmal auf die Beine zu kommen. Das war nicht einfach mit den hochhackigen Sandalen, deren Pfennigabsätze ihr schon auf dem Weg hierher große Schwierigkeiten gemacht hatten, da sie auf den Wiesen immer wieder bis zum Anschlag in dem weichen Boden versanken. Sie stakste mit zitternden Knien herum wie ein neugeborenes Fohlen.

Adrian war aufgesprungen, brachte es aber nicht fertig, irgendetwas anderes zu tun, als sie zu beobachten. Mit ausgebreiteten Armen stand er da, bereit, sie abzufangen, falls sie Anstalten machte loszurennen. Doch Maud rannte nirgendwo mehr hin.

Sie schwankte und stolperte, fluchte und zerrte an den Riemchen ihrer Schuhe, die nicht nachgeben wollten. Schließlich kroch sie auf allen vieren, immer weiter, blind für die Richtung. Ihre Fingernägel brachen ab, ihre Hände wurden schmutzig, und ihre Knie verfärbten sich grün unter dem Minirock. Sie krabbelte auf das Ufer zu.

Adrian folgte ihr in einigem Abstand.

Dort angekommen, blieb Maud sitzen, in der Haltung der kleinen Meerjungfrau, vor Erschöpfung friedlich. In ihrem Hirn, in ihren Adern, kreiste das Betäubungsmittel und sorgte dafür, dass ihr wie vor Staunen über eine nie gesehene Welt der Mund offen stand. Plötzlich hob sie den Arm. Mit ausgestrecktem Finger wies sie hinaus auf die Bucht. «Das Meer», sagte sie. Es klang, als hätte sie den Mund voller Wolle. «Das Meer ist weg.» Sie lachte ungläubig.

Gleich ist es so weit, dachte Adrian. Die Arme mittlerweile gesenkt, kam er näher und trat hinter sie. Er schaute hinunter auf ihren Scheitel, auf das kupferne Glänzen ihrer Haare, auf die so mageren Schultern, die üppigen Brüste unter dem Top mit den Spaghettiträgern. Sie sah so schwach aus, so hilflos. Es würde ein Kinderspiel sein. Wieder dachte er an das Benzin, dachte an das Messer im Picknickkorb. Stellte sich vor, wie er die Klinge heben und durch diese weiße Haut stoßen würde. Dachte an spritzendes Blut. An Fleisch, das klaffte, an Gerüche und Geräusche, an Knochen, die mit einem Hieb zu zerteilen waren und krachend brachen, und schloss die Augen. Er wusste eines: Er konnte das nicht.

Mehr noch: Er wollte es nicht.

Vielleicht war es besser, sie einfach ins Haus zu schleifen und dort liegenzulassen, bis die Flammen sie fanden? Adrian musste würgen.

Er öffnete die Augen wieder. Schwarzsilberne Ringe kreisten um alles, was er sah. Ihm war schwindelig. Aber damit war nichts gelöst. Dort saß immer noch Maud. Das Weib, das wie ein Monster seine Zukunft fraß.

«Das Meer ist weg.» Diesmal war der Satz kaum noch verständlich.

Er sah sie wanken und trat einen Schritt zurück, damit sie nicht gegen ihn sank und er mit ihr in Berührung käme.

«Seltsam», brachte Maud noch heraus, ehe sie umfiel.

Seltsam war wahrhaftig vieles. Seltsam, dass manche leidenschaftlich gerne grünen Salat aßen, andere nicht. Seltsam der Brauch, sich zur Begrüßung die Hand zu reichen. Seltsam die Narbe, die er immer noch an seinem Knie hatte von einem Sturz, den er mit fünf gehabt hatte, während er die Gesichter der Menschen, die ihn damals aufhoben, trösteten und verbanden, vergessen hatte. Seltsam die Gefühle, die einen Menschen treiben konnten, die Irrtümer, die er beging, allem voran in der Einschätzung seiner selbst. Seltsam war eigentlich beinahe alles. Mein Leben vorneweg, dachte Adrian und hob den Kopf. Da sah er das Allerseltsamste von allem.

«Das Meer», sagte Adrian.

«Es ist weg!» Morningstar konnte nicht glauben, dass er das sagte, aber er glaubte ja auch nicht, was er sah. Das Meer war verschwunden. Wo es sich erstreckt hatte, gähnte jetzt eine Mondlandschaft aus schwarzen Steinen und endlosem Schlick. Gebirge türmten sich auf, von denen sie nicht gewusst hatten, dass sie da gewesen waren. Sie erstreckten sich so weit hinaus, wie man blicken konnte. Und alles war tot.

Nur hier und da in einer Pfütze nahe dem Ufer zappelte und brodelte es beunruhigend. Dort hatten Fische sich in die letzten Teiche gerettet und rangen zusammengepfercht ums Überleben.

«Ja, aber wo … aber wo … wo ist es hin?»

Morningstar drehte sich nicht um, um zu erfahren, wer das gefragt hatte. In diesem Moment sah keiner der Männer von Broxton schlauer aus als Pete, der Idiot.

«Ob man trocken bis nach Frankreich kommt?», fragte ein Witzbold. Auch aus den Häusern strömten die ersten Schaulustigen zum Kai. «Was wohl die Froschfresser dazu sagen?»

«Bei dem Tsunami in Indonesien war's genauso. Das hab ich in der Zeitung gelesen.»

Jetzt schaute Morningstar sich doch um. Knightley war nicht zu sehen. Er saß im Wagen und telefonierte. Morningstar wünschte, er würde bald fertig werden. Denn diesmal gab er Pete mit den Spinnenhänden recht. Das hatte er in der

Tat auch gelesen. Einige der Touristen, die den Tsunami damals mit- und überlebt hatten, berichteten, dass das Meer sich plötzlich zurückgezogen habe, um kurz darauf mit aller Wucht über sie hereinzubrechen. Vage erinnerte er sich an Erzählungen vom Herumgespültwerden, vom Hängen in Strommasten und an Balkonen, von Trümmern und Leichen.

«Aber das hier ist der Kanal», rutschte es ihm heraus, noch ehe ihm klar war, dass das seine Gedanken waren. «Hier gibt es keine Tsunamis. Hier können gar keine entstehen.» Zustimmungsheischend schaute er sich nach den Einheimischen um. «Ist doch so?» Rose, war sein nächster Gedanke, und: Ob sie schon zu Hause war? Ob das Cottage hoch genug lag? Er kniff die Augen zusammen und versuchte sich zu erinnern, was die Indonesienurlauber darüber gesagt hatten, wie weit das Meer sich zurückgezogen hatte. «Christy?», fragte er schließlich.

Sie hatte vor allen anderen gestanden, dort, wo noch vor kurzem die Wasserlinie gewesen war; es hatte Flut geherrscht, sollte immer noch herrschen. Aber ihre Zehen hatten sich in den feuchten Schlick gewühlt, der langsam trocknete. Ihr Haar flatterte in einem Wind, der wie entfesselt wehte, aus keiner bestimmten Richtung, als fiele er in Wellen und Kreiseln in den vom Wasser befreiten Raum ein und spielte darin herum. Sie hatte hinausgestarrt auf die feuchte Wüste, über den Schlamm, die abfallenden Felswände und die Schluchten und Gipfel, die seit Menschengedenken von Salzwasser bedeckt gewesen waren. Hatten sie schon einmal frei gelegen? Würden sie jemals wieder bedeckt sein?

Morningstar dachte an versteinerte Muscheln, die er auf Alpengipfeln gefunden hatte. Er dachte daran, dass er irgendwo gelesen hatte, dass das Mittelmeer einmal nicht mehr existieren würde, weil Afrika sich auf Europa zuschob. Das waren Prozesse, die in Millionen von Jahren abliefen. Aber irgendwann war irgendetwas geschehen. Irgendwann war die Muschel gestorben. Irgendwann würde das Knirschen zu hören sein, mit dem das letzte Stück mediterranen Blaus verschwand und das Land sich verband. War es das, was hier geschah? Hier? Heute? «Christy?», wiederholte Morningstar.

Sie starrte noch immer hinaus, als könnte ihr Blick das Meer zurückholen. Ihre ganze Gestalt vibrierte. Fast war es, als könnte man blaue Blitze um sie herum zucken sehen.

«Ja», sagte sie. «Es wird zurückkommen.» Sie wandte sich um und warf ihm einen Blick zu, der ihn taumeln ließ. «Ihr müsst gehen», sagte sie. Dann wandte sie sich endgültig ab und hob den Fuß, um den ersten Schritt auf das zu setzen, was einmal Meer gewesen war. Ihre Heimat.

Adrian hob die Hand. Er holte aus und schlug Maud ins Gesicht. «Los», brüllte er. «Los, wach auf.»

Sie stöhnte und murmelte etwas. Hektisch hob er den Kopf und schaute hinaus, wo im schwindenden Licht langsam ein dunkler Streifen sichtbar wurde. Dort, wo eigentlich das Abendrot stehen sollte oder allenfalls eine Schicht türkisfarbenen, leicht grünlichen Abendblaus, erhob sich eine schwarze Wand, von der Adrian sich nur zu gut vorstellen konnte, aus was sie bestand: aus Wasser, purer Kraft, einer unvorstellbaren Energie, die nur zu bald über sie hereinbrechen würde. Über Maud, ihn, Broxton. Tante Rose, fiel ihm ein, und er betete, dass das Cottage hoch genug läge. Und zum ersten Mal war er dankbar dafür, dass sie ihm Christy entführt hatte. Wenigstens sie war in Sicherheit, weit fort im Landesinneren.

«Maud, um Himmels willen, komm zu dir.»

Er zog sie hoch und legte sich ihren schlaffen Arm um die Schulter. Er wusste gar nicht genau, warum er das tat. Wieso er sie nicht einfach liegen ließ, ein bedauerliches Opfer der

Flut, das nach dem fatalen Picknick nicht mehr hatte fliehen können. Sie würde nicht die Einzige sein, dachte er mit zusammengebissenen Zähnen. Unwahrscheinlich, dass jemand Fragen zu ihrem Tod stellen würde. Aber er wollte das nicht. Nein, er wollte es nicht mehr.

«Maud, nun hilf doch ein bisschen mit.» Noch einmal setzte er sie ab und tätschelte herb ihre Wangen. Sie öffnete die Augen und sah ihn an wie ein schlaftrunkenes Kind.

Er hob den Finger vor ihr Gesicht. «Das machst du nicht mit mir. Hast du gehört? Niemand tut das. Niemand macht einen Mörder aus mir.» Es war ihm wichtig, das zu sagen, noch wichtiger, dass die Botschaft gehört wurde, dass er sie noch einem Menschen mitteilen konnte, ehe das Wasser über sie kam.

Aus Mauds Mund rann ein dünner Faden Speichel. «Adrian.» Ihre Augenlider flatterten, ihr Kopf fiel wieder zur Seite.

Adrian wurde bewusst, wie verrückt er sich benahm. Er nahm die Hand wieder herunter und machte sich daran, die halb Bewusstlose weiterzuschleppen. «Niemand macht einen Mörder aus mir», wiederholte er brummig, aber zufrieden, sich an diesem Satz festhalten zu können. Endlich wusste er wieder, was er tat und was er zu tun hatte. Sie mussten aus diesem Kessel heraus, in dem sie mit absoluter Gewissheit sterben würden. Sie mussten die Ebene droben erreichen und dann so weit landeinwärts flüchten, wie es ihnen möglich war. Dann blieb nur noch zu beten, dass das reichte.

Vielleicht fanden sie ja ein Auto. Vielleicht nahm sie jemand mit.

Aber zuerst einmal mussten sie hier heraus. Noch standen sie unter Apfelbäumen. Die es bald nicht mehr geben würde. Adrian dachte ein Lebwohl, als er Maud unter ihnen hindurchschleppte. Dann lag der Pfad vor ihnen. Er war problemlos breit genug für einen und ungefährlich, wenn man einigermaßen sicher auf den Beinen war. Sie aber waren zu zweit. Und er trug eine Frau über der Schulter, die völlig schlaff und schwerer war, als sie aussah. Adrian schaute hinauf. Zum ersten Mal kamen die Kliffe ihm steil vor. Kurz dachte er daran, was mit ihnen geschehen würde, wenn er auf halber Höhe das Gleichgewicht verlor. Oder ihm die Kraft ausging. Dann erinnerte er sich daran, was sie hier erwartete.

«Maud», keuchte er und stellte sie auf die Beine, die sofort einknickten, als wären sie aus Stoff. «Wir müssen da jetzt rauf, Mädchen, das ist dir klar, ja? Sonst sind wir tot und können das nicht mehr unter uns ausmachen.» Er legte sich ihren Arm neu zurecht, während er sprach, löste dann mit einer Hand seinen Gürtel und befestigte ihn so um ihre und seine Schultern, dass sie ihm nicht völlig wegsank, auch wenn er sie kurz losließ. «Ich weiß ja nicht, wie es dir geht», fuhr er dabei fort, «aber ich für meinen Teil möchte noch nicht sterben. Ich habe noch viel vor, und ich wette, dir geht es genauso.» Er war fertig mit seinen Maßnahmen und wandte den Kopf, um zu sehen, ob alles hielt.

Zu seinem Erstaunen waren ihre Augen offen und starrten ihn groß an.

Adrian versuchte ein Lächeln. «Ist schon gut», sagte er. «Ist alles gut. Einfach einen Fuß vor den anderen setzen.»

Wieder staunte er, denn sie schien ihn gehört zu haben. Aus ihrem Mund kam zwar nur Stöhnen und unverständliches Zeug. Aber sie hob den linken Fuß, bemüht, einen Schritt zu tun.

«Ja, Maud, ja.» Adrian jubelte innerlich. Er fühlte sich mit einem Mal erlöst, unendlich erleichtert. «Wir schaffen das schon.» Er stützte sie und half ihr, das Gewicht zu verlagern. Der nächste Schritt, noch einer. Nach wie vor lastete sie schwer auf seiner Schulter. Aber so konnte es gehen. Wenn sie nicht erneut ohnmächtig wurde. Wenn ihre Kräfte sie nicht verließen. Wenn sie nicht stolperten. Er schwitzte, trotz des Windes. Ihr Gewicht hing unglücklich seitlich an ihm, sodass er nicht seine ganze Kraft einsetzen konnte. Und er bemerkte, wie sein Atem bald schwerer ging. Trotzdem: Sie kamen voran. Wieder warf er ihr einen Blick zu.

«Aber du bist und bleibst eine verrückte Hexe, das wollen wir mal festhalten, was, mein Mädchen?» Erfüllt von einer Mischung aus Wut und Zärtlichkeit zerrte er sie weiter. Das hier war Maud, noch immer Maud. Aber sie war auch der lebende Beweis dafür, dass er kein schlechter Mensch war. Alleine dafür war er fast bereit, sie zu lieben. «Wir schaffen das schon», stieß er hervor und hielt inne, um neu zu Atem zu kommen.

Ein Blick zurück sagte ihm, dass sie nicht so weit gekommen waren, wie er gedacht hatte. Was hatten sie eigentlich die ganze Zeit getan? Wieso war er so erschöpft? Noch immer hatten sie das Gras kaum hinter sich. Neben ihnen wuchs noch, zitternd im Wind, ein Ginster. Die nackten Felsen standen ihnen erst noch bevor. Seine linke Schulter, die Mauds Gewicht trug, schmerzte fast unerträglich.

«Wir schaffen es», redete er sich selber Mut zu. Ein Blick hinaus aufs Meer ließ ihn verstummen. Die Wand, die sich dort aufgebaut hatte, war fern. Aber sie war das Größte, was er je gesehen hatte. Unglaublich, dass so etwas aus Wasser war. Unglaublich, dass es überhaupt existierte. Wäre es ein Gebäude gewesen, von ihm geschaffen, er hätte es für einen Traum gehalten, auf den er stolz gewesen wäre. So war es ein Albtraum.

«Maud», sagte er, vergaß das Einschneiden des Gürtels in seiner Haut und seine gequälten Muskeln, und schulterte die junge Frau neu. «Ich glaube, wir müssen uns für unser Happy End ein bisschen beeilen.»

Morningstar trieb die Leute an, so gut er konnte. Er rief ihnen zu, dass sie zu ihren Autos laufen und sich in Sicherheit bringen sollten. Dass sie sich nicht damit aufhalten durften, Sachen einzuladen, und ohne Zeitverlust verschwinden mussten. Aber die meisten standen immer noch wie erstarrt. Sie konnten nicht glauben, was sie sahen. Morningstar konnte es ihnen nicht einmal verdenken. Er glaubte es ja selbst kaum. Er fühlte sich wie in einem Traum. Nur wenn er an Rose dachte, durchfuhr ihn eine ganz reale, schneidende Angst. Und er wünschte sich, er könnte diese Narren hier sich selbst überlassen und losfahren, um bei ihr zu sein und sie von hier fortzubringen.

«Hört ihr nicht? Das Wasser wird wiederkommen. Ihr müsst hier weg!»

Wie um seine Botschaft zu untermauern, verdunkelte sich der Himmel. Dicke, grauviolette Wolken rückten gleichzeitig mit dem Meer vor, überholten es und schluckten das Licht, so dass man meinen konnte, es würde Nacht, obwohl es erst früher Abend war. Ein früher Abend im August. Aber aussehen tat es, dachte Morningstar, wie die Dämmerung des letzten Tages auf Erden. So unglaubhaft und künstlich wie die Kulisse eines Bibelfilmes, in dem er als Prophet mit flatterndem Bart agierte. Und doch geschah dies wirklich. «Wir müssen uns retten.»

Zu einigen schien die Botschaft durchzudringen, sie wandten sich langsam ab, und wie aus einer Hypnose befreit, da sie nicht mehr auf die Wasserwand starrten, begannen sie zu laufen. Einige schrien jetzt auch, und Morningstar war fast erleichtert, dass eine gesunde Panik sich breitzumachen schien und der Szenerie eine gewisse Normalität verlieh, wie man sie wenigstens aus den Abendnachrichten kannte.

Andere allerdings konnte er an den Armen packen und rütteln, sie schauten ihn doch nur verständnislos an. Ein paar

Fischer machten sich sogar daran, zu ihren Schiffen zu klettern, die im Trockenen auf der Seite lagen, um zu sehen, wie groß die Schäden waren.

«Ihr Idioten», hätte Morningstar ihnen am liebsten zugebrüllt. Was sollte das jetzt noch? Wollten sie ein paar Taue und Trossen retten? Oder auf der Brücke sterben wie ein aufrechter Kapitän?

Wenn sie ihn überhaupt beachteten, erntete er ein abfälliges Winken oder einen gebrüllten Fluch. Resigniert wandte er sich ab. Hinter ihm hatten die ersten Broxtoner ihre Autos gestartet und beluden sie mit dem irrsinnigsten Zeug. Aus geöffneten Fenstern wurde Hausrat auf die Straßen geworfen, Federbetten und Wintermäntel. Männer schleppten Aktenordner mit den Familienpapieren, Frauen Schmuckschatullen.

Morningstar stand mit offenem Mund da. Er sah Patrick Morgan, der statt zu seinem Laster in den Laden lief, um die Kasse und seine Waren zu bewachen, falls es jemandem einfallen sollte, sich in dem allgemeinen Chaos zu bedienen. Wer noch dastand, telefonierte per Handy mit Freunden und Verwandten, um das Unglaubliche zu schildern und sich Rat zu holen. Nicht wenige hielten die kleinen Apparate hoch und schossen verwackelte Fotos in schlechter Auflösung für eine ratlose Mitwelt.

Morningstar beschloss, dass dies nicht in seiner Verantwortung lag. Hatte Knightley nicht gesagt, er hätte zwei Beamte hier? Knightley musste das regeln. Bestimmt gab es dafür Pläne. Evakuierungspläne. Katastrophenschutzpläne. Und ein normiertes Vorgehen. Das musste nur alles in die Wege geleitet werden, sagte Morningstar sich, dann würde es auch funktionieren. Es würde alles gut werden.

Noch einmal wandte er sich um. Von Christy war nichts mehr zu sehen, dort draußen war alles in einem einzigen Dunkel versunken. Schwarz vor der Schwärze stand allerdings noch immer die Wand. Und Morningstar wurde klar, dass dagegen keine Pläne halfen und keine Standardprozeduren. Sie würden sterben. Mit diesem Gedanken lief er zu seinem Auto und startete. Er wollte bei Rose sein.

Nirgendwo sonst.

41. Kapitel

Knightley war zu vertieft in den Bericht gewesen, um dem Chaos draußen allzu viel Aufmerksamkeit zu schenken. Als er fertig war, suchte er nach Patrick Morgan, dem Ladenbesitzer, damit er ihm half, eine Antwort zu faxen. Er fand das Geschäft leer vor. Rufend schlenderte er ein wenig herum, öffnete eine Tür, die in eine Abstellkammer führte, die gerade genug Platz für ein Regal voller Putzmittelflaschen, einen Eimer und einen Schrubber bot, der ihm entgegenfiel, und entdeckte eine weitere Tür, hinter der sich ein Lager befand. Hier stapelten sich die gleichen Dinge wie im Laden, Paletten mit Dosenerbsen, Mehl, Ketchupflaschen, Tetrapacks voll haltbarer Milch, Andenkenkitsch, Batterien und, dem höchst gemischten Geruch nach zu urteilen, sowohl Käse als auch Seife. «Morgan?», rief Knightley sicherheitshalber in Richtung der Regale, die den Raum unterteilten. «Sind Sie da?» Er hörte ein Rascheln und trat instinktiv leise ein. Folie knisterte, als er daran entlangstreifte. Sie hatte einen Stapel Dosen mit Hundefutter zusammengehalten, der bereits angebrochen worden war. Knightley bog um den Berg aus Chappydosen und lugte in den ersten Gang. Er war leer. Das Rascheln aber kehrte wieder.

«Morgan?» Irgendwo brummte ein Heizungsrohr oder Boiler. Links von Knightley türmte sich Hershey-Schokolade, rechts Rindfleisch in Dosen. Dahinter versperrte ein Berg Sonnenschirme die Sicht, die schlampig gestapelt waren. «Morgan, kommen Sie schon. Ich habe meine Zeit nicht gestohlen.» Knightley wusste selbst nicht, was es war, das ihn zur Pistole greifen ließ. Etwas raschelte, es war ein Geräusch wie ein Jammern. Plötzlich wurde es dunkel, als hätte jemand das Licht gelöscht. Knightley fuhr herum. Mit Mühe erinnerte er sich, gar kein Licht gemacht zu haben. Die Fenster, fuhr es ihm durch den Kopf. Irgendwo mussten Fenster sein, und die hatte jemand mit Fensterläden verschlossen. Aber warum? War er eingesperrt? Er lauschte, aber die Tür fiel nicht ins Schloss. Noch immer aber hörte er das Rascheln und Kratzen vor sich. Kam es näher? Hatten sie ihn im Visier?

Hektisch kramte er nach seiner Taschenlampe, drückte den Knopf, schüttelte sie, drückte wieder. Endlich ein Lichtstrahl. Etwas flüchtete vor ihm.

Knightley hielt den Lichtstrahl so, dass er dem Lauf der Waffe vorauslief. Er schnitt einen verdammt kleinen Kegel in die Dunkelheit. «Ist da jemand?»

Bei den Sonnenschirmen angekommen, die aus der Nähe muffig rochen, nach längst vergangenen Sommern und vergeblicher Hoffnung auf Sonne, blieb Knightley stehen und holte tief Luft. «Stehen bleiben!», rief er und sprang vor.

Er hielt die Waffe im Anschlag, richtete sie schnell nach links und rechts und sicherte mit einstudierten Bewegungen den Raum. Den leeren Raum. Alles, was er in dem Lichtkegel erkennen konnte, waren Ratten. Erstaunlich viele Ratten, die vor ihm die Wand hochkletterten, um das Fenster zu erreichen, das im Übrigen nicht verschlossen oder versperrt worden war. Nur das Tageslicht war verschwunden. Hinter der verstaubten Scheibe, in der er sich im Licht der Taschenlampe vage spiegelte, war ein nachtschwarzer Himmel zu sehen.

«Aber …», stammelte Knightley, der nicht wusste, was ihn mehr verwunderte: der Nachthimmel am frühen Abend oder die Panik der Tiere. Eine Ratte nach der anderen drängte in höchster Eile durch ein kleines Loch in der Fensterscheibe, ohne Rücksicht auf den zackigen Rand, der manchen die Pfoten und den Bauch blutig schnitt. Sie trappelten und kratzten, schrien und bissen in Todesangst um sich und quollen durch die enge Öffnung hinaus.

Was hatte sie so erschreckt? Wohin wollten sie? Jetzt erst musste Knightley an die Schreie und Rufe denken, die er vorhin gehört und ignoriert hatte. Er steckte die Waffe ein und griff zum Diensthandy, um seine Männer anzurufen. Gleichzeitig wandte er sich ab. Ratten, auch wenn sie vor ihm flüchteten, waren ihm ein Graus. Er ignorierte die Gänsehaut auf seinen Armen. Sein rechter Daumen tippte, während er die Füße hob, um nicht auf pelzige Flüchtlinge zu treten. Tippte daneben. Knightley fluchte. Er griff mit der Linken zu, um das Handy nicht zu verlieren und sich nach diesem Boden bücken zu müssen. Bestimmt war alles voller Kot. Giftige Exkremente, voller Pilze und Bakterien und unbekannter Viren. Diesem Morgan würde er die Lebensmittelpolizei auf den Hals hetzen, das war das Mindeste. Aber jetzt galt es erst einmal, diese Nummer einzugeben.

Polternd fiel ihm die Taschenlampe aus der Hand. Knightley fluchte erneut, bückte sich doch, beleuchtete im Wiederaufrichten eins der unteren Regalbretter und pfiff durch die Zähne. Vor ihm lagen, sauber gestapelt und in Plastik eingeschweißt, Bambusvorhänge der Marke «African Pearl – ideal für den Sommer».

«Schau an», flüsterte Knightley, während er nach dem obersten Paket griff. Dann war das wohl doch kein Fall für die Kollegen von der Hygieneaufsicht. Sondern für Moralhygieniker von der Mordkommission wie ihn. «Da schau mal einer an. Und sagt keinen Ton.» Er nahm den Vorhang an sich, klemmte sich das rutschige Plastik unter den Arm und suchte sich seinen Weg nach draußen. Wieder wählte er die Nummer seiner Untergebenen. Aber deren Apparat antwortete nicht. Nicht einmal die Mailbox schaltete sich ein.

«Seltsam», brummte Knightley, eher verärgert als verwundert. Das war eine verdammte Schlamperei. Seine Laune war auf dem Tiefpunkt, als er endlich die Tür erreichte. Er streckte die Hand aus, um sie aufzudrücken, da bekam er einen Schlag ab, der ihm beinahe die Finger brach. Zum Glück hatte er ihn nicht am Kopf erwischt. Knightley ließ das Handy fallen und fluchte. Dann trat er gegen die Türe, dass sie krachend nach außen gegen die Wand flog.

Vor ihm stand Patrick Morgan, eine Schaufel in den erhobenen Händen, und starrte ihn an, ihn und das Paket unter seinem Arm.

Knightley zögerte. Er trug die Waffe links. In der Rechten hielt er die Taschenlampe, und unter den Ellenbogen geklemmt seinen Fund. Langsam ließ er ihn zu Boden gleiten und wechselte die MagLite in die Linke.

Morgan vertauschte Standbein und Spielbein, ohne seine Waffe zu senken. Mit aufgerissenen Augen und offenem Mund starrte er den Eindringling in seinem Laden an. Es war offensichtlich, dass er bis zum Äußersten erregt war.

«Morgan», sagte Knightley, bemüht ruhig, und hob beide Hände.

Der massige Geschäftsmann suchte einen neuen Stand. «Ich …», begann er und leckte sich unruhig die trockenen Lippen. «Ich, ich, ich dachte, es wären Plünderer.»

«Sehr gut, Morgan. Ich verstehe.» Knightley bemühte sich um Selbstbeherrschung. «Aber jetzt sehen Sie ja, dass ich es bin, nicht wahr? Also nehmen Sie das Ding runter, Mann.»

Morgan stand da wie paralysiert. Ein Zittern ging durch seine Gestalt.

«Morgan!» Knightley wurde lauter. So unauffällig, wie es möglich war, tastete er nach seiner Pistole. «Ich befehle Ihnen das als Polizist. Morgan?»

«Rose! Rose, wo bist du?» Morningstar sprang aus dem Auto und lief durch den einsetzenden Regen auf das Cottage zu. Der Rosengarten lag verlassen da. Die schweren Blüten wankten unter den Schlägen der prasselnden Tropfen. Auf dem Kies bildeten sich Pfützen. Im Haus brannte nirgendwo Licht. Morningstar stieß die Küchentür auf, die nicht abgeschlossen war, aber der Raum war dunkel und leer. Es roch nach kaltem Essen und Tee. Er tastete nach dem Lichtschalter und erschrak, als etwas Nasses seine Beine streifte. Ein fetter, bösartig aussehender Kater, dessen Laune sich durch den Umstand, dass er vor Nässe triefte, wohl nicht eben gebessert hatte, drückte sich an seinen Waden vorbei und sprang auf die Arbeitsfläche. Dort duckte er sich, mit zuckendem Schweif, und starrte Morningstar vorwurfsvoll an.

Er rief und öffnete Türen, zögerte, in Roses Privatsphäre vorzustoßen, polterte dann aber doch die Treppe hinauf, brachte mit seinen schweren Schritten die alten Holzböden zum Schwingen und kam unverrichteter Dinge wieder herunter. Mit einem zweifelnden Blick musterte er die Nebengebäude. Unwahrscheinlich, dass sie sich dort vor ihm verbarg. Und doch, er musste sichergehen. Er rannte über das nasse Gras durch den Garten und durchsuchte alle Räume, die zugänglich waren. Am Ende stand er wieder in der Küche. Rose war nicht da. Sie hatte kein Auto. Das hieß, sie war entweder noch auf dem Fußweg unterwegs hierher. Oder …

Morningstar wollte den Gedanken nicht zu Ende denken. Nein, beschwor er sie in Gedanken. Nein, das hast du nicht getan. Du bist nicht zum Bootshaus gegangen. So sehr hängst du nicht an der Vergangenheit. Es ist doch vielmehr so, dass wir eine Zukunft haben wollten. Und wenn sie es doch getan hat?, dachte er im nächsten Moment. Diese Flut war das Werk der Wassermenschen. Rose war ebenso mit ihnen verbunden, wie Christy es war – oder eben Ondra. In ihm stieg Wut auf. Was, wenn sie ihm etwas verheimlichten, was, wenn sie einen Plan hatten? Wenn er sich keine Sorgen um sie machen musste, sondern vielmehr um sich selber?

Aber das war ja alles Wahnsinn. Morningstar setzte sich und sah verzweifelt den Kater an, der ungerührt zurückstarrte. «Ich bin ein alter Narr», murmelte er. Seit er dieser Ondra begegnet und sein wissenschaftliches Weltbild zusammengebrochen war, hatte er den Boden unter den Füßen verloren. Er wusste nicht mehr, was er denken sollte.

Er schaute sich um, betrachtete die blaugestrichenen Möbel, das alte Porzellan, den altmodischen Kessel auf dem noch altmodischeren Herd, die Blumenbilder an den Wänden. Die hatte Rose gemalt, da war er sich sicher. Sie hatte davon erzählt. Vom Malen und wie sehr sie ihre Blumen liebte. Die Blumen und das Meer. Aber das nur noch aus der Ferne. Würde sie ihm doch nur fernbleiben!

Morningstar sog die friedvolle, heimelige Atmosphäre des Raumes ein und fasste einen Entschluss. Er würde, zum ersten Mal in seinem Leben, seinem Gefühl vertrauen. Seinem Gefühl, das ihm sagte, dass diese Frau nichts Unrechtes tat oder dachte. Und dass sie die Richtige für ihn war. Er hatte es gespürt, schon damals, vor über zehn Jahren, als er sie so verloren vor dem Kaffeeautomaten hatte stehen sehen, in diesem traurigen, heruntergekommenen Warteraum, in dem nur Verzweifelte sich aufhielten. Sie hatte, obwohl auch sie verzweifelt war, eine andere Ausstrahlung gehabt. Sie besaß etwas, das er noch bei niemandem sonst gespürt hatte. Damals hatte er sie nur einen Moment betrachtet, sich dann abgewandt, die Schultern gezuckt, um den verwirrenden Eindruck abzuschütteln, und war in sein eigenes Leben zurückgekehrt. Er hatte das Kreuz seines Alltags wieder auf sich genommen, das seiner Ehe, von der er im Inneren wusste, dass sie ein Fehler und ein Unglück war, und das seines Berufs. Es war ganz leicht gewesen, nach den ersten Schritten. Das Gefühl, hartnäckig, aber leise, hatte ihn nicht am Davongehen gehindert und dann nach und nach wieder verlassen. Nur minutenweise war es hier und da, in nachdenklichen Momenten, an den unpassendsten Orten, wiederaufgetaucht. Nur als kurze Frage: Was wäre gewesen, wenn …? Doch das Gefühl hatte sich jedes Mal wieder abschütteln lassen. Diesmal würde er es bewahren; er würde Rose nicht wieder aus seinem Leben gleiten lassen.

Diesmal würde er sie festhalten. Und wenn das hieß, dass er mit dem Meer um sie kämpfen musste. Morningstar stand auf. Sein Anzug spannte über seiner Haut. Er war nass bis aufs Hemd, und er fror. Weder sah er aus wie ein Held, noch fühlte er sich so. Aber er würde sein Bestes geben. «Ich brauche dich wohl nicht zu fragen, ob du einen Regenschirm hast», sagte er.

«Miau», machte der Kater und schüttelte sich die Wassertropfen aus dem Fell.

Morningstar lächelte. Dann ging er hinaus. Er konnte sich nur einen Ort vorstellen, an dem Rose sein konnte.

Ondra kam nur langsam voran, der scharfe Felsen schnitt in ihre Schuhe. Oft musste sie klettern, unter Zuhilfenahme beider Hände, dann wieder drohte sie in einem Sumpf aus Sand und feuchtem Tang zu versinken. Hier also hatte sie gelebt. Manche Kuppe, manche Schlucht erkannte sie sogar wieder. Aber wie anders sah jetzt alles aus! Ohne das Wasser, das alles umfloss und leicht machte und trug und sogar den fallenden Steinen die Geschwindigkeit nahm. Hier hatte sie sich getummelt, und das Wasser hatte ihre Haut gestreichelt, war um sie herumgeflossen, durch sie hindurch, hatte ihr seine Energie vermittelt und die Impulse ihrer eigenen Energie empfangen. Jetzt kam sie nur mit Mühe vorwärts.

Ondra drehte sich um und schaute zurück zur Küste. Noch einmal war sie weit draußen, war sie in der Tiefe. Aber keine Woge würde sie diesmal packen und tragen, wenn sie es wollte, damit sie sich badete in dem Strudel aus Luftblasen, der entstand, wenn die Welle sich an der Küste brach. Wie oft hatte sie das früher getan, schreiend vor Glück und dem Gefühl, wahrhaft am Leben zu sein. Wenn die Welle diesmal kam, würde sie Ondra mit sich nehmen wie einen Gegenstand, um sie an den Felsen zu zerschmettern. Sie war jetzt ein Mensch. Menschen gingen so leicht kaputt.

Als ob die Wasserwand bemerkt hätte, wie mühevoll Ondras Vordringen sich gestaltete in diesem Grenzgebiet zwischen zwei Welten, kam sie ihr entgegen. Schob sich höher und höher vor den Himmel und schnitt den Horizont ab. Wie durch ein Wunder hielt sie an, als sie dicht vor Ondra angekommen war.

Das Mädchen legte den Kopf in den Nacken und betrachtete die grüne, gläsern wirkende Mauer, die sich vor ihr aufgebaut hatte. Im Augenblick stand sie ruhig und starr. Hinter ihrer durchsichtigen Oberfläche regte sich nichts.

Ondra aber wusste, dass dieser Eindruck trog. Sie öffnete den Mund. Da spürte sie eine Berührung an ihrer Hand. Zum ersten Mal, seit sie ihre Reise hier heraus angetreten hatte, erschrak Ondra. «Rose!» Sie flüsterte nur.

Ja, es war Rose Ames, die neben ihr stand. Und der Anblick machte Ondra traurig. Sie wollte nicht, dass Rose etwas zustieß. Sie wollte, dass Rose lebte, so wie Adrian weiterleben sollte. Rose hatte sie gemocht und war gut zu ihr gewesen. Rose war ein Teil von Adrians Welt. Um die zu erhalten, stand sie hier. Aber niemand, der das hier sah, würde überleben. Niemand, der so nahe kam, konnte entkommen.

«Ach, Rose.» Ondra spürte die Tränen, ihre sinnlosen Nixentränen, wieder einmal in sich aufsteigen. Sie drückte die kalte, ein wenig faltige Hand von Adrians Tante. Mehr war nicht zu sagen.

«Ich kenne euer Geheimnis», sagte Rose. «Sie wissen es, wir würden es nicht verbergen können. Sie werden auch mich haben wollen.»

«Für Adrian?», fragte Ondra, zum ersten Mal im Zweifel, ob sie das Richtige tat.

Rose lächelte sie an. «Ich habe auf diesen Moment mein Leben lang gewartet», sagte sie. Was sie nicht sagte, war, dass sie nicht damit gerechnet hatte, dass es gleichzeitig ihr letzter Moment sein würde. Aber manchmal konnte man sich die Dinge nicht aussuchen. Träume erfüllten sich oft auf eigenwillige Weise.

«Bist du sicher?» Ondra war noch immer unschlüssig.

«Nun, mein Liebes. Ich schätze, mein Schicksal liegt nicht in meiner Hand. Das hat es wohl niemals wirklich getan, seit Jonas an meinen Strand gespült wurde.» Sie drückte Ondras Hand noch ein wenig fester. «Und wer weiß, vielleicht ist es ja wie in der Geschichte vom biblischen Jonas, und dahinter verbirgt sich so etwas wie ein göttlicher Plan.»

«Oh nein», entfuhr es Ondra. Sie hatte bisher keine Wut empfunden. Aber angesichts der Gefahr, in der die unschuldige Rose schwebte, Rose, die keine Grenze übertreten hatte und nichts anderes getan hatte, als sich in jemanden zu verlieben, der ihr in den Schoß gespült worden war, ihn zu beschützen und ihm ein Leben lang treu zu sein, angesichts dieser Ungerechtigkeit fand sie die Wut in sich, die ihr gefehlt hatte, um den Mut für den letzten Schritt aufzubringen. Sie schnaubte. «Das ist nur ein Plan meines verbohrten Vaters.»

Sie räusperte sich und erhob die Stimme. «Also gut, bringen wir es hinter uns.»

Als hätte die Wand nur auf ein Zeichen gewartet, setzte sie sich in Bewegung. Das Grün begann zu strudeln und in sich zu kreisen. Es dehnte und beulte sich, und es war, als drohe eine Haut zu platzen, aus der heraus die Flut dann über sie hereinbrechen würde.

Unwillkürlich schrie Rose auf und legte den Arm um Ondra, als könnte sie sie angesichts der überwältigenden Massen, die über ihnen hingen, noch irgendwie beschützen. «Wo kommt nur all das Wasser her?», fragte sie, nun doch ein wenig verzagt.

«Von gar nicht weit her», erwiderte Ondra. «Die Welle geht durch die Meere hindurch, sie ist reine Energie. Wasser, Fische, wir, alles bleibt an seinem Platz, und sie zieht weiter. Erst am Ziel baut sie sich auf.»

«Aber woher kommt diese Energie?»

«Morningstar würde sagen, aus der Verschiebung der Plattentektonik, aus Erdbeben, Vulkanausbrüchen. Aus der Erde.» Ondra neigte den Kopf. Sie nahm Roses Hand und legte sie auf ihre Brust, dort, wo ihr Herz schlug. «Ich würde sagen, aus unserer Seele. Und aus der Wut, die in uns lebt.»

Rose spürte den unruhigen Schlag von Ondras Herz und machte große Augen. «Ihr alle gebt ihr einen Impuls mit, gebt ihr, was ihr fühlt», flüsterte sie und schüttelte den Kopf. «Dass ihr uns so sehr hasst.»

«Es tut mir leid.» Ondra erwiderte Roses beschützende Geste und legte ihr den Arm um die Taille. So standen sie da, während die Wand sich über sie neigte, als wollte sie sie begutachten und dann verschlingen.

Sie wogte und formte sich noch immer um und um, wuchs und senkte sich, als ringe sie mit sich selber. Schlieren von größerer Schwere wurden in ihrem Inneren sichtbar, wölbten sich auf und sanken wieder. Langsam formte sich, was unformbar schien.

Ondra hielt es nicht mehr aus, sie streckte die Hand aus und legte vorsichtig die Fingerkuppen auf die äußerste Haut des Wassers, die sich unter der Berührung kräuselte und Ringe aus weißer Gischt bildete. Ondra schloss die Augen. Sie lauschte auf ihren Herzschlag, synchronisierte ihn mit dem Wogen der Energie, die sie im Wasser spürte, und sammelte all ihre Kraft. Ein mächtiger Pulsschlag, kräftiger als alle zuvor, ließ ihren Körper erbeben. Sie hatte die Trommel geschlagen, den Handschuh geworfen, ihre geringe Kraft gegen seine gestellt. Und nun: Würde er lachen? Würde er sie zerschmettern? In exakt dieser Reihenfolge?

Und das Meer antwortete. Es tat sich etwas auf wie ein Spalt. Eine Hand wurde sichtbar, ein Kopf, gläsern zunächst und grün wie das Meer.

«Hallo», sagte Ondra. «Hallo, Papa.»

42. Kapitel

Ehe Knightley reagieren konnte, stieß Morgan einen Schrei aus. Dann pfefferte er die Schaufel auf den Boden. «Grundgütiger, beinahe hätte ich Sie erschlagen.»

«In der Tat», murmelte Knightley, der seine Pistole wegsteckte und sich verstohlen den Schweiß von der Stirn wischte.

«Das ist aber auch …» Der Ladenbesitzer stieß eine Reihe saftiger Flüche aus. Erneut in Hektik geratend, schaute er sich in seinem Geschäft um. «Da soll einer nicht durchdrehen.»

«Wovon reden Sie denn, guter Mann?», fragte Knightley, der fassungslos zusah, wie der Mensch, der eben noch bereit gewesen war, einen Plünderer zu töten, sich daranmachte, seine eigene Kasse zu fleddern. Mit den ganzen Händen zerrte er die Scheine heraus und stopfte sie sich in die Taschen, angelte nach den Münzen, verlor die Geduld, zerrte die ganze Lade heraus und kippte den Inhalt auf den Tisch, wo er ihn mit ausholenden Bewegungen zusammenraffte. Er schaute sich nach einem Behälter um. «Wir müssen hier weg», erklärte er.

«Wohin bitte?», fragte Knightley konsterniert.

Morgan hob den Kopf. So viel Naivität besiegte ihn. «Na, weg», wiederholte er und wedelte mit einer Hand in Richtung Schaufenster. «So weit weg wie irgend möglich.»

Endlich, zum ersten Mal, gönnte Knightley der Welt da draußen einen Blick. Und was er sah, ließ ihn gewaltig schlucken. Es war Nacht über Broxton. Die Laternen am Kai waren automatisch angegangen und beleuchteten eine Gruppe

Menschen, die wild durcheinanderliefen, hin und her gerissen zwischen Neugierde, Nichtverstehen und Furcht vor dem, was sich hinter ihnen, weit draußen auf dem Meer, aufgebaut hatte.

«Da ist das Wasser also.» Mehr fiel Knightley im Moment nicht ein.

«Ja, da ist es.» Morgan schnaubte durch die Nase. Er war so nervös, dass er sogar kicherte. «Aber da wird es nicht bleiben.»

«Wir müssen hoch auf die Küstenebene.»

«Meine Rede.» Der Ladenbesitzer war fertig mit dem Kleingeld. Noch immer war er unschlüssig, was er noch alles mitnehmen sollte. Die Lachscreme hatte ihn eine Stange Geld gekostet, aber wie sollte er jetzt hundert Dosen transportieren? Oder doch die Sonnenbrillen? So etwas konnte man immer brauchen. Die Steuerunterlagen, fiel es ihm ein. Ach was, pfeif auf die Steuern, sagte er sich im nächsten Moment. Aber die Armbanduhren, dass er daran nicht früher gedacht hatte! Er lief zu dem Drehständer an der Tür und begann, die einzelnen Uhren aus ihren Plastikhalterungen zu ziehen.

«Mann, dafür ist keine Zeit.» Knightley war endlich zu einem Entschluss gekommen. Er packte Morgan am Ärmel und zog ihn zur Tür. «Seien Sie kein Idiot.»

Der wehrte sich einen Moment, dann gab er sich einen Ruck. «Scheiß drauf, waren eh nur Imitate aus China. Kommen Sie.» Nun schob er seinerseits Knightley zur Tür. «Ich hab einen Lieferwagen.»

«Mit meinem sind wir schneller.» Der Inspektor war in Laufschritt verfallen, als Morgan bereits wieder stehen blieb.

«Der verdammte Blödmann», murmelte er und drückte Knightley die Plastiktüte mit dem Geld in die Hand. «Ich hab ihm doch gesagt, er soll abhauen.»

Zum ersten Mal bemerkte Knightley die kleine Tür in der

Seitenwand. Sie stand offen, und von oben hörte man laut streitende Stimmen. «Du hast das Zeug nicht weggeräumt? Wieso hast du es nicht entsorgt? Verdammt, ich hab dir gesagt, du sollst es beiseiteschaffen.»

Die Stimme kam Knightley bekannt vor. Nachdenklich betrachtete er die Plastiktüte. *Es gibt nichts Erotischeres als eine Wohnung voller Bücher,* stand darauf. Es war das Zitat eines Bestsellerautors, aber Knightley bezweifelte, dass der Mann Quentins Wohnung je gesehen hatte. Er machte sich auf, dem Ladenbesitzer zu folgen, der seinen Sohn holen ging. Auf der Treppe wurden die streitenden Stimmen lauter.

«Was regst du dich auf?» Das war Quentin. «Die letzte Dämmerung ist da. Der Avatar kommt, um uns in eine neue Zukunft zu führen.» Ein Rülpsen ertönte. «Tja, vielleicht killt er uns ja auch alle. Er war ja immer ein wenig unberechenbar.»

«Blöder Idiot!», hörte Knightley, dann ein Brüllen, dann einen Knall, den der Inspektor nur zu gut kannte. Er warf die Tüte von sich, dass die Münzen klirrend über die Stiege rollten. Mit gezückter Waffe nahm er die letzten Stufen. Oben fand er Quentin, der auf dem Teppich lag. Sein Blut floss über Pizzakartons und vertrocknete Peperoni-Reste. Er hielt sich mit beiden Händen den Bauch, wo der Schuss ihn getroffen hatte, und schaute mit verständnislosen Augen an die Decke, als erwartete er die Hilfe von oben, ob es Außerirdische oder Avatare waren, das wusste nur er selber.

Der alte Morgan kniete neben ihm und hielt ihm den Kopf. Sein ratloser Blick traf den des Kommissars. In der Ecke erklang ein rasselndes Geräusch.

Knightley wandte den Kopf und sah einen Bambusvorhang, genau wie diejenigen, die er im Lager entdeckt hatte. Er bewegte sich heftig, weil jemand gerade eben hindurchgestürzt war, jemand, der nun versuchte, das Küchenfenster zu öffnen und auf diesem Weg zu entkommen. Ehe Knightley sich an die Verfolgung machen konnte, war Quentins Vater aufgesprungen, offenbar in derselben Absicht. Sie stießen kurz vor dem Vorhang zusammen. Knightley verlor das Gleichgewicht und hielt sich an einer der Schnüre fest, die nachgab und riss. Es war nicht die erste, die fehlte, stellte er noch im Fallen fest, als er die Umgebung wie in Zeitlupe musterte. Ihm war, als fiele er aus der Welt. Er krachte aber nur in eine Dusche, in der eine Plastikwanne mit eingeweichter Wäsche stand. Schmerzhaft spürte er ihre harten Kanten an seinen Rippen. Es stank nach Seifenlauge. Knightley spuckte und schüttelte den Kopf, um die nassen Haare aus dem Gesicht zu bekommen.

Endlich konnte er wieder sehen. Morgan stand am Fenster und hielt die Beine von jemandem umklammert, der mit dem Oberkörper hinaus ins Freie hing und noch nicht realisiert hatte, dass der unbarmherzige Griff des alten Patrick das Einzige war, was ihn noch vor einem gefährlichen Sturz bewahrte. Er zappelte und trat und versuchte seinen Peiniger in den Brustkorb und gegen die Rippen zu treten.

«Halten!», versuchte Knightley zu rufen und spuckte aus. Verdammte Seife. Als ob es da draußen nicht schon Wasser genug gäbe. «Halten Sie ihn fest!»

Aber auch Patrick Morgan schien in eben diesem Moment etwas zu realisieren. Er schaute den Inspektor an, dann den Rücken seines zappelnden Opfers. Dann lächelte er mit einem Mal. Trat zurück und ließ los.

«Nein!», schrie Knightley und warf sich nach vorne.

Adrian war am Ende seiner Kraft angelangt. Er kauerte mit Maud, die wieder weit genug bei Bewusstsein war, um zu jammern, dass ihr schlecht sei, in einer Mulde auf halber Höhe der Steilwand und zitterte im prasselnden Regen, der ihnen in dicken Tropfen über die Gesichter lief. Einmal, zweimal versuchte er, Maud die Haare aus der Stirn zu streichen, dann gab er es auf.

«Mir ist …», begann sie, beugte sich vor und übergab sich.

Adrian bat sie stumm um Verzeihung. Dann war auch das vorbei. Und sie hockten da und sahen zu, wie der Regen den Auswurf wegspülte. Bald würden auch sie so weggespült werden. Oder nein, die Welle würde sie vermutlich erfassen und gegen den Berg schleudern, sie zerfetzen und zerschmettern. Adrian bezweifelte, dass genug von ihnen übrig bleiben würde, um sie zu identifizieren. Oder zumindest würden sie aussehen «wie nach einem schweren Kampf». Er sagte diese Worte leise zu sich selbst. Der Gedanke gab ihm noch einmal Kraft.

«Auf», sagte er und zog Maud hoch. Die Woge konnte jede Sekunde heranbrausen. Aber jede Sekunde würde sie auch weiter nach oben bringen. «Wir haben noch eine Chance.» Log er oder hoffte er es wirklich? Er wusste es selbst nicht.

Entgegen ihrer sonstigen Art beschwerte Maud sich weder, noch machte sie Theater. Blass um die Nase unter dem Schleier aus Wasser, presste sie die Lippen zusammen und tat ihr Bestes.

«Weißt du, Maud», brachte Adrian heraus, während er sie weiter und weiter zog. «Wir werden das hier überleben. Hörst du mich? Wir schaffen das!»

Sie nickte. Zu einem ‹Ja› reichte ihre Kraft nicht.

«Und dann kann kommen, was will. Verstehst du? Es ist völlig egal. Weil wir nämlich am Leben sein werden. Du. Ich. Wir alle beide.»

Sie öffnete den Mund.

Adrian sah sie an. Unmöglich zu sagen, was sie dachte.

«Ich mach dich fertig», flüsterte sie.

Adrian lachte grimmig. «Das ist mein Mädchen.» Er

rutschte aus, und für einen Moment hingen sie beide über dem Abgrund. Er war selbst erstaunt, wie schnell es geschah. Automatisch hatte er einen Arm von Maud gelöst und nach dem Stamm einer kleinen, kaum hüfthohen Birke gefasst, die an dieser Stelle ihre Wurzeln in das wenig bisschen Erde geschlagen hatte. Der Baum hielt, hielt sie beide. Aber Maud zog ihn weiter in den Abgrund, ihr Gewicht hing schwer an seinem rechten Arm.

«Halt dich fest», presste er zwischen zusammengebissenen Zähnen hervor. «Nimm mich um die Hüfte. Und such mit den Füßen Halt.»

Ihre Füße scharrten über den nassen, schlüpfrigen Felsen in höchster Panik. Wieder und wieder rutschte sie ab. Bei jedem Ruck schloss Adrian die Augen vor Schmerz. Er hätte sie am liebsten angeschrien. «Nicht», murmelte er.

Mit aufgerissenen Augen starrte sie ihn an.

«Nicht loslassen», vollendete er den Satz.

Maud nickte. Wie ein Kind. Entsetzen im Blick. Endlich fand ihr Fuß eine sichere Stelle. So hingen sie da, vorm Absturz bewahrt. Aber wie ging es weiter? Wenn er sie losließ, um einen besseren Halt zu suchen, würde sie das Gleichgewicht verlieren. Aber sein linker Arm würde sie beide nicht mehr lange halten können. Adrian wünschte, der Arm würde taub werden und absterben, damit der Schmerz endlich ein Ende hätte.

«Maud.» Er wusste nicht, was er sagen würde.

«Leben?» Sie stieß es zaghaft hervor, fragend fast. Ihre Augen bettelten ihn an.

Adrian lächelte bitter. «So sind die Männer, nicht wahr? Nie halten sie ihre Versprechen.» Er legte den Kopf in den Nacken und stöhnte laut. «Aber ich tu, was ich kann. Ich lass dich nicht los.»

Lächerlich, dachte er. Die eine liebe ich, die andere rette ich. Aber mit ihr rette ich auch mich selbst, denn wenn ich das nicht tue, kann ich auch nicht mehr lieben. Ist das eine Spirale, ein Teufelskreis, ein Denkfehler, eine Dummheit? Aber kam es darauf überhaupt noch an? Er hing hier, und er würde hier sterben. Und niemals würde Christy erfahren, dass er all das nur für sie getan hatte. Nur für sie. Langsam wurde es still in Adrian. Der Regen rauschte. Zum ersten Mal hörte er es. Es klang schön, fand er. Oder war es das Blut in seinen Adern? Nein, es war der Regen, der ihn herauswusch aus einer stillen, immer stiller werdenden Welt. Bald würde es vorbei sein. Bald.

«Adrian?» Das war Maud. Er drückte ihre Schulter mit seinen tauben Fingern. Antworten konnte und wollte er ihr nicht mehr.

43. Kapitel

Die Bewohner Broxtons hatten sich endlich entschlossen. Flucht hieß ihr Ziel. Die letzten Autos fuhren mit quietschenden Reifen an, ein kurzer Stau auf dem Kai, viel Gehupe und Flüche, in den oberen Gassen ferne Motorengeräusche und Lichter von Scheinwerfern, die über die Hausmauern tasteten. Auch die Fischer hatten aufgegeben und krabbelten zurück aufs feste Land, um ihre Familien in Sicherheit zu bringen, soweit die das nicht schon selbst getan hatten. Man rief sich Treffpunkte zu, Uhrzeiten, Zielorte. Es wurde sehr laut, dann wieder still. Niemand beachtete die Männer am Fenster über dem Laden. Niemand hörte den Schrei, den Schuss, Knightleys Gebrüll und den dumpfen Aufschlag, als ein Mann geflogen kam und auf das Pflaster knallte, dort, wo an schönen Tagen das Werbeschild stand, das auf das «Seaside Home, 500 m» hinwies.

Nebeneinander steckten Morgan und Knightley die Köpfe hinaus. «Der Mistkerl lebt», stellte der Wirt als Erster fest.

Hinter ihm stöhnte sein Sohn. Er fuhr herum. «Wir brauchen einen Krankenwagen.»

«Es wird keiner kommen.» Knightley hatte sein Handy hervorgeholt und noch einmal gewählt. Ein Blick aus dem Fenster sagte ihm, dass der Streifenwagen fort war. «Sogar meine sauberen Kollegen haben sich aus dem Staub gemacht.» Er überlegte. «Wir nehmen Ihren Lieferwagen.»

«Aber Sie sagten doch, Ihrer wäre schneller?» Morgan

stieß sich vom Fensterbrett ab und lief zu seinem Sohn. Er atmete rasch und hechelnd, wie eine Frau in den Wehen, seine Beine zuckten bei jedem Atemstoß, und seine Füße in den löchrigen Socken hoben sich jedes Mal ein wenig von dem schmutzigen Teppichboden ab. Die Blutlache war größer geworden, hatte sich weitergefressen durch Schmutz und Müll bis zum Sofa und ein Buch erfasst, dessen Seiten langsam in der roten Flüssigkeit aufweichten.

Verbrechen und Strafe, las Knightley. Das Ganze war eindeutig zu symbolisch für seinen Geschmack. «Hier», er drückte Patrick Morgan ein Küchenhandtuch in die Hand. «Pressen Sie das auf die Wunde. Wir müssen die Blutung stoppen, sonst verreckt er uns beim Transport.» Er schaute sich nach etwas um, das lang genug war, um es um Quentins mächtigen Leib zu binden. Der Vorhang fiel ihm ins Auge. Er trat näher. Ein Beweisstück, umso besser, dann hatten sie gleich etwas für den Abgleich im Labor. Er riss ihn mit einer entschlossenen Bewegung herunter, nahm sich noch die Zeit, einen Strang in einer Plastiktüte zu sichern, die in der Küche herumlag, und ihn in seine Tasche zu stecken. Dann brachte er den Rest Patrick.

Der machte sich daran, einen Druckverband zu improvisieren. «Ist gut», murmelte er, als sein Sohn zu stöhnen begann. «Ist ja alles gut, wirst sehen.»

Quentin nahm den Arm seines Vaters. «Siehst du, Papa, ich hab's gesagt. Die Apokalypse.»

«Armer Irrer», knurrte Patrick und zurrte mit unterdrücktem Zorn die Bambuskette fest. Er hob den Kopf. «Er ist verrückt, aber er war's nicht.»

Knightley nickte. «Ist mir klar.»

«Er hat die Bude hier vermietet, an Schürzenjäger wie diesen Dreckskerl da draußen, damit sie ungestört die Touristinnen bumsen konnten. Es gibt nicht viele unbeobachtete Ecken in Broxton.»

«Ist mir klar», wiederholte Knightley und ließ offen, ob er Quentins Gewohnheiten, die Liebestollheit der Broxtoner oder den Mangel an Privatsphäre in Kleinstädten meinte. «Können Sie ihn tragen?», fragte er.

«Hab ich mein Leben lang was anderes gemacht, als ihn durchzuschleppen?», gab Patrick Morgan mit zusammengebissenen Zähnen zurück. «Nehmen Sie die Füße.»

Flüchtig dachte Knightley darüber nach, dass dort draußen irgendwo eine Wasserwand darauf lauerte, über sie herzufallen. Und dass er möglicherweise sein Leben verspielte, weil er dem unsympathischen Mitwisser eines Mordes dabei half, einen ebenso unsympathischen Verrückten eine viel zu enge Treppe hinunterzuschleppen für eine Fahrt, auf der er vermutlich ohnehin verrecken würde.

«*Ihr* Wagen», wiederholte Morgan, als sie endlich die Straße erreicht hatten.

Knightley schüttelte den Kopf. «Der Platz reicht nicht für alle.»

«Sie wollen dieses Dreckschwein mitnehmen?», empörte sich Morgan.

Knightley legte Quentin an der Schwelle ab und richtete sich auf, schwer atmend, aber kerzengerade. «Allerdings», sagte er. «Und ich werde ihn der Justiz übergeben, und wenn es das Letzte ist, was ich tue. Ihn wegen Mordes und Sie wegen versuchten Mordes und Quentin als Mitwisser. Also holen Sie schon Ihren Lieferwagen. Wir legen die beiden auf die Ladefläche.» Er zückte seine eigenen Autoschlüssel und umschloss sie fest mit der Faust, zum Zeichen, dass er sie nicht herausgeben würde. Dann wandte er sich ab.

Hinter sich hörte er Patrick Morgan fluchen, dann seine

schnellen Schritte. Knightley vermutete, dass er versuchen würde zu flüchten. Aber das war vorerst zweitrangig. Er würde nicht weit kommen. Der Inspektor ging um die Ecke des Gebäudes und blieb vor der Gestalt stehen, die dort lag, halb benommen vor Schmerz, aber bei Bewusstsein.

Als er ihn bemerkte, richtete der Mann sich leicht auf und fasste sich mit schmerzverzerrtem Gesicht an den Oberschenkel.

Das Problem allerdings, das sah Knightley mit einem Blick, lag einige Handbreit tiefer. In einem seltsamen Winkel stand der Unterschenkel zur Seite ab. In gerader Linie hingegen ragte ein weißer, blutverschmierter Stift aus dem Fleisch. Das war der Knochen.

Knightley versicherte sich, dass die Pistole, mit der auf Quentin geschossen worden war, außer Reichweite lag. Zur Sicherheit stieß er sie mit der Schuhspitze noch ein wenig an, sodass sie trudelnd über das Pflaster schlitterte. An der Hauswand blieb sie liegen. Keine Chance mehr. Der Mann stöhnte.

Knightley zog seine Hosenbeine hoch und ging in die Knie. «Hallo, Ned», sagte er.

Adrian spürte die Berührung erst kaum. Sein Körper war eiskalt geworden im Regen. Jedes Gefühl war aus den malträtierten Muskeln gewichen. Er öffnete die Augen erst, als die Stimme ihn ansprach.

«Sie können jetzt loslassen.»

«Mr. Morningstar?» Verständnislos sah er den Gerichtsmediziner an.

«Wenn ich mich recht erinnere, waren wir bei Michael.» Morningstar lächelte und zog Maud zurück auf den Pfad.

«Was machen Sie hier?» Es war eine dämliche Frage, das war selbst Adrian klar. Aber er war einfach zu überwältigt.

«Tja», sagte Morningstar. «Zum Fischen schien es mir heute ungünstig. Da habe ich mich für eine Bergtour entschieden.»

«Ha!», machte Adrian unfroh.

Morningstar räusperte sich. «Ist … war Rose bei euch, ich meine, deine Tante?»

Adrian schüttelte den Kopf. «Da unten ist niemand mehr. Wir waren allein.»

Unwillkürlich schauten sie beide in den Kessel hinunter und danach hinaus auf das Meer, oder vielmehr dahin, wo das Meer sein sollte.

«Wir müssen uns beeilen.» Der Satz kam beiden gleichzeitig über die Lippen.

Morningstar nahm Mauds Arm und legte ihn sich über die Schulter. «Was ist mit ihr?», fragte er.

«Lange Geschichte.» Adrian war nicht nach Beichten zumute. Jetzt, da sie neue Hoffnung hatten, wollte er nur noch eines: rennen.

So schnell sie konnten, liefen sie den schmalen Pfad weiter aufwärts, Maud so gut es ging zwischen sich. Sie stolperte und schwankte wie eine Puppe. Als einer ihrer Schuhe sich selbständig machte und in den Abgrund fiel, kam kurz Leben in sie. Sie jammerte auf.

Adrian hielt inne, um seinen Griff neu anzusetzen. «Ich kauf dir neue», versprach er.

«Kauf mir 'n Kran», war die Antwort.

«Sehr witzig», erwiderte Morningstar, der allerdings wünschte, sie hätten so ein Gerät da und könnten sich damit aus der Gefahrenzone hieven lassen. «Nur noch fünfhundert Meter.»

Sie waren vollkommen außer Atem, als sie die Kante der Steilwand erreichten. «Geschafft», stöhnte Adrian und sank ins Gras. Maud lag auf den Knien und weinte vor Erschöpfung. Einzig Morningstar, der noch nicht so lange unterwegs war, blieb halbwegs bei sich. Nach Luft ringend, die Hände in die Hüften gestemmt, den Oberkörper vorgeneigt, suchte er zu Kräften zu kommen und nachzudenken. Dabei störte ihn etwas. Er kam nicht sofort darauf, was es war.

Dann hob auch Maud den Arm. «Das Meer», sagte sie.

Ob sie sich daran erinnert, dass sie vor einer halben Ewigkeit schon einmal so dagesessen hat?, überlegte Adrian. Dann entfuhr ihm ein Fluch, denn er erkannte, dass sie seither um keinen Schritt weiter gekommen waren. Die Wasserwand dort draußen war nun mit ihnen auf Augenhöhe. Sie waren zwar oben, aber in Sicherheit waren sie nicht.

«Wo ist Ihr Auto?», fragte Adrian, der sich noch gut an seine Joggingtour im Kielwasser von Morningstars Jaguar erinnerte.

«Beim Cottage», antwortete Morningstar zögernd. Es bedeutete: zu weit weg.

«Ihr Arschlöcher», fauchte Maud und versuchte, sich aufzurichten. «Ich werde von verdammten Dilettanten gerettet.»

Adrian öffnete den Mund, um etwas zu seiner Verteidigung vorzubringen. Aber sie wies mit dem Finger auf ihn. «Du bist still», schrie sie. «Hörst du? Still.» Sie taumelte, aber sie stand aufrecht. Offenbar rang sie nach Worten. «Die nächste Erhöhung ist der keltische Hügel», stieß sie endlich hervor. «Der Kultplatz.»

«Richtig», fiel es Adrian ein. «Er ist recht steil. Und oben steht ein Hünengrab.» Möglicherweise gelang es ihnen hinaufzuklettern. Als Kinder hatten sie das einmal geschafft. Die Aussicht war atemberaubend gewesen, daran erinnerte er sich. Und seine Knie aufgeschürft. Rose hatte ein wie die Hölle brennendes Jod daraufgestrichen am Abend. Nun, das würde heute seine kleinste Sorge sein.

Hoffnungsvoll schaute Morningstar von einem zum anderen. «Ist es weit?», fragte er.

Maud war bereits losmarschiert, in Schlangenlinien, aber entschlossen und ohne sich nach ihnen umzudrehen. Die ersten Schritte hinkte sie, bis sie auf die Idee kam, die überlebende Sandale vom Fuß zu ziehen. Dass sie sie fortschleuderte, anstatt sie mitzunehmen, wertete Adrian als gutes Zeichen.

«Wir werden keine andere Wahl haben, als es herauszufinden.» Er nickte dem Mediziner zu. Dann hielt er inne. «Wenn Sie hier sind», sagte er, «wo ist dann Christy?»

Ungeduldig betrachtete Ondra das Schauspiel. Im Geist ging sie die Sätze durch, die sie sagen wollte: Sie wissen nichts! Das war die Botschaft, die sie überbringen musste. Alle, die um die Existenz der Meermenschen wissen, stehen hier. Und sind bereit, die Konsequenzen zu tragen. Ihr war klar, dass sie damit log, dass sie Morningstar verschwieg. Sie musste seinen Namen und jeden Gedanken an ihn ganz weit zurückdrängen und so tief in sich vergraben, dass ihr Vater ihn nicht aufspüren konnte. Ondra war nicht sicher, ob ihr das gelingen würde. Falls nicht, musste sie ihren zweiten Trumpf ausspielen, die zweite Verteidigungslinie ziehen. Sie lautete: Lass Adrian gehen. Wenigstens ihn wollte sie retten. Wenn er sie auch verstoßen hatte, wenn er sie auch nicht mehr liebte, sie würde sich nie von ihm lossagen können. Und sie wollte nicht leben mit dem Wissen um seinen Tod.

Das war der Plan. Wenn ihr Vater nicht darauf einging, dann schaffte sie es auf diese Weise vielleicht wenigstens, genug Zeit zu schinden, damit Adrian sich in Sicherheit bringen konnte. Auch die Macht ihres Vaters reichte nicht endlos.

‹Liebster›, dachte sie und bedauerte mehr denn je, dass sie

die Kraft ihres Geistes, andere zu berühren, verloren hatte. ‹Liebster, lauf. Lauf um dein Leben.›

«Ja», erwiderte Adrian.

«Was?», keuchte Morningstar, der an seiner Seite rannte.

Adrian wandte den Kopf. Er begriff nicht ganz, was geschehen war. Er hatte laut gesprochen, ganz selbstverständlich war es über seine Lippen gekommen. Hatte er geträumt? War er schon weggetreten von der Anstrengung? Er atmete mit offenem Mund, seine Kehle war eng und fühlte sich sauer an. Seine Beine liefen wie von selbst, denn er hatte weder Kraft noch Ausdauer mehr. Und dennoch fühlte er sich mit einem Mal gestärkt und glücklich. Mit erneuter Hoffnung sprintete er los und feuerte die anderen an. Ja, dachte er, ja, ja. Er mochte die Frage nicht mehr wissen. Aber die Antwort war in ihm, erfüllte und beglückte ihn und drängte hinaus. Er schrie es: «Jaaaaaaa!» Adrian öffnete den Mund und ließ den Regen hereinkommen. Er schluckte und lachte und rannte und wedelte mit den Armen wie ein Kind. Sein Lachen war so ansteckend, dass die anderen beiden einfielen, auch wenn sie genauso wenig wie er wussten, warum. Lachend torkelten sie so durch den Regen. Und wer sie sah, musste sie für glücklich halten. Oder für verrückt.

Das Lächeln Adrians lag noch auf Ondras Lippen, als sie sich den entstehenden Gestalten zuwandte. Das Band war da, und es war stark. Sie hatte sich nicht getäuscht. Nicht in sich und nicht in ihm: Er war ihr immer noch nah. Sie war hier, weil sie liebte, weil sie zusammengehörten, so oder so, und sie wusste, was sie tat.

«Vater?», rief sie ungeduldig und stampfte mit dem Fuß auf.

Endlich wurde vor ihnen eine ganze Reihe von Personen sichtbar. Ihre Gesichter und Oberkörper ragten aus der Wand, die Fischleiber blieben im Wasser zurück und schlugen von Zeit zu Zeit gelassen mit den Schwänzen, um das Gleichgewicht zu wahren.

Zu ihrer Überraschung erkannte Ondra ihre Freundin Aura. Und da war Nox. Unwillkürlich runzelte sie die Stirn. Sie hatte den Meermann nie leiden können, so viel ihr Vater auch von ihm hielt. Oder gerade deswegen. Dass er hier war, konnte einfach nichts Gutes bedeuten.

Rose neben ihr war mit einem Schlag verstummt. Vollkommen versunken betrachtete sie die Gestalten aus ihren Kindermärchen. Sie hatte sie gemalt, sie hatte einen von ihnen gekannt, doch nie in seiner wahren Gestalt. So sahen sie anders aus, tierischer, grausamer, älter. Rose schämte sich dieser Gedanken, doch sie empfand Furcht. Sie sind kalt, dachte sie, kalt wie die tiefe See.

Da war eine Frau, offensichtlich jung, auch kokett, das konnte man sogar in diesem ernsten Moment erkennen. Sie unterließ es nicht, sich übers Haar zu streichen und zu lächeln, wenn der kleinere der Männer zu ihr hinsah. Auch er war jung, auch er war schön, auf eine königliche Weise, die man bei Menschen selten fand. Und doch sahen beide so alt aus wie die Welt, fand Rose. Unmöglich, ihre Jahre anzugeben. Ihre Augen ließen keinen Schluss zu außer dem, dass sie alles gesehen hatten, alles wussten, und – im Moment – alles verdammten.

«Süße!» Es war die junge Meerfrau, die zuerst sprach. Oder nein, sie sang. Unmöglich, die Töne zu hören und nicht bewegt zu sein. Unwillkürlich griff Rose sich ans Herz. Sie wollte weinen. Sie wollte sich über die Augen fahren. Sie wünschte jemanden zu umarmen. Die Wirkung ließ nach, als Ondra nicht antwortete. Aber für einige Momente spürte Rose, was Odysseus empfunden haben musste, als er an seinen Mast gebunden war und den Lockgesängen der Sirenen lauschte. Rose empfand nachträglich noch ein aufrichtiges Mitgefühl für den Mann.

Die Meermänner dagegen schienen unempfindlich. Der ältere hob nur die Hand, um anzudeuten, dass er keine Störungen mehr wünschte. Er trug einen Bart wie der Seekönig auf ihrem Gemälde, lang, so wallend und weiß, dass er selbst in der Finsternis hier draußen noch leuchtete. Sein Gesicht wurde davon halb verborgen. Doch sah man mehr davon, als er sich mit einer müden Geste über die Stirn strich und dabei die ebenfalls langen Haare beiseitehob. «Tochter», sagte er.

Rose zuckte zusammen. Sie kannte die Stimme, sie kannte diese Stirn. Und die Augen kannte sie, deren Blick sie erfasste und festhielt, als sie den Mund öffnete und mit letzter Kraft ausrief: «Jonas!»

Knightley war zu dem Schluss gekommen, dass er den verletzten Pensionsbesitzer nicht auf die Beine bekommen würde. Er hatte eine vom Wind verwehte Plastikplane entdeckt, Ned daraufgehievt, und zog ihn nun mit der rutschigen Schicht unter dem Hintern über die ausgestorbene Straße.

Ned zeterte, stöhnte und schrie.

Knightley achtete nicht darauf. Es kostete ihn seine ganze Kraft voranzukommen. Das Plastik riss ein oder glitt ihm aus der Hand, es blieb an Unebenheiten hängen und zog Unrat mit sich, der sie ausbremste. Eine Scherbe schnitt sich in die lederne Sohle seines Schuhs bis ins Fleisch. Knightley hob den Fuß und drückte an der Sohle herum, bis er ein wenig Blut fließen sah, das mit dem Regen versickerte, fluchte und zerrte weiter. «Eins sage ich dir, wenn ich deinetwegen eine Blutvergiftung kriege, dann …»

Sie waren gerade in der Mitte des Kais, als er Reifen quietschen hörte. Scheinwerfer blendeten auf.

«Morgan?» Knightley richtete sich auf und legte die Hand über die Augen. «Na endlich!»

Ja, es war ein Lieferwagen, der da auf sie zukam. Für einen Moment leistete der Kommissar Patrick Morgan innerlich Abbitte. Hatte er doch geglaubt, der andere würde sich unbemerkt aus dem Staub machen. Aber wie es aussah, hatte der Ladenbesitzer es sich überlegt. Alles verlief nach Plan.

Knightley sah, wie der Wagen langsamer wurde, und hob schon den Arm, um zur Begrüßung zu winken.

Da nahm das Auto erneut Fahrt auf. Kurz vor dem Kriminalbeamten und seinem Gefangenen zog es zur Seite und streifte unter Krachen und Splittern ein parkendes Auto. Es war Knightleys Wagen. Wie in Zeitlupe sah der Inspektor zu, wie der BMW eingedellt und hochgehoben wurde, wie er wippend wieder auf die Räder zurückfiel, die vordere Seite völlig eingedrückt. Scheinwerfer und Frontscheibe zerbrachen in einem Scherbenregen, der auf den reglosen Polizeibeamten niederging, ohne dass er auch nur den Arm hob zu seinem Schutz. Er wusste selbst nicht, ob das Mut war oder einfach nur völlige Verblüffung. Ned hingegen kreuzte die Hände über dem Kopf und schrie wie am Spieß.

Als alles wieder zur Ruhe kam, sah Knightley, dass die gesamte Karosserie verdreht wirkte. Ein Rad hing halb heraus und verlieh dem Wagen eine unglückliche Neigung. Der Kühlergrill ähnelte einem gewrungenen Handtuch. Das Auto sah aus, als grinse es mit schiefem Maul und heraushängender Zunge. Es war Patrick Morgans Grinsen.

Der Ladenbesitzer gab Gas und ließ Knightley und seinen Begleiter, der am Boden lag und wimmerte, hilflos und ohne Gefährt zurück.

«Hast du das gesehen? Der hätte mich fast überfahren!»

«Ach, halt's Maul, Ned.» Für einen Moment, während die

Rücklichter des Lieferwagens auf der Landstraße verschwanden, verlor der Inspektor seine übliche Selbstbeherrschung. Es war der Augenblick, in dem er realisierte, dass die Wand aus Wasser dort draußen sich zu neigen begann. Und dass sie beide so gut wie tot waren.

Maud, Adrian und Morningstar lagen nebeneinander auf der flachen Platte des Hünengrabes. Der Regen prasselte auf sie nieder, sie hatten keinen trockenen Faden mehr am Leib. Aber das war gleichgültig. Sie waren erschöpft, zu erschöpft sogar, um sich noch zu fürchten. Morningstar öffnete den Mund und schluckte und trank. Maud lachte hysterisch, dann flossen über ihr Gesicht Regentropfen und Tränen, Kalt und Warm vermischte sich.

Adrian war der Erste, der sich aufrichtete. «Wird es reichen?», meinte er mit Blick auf das Meer und die tödliche Wand, die von hier aus schon viel ferner schien.

«Es wird reichen müssen», meinte Morningstar und stemmte sich auf die Ellenbogen hoch. Er hatte das dumpfe Gefühl, dass sie dieses Gespräch nicht zum ersten Mal führten. Ohnehin war er wie betäubt. Er hatte jedes Zeitgefühl verloren, es gab keinen Anfang und kein Ende, Stunden und Minuten waren wie ein langsamer Strudel, in dem er jede Orientierung verlor. Doch als er Adrian an den Rand rutschen sah, wachte er auf. «Wo willst du hin, Junge?», rief er und streckte die Hand aus.

Adrian sprang im selben Moment.

Morningstar robbte vor und blickte nach unten.

Adrian war auf dem regennassen Gras ausgerutscht, aber schon wieder auf den Beinen. Mit schiefem Grinsen rieb er sich den Hintern. Er war sich nicht sicher, ob Helden lehmige Hosenböden haben durften.

«Du kannst dich doch kaum noch auf den Beinen halten», rief Morningstar hinunter. «Sei kein Idiot, komm wieder rauf.» Und er verfluchte sich dafür, dass er Adrian vorhin gestanden hatte, dass Christy hier war. Er hätte sagen sollen, dass er sie zu Hause zurückgelassen hatte, auf dem Ledersofa, am Rand des Pools, vertieft in die Encyclopædia Britannica und vollkommen in Sicherheit. Er war hier der Idiot. Konnte er es wiedergutmachen? Sollte er sein Versprechen brechen und ihm sagen, wer Christy war? Dass sie Ondra hieß und vermutlich die einzige Person war, die sich um das Wasser da draußen keine Gedanken machen musste? Dass sie retten zu wollen so sinnlos war, wie einen Lachs vor Salzwasser zu schützen? Er zögerte. Wusste er denn, ob es wirklich so war?

Adrian blinzelte zu ihm herauf. «Sie wissen, dass das nicht geht.»

«Du wirst sterben.» Morningstar erschrak im selben Moment, in dem die Worte ihm herausrutschten. Denn er wusste, es war die Wahrheit, gnadenlos und unabänderlich. Der Junge dort unten war tot. Noch einmal streckte er seinen Arm aus, obwohl die Distanz viel zu groß war, um sie so zu überbrücken. Und er wusste, er würde Adrian nicht erreichen, weder körperlich noch mit Worten. «Du bist ein Narr, Adrian Ames.»

Adrian hob die Hand zum Abschiedsgruß. «Ein glücklicher Narr», rief er gegen den Wind. Dann trabte er los. Dem Ziel entgegen, das er als das einzig richtige erkannt hatte. Der Ruf war an ihn gegangen, er hatte ihn gehört, ihn mit jeder Faser seines Herzens gespürt. Es war das köstlichste Gefühl seines Lebens gewesen. Dafür allein hatte sich alles gelohnt. Lauf, hatte sie gesagt. Lauf, Liebster. Adrian lächelte noch immer. Aber sie hatte nicht spezifiziert, wohin. Wenigstens ging es diesmal abwärts.

44. Kapitel

*Verwundert blickte Ondra von ihrem Vater zu Rose. Dann schüt*telte sie den Kopf. «Nein», sagte sie, «das ist nicht Jonas. Das ist nicht mein Onkel. Vater und er sahen sich nur ähnlich.» Es klang verächtlich, wie sie das sagte. Und sie wollte es nicht glauben, als Rose und der Meerkönig sich dennoch aufeinander zubewegten. Hörst du nicht?, wollte sie rufen und die alte Dame von ihm fortziehen. Rose aber sah und hörte nichts und schien völlig gefangen zu sein. Ärger schoss in Ondra hoch.

Ihr Vater war der Erste, der sprach. Er schaute nur Rose an, deren Hände er in seine genommen hatte, aber seine Worte galten Ondra. «Mein Bruder und ich, wir waren uns in vielerlei Hinsicht ähnlich, Kind, nicht nur äußerlich. Auch wenn du das nie wahrhaben wolltest.» Jetzt wandte er erstmals den Kopf. «Er war nicht für das Amt und meine Verantwortung vorgesehen. Er hatte es leichter damit, zu spielen und Verständnis zu zeigen. Und er war nicht verliebt.» Langsam zog er Roses Hand an seinen Mund und küsste sie.

Über Roses Gesicht rannen Tränen. Der Regen hatte ausgesetzt hier vorne. Er trennte sie vom Land, das weiter von seinen Fluten getränkt wurde, wie ein dichter grauer Vorhang.

«Du?» Ondra wollte es noch immer nicht glauben. Dann, ganz allmählich, begriff sie. «Deshalb warst du so lange fort?»

Er wirkte nicht verlegen, aber er schwieg.

«Deshalb musste Onkel sich um mich kümmern. Weil du …?» Die Empörung raubte ihr die Worte.

Er neigte leicht den Kopf. «Wäre ein anderer Anlass dir lieber gewesen?» Seine Stimme klang herausfordernd, wurde dann aber weicher. «Mein Bruder vertrat mich, in jeder Hinsicht. Und vielleicht hat er es besser gemacht als ich.»

Allerdings, wollte Ondra ihm ins Gesicht schreien. Du hättest bleiben können, wo der Pfeffer wächst. Aber selbst dafür war sie in diesem Moment zu verletzt. Dabei brauchte sie nichts auszusprechen, ihr Vater hörte alles, als hätte sie es ihm entgegengebrüllt.

«Ich habe versagt», bekannte er.

«Versagt?» Das war Rose. «Unsere Liebe war ein Versagen für dich?»

Spontan hob er ihre Hand an seine Wange. «Ich … es … es war nicht leicht, versteh doch bitte. Ich habe dich geliebt», setzte er schließlich hinzu, als könnte der Satz einen Knoten sprengen.

Aber Roses Gesicht blieb voller Zweifel. «Und Lily?», fragte sie dann. «Und mein Schwager?»

Das Gesicht des Meerkönigs verschloss sich. «Sie hatten etwas gemerkt. Sie hatten mich entdeckt, Rose. Sie waren nicht reich, wollten sich endlich niederlassen und brauchten Geld. Sie wollten verkaufen, was sie wussten. Das konnte ich nicht zulassen.»

«Lily und Frank? Niemals!» Rose machte sich heftig los und trat zurück. «Das glaube ich dir nicht.»

«Es tut mir leid», sagte er.

«Hörst du? Ich glaube dir nicht!» Jetzt wurde auch Rose laut.

Er presste die Lippen zu einem schmalen Strich zusammen. «Das weiß ich», bekannte er. «Ich wusste es schon damals. Und auch, dass du mir nie verzeihen würdest.»

Rose stieß ein kleines, bitteres Lachen aus. Ihre Kehle war

wie zugeschnürt. Sie schaute ihn lange an. «Da hast du recht», sagte sie.

Er schloss die Augen.

Ondra hingegen hatte wieder begonnen zu denken. «Nun gut, du hast erst mich verraten, dann hast du sie verraten. Aber der springende Punkt ist doch: Du warst ein Mensch geworden, nicht wahr? Du hattest es gemacht wie ich. Aber schau dich an: Du bist wieder hier, du bist ein Meermann.» Die Erkenntnis wuchs in ihr mit jedem Wort, das sie sprach. Sie wuchs und wuchs und war so groß, dass sie am Ende nur mehr ehrfürchtig flüstern konnte. «Es gibt also tatsächlich einen Weg zurück.»

«Deshalb sind wir hier, Süße.» Das war Auras glockenhelle Stimme.

Ondra hatte Mühe, nicht in Tränen auszubrechen. Sie warf der Freundin einen wütenden Blick zu. «Hör auf mit der Loreley-Pose», zischte sie.

Aura grinste und drehte an ihren Locken.

«Sie hat recht.» Das war Nox' Stimme, tief und sachlich. Und doch löste auch sein Ton etwas in Ondra aus. Wie sie ihn dafür hasste.

«Vater?», wandte sie sich von ihm ab und an den Meerkönig. «Willst du das durch deine Handlanger klären lassen, oder bist du Manns genug, es mir selbst auseinanderzusetzen? Erklär mir: Wie wird man wieder ein Meermensch? Und sag mir bitte, dass es dabei nicht um Blut und Tod geht.»

Es kostete ihren Vater Mühe, sich von Rose loszureißen, die halb abgewandt dastand und um Beherrschung rang. «Ja», gestand er endlich. «Es gibt einen Weg. Und ich will, dass du ihn gehst.» Er fand langsam zu seiner alten Autorität zurück. Das Wort «will» hallte nach wie der Klang einer Glocke.

Und Ondra bemerkte, wie ihre Beine zitterten, diese neu

erworbenen, unpraktischen, anfälligen Beine. Erstmals begann sie zu ahnen, dass sie scheitern könnte.

Adrian joggte die Straße entlang, da die Fußwege alle im Schlamm versanken. Bis er von einem Lieferwagen, der in halsbrecherischer Fahrt durch die Serpentinen heizte, beinahe von der Straße geschleudert wurde. Mit einem Sprung rettete er sich auf die Seite, rutschte aus, fiel und schlitterte, ehe er es verhindern konnte, auf dem Rücken den Hang hinunter, bis er auf dem Straßenschotter in der nächsten Kurve landete. Die Erfahrung war schmerzhaft, aber erhellend, und er zögerte nicht, die Straße zu überqueren und die nächste Rutschpartie anzutreten. So schnell wie an diesem Tag war er noch nie unten in Broxton gewesen. Das Dorf sah seltsam aus, so deplatziert ohne das Wasser, künstlich beleuchtet vom Licht der Straßenlaternen, beinahe wie eine Filmkulisse. Alles schien verlassen zu sein. Adrian hörte seine eigenen Schritte zwischen den Hausmauern hallen, ein Tappen, gleichmäßig wie ein Uhrwerk. Er lief noch immer, obwohl er schon lange nicht mehr wusste, woher die Energie kam, die ihn noch antrieb. Bliebe er stehen, er würde umsinken. Aber solange er lief, war einfach keine Gelegenheit dazu.

Weiter, dachte Adrian, weiter, weiter. Seine Schritte skandierten den Namen, an den er als Einziges dachte. Er war sein Rhythmus, sein Pulsschlag: Chris-ty. Chris-ty. Sie wartete dort vorne auf ihn. Morningstar hatte gesagt, sie sei hinausgegangen aufs Meer. Gott wusste, warum sie das getan hatte. Adrian verstand es nicht, und doch passte es zu ihr. Und sie passte zu ihm. Das wusste er inzwischen. Und er betete um die Chance, es ihr noch sagen zu dürfen.

Dann kam der Moment, vor dem er sich gefürchtet hatte: Der Kai kam schon in Sicht, die Reihe der verschnörkelten Laternen, unter denen die Touristen im Sommer spazieren gingen. In ihrem Licht stand ein Mensch, hob beide Arme und winkte, nein, stemmte sich ihm entgegen. Und es geschah, was nicht hätte geschehen dürfen: Adrian blieb stehen. Unmittelbar darauf verkrampfte sich sein ganzer Brustkorb, der Hals schnürte sich zu, er bekam keine Luft mehr, konnte nicht mehr atmen, jedes Heben und Senken der Rippen tat weh. In seiner Kehle stieg es sauer auf.

«Alles in Ordnung?», fragte Knightley besorgt.

Adrian wandte sich ab und übergab sich. Alles, was herauskam, war gelbe Galle und Regenwasser.

Diskret wartete Knightley, bis er sich den Schleim abgewischt hatte. «Ich will ja nicht drängen», sagte er. «Aber ich habe hier einen Verletzten, der sofort auf die Wache muss.»

«Auf die Wache?» Adrian rang noch immer nach Luft. Er stemmte die Hände in die Seiten und krümmte sich. «Nicht ins Krankenhaus?»

«Haben Sie einen Wagen hier?»

Adrian schüttelte den Kopf. Er starrte den Mann auf dem Boden an. Langsam klärte sich sein Blick, vor dem bis eben schwarze Kreise geflimmert hatten. «Ned?»

Sein alter Freund und Nachbar wandte mürrisch den Blick ab.

Adrian musterte die Wunde am Bein, den erschöpften Knightley, die Waffe in dessen Hand. Im selben Moment fiel es ihm wie Schuppen von den Augen. «Ist er es gewesen?», fragte er.

«Es ist wichtig, dass wir einen Wagen finden. Ich werde ihn dann kurzschließen. Helfen Sie mir tragen.» Knightley wartete die Antwort nicht ab. Er begann, sich nach einem geeigneten Gefährt umzusehen. Sein Blick fiel auf einen dunkelgrünen Mercedes, der mit offenen Türen schräg auf dem Gehsteig stand. Offenbar hatten seine Besitzer es im letzten Moment vorgezogen, anderweitig zu flüchten. Knightley betete, dass der Tank voll war.

«Nein», sagte Adrian.

«Was?» Knightley rechnete so wenig mit einer Ablehnung, dass er nicht sofort verstand.

«Ich muss woandershin.» Adrian richtete sich auf und machte Miene weiterzugehen. Es wurde ein Hinken daraus. «Tut mir leid.»

«Mir auch», sagte Knightley. Das Klicken, mit dem er seine Waffe entsicherte, widerlegte seine Worte.

«Du hast recht.» Ondras Vater sprach, so sanft er konnte. «Man muss ein Opfer bringen.»

«Ein Opfer», wiederholte Ondra voller Abscheu. «Du meinst, man muss jemanden töten.»

Er hob die Hände. «Was willst du? Du hast getötet, um zu werden, was du jetzt bist.»

Rose fuhr herum: «Stimmt das?» Sie schrie es beinahe. «Ist das wahr, Christy?»

«Christy?», schnaubte Nox

Aura kicherte.

«Haltet ihr die Klappe», fuhr Ondra sie an. Und an Rose gewandt fuhr sie fort: «Nein, es stimmt nicht. Ich brauchte Menschenblut, das ist wahr. Ich habe eine Frau gebissen. Sie fiel ins Wasser, ich trug sie an Land, und dort kam sie wieder zu sich, das ist alles. Sie war gesund, als ich sie verließ.» Sie senkte den Kopf und fuhr leiser fort: «Allerdings habe ich ihre Kleider gestohlen.»

«Ach, das grelle Zeug war nicht deins?» Rose konnte nicht anders, sie war erleichtert.

Ihr Vater hob die Brauen. «Stimmt das?», fragte er.

Er brauchte Aura nicht extra anzusehen. Sie wusste, dass sie gemeint war, und nickte, wenn auch widerstrebend. «Es ist wohl so», gab sie zu. Danach zuckte sie zusammen.

Ondra lächelte böse. Sie wusste, ihr Vater konnte strafen, ohne die Hand oder auch nur die Stimme zu erheben. Im selben Moment wurde ihr bewusst, dass sie ihn nicht hörte. Er erreichte sie nicht. Sie jubelte innerlich, als ihr das klar wurde. Ihr Menschsein erwies sich zum ersten Mal als Vorteil. Er konnte ihre Gedanken weder lesen noch beeinflussen. Morningstar war sicher vor ihm.

«Was gibt es da zu lachen?», fuhr ihr Vater sie an.

Ondra versuchte, sich zu beherrschen.

Missmutig fuhr der Meerkönig fort: «Der Rückweg ist nicht so billig zu haben. Mir hat mein Bruder ihn geebnet.» Als er sah, wie Ondra die Augen aufriss, fuhr er schnell fort: «Es war seine Idee. Und sein Wunsch. Ich wollte nicht gehen. Aber Frank bedrängte mich, mein Bruder rief nach mir – am Ende gab ich nach.»

«Du gabst nach.» Ondra klang gallig. «Und hast ihn getötet.»

Ihr Vater schaute sie an. Wie gerne hätte er ihr erklärt, dass auch er in seinem Leben nicht immer das getan hatte, was er wollte. Er war Zwängen gefolgt, er war schwach gewesen. Vielleicht hatte er sogar Fehler gemacht. Er wusste es nicht. Jedenfalls hatte er mit den schlimmsten Momenten seines Lebens dafür bezahlt. Und weitergemacht. Solche Dinge teilte man nicht mit seinen Kindern; man teilte sie mit niemandem. Unwillkürlich schaute er zur Seite.

Dort stand Rose, noch immer zusammengekrümmt. Aber etwas in der Art, wie sie den Kopf hielt, etwas in der Geste, mit der sie sich die Hände vors Gesicht schlug, sagte ihm, dass sie ihn verstand, wieder einmal. Noch immer. Und für einen Moment gestand er sich ein, dass er nichts lieber getan hätte, als seinen Fischleib abzustreifen und mit ihr fortzugehen. Aber es ging nicht, er würde sich nie wieder verwandeln. Er durfte nicht, und er hatte das akzeptiert. Diese Erkenntnis schmerzte mehr als jeder Augenblick der Transformation.

Ondra bemerkte nichts von alldem. Nur Nox schien etwas zu ahnen oder zu spüren, denn er trat vor. «Ich habe mich freiwillig erboten», stellte er klar.

«Du?» Ondra musterte ihn kalt. Als er ihrem Blick standhielt, versuchte sie es mit Sarkasmus. «Ist das nicht ein wenig zu intim?», fragte sie. «Dafür, wie wir zueinander stehen?»

Nox blieb ganz ruhig. «Nicht für mich», sagte er und schaffte es, dass Ondra errötete.

Dafür, dachte sie, hasse ich ihn noch mehr.

«Auch ich habe mich angeboten.» Aura trat an seine Seite und warf ihm einen kurzen Blick zu. «Nur für den Fall, dass du eine Freundin brauchst.»

«Aura, ach Aura. Nein.» Ondra spürte, wie ihr die Tränen in die Augen stiegen. Aber es waren Tränen der Wut. Spontan nahm sie die Freundin bei den Händen, dann ließ sie deren kalte Finger wieder los. «Verdammt», rief sie. «Wäre es nicht besser, ihr beide würdet mich vergessen, euch endlich mal aussprechen und miteinander in den Sonnenuntergang schwimmen? Und du kannst mir glauben», wandte sie sich an ihren Vater, «ich komme nicht zurück.»

Als er zu ihr herumfuhr, sprach sie rasch weiter: «Rose und ich wissen von euch. Niemand sonst. Tötet uns und geht. Mehr ist nicht nötig.»

Ihr Vater kniff die Augen zusammen. Er war bleich wie Muschelkalk. Noch nie in ihrem Leben hatte Ondra ihn so wütend gesehen. Seine Stimme aber war gefährlich leise. «Das sagst du nur, weil du glaubst, dass ich es nicht tun werde.»

Ondra hielt seinem Blick stand. «Glaub mir», sagte sie, «ich weiß, wozu du fähig bist.»

Jetzt trat auch Rose vor. Erneut fasste sie nach Ondras Hand und schloss sie fest in ihre eigene. «Jonas», sagte sie. Es waren ihre ersten Worte seit langem. «Wenn du es tun musst, dann tu es. Ich möchte dir nur sagen, dass ich dich nicht *dafür* verurteile.»

Er zuckte zusammen, als hätte sie ihm einen Schlag versetzt. Lange sah er die Frau an, deren Familie er getötet und die er verlassen hatte. Die Frau, an die er seit fünfzehn Jahren jeden Tag gedacht hatte, mit dumpfer werdender, aber nie abklingender Trauer.

Sie bemerkte seinen Blick und lächelte. «Schließt sich hier nicht irgendwie ein Kreis?», fragte sie.

Der Meerkönig schwieg. Als er endlich den Mund öffnete, um zu sprechen, schnellte Nox vor. In seiner erhobenen Hand hielt er einen schlangenförmigen Dolch aus Walbein.

«Nein», schrie er und stürzte sich auf Ondra. Er wollte vollziehen, was sein Herr beschlossen hatte, ihrer beider Blut fließen lassen. Ondras menschliche Existenz auslöschen und mit seiner sich vermischen lassen, damit sie als Meerjungfrau weiterleben konnte. Zwei Tode, ein Leben, es war eine harte Rechnung. Wenn sein Herr zu schwach dafür war, war er bereit, sie auf eigene Faust zu begleichen.

Adrian hob die Hände. Im ersten Moment war er verunsichert. Verzagtheit wollte sich ausbreiten. Verzweifelt blickte er zu der Wasserwand, die von einer Bedrohung zu einer Verheißung geworden war. Dort würde er Christy finden. Er wandte sich wieder zu Knightley. «Auf Wiedersehen», sagte er. Dann ging er, ohne sich noch einmal umzusehen, auf das Geländer des Kais zu.

Knightley formte mit den Lippen lautlos einen Fluch. Er hob seine Waffe, kniff ein Auge zusammen und zielte auf Adrians Schulter. Lange stand er so. Schließlich senkte er die Pistole. «Verdammt.»

«Was?», schnappte Ned zu seinen Füßen. «Sie lassen den kleinen Scheißer gehen? Der lässt uns hier verrecken, Mann, der lässt uns glatt verrecken!»

Knightley ging in die Knie und brachte sein Gesicht dicht an Neds, der von ihm abrückte und die Lippen fest aufeinanderpresste. «Was ich die ganze Zeit schon fragen wollte», stieß er zwischen den Zähnen hervor. «Wie hat es sich denn angefühlt, Ned, als das Mädchen unter Ihren Händen erstickte?»

Er erhielt keine Antwort und erwartete auch keine. Schließlich stand er auf. Er musste den Mercedes kurzschließen und sehen, wie er Ned hineinbekam. Er kniff die Augen zusammen und schaute in den Himmel. Immerhin hatte der verdammte Regen aufgehört.

Donnernd rief der Seekönig Nox' Namen, doch es war zu spät.

Rose, die sich schützend vor Ondra gedrängt hatte, brach mit einem Wimmern zusammen. Der Dolch steckte tief in ihrer Schulter.

Der Meerkönig riss sie an sich und nahm sie in seine Arme. «Rose», flüsterte er. «Meine Rose.»

Sie öffnete die Augen und schaute ihn an. Sie fühlte das Wasser, das ihren Körper umspülte, weich wie ein Streicheln. Es war gar nicht mehr kalt! Fordernd floss es an ihr entlang, zog zärtlich an ihr. Selten hatte sie sich in ihrem Leben so gehalten und geborgen gefühlt. «Rose!»

Das war Jonas, ihr Jonas. Er war zurückgekommen. Er sprach mit ihr. Seine Stimme klang noch genau wie damals. Seine Augen waren noch dieselben und schauten sie mit der gleichen Zärtlichkeit an. Rose hätte am liebsten die Augen wieder geschlossen, sich an seine Schulter geschmiegt. So wie früher, wenn sie an seiner Seite einschlief, wenn er sie im Arm hielt und ihr manchmal noch etwas vorlas oder erzählte, bis ihr die Augen zufielen, sodass sie selbst halb im Traum noch von seiner Stimme getragen wurde. Sie hätte gerne alles vergessen und sich der Müdigkeit überlassen, die sich mehr und mehr in ihr ausbreitete. Da war Jonas' Atem, seine Lippen, ein Kuss. Rose war glücklich. Aber was sagte er?

«Erlaube, dass ich es tue.» Seine Stimme klang schmeichelnd. Neben ihm stand Nox, zerknirscht, aber mit erhobenem Kopf. Er hatte das blutige Messer nicht losgelassen, sondern hielt es fest gegen den eigenen Brustkorb gerichtet.

«Du wärst dann für immer bei mir, an meiner Seite. Gemeinsam könnten wir den Ozean durchqueren, Rose. Weißt du noch, wie wir uns früher immer gewünscht haben zu reisen?» Er lächelte sie an. «Es gäbe keine Grenzen mehr für uns.»

Rose hob die Hand und strich ihm über die Wange. Dann hob sie ein wenig den Kopf, um Nox besser sehen zu können. «So ein hübscher Junge», sagte sie matt.

Der Meerkönig runzelte irritiert die Stirn.

Sie strich sacht über seine Falten.

«Du und ich», flüsterte er.

Es war zu viel für sie. Heftig umschlang sie ihn und küsste ihn auf den Mund. Sie küsste ihn lange. Dann richtete sie sich auf. Sie nahm ihre Kräfte zusammen und stellte sich auf die Beine. «Nein», sagte sie.

«Aber …» Der Meerkönig konnte es nicht fassen. «Aber Rose … warum?»

Ihre Miene war nicht unfreundlich, ihr Ton sanft. Aber sie klang bestimmt. «Weil ich dich nicht mehr will, Jonas.» Dann wandte sie sich an Nox. «Ich kenne Ihren Namen nicht, junger

Mann. Ich hoffe, Sie halten mich nicht für unhöflich, wenn ich Ihnen sage, dass Sie ein wenig zu schnell mit dem Messer sind. Das ist alles ganz und gar nicht nach meinem Geschmack, fürchte ich. Sehen Sie es mir daher nach, wenn ich Ihr freundliches Angebot dankend ausschlage. Christy?» Sie tastete mit der Hand nach Ondra, nach einem Halt suchend, um zu verbergen, wie wackelig sie auf den Füßen stand und wie dicht sie an der Grenze ihrer Kräfte war. «Wir gehen.»

Ondra brachte es nicht fertig, ihrem Vater in die Augen zu schauen. Zuzusehen, wie er eine Frau küsste, war schon unangenehm genug. Mitzuerleben jedoch, dass er zurückgewiesen wurde, tat mehr weh, als sie gedacht hatte. Noch nie hatte sie ihn in einer Situation erlebt, die auch nur im Entferntesten einer Niederlage glich. Er war es, der andere beschämte, niemals umgekehrt. Wie oft hatte sie sich so etwas ersehnt, wenn sie wieder einmal wütend auf ihn gewesen war, während sie zugleich wusste, dass es unvorstellbar war. Nun war es geschehen, so demütigend und verletzend, wie man es sich nur wünschen konnte. Und sie fühlte kein bisschen Schadenfreude. Vor Peinlichkeit wusste sie kaum, wohin sie sich wenden sollte.

Nox und Aura standen da wie begossene Pudel. Zweifellos wünschten auch sie sich, weder Augen noch Ohren zu besitzen, und dazu das Gedächtnis einer Garnele.

Plötzlich fühlte Ondra sich am Kinn gefasst. Ihr Vater hob ihr Gesicht hoch und las lange in ihren Augen. «Du wirst es ihm sagen.»

Empört wollte sie widersprechen.

Ihr Vater nickte. «Das wirst du, eines Tages. Ich weiß das. Ich habe es selbst getan. Wenn man wirklich liebt, dann will man nicht, dass irgendetwas zwischen einem steht. Nein, nein, schscht», brachte er ihren Protest zum Schweigen. «Du wirst es erleben.»

Erleben?, dachte Ondra verwirrt. Hieß das etwa …?

Ihr Vater lächelte. Er neigte sich ein letztes Mal vor und flüsterte etwas in ihr Ohr. Dann winkte er seinem Gefolge. Die Meermenschen verschwanden in der Wand, als hätte es sie nie gegeben. Gleich darauf verfärbte sich das Wasser. Es war, als hätte man Milch hineingegossen. Wie verdünnter Anisschnaps wurde es trüber und heller, wandelte sich von Smaragd zu Jadegrün und beinahe zu Weiß. Millionen von Bläschen trieben unter der Oberfläche in rasenden Wirbeln, die sich schwindelig kreisten. Schließlich zerfiel alles zu Schaum, der sie umhüllte und noch einmal in sich zusammensackte, bis ein etwa knöchelhoher Wasserstand zurückblieb, der um ihre Fußgelenke spielte. Es war klares Meerwasser, in dem sich die Strahlen einer untergehenden Sonne spiegelten, die gerade durch die schwarze Wolkendecke drangen. Zerfetzt zogen die Wolkenbänke sich zurück, wie aufgesogen von etwas, das sich mehr und mehr entfernte.

«Christy? Christy!»

Mit platschenden Schritten, Fontänen aufsprühend, kam Adrian durch das seichte Wasser auf sie zugerannt. Ohne zu fragen, ohne etwas zu sagen, riss er die Nixe an sich und nahm sie fest in seine Arme. «Meine Christy, oh mein Gott.» Er versteckte sein Gesicht in ihrem Haar.

Einen Moment noch stand sie wie betäubt, dann schlang sie ihre Arme um seinen Hals, als wollte sie ihn nicht mehr loslassen. Sie hatte es auch nicht vor.

«Weinst du?», fragte er irgendwann.

Sie schüttelte abrupt den Kopf.

Er löste sich von ihr, befreite zärtlich mit beiden Händen ihr Gesicht von den wirren Haaren und hielt es fest.

«Du hast so warme Hände», murmelte sie.

«Ja», erwiderte er.

Dann küssten sie einander, erst sacht, zögernd, tastend, dann mit einer Gier, die sie selbst überraschte. Sie vergaßen das Wasser, sie vergaßen die Welt, verschlangen einander und wussten nicht mehr, wo der eine endete und der andere begann. Es war berauschender als ein Ritt mit Delphinen, erlösender als der Taumel der Inspiration. Es war alles, was sie je gesucht hatten.

«Entschuldigt bitte.» Rose räusperte sich.

Erschrocken kam Ondra zu sich. Gerade rechtzeitig, um zu sehen, wie Rose vor ihren Augen umsank. Gerade noch ehe sie ins Wasser fiel, fingen sie die zierliche Dame auf.

«Was hat sie?», fragte Adrian, Christy noch auf seinen Lippen, ihren Geschmack im Mund, ihre Feuchtigkeit und Wärme auf der Haut, ihren Duft in der Nase.

«Sie hat sich an den Felsen verletzt, glaube ich», log Ondra, noch immer keuchend, noch immer nicht sie selbst.

Gemeinsam trugen sie die Tante bis zum Ufer, wo Knightley sie erwartete, hinter sich ein Auto mit laufendem Motor. «Noch ein Patient?», fragte er. Einladend trat er zur Seite und sah zu, wie sie Rose neben Ned auf die Rückbank setzten. Adrian kniete sich hin, um ihre Beine vorsichtig ins Wageninnere zu heben.

Ondra holte Atem, um zu antworten. Da kam Morningstar angerannt. Sein Anzug war verdreckt, sein Haar lag in wirren, nassen Strähnen um seinen Kopf. Aber er strahlte, als er Rose entdeckte.

«Warum sind Sie nicht oben geblieben?», rief Adrian ihm entgegen.

«Wozu?», fragte der Pathologe und zwinkerte ihm zu. «Um auf Maud aufzupassen? Die kommt alleine klar, glaub mir, mein Junge.»

«Aber es ist gefährlich hier unten.»

Morningstar hörte nicht zu. Er hatte sich Rose zugewandt und bemerkte nun ihre Verletzung. «Mein Gott», rief er und begann, ihr Kleid um die Wunde herum aufzureißen. «Das muss versorgt werden.» Eifrig machte er sich an die Arbeit. «Aber das ist ja, meine Güte …» Vor Aufregung stieß er sich den Kopf an der Türöffnung des Wagens. Rose strich ihm an der schmerzenden Stelle übers Haar. Er hielt inne. Sie erschraken beide. Rasch zog sie ihre Hand zurück und faltete züchtig die Finger im Schoß. Er flüchtete sich wieder in seine Rolle als Arzt, tupfte, schnitt, fragte und schimpfte.

Sie wehrte seine Besorgnis ab. «Du hast sicher schon Schlimmeres gesehen.»

«Nicht an lebenden Menschen», bekannte er, hielt inne und schluckte. Beide wussten, wie der Satz lautete, den er nicht sagte: Noch nie an jemandem, der mir am Herzen lag. Sie lächelten einander kurz an. Dann wurde Rose blass und sank in die Polster zurück.

Morningstar schlug die Tür zu. «Besser, Sie beeilen sich», sagte er zu Knightley, der in diskretem Abstand gewartet hatte. «Was ist mit dem anderen?»

«Beinbruch, daran stirbt man nicht.» Knightley klemmte sich hinters Steuer, wo ein Knäuel heraushängender Drähte von seinen Bemühungen zeugte, den Wagen zum Laufen zu bringen. «Kommt jemand mit?», fragte er und legte den ersten Gang ein.

Morningstar wandte sich an die Nixe. «Ich werde gehen.» Er klopfte ihr auf die Schulter. «Du hältst dich besser von Krankenhäusern fern, Ondra, meine Liebe. Das Personal dort hat manchmal scharfe Augen.» Er ging um den Wagen herum und schenkte ihr ein Lächeln, ehe er einstieg. Dann verließ der letzte Wagen Broxton, das still und ausgestorben im schwindenden Licht lag. Die vor einem nun blassblauen Himmel leuchtenden Laternen gaben ihm ein unwirkliches Aussehen. Das frisch gewaschene Gras der Küstenhänge leuchtete unter den letzten Sonnenstrahlen.

Adrian und Ondra schlenderten Arm in Arm den Kai entlang, auf dem Weg zum Cottage. Hier und da mussten sie über Scherben steigen, über einen aufgeklappten Koffer oder Wäsche, Dinge, die beim hastigen Packen aus den Fluchtautos gefallen waren. Zeitungen flatterten im Wind über den Weg. Darüber aber erhoben sich wieder die ersten Möwen und stiegen wie an Fäden gezogen in höhere Luftschichten. Mit in den Nacken gelegten Köpfen schauten sie ihnen zu.

Schließlich fragte Adrian: «Gehen wir heim?»

Ein warmes Glücksgefühl stieg in Ondra auf. Sie küsste ihn lange. «Ja», sagte sie dann. «Gehen wir heim.» Sie umschlangen einander so eng, dass sie beim Gehen fast taumelten. Doch sie genossen es. Als hinter ihnen in der Ferne die ersten Sirenen hörbar wurden, beschleunigten sie ihren Schritt.

«Wieso hat er gesagt, du sollst dich von Krankenhäusern fernhalten?», fragte Adrian nach einer Weile. «Und wieso nannte er dich Ondra?»

Ondra lächelte und lehnte ihren Kopf an seine Schulter. «Das erkläre ich dir», sagte sie. «Eines Tages.»

Als sie die Steilküste höher und höher stiegen, rauschte unter ihnen ein blaugraues, unwandelbares Meer.

45. Kapitel

Monsterwelle blieb aus – Mörder gefasst
Ein doppeltes Unglück suchte gestern das abgelegene Broxton an der englischen Südküste heim. Laut Augenzeugenberichten kam es zu einem von keiner meteorologischen Station angekündigten Unwetter; gleichzeitig baute sich vor der sonst so friedlichen Bucht eine riesige Tsunamiwelle auf. Handyfotos, wie unsere Abbildung eines zeigt, bestätigen deren Existenz, wenn die Beobachtungsstationen auch durchweg melden, dass kein Seebeben und keine ungewöhnliche Aktivität im restlichen Bereich des Kanals festgestellt werden konnte. Die Untersuchungen durch Wissenschaftler des geologischen Instituts halten an. Bislang jedoch fehlt für die Entstehung einer solchen Flutwelle im Kanal jede plausible Erklärung. Zu Schäden, abgesehen von unter den flutartigen Regenfällen abgerutschten Straßenpartien, kam es nicht. Jedoch wurden die meisten der Broxtoner Fischerboote durch das der Woge vorausgegangene Trockenfallen beschädigt. Die Versicherungen prüfen den Fall.
Trotz der widrigen Umstände gelang es der örtlichen Polizei am selben Tag, den mutmaßlichen Mörder der vor Tagen verschwundenen jungen Touristin Rosalind M. zu fassen. Wir berichteten. Der Verdächtige, ein ortsansässiger Pensionswirt, wird nach Angaben der

Polizei von Indizien schwer belastet. Er ist nicht geständig.

Maud St. A., eine Broxtoner Geschäftsfrau, legte unserer Zeitung gegenüber Wert auf den Hinweis, dass die Pension des Beschuldigten von ihr und der unbescholtenen Gattin des Ned D. in vorbildlicher Weise und unbelastet weitergeführt werde. Man plane demnächst Fischwochen und das Angebot von All-inclusive-Aufenthalten mit geführten Bootstouren in der nun wieder friedlichen, schönen Broxtoner Bucht.

«Ja, danke. Danke. Ich melde mich.» Adrian legte den Hörer auf und ging zurück in die Küche. Er goss heißes Wasser in die Kanne, stellte vier Becher dazu, Milch und Zucker und trug alles vorsichtig hinaus. Er ging durch den Garten, in dem die letzten Rosen blühten, und weiter bis zur Grasfläche, die zwischen dem Haus und dem Küstenvorsprung lag. Dort, mit Blick auf das Meer und die ganze Weite des Horizonts, saß Rose auf einem Schemel, in der Hand einen Pinsel und vor sich auf einer Staffelei eine Leinwand, die sich langsam mit allen Schattierungen von Blau füllte. Da ihre Rechte noch ein wenig steif war von der Verletzung, hatte sie sich für die Farbpalette von Adrian einen Ständer basteln lassen.

Ondra saß neben ihr im Gras. «Ich mag es, wie du das Licht einfängst», sagte sie, ehe sie die Augen zusammenkniff, um ihr Gesicht in die letzten warmen Sonnenstrahlen zu halten.

Adrian trat von hinten an sie heran, hob ihr Haar beiseite und küsste sie auf den Nacken. Rose reichte er eine Tasse Tee. «Kommt Michael noch?», fragte er.

Sie nickte. «Er wollte es bis vier Uhr schaffen.» Dankbar legte sie den Pinsel weg und nahm einen Schluck Tee. «Und, was sagt er?», erkundigte sie sich. «Der Meister aus London?»

«Professor Billings? Oh, er ist von dem zweiten Entwurf sogar noch begeisterter als von dem ersten.»

«Adrian, Wahnsinn.» Ondra sprang auf und umarmte ihn.

Er lachte. «Ein Hotel wie eine Woge aus Glas, das ist ja auch etwas Besonderes.» Er schenkte Ondra Tee ein, gab drei Löffel Zucker dazu und setzte sich mit untergeschlagenen Beinen neben sie, ehe er ihr die Tasse anbot.

Sie kostete. «Mmmh. Das ist lecker.»

«Es ist pappsüß. Wenn du so weitermachst, wirst du noch rund wie …» Er suchte nach einem Vergleich.

«Ein Kugelfisch?», schlug sie vor.

«Mhm.» Er zog sie zu sich, kitzelte sie an ihrem nichtvorhandenen Speck und vergrub seine Nase an ihrem Hals. «Aber du riechst besser», stellte er fest.

«Und sie wird auch schlanker bleiben.» Rose hatte ihre Arbeit wieder aufgenommen und setzte mit konzentriertem Blick Farbpunkte, während sie sprach. «So oft, wie sie schwimmen geht.»

«Nimmst du mich mal mit?», fragte Adrian.

Ondra errötete bei dem Gedanken an das letzte Mal, als sie zusammen schwimmen gegangen waren. Wie eine Sirene hatte sie ihn in die Tiefe gelockt. Sie war nichts als sein unsichtbarer, unheilvoller Schatten gewesen. Und beinahe hätte sie ihn dabei ertränkt. «Dich Landratte?», versuchte sie zu scherzen und flüchtete in seine Umarmung.

«Nein im Ernst, für dich würde ich es versuchen.» Liebevoll sah er sie an. Er berührte ihr Gesicht. «Du hast ja ganz heiße Wangen.»

«Findet ihr, ich sollte hier noch ein Eck der Küste sichtbar werden lassen?», fragte Rose, um für ein wenig Ablenkung zu sorgen.

Dankbar richtete Ondra sich auf den Knien auf, rutschte

näher und tat, als begutachte sie ausgiebig das halbfertige Bild. Endlich schüttelte sie den Kopf. «Nein, ich finde es gut so. Nur Wasser und Licht. Und du, Adrian?»

Auch Adrian hatte sich über das Gemälde geneigt. «Es ist richtig gut, nicht wahr?», sagte er in anerkennendem Ton zu seiner Geliebten.

«Ja», bestätigte Ondra. Sie war froh, dass Rose wieder begonnen hatte, ihren Garten zu verlassen. Froh, dass sie zurückgefunden hatte zu dem, was ihr einst am Herzen lag. So schön sie selbst die Rosen fand, sie waren doch nur ein Teil von dem, was Rose ausmachte. Da war immer auch die andere Seite gewesen. Und Jonas. Nach den dramatischen Ereignissen hatte sie Adrians Tante lange nur stumm aus der Ferne beobachtet, besorgt darüber, wie es ihr nun ging und wie sie zu ihr, Ondra, stand, nun, da sie wusste, wer genau sie war und dass sie auf schicksalhafte Weise miteinander verwandt waren. Doch genau wie die Wunde an ihrer Schulter schienen – dank der Begegnung mit Ondras Vater – auch Roses Wunden der Vergangenheit zu heilen.

Ondra war sich nicht sicher, wie viel davon sie dem Fund verdankten, den sie gemacht hatten, als sie endlich in Ruhe die Hinterlassenschaften sichteten, die sie zuvor so überhastet aus dem Bootshaus geräumt hatten, um Platz für Ondras Exil zu schaffen. Lilys Tagebuch war darunter gewesen. Rose hatte sich lange mit der Lektüre zurückgezogen. Dann hatte sie eines Tages in der Tür von Ondras und Adrians Zimmer gestanden und hatte ihr das Büchlein aufgeschlagen hingehalten.

‹Ich mache mir Sorgen um Frank›, stand da. ‹Er spinnt sich immer weiter in diese verrückte Idee ein. Heute auf dem Boot will er mit Jonas darüber sprechen. Ich mache mir wirklich Sorgen. Adrian bettelt, aber ich werde ihn nicht mitnehmen.›

«Rose», hatte Ondra gesagt. Aber die hatte nur das Buch an

sich genommen, es zugeklappt und war wieder gegangen. Drei Tage später hatte Rose zum ersten Mal wieder vor sich hin gesungen. Heute dann hatte sie ihre Staffelei ausgepackt und verkündet, sie wolle «ans Meer».

Ondra ließ sich Zeit damit, das Bild zu studieren. «Ja, es ist gut. Sehr sogar, Rose.» Sie lächelte ihr zu. «Ich hätte nicht gedacht, dass jemand es fertigbringt, das Meer so zu begreifen, so ... so ...» So wie wir es tun, dachte sie und suchte vergebens nach Worten, die sie nicht verraten würden.

Rose warf ihr einen schnellen Blick zu, der ihr bestätigte, dass sie verstand.

«So mit Liebe», schlug Adrian vor.

«Ja.» Dankbar griff Ondra nach seiner Hand. «Genau das ist es. Mit Liebe.»

Nora Melling

Schattenblüte
Die Verborgenen

ISBN 978-3-86252-000-8

Eine Liebe, stärker als der Tod

Seit dem Tod ihres Bruders ist für Luisa nichts mehr, wie es war. Sie beschließt zu sterben. Aber kurz vor dem letzten Schritt hält jemand sie auf: Thursen mit den geheimnisvollen Schattenaugen. Mit einer Gruppe Jugendlicher lebt er im Wald, und er spürt Luisas Schmerz.
Die «Verborgenen» können ihre Gestalt ändern: Sie sind Werwölfe. Mit jeder Verwandlung wird Thursen mehr zum Tier – und die Erinnerungen an sein vorheriges Leben verblassen. Bald wird er ganz Wolf sein. Dann hat Luisa auch ihn verloren. Für ihre große Liebe würde sie alles tun. Doch reicht das, um Thursen zu retten?